彼と彼女の衝撃の瞬間

アリス・フィーニー

JN095613

ロンドンから車で２時間ほどの距離にある町・ブラックダウンの森で、女性の死体が発見された。爪にマニキュアで“偽善者”という言葉を書かれて……。故郷で起きたその事件の取材に向かったのは、ニュースキャスター職から外されたばかりのBBC記者のアナ。事件を捜査するのは、地元警察の警部ジャック。アナとジャックの視点で語られていく不可解な殺人事件。しかし、ふたりの言い分は微妙に食い違う。どちらかが嘘をついているのか？　予想外の展開とどんでん返しが待ち受ける、第一級のサスペンス！

彼と彼女の衝撃の瞬間

アリス・フィーニー
越　智　睦　訳

創元推理文庫

HIS & HERS

by

Alice Feeney

彼と彼女の衝撃の瞬間

彼らに

視点はふたつ、真実はひとつ。
あなたはどちらを信じるのか？

一目惚《ぼ》れではなかった。

それは今だから言える。けれど結局は、こんなにも他人を愛せるのかというくらい彼女を愛した。自分なんかよりはるかに大事な存在だった。だからやったのだ。やるしかなかった。もし世間にわたしのしたことがばれたら、その点をまずわかってもらわないといけない。もしばれたらだが。そうすれば、彼女のためにやったことだと理解してもらえるだろう。

ひとりだからといって必ずしも孤独とはかぎらない。反対に、だれかと一緒にいるのに寂しく感じることはあるかもしれない。これまで生きてきた中で、わたしは多くの人と出会った。家族、友人、同僚、恋人。社会生活を送っていればだいたいそういう人と出会うだろう。けれども、わたしの場合、他者との関係はいつもどこか少しいびつな気がしていた。今まで築いた関係はどれもリアルには感じられなかった。ただつながれなかった人がつらなっているだけというか。

人はわたしの顔を識別するだろう。名前も知っているかもしれない。だが、ほんとうの姿は知らない。だれひとりとして。わたしの頭の中の考えと感情はいつも自分ひとりのものだった。それを他人に明かすつもりはない。とても話せる内容ではないからだ。自分としか一緒にいられない〝わたし〟が存在するのだ。ときどき思う。人間の成功の秘訣《ひけつ》は、いかに適応できるかではないかと。世の中はつねに変わりつづけるもので、わたしはその流れについていくため、しきりに自分のイメージをつくりかえてきた。見た目を変え、生活を変え……声まで変える術《すべ》を身につけてきた。

そして、環境になじむ方法も学んだ。しかし、絶えずそう努力することは、今では居心地が悪いどころか、痛みを伴うようになっている。なぜならわたしには無理だからだ。なじむということが。ギザギザの表面を内側に隠し、他人との明らかなちがいだけうまく取り繕《つくろ》って生きてきたが、わたしはみんなと同じではない。この地球には七十億を超える人間がいるのに、どうしたわけか、生まれてこの方孤独を感じてきたわけだ。

わたしは正気を失いつつある。だが、それははじめてではない。正気は、失うこともあれば取り戻すこともあるものだ。人は、わたしの頭がおかしくなった、錯乱した、ねじが外れたとでも言うかもしれない。でも、時が来てみれば……そう、あれはまちがいなく正しい行動だったのだ。終わったあとは、自分に満足した気分だった。もう一度やりたいくらいだった。

当事者にはいつだってそれぞれ言い分がある。

あなたの言い分、わたしの言い分。

われわれの言い分、彼らの言い分。

彼の言い分、彼女の言い分。

つまり、だれかが必ず嘘をついているということだ。

嘘は、何度も聞かされると真実のように聞こえることがある。

一方、頭の中から声がして、その声がひどくショックなことを言ったにもかかわらず、自分の声ではないふりをすることもある。あの夜、彼女が最後に帰宅するのを駅で待つあいだ、わたしはあの声を聞いた。はっきり覚えている。最初は、遠くから聞こえる普通の電車の音と変わらなかった。目を閉じてみると、それは音楽のようで、線路を走るリズミカルな音がどんどん大きくなっていった。

ガタンゴトン、ガタンゴトン、ガタンゴトン。

だが、その音は徐々に変化しはじめ、頭の中でことばへと変換された。無視するわけにはいかなくなるまで、何度も何度も繰り返された。

皆殺しだ、皆殺しだ、皆殺しだ。

月曜日　六時

彼女――アナ・アンドルーズ

月曜日は昔から好きな曜日だった。

また一からやり直すチャンスだから。

完全にとはいかないまでも、ほとんど消し去られた過去の失敗がほんの少し見えるだけの白紙の状態だから。

これが一般的な意見じゃないのはわかっている――一週間の始まりの日が好きだというのはなかなかない。でも、そういうのは聞き飽きた。わたしは斜めからものを見ることが多い。生まれたときからずっと安い席に座ってステージを眺めていれば、そこで踊る操り人形の裏側など簡単に見えてしまうものだ。紐と、それを引っぱる人の姿が目に入れば、もうショーを楽しむのは無理だ。今では、自分が座りたい席のチケットを買い、見たい景色を選ぶことができるが、そういうしゃれたボックス席に座ったところで、他人を見下せるくらいしかいいことはない。だから、わざわざそんなことはしない。過去を振り返るのが好きではないからといって、わたしも自分がどういう立場の人間か、覚えていないわけじゃない。高いチケットを買うために今までさんざん頑張ってきたけれど、それでもわたしには安い席がぴったり合っている。

朝、準備にはあまり時間をかけない。職場に着けば、別の人がメイクを落としてやり直してくれるというのに、いちいちメイクをするのは無駄だ。朝食もとらない。普段から小食だが、人のために料理をするのは好きだ。どうもわたしは食べさせるほうの専門らしい。

キッチンに寄って保存容器を出し、チームのためにこしらえた手作りのカップケーキを詰めた。焼いたときの記憶はほとんどなかった。遅い時間だったし、辛口の白ワインを三杯飲んだあとだったから。ほんとうは赤のほうが好きなのだが、昼にそれとわかる跡がくっきりつくので、赤は週末だけにしている。冷蔵庫を開けて気づいた。昨夜のワインがまだ残っている。それをラッパ飲みし、出がけに空《あ》き瓶を捨てた。月曜日はごみの日でもある。ひとり暮らしにしては驚くほどの量がリサイクル用のごみ箱に入っている。ほとんどが瓶ごみだ。

職場には歩いていくのが好きだ。この時間、通りにはほとんど人気《ひとけ》がなく、心が落ち着く。ウォータールー橋を渡り、ソーホーを抜けてオックスフォード・サーカスへ。お供はラジオの〈トゥデイ〉だ。ほんとうは音楽を聞きたいところなのだけれど。普段はそのときの気分によって、ルドヴィコ・エイナウディの詩情豊かなメロディに浸《ひた》ったり、テイラー・スウィフトで気分を上げたりしている――わたしの性格にはどうも二面性があるらしい。けれども、今朝はしかたなく、イギリス中流階級の耳ざわりのいい声に耐え、今わたしが知っておいたほうがいいと彼らが思っているらしい情報を教えてもらうことにした。それにしても、自分がしゃべっているような声だ。そうだと思うと、やっぱり落ち着かなくなる。わたしも、もともとはこんなキャスターのような話し方ではなかったのだから当然かもしれない。BBCの〈ワンオクロック・ニュース〉のキャスターに就任して約二年。いまだに詐欺師のような気分だ。

最近気になっていた、潰れた段ボール箱の横で足を止めた。飛び出したブロンドの髪を見て、まだ彼女がここにいると気づく。その女性の正体は知らなかった。ただ、人生が別なふうに展開していれば、わたしも彼女のようになっていたかもしれないと思うだけだ。わたしは十六歳のときに家を出た。そうする必要があると感じたから。今からする行動は、別に親切心からではない。お門《かど》ちがいの倫理観からだ。去年のクリスマスに炊き出しのボランティアをしたのと同じ。今送っている人生にふさわしい生き方をしてきた人などそういないだろう。わたしたちはどうにかしてその埋め合わせをしようとする。お金にせよ、罪悪感にせよ、後悔にせよ、さまざまな手段を使って。

プラスティックの保存容器を出し、ていねいにこしらえたカップケーキを段ボール箱と壁のあいだの歩道に置いた。目が覚めたときに気づいてもらえるように。でも、もしかしたら彼女はチョコレート・フロスティングが好きじゃないかもしれない。余計だと思われたりして――糖尿病を患《わずら》っている可能性もある。そんなことが急に心配になり、財布から二十ポンド札を一枚取り出して、カップケーキの下に挟んだ。自分のお金をアルコールに使われようとかまわない。現に、わたしだってそうしているのだし。

BBCラジオ４がまだわたしをいらつかせてくるので、スイッチを切り、最近話題の政治家に耳元で嘘をつくのをやめさせた。練習しすぎの白々《しらじら》しいせりふは、今日にしている、問題を抱えた現実の人々の姿にはそぐわない。別に、それを声に出したり、生放送の記者会見で指摘したりするつもりはないけれど。自分の意見がどうあれ、わたしは公平な報道をすることでお金をもらっているのだ。

嘘つきといえば、わたしもそうなのかもしれない。わたしは、真実を伝えたくてこの仕事を選んだ。この世で一番大事な話をみんなに伝えたかった。全員が聞くべきだと思う話を。そうすれば、世界が変わり、もう少し住みやすい場所になるのではないかと思った。だが、わたしもうぶだった。今マスコミで働いている人間は、政治家以上に大きな力を持っているのだから。とはいえ、少なくとも真実を語る努力はできる。それがよかった。自分自身の話に関しては、わたしはもう正直にはなれない。自分がどんな人間で、どこから来て、今まで何をしてきたかは、だれにも話せない。

いつものようにそんな考えは封印した。頭の中の安全な秘密の箱にしまい込み、一番奥の暗い隅へ押しやる。近いうちにまたひょっこり顔を出したりしませんようにと願いながら。

BBC本部のブロードキャスティング・ハウスへ続く最後の通りをいくつか進んだ。ハンドバッグに手を入れて、かくれんぼが大好きな入館証を探す。かわりにミントの入った小さな缶に手が当たった。カタカタと抗議の声をあげる缶を開け、白い三角形の粒を薬みたいに口に放り込んだ。朝礼のまえから酒臭い息を振りまくのは避けたほうが無難だ。ようやく入館証を見つけてガラスの回転ドアを抜けると、何人かの目がこっちを向くのがわかった。でも大丈夫。

こうあってほしいと望まれている〝わたし〟を演じるのは大の得意だから。少なくとも表面を取り繕《つくろ》うことはできる。

わたしはひとりひとりを名前で覚えていた。まだ床を掃除してくれている清掃係も。人に親切にするのはタダだし、お酒は飲むが、記憶力はとてもいいほうだ。セキュリティを通過し――昔と比べると、自分たちが糾弾してきた世界情勢のおかげで少々厳しくなったものだ――報道局を見下ろした。なんだか自分の家みたいだ。BBCの建物の地階にすっぽり収まったこの報道局は、すべての階から見えるようになっている。明るく照らされた赤と白のスペースは、まるでだだっ広いウサギの巣穴だ。ほとんどのスペースが、モニターとびっしり並べられた机で埋まっていて、その机のまえにはあらゆる分野の記者が座っている。

彼らはわたしにとってただの同僚ではない。よそよそしい疑似家族みたいなものだ。わたしはあと数年で四十歳になるが、独り身だ。子供も夫もいない、今はもう。ここで二十年近く働いてきたが、知人や親戚につてのある人たちとはちがい、下《した》っ端《ぱ》からスタートした。途中遠回りも何度かし、成功への足掛かりはときにひどく滑りやすいこともあったが、結局は行きたい場所にたどりつけた。

人生の疑問の多くは、忍耐力が解決してくれる。

番組を担当していたまえのキャスターが降板したとき、幸運の女神がわたしに微笑んだ。その前任者は一ヵ月早く陣痛が始まった。そして、それは〈ワンオクロック・ニュース〉の放送開始五分前だった。前任者は破水し、わたしは幸運をつかんだ。当時はわたし自身も予定より早く育休から復帰したばかりだった。そして、そのとき報道局にいた記者の中で唯一ニュースを読んだ経験があったのがわたしだったのだ。そんな経験は何度かあったが、どれも残業中か夜勤中のことだった。だれも引き受けたがらないシフトの最中。そこまでしてわたしは、キャリアアップの後押しになりそうなチャンスがほしかったわけだ。ニュース番組のキャスターになるのは積年の夢だった。

　その日はヘア・メイクをしてもらう時間もなかった。スタッフは大急ぎでわたしをテレビに出られる状態にするため、マイクをつけながらわたしの顔にファンデーションを塗ったりと、できるだけのことをやった。わたしはプロンプターでニュースの主な項目を読むウォーミングアップをし、ディレクターもイヤホンで優しく穏やかに指示してくれた。彼の声で冷静になれたのだ。その三十分の番組のことはあまり記憶にないが、終わったあと、みんなからおめでとうと祝福されたのは覚えている。一時間と経たずして、わたしは報道局のぺいぺいからニュース番組のキャスターに転身したわけだ。

　わたしの上司は、陰でミスター・パーシバル（『きかんしゃトーマス』の登場人物）と呼ばれている猫背気味の男だ。長身の体に閉じ込められた小さな男。彼には発話障害がある。そのせいでRの発音がうまくできず、報道局のみんなから話を真剣に受け止めてもらえないことがあった。抜けたスタッフの穴を埋めるのも苦手なものだから、わたしがキャスターデビューに成功したあと、彼はその週が終わるまでわたしに代役を務めさせることにした。その次の週も。やがて、ニュースキャスターとしての三ヵ月の契約が——もともとは記者としての契約だった——六ヵ月に延び、さらに年末まで延長され、ちょっとばかり昇給もした。わたしがキャスターに就任してから視聴率が伸びたため、その地位に留まることを許されたわけだ。わたしの前任者はその後、戻ってこなかった。育休中にふたたび妊娠し、それから彼女の姿は見ていない。二年近く経つが、わたしは今もまだここにいて、もうじき契約が更新されるのではないかと期待している。

編集担当とプロデューサーに挟まれた席に腰を下ろし、除菌シートで机とキーボードを拭いた。夜のあいだにだれがここに座ったかわかったものではない。報道局は二十四時間眠らないし、残念ながら、わたしが清潔だと思う基準をすべての人が満たしてくれているわけではない。今日の進行表を開いてみた。思わず笑みが浮かぶ。一番上に自分の名前があるのを見ると、いまだにぞくっとした。

ニュースキャスター――アナ・アンドルーズ

それぞれのニュースの導入部を書きはじめた。一般の人はどう思っているのか知らないが、キャスターはただニュースを読むだけではない。書くこともするのだ。少なくともわたしは自分で書いている。ニュースキャスターにも、一般社会と同じで、さまざまなタイプがいる。今までずいぶん必死に這《は》いのぼってきたんだなあ、と感じられる人。そういう人を見ると、よく今も立っていられるものだ、それどころかプロンプターまで読めるなんてと感心する。いわゆる国宝級のキャスターが陰でどんな振る舞いをしているか知れば、国民は愕然《がくぜん》とするだろう。それをここで言うつもりはないけれど。報道の世界は、一段ずつのぼるはしごが用意された場所というよりは、急な滑り台が設置されている場所だ。てっぺんに立つには長い時間がかかるのに、ひとつまちがった行動を取れば、地面まで真っ逆さま。しかもだれも組織より大きくはなれない。
今日もいつもと同じ朝だった。流れるように時間が過ぎていく。どんどん書きかえられる進行表に、現場の記者たちとの会話、映像や画面割りについてのディレクターとの打ち合わせ。となりの席の編集担当のまえには、交渉を待つ記者やプロデューサーの列が延々と続いていた。だいたいが、自分たちの取材したニュースにもっと尺をくれと要求する交渉だ。あるいは、編集担当側からの呼び出しか。

みんな、もう少しだけ時間がほしいと常々思っている。

わたしにもそういう日々があったが、懐かしいとはまったく感じなかった。放送してくれと頼んだ日、そうしてもらえなかった日、うじうじ悩んだりする日。単に、すべての話を伝える時間がないのが原因なのだが。

チームのほかのメンバーたちはいつになく静かだった。左に目をやると、プロデューサーが最新のシフト表を画面に表示させているのが見えた。わたしの視線に気づくと、プロデューサーはさっとそれを閉じた。報道局内のストレスレベルを高めることに関して言えば、シフト表はニュース速報に次ぐ二番目だ。いつも発表が遅く、スタッフから好意的に受け入れられることはめったにない。最も人気のないシフト――遅番と休日出勤と夜勤のシフト――の配布はつねに争いの種になる。わたしは今、月曜日から金曜日まで出勤していて、どんな種類の休暇も、かれこれ六ヵ月以上申請していなかった。だから、気の毒な同僚たちとはちがって、シフト関連の心配事はない。

放送開始一時間前、わたしはメイク室を訪れた。ここは逃げるには絶好の場所だ。つねにがやがやしている報道局と比べれば、静かで落ち着いた空気が流れている。わたしの髪はドライヤーで従順な栗色のボブにセットされ、顔は高画質のテレビに耐えうるファンデーションで覆われていった。自分の結婚式のときより仕事中のほうが濃いメイクをしているような気がする――そう考えて一瞬、自分の殻に引きこもってしまった。指輪をはめていた指のへこみに手が触れる。

土壇場の変更はいくつかあったものの、放送はほぼ予定どおり進んだ。ニュース速報、映像の到着の遅れ、勝手な動きをするカメラ。それに、ワシントンからの不安定な中継。ダウニング街にいる熱心すぎる政治部記者の話は、こちらが無理矢理打ち切らなければならなかった。この記者は持ち時間超過の常習犯だ。たまにいるのだ、自分の声が少しばかり好きすぎる人が。

反省会が始まった。わたしはまだスタジオにいて、天気予報のコーナーのあと、視聴者にお別れを言うのを待っているというのに。といっても、放送が終われば、一目散にその場をあとにしたいと考えるのが普通だ。だから、いつもわたし抜きで始まる。記者と番組にかかわったプロデューサーたちの集まりだが、ほかの部署の代表者も参加していた。国内ニュース担当に、海外ニュース担当、編集担当、映像担当、それからミスター・パーシバルも。

反省会に合流するまえに、わたしは自分のデスクに寄って保存容器を出した。チームのメンバーに早く最新作を食べてもらいたくてたまらない。今日がわたしの誕生日だとはまだだれにも話していなかったが、言ってみてもいいかもしれないと思った。

みんなのいる場所へ向かって報道局を歩いていると、見覚えのない女性がいて足を止めた。こっちに背を向けていたが、そばにおそろいの服を着た小さな子供がふたりいた。そのとき、同僚たちがすでにかわいいカップケーキを手にしているのに気づいた。わたしのとちがって手作りではなく、店で買ってきた高そうなカップケーキだ。それを配っている女性のほうに視線を戻した。明るい赤毛に見入ってしまう。きれいな顔を取り囲む、かみそりで切ったようなシャープなボブ。彼女が微笑んでくると、平手打ちされたみたいな気分になった。

ぬるいスパークリングワインの入ったグラスをだれかに渡されて、飲み物の置かれたワゴンに気づいた。スタッフが辞めるとき、経営陣がいつもケータリングで注文するワゴンだ。この業界ではよくあることだった。ミスター・パーシバルが伸びすぎた爪でグラスを叩いて話し出した。カップケーキのくずまみれの唇から、ことばが変な音となってこぼれ落ちる。

「また一緒に働くのが待ちきれないな……」

わたしの耳がどうにか聞き取れたのはその一文だ。キャット・ジョーンズのほうに目を向けた。わたしのまえに番組のキャスターを務めていた女性だ。トレードマークの赤毛を輝かせ、かわいい娘たちと立っている。吐き気がしてきた。

「……それから、アナにはもちろんみんな感謝してる。キャットがいないあいだ、舵《かじ》を取ってくれてね」

視線がいっせいにこっちを向き、わたしのほうにグラスが掲げられた。手が震え出す。顔は大丈夫だろうか。ちゃんと感情を隠せているだろうか。

「シフト表には書いてあったんだけどね。ごめんなさい。みんな、もう知ってるかと思ってたの」

わたしの横に立ったプロデューサーが小声でそう言ってきたが、わたしには返すことばがなかった。

ミスター・パーシバルもあとで謝罪してきた。わたしにはその場に立たせたまま、自分だけひとり自分のオフィスに堂々と座って。しゃべっているあいだ、じっと手元を見ていた。探すのに苦労していることばが汗ばんだ手の中に書いてあるとでも言わんばかりに。ミスター・パーシバルはこう言っていた。ありがとう。きみは見事に代役を果たしてくれた。もうかれこれ、ええと……

「二年です」わたしはかわりに言った。どれだけ長い時間だったか、彼は知らないようだし、気にしてもいないようだった。

大したことじゃないさ――そう言いたいのか、肩をすくめている。

「もともと彼女の仕事だったんだよ、悪いね。契約があるんだ。赤ちゃんができたからって首にするわけにはいかんだろ。ひとりどころか、ふたりも産んでるからってね」

彼はそう言って、笑い声をあげた。

全然笑えなかった。

「いつから復帰するんですか？」

彼の顔の広い部分――額に渋面《じゅうめん》が広がった。

「明日戻ってくるよ。全部あの……」ミスター・パーシバルが〝シフト表《ROTA》〟に変わる単語を探そうとして失敗するのをわたしは見届けた。Rから始まる単語のときはいつもそうだ。「……全部シフト表《WOTA》に書いてあるよ。けっこうまえに発表されたんじゃないかな。きみはまた記者に復帰というわけだ。でも、心配しないでくれ。彼女の代役はまたやってもらうから。学校の長期休みやクリスマス、イースターなんかのときにね。今まですばらしい仕事をしてくれたとみんな思ってるよ。ほら、これが新しい契約書だ」

わたしはきれいな白いＡ４の紙を見下ろした。だれともわからない人事部の人間によって入念に紡《つむ》ぎ出されたことばで覆われた紙を。その中の一行にだけ、わたしの目の焦点が合った。

ニュース記者――アナ・アンドルーズ

ミスター・パーシバルのオフィスから出るとき、また彼女の姿が目に入った。わたしの後任。もともとは、わたしのほうが後任だったのかもしれない。でも、ひどいことを考えるものだと自分でも思うが、死んでくれたらいいのにと思わずにはいられなかった。完璧な髪をして、完璧な子供に囲まれた、わたしのチームと談笑しているキャット・ジョーンズを見ていると。

火曜日　五時十五分

彼――ジャック・ハーパー警部

携帯の振動する音で夢から目を覚ました。まだ寝ていたいと感じるような夢だった。その中では、わたしは四十すぎの男ではなく、払い切れない住宅ローンも抱えていない。どうにもこうにもついていけない、よちよち歩きの子供も、妻じゃないのにがみがみ小言を言ってくる女も存在しない。もう少しましな男なら、今頃しっかりやっていただろう。仮の人生を夢遊病者みたいに生きるのではなく。

暗闇で目を細めて携帯を見た。今日は火曜日。ばかみたいに早い時間だ。でも、だれも起きなかったようでよかった。この家では、睡眠不足は恐ろしい結果を引き起こすことが多い。わたしはそうではないが――どちらかというと夜型人間だ。画面に表示された文面を読んで胸を躍らせるのはまちがっているが、わたしは今そうなっている。ロンドンを離れて以来、修道女の下着しか入っていない引き出しくらい面白味のない仕事をしてきたのだからしかたがない。わたしはここで重大犯罪班のリーダーを務めている。そう言うと、刺激的に聞こえるかもしれないが、わたしが配置されているのはサリー州の奥地の田舎だから、まったく刺激的ではない。ブラックダウンはロンドンから二時間弱の距離にある典型的なイギリスの町で、一番重大な犯罪といえば、軽犯罪かたまの押し込みくらいだ。町は森という番人によって外の世界から隔離されている。太古の森が不変の闇もろともブラックダウンとその住人を過去へ閉じ込めてしまったかのようだ。しかし、その感傷的な美しさは否定できなかった。古い道と狭い通りには、藁《わら》ぶき屋根の家と白い柵が並び、平均を上回る数のお年寄りが住んでいて、平均を下回る犯罪率を、みんなありがたがってくれる。ここは人が死に場所を求めてやってくるような場所だ。気がつけば自分がこんなところで暮らしているとはわたし自身思わなかった。

携帯のメッセージを見て、思わずよだれが出そうになったが、それを飲み込んだ。

〝身元不明の女性死体がブラックダウン・ウッズで発見された。重大犯罪班を招集する。各自、現場へ〟

こんなところで死体が発見されたなんて何かのまちがいじゃないか——そんな気がした。しかし、そうじゃないのはわかっている。十分後、わたしはそれなりに身なりを整え、カフェインを補給して車に乗り込んだ。

今乗っている中古の四駆はそろそろ洗ったほうがよさそうだ。それを言えば、わたしもかもしれない。ただ、時すでに遅し。腋の下のにおいを嗅いで、家の中に戻ることを一瞬考えたが、時間は無駄にしたくなかった。それに、家族を起こしたくもない。わたしを見るふたりの目がときどきものすごく嫌になる。ふたりは同じ目をしていた。その目が、涙と失望でいっぱいになるのだ。そしてその頻度が少しばかり多すぎやしないかという気がしていた。

だれよりも早く現場に着きたいと心がはやるせいか、自分でも少しばかり熱が入りすぎているように感じた。でも、抑えられなかった。こんなひどい事件はここでは何年も起きていない。

そのせいで気分が高揚し、楽観的になり、活力が湧いてくるのかもしれない。犯罪者みたいな思考だ。長く警察で働いていれば、そうなるのか。周りからはそう見えていなくても。

うまくかかりますようにと祈りながら、エンジンをかけた。バックミラーに映った自分の顔がちらりと目に入ったが、無視した。黒というよりグレーに近くなった髪があらゆる方向にはねている。目の下には、どす黒い隈《くま》があり、記憶にある自分の顔より老けて見えた。自分で自分のエゴを慰めようとする。まだ夜明けまえなのだからしかたがないじゃないかと。それに、見た目なんかどうでもいい。自分がよければ、他人の意見など関係ないじゃないか。とにかくそれが、しきりに自分へ言い聞かせていることばだった。

片手でハンドルを握りながら、もう一方の手であごの無精《ぶしょう》ひげを触った。せめてひげだけでも剃《そ》ってくればよかったかもしれない。下を向いてしわくちゃのシャツを見た。うちにアイロン台があるのは確かだが、それがどこにあるのかも、最後に使ったのはいつなのかもさっぱりわからなかった。この姿を見たとき、みんなはどう思うだろうか。そんなことが久しぶりに気になってくる。これでも昔はそれなりに女から人気があったのだが。昔はわたしにもいろんなものがあった。

ナショナル・トラストの駐車場に入るときも外はまだ暗かった。が、だんだんあたりが見えてくる。もうみんな先に着いているようだ。ここへはわたしもまっすぐ向かったのに。警察車が二台とバンが二台、覆面パトカーも何台か停まっていた。科学捜査班もすでに現場入りしているようだ。プリヤ・パテル巡査部長も。彼女はまだ警察の仕事に神経をすり減らされていない――いまだにきらきらしていて初々《ういうい》しかった。老けた気分になる暇がないくらい若いのか、それとも世間知らずすぎて、この仕事が最終的にどんな仕打ちをしてくるか知らないのか。その仕打ちを受けない警察官はいなかった。プリヤのつねに明るさを絶やさないその性格と、彼女から発せられる日々の情熱にはこっちが疲れてくる。そういう人と毎日働くとなると、見ているだけで頭が痛くなるので、わたしはできるかぎり目を向けないようにしていた。

ポニーテールを左右に揺らしながらプリヤがわたしの車へ走ってきた。鼈甲縁《べっこうぶち》の眼鏡が鼻からずり下がっていて、大きな茶色の目が見える。その目は少しばかりわくわくしすぎているようだ。夜中にベッドからたたき起こされた人間には到底見えなかった。細身のスーツでは、その小さな体を温めるのは困難だろう。しかも、磨いたばかりのブローグシューズが泥の上でつるつる滑っていた。それが汚れるのを見ていると、なんだか妙に小気味よかった。

ときどき気になる。プリヤは寝るときもきちんとした格好で寝ているのだろうか、慌てて家を出なければいけなくなったときに備えて。彼女は数ヵ月前、わたしのもとで働きたいと、わざわざ転属の希望を出してきた。なんでそんなことを思ったのか、わけがわからない。わたしにも、かつてはプリヤ・パテルのように熱心な時期があったのだろうか。もはやそれも思い出せなかった。

車から降りるとすぐ雨が降りはじめた。数秒で服がびしょぬれになるくらいの土砂降りだった。頭上からの猛攻撃。顔を上げて空を見てみた。時間的には朝だが、やはりまだあたりは暗い。一面の黒い雲に覆われていなければ、今頃月と星が見えていただろう。証拠保全のことを考えると、集中豪雨は困りものだ。

プリヤに思考を遮《さえぎ》られたので、そんなつもりはなかったにもかかわらず、力任せに車のドアを閉めてしまった。彼女は慌ててこっちに駆け寄り、わたしの頭の上に傘を差し出してきた。わたしは、しっと言って追い払った。

「ハーパー警部、わたし――」

「まえにも言っただろ。ジャックと呼んでくれ。ここは軍隊じゃない」

プリヤの顔が一時停止したみたいに固まった。折檻《せっかん》された子犬のような顔。自分が情けないくそじじいになったように感じられた。たぶん実際にそうなのだろう。

「地域パトロール隊から連絡が入りました」と彼女は言った。

「その隊のメンバーはまだここにいるか？」

「はい」

「よし。引きあげるまえにぜひ会いたい」

「わかりました。遺体はこちらです。ぱっと見た感じ――」

「自分の目で確かめる」わたしは口を挟んだ。

「了解です、ボス」

わたしのファースト・ネームはどうしても発音できない単語なのだろうか。

続々と現れる職員の横を通りすぎた。なんとなく見覚えのある人たちだ。名前はそもそも知らないか、長らく会っていないために忘れたか。まあ、そんなことはどうでもいい。規模は小さくても申し分なく組織されたわたしの重大犯罪班は、このあたりに拠点を置いているものの、サリー州全土を担当している。一緒に働くメンバーが毎日変わるのだ。そのうえ、この仕事は友達をつくることではない。いかに敵をつくらないかだ。プリヤはその点を大いに学ぶ必要がある。ひと言もしゃべらず静かに移動するのは、彼女にとっては居心地が悪いかもしれないが、わたしはそうではなかった。沈黙はわたしのお気に入りのシンフォニーだ。周りがうるさすぎると頭が働かない。

落ち葉や折れた枝の暗いじゅうたんの上をばりばりと音を立てながら歩いた。わたしたちの少し先を、プリヤが懐中電灯で照らしている。例のごとくいらいらするほど気が利くやつだ。秋はもうすっかり過ぎ去ってしまった。今年は一瞬顔を見せただけですぐに尻込みして、自信過剰な冬に席を譲ったらしい。一番上のボタンが取れているおかげで、上着が閉まり切っていなかった。かわりに、イニシャルのついたハリー・ポッター風のマフラーでその隙間を充分すぎるくらい埋めていた。これは元妻からの贈り物だ。まだ捨てられずにいる。それをくれた女と同じく。ばかみたいかもしれないが、どう見られようがかまわない。くれた人が理由でどうしても手放せないものがわれわれにはある。名前、信念、マフラー。おまけに、このマフラーはつけたときの感触が気に入っていた。名前入りの暖かい首つり縄だ。

白い息が雲になる。雨と寒さから身を守るため、わたしは上着のポケットに手を突っ込んだ。死体の周りにだれかがテントを張ろうと思いついてくれたようでよかった。白いビニールの入口から中に入った。目が死体をとらえた瞬間、ポケットの中に入っていた子供のおしゃぶりに手が当たる。それを握った。あまりに強く握りしめすぎたせいで、プラスティックが掌《てのひら》に食い込んだ。少し痛い。が、こういう痛みもときどき必要なのだ。別に、死体を見るのがはじめてというわけじゃない。けれども、これはちがった。

女の死体は、一部が落ち葉で隠れている。本道からかなり離れた場所に転がっていた。森の中のこんな暗い片隅では、警察が設置したこのまぶしいライトでもなければ、見落としていたとしても全然おかしくない。

「発見者は？」とわたしは訊いた。

「匿名の通報です」とプリヤが答える。「道の先の公衆電話から何者かがかけてきたようです」

答えた人物の背と同じくらい、返答が短くてありがたかった。プリヤは話が長くなりがちだ。一方のわたしは、せっかちときている。

一歩近寄り、死んだ女の顔のほうへかがみ込んだ。年は三十代半ば、痩せ形で美人――そういう情報が知りたければだが。わたしなら知りたいと思う。彼女の外見は三つのことを示唆《しさ》していた。金。虚栄心。自己管理。いかにも長年ジムに通い、ダイエットをして、高価なクリームでいたわってきたというような体だ。きれいにブリーチしたブロンドの長い髪は、土の上に横たわるまえにブラシをかけたかのようだった。汚れの中で金色に輝いている。争った形跡はなかった。最後に見たものにショックを受けたみたいに、明るい青の目を大きく見開いていた。肌の色と状態を見るかぎり、ここに長く放置されていたわけではないと思われた。

死体は服を着た状態だった。この女が身につけているものはどれも高そうだ。ウールのコートにシルクらしきブラウス、黒革のスカート。唯一なくなっているのが靴だった——森の中を歩くのに裸足《はだし》は最適とは言えない。小さくてかわいいその足に気づかずにいるのは無理だったが、わたしはいつの間にかブラウスのほうから目を離せなくなっていた。下につけたレースのブラジャーと同じく、もとは白だったとわかる。その両方が今は赤く染まっていた。皮膚に残る凄惨な傷跡と破れた生地を見れば、被害者が胸を複数回刺されたのは明らかだ。

その体に触れたいという妙な衝動に駆られたが、そんなことはしなかった。

そのときだ。死んだ女の爪に気づいたのは。雑に切られて深爪になっている。しかし、それだけではなかった。もっとよく見ようと、こういうときのために携帯している市販の老眼鏡を取り出した。普段は人に見られるのが嫌でつけていないのだが、視力も昔と同じようにはいかない。

よく見ると、右手の爪に赤のマニキュアでアルファベットが書かれていた。

TWO

左手も見てみると同じだ。けれども、書いてある文字は別だった。

FACED

〝偽善者〟。これは一時の激情に駆られた殺人ではない。計画的なものだ。

わたしは現実に意識を戻した。プリヤはまだ気づいていないらしい。自分が書いたメモを読んで自分の考えをわたしに聞かせるのに必死だった。いつも思う。はっきり黙ってくれと言わないとわからないのか。ことばが勝手に彼女の口から転がり出てわたしの耳へ入ってくる。それでもわたしは、顔だけは興味があるふりをしようとした。早口で語られる文字の羅列を意味のあることばに変換する。

「……標準的な初動捜査にはすべて着手しました。このあたりに監視カメラはありませんでしたが、今、本道の映像を集めています。こんな真冬に裸足でここまで歩いてきたわけではないと思いますが、身分証明書や車両登録証なしでは——駐車場には一台も車がなかったので——Nシステムも使えな……」

ストレスを感じているときに本音を話す人はめったにいない。プリヤの話は、自分でもちゃんとできることをわたしに証明したくてたまらないのだというふうにしか聞こえなかった。

「これまで死体を見たことは？」彼女の話を遮ってわたしは訊いた。

プリヤは少し背筋を伸ばし、むっとした子供みたいにあごを突き出した。

「あります。安置所で」

「それはちがうだろ」わたしはぼそっとつぶやいた。

彼女に教えてやれることはたくさんある。もっとも、自分が学ぶ必要があるとは本人は気づいていないが。

「犯人がどういうメッセージを送ろうとしてるのか、考えてたんです」プリヤはまたメモ帳に視線を落とした。ずらりと並んだリストの最初のほうが目に入る。

「被害者は偽善者だったとわれわれに教えたがってるようだ」わたしがそう言うと、彼女はきょとんとした顔をした。「爪だ。短く切ったうえで、メッセージを書いたんだろう」

プリヤは顔をしかめて、よく見ようと腰をかがめた。目を丸くしてこちらを見上げてくる。エルキュール・ポワロを見るような目だ。字が読めるのはわたしだけの特殊能力なのかもしれない。

彼女の視線を避け、土の上に横たわった女の顔に注意を戻した。あらゆる角度から死体の写真を撮るよう科学捜査班のひとりに指示する。被害者は写真を撮られるのを喜ぶようなタイプに見えた。バッジでもつけているみたいに虚栄心が丸見えだ。フラッシュで目がくらみ、かつての現場のことを思い出した。数年前のロンドン。街角のレポーターとカメラマンたちが、本来は見たいなんて思うべきじゃないものを撮らせろと騒ぎ立てていた。その記憶を頭の奥にしまい込む――マスコミには我慢ならない。と、別のことに気がついた。

被害者の口がほんの少しだけ開いていた。

「顔を照らしてくれ」

プリヤは言われたとおりにし、わたしはもう一度膝をついて死体をよく調べた。もとはピンクだった唇が青に変色していたが、そのあいだから奥の暗い場所に何か赤いものが隠れているのが見えた。魔法にでもかけられたかのように、無意識に手を伸ばしてそれを触ろうとする。

「警部?」

わたしがまちがいを犯すまえにプリヤが止めてくれた。居心地が悪いほど距離が近い。彼女の香水と息までにおうほどだ。飲んだばかりの紅茶のかすかな香りがした。振り向くと、彼女の若い顔に老いた渋面《じゅうめん》が浮かんでいるのがわかった。この経験のせいで――森の中ではじめて死体を目にするという経験のせいで、動揺して少々怖気《おじけ》づいているのかもしれない。そんなふうに思いかけたが、たぶんそれはまちがいだ。プリヤが何歳だったか思い出そうとした。女の年齢を当てるのは実にむずかしい。あえて言うなら、二十代後半か三十代前半か。まだ野心でぎらぎらしていて、自分の可能性に自信を持っていることだろう。人生にまだ失望させられていないおかげで無傷の状態。

「手を触れるまえに法医学者の到着を待って調べてもらったほうがよくないですか?」とプリヤは言った。すでに答えは知っているくせに。

嘘つきは一貫して証言を変えないものだが、プリヤも一貫して規則を曲げない。〝法医学者〟の言い方が、学校で新しいことばを学んだばかりの子供みたいに聞こえた。実際に使うところをだれかに見てほしい子供みたいに。

「当然だ」わたしはそう言って一歩下がった。

プリヤとちがってわたしはこれまで多くの死体を見てきたが、これは以前に担当したどのケースとも異なる。プリヤが被害者の身元について推測しはじめ、わたしはまたぼうっとしてきた。これは何か大きなことの始まりのような気がする。わたしにその仕事が務まるだろうか。まったく同じ殺人事件はふたつとないが、かすかにでも似たケースを扱ったのはもう何年もまえのことだし、あれからいろいろ変わった。仕事も変わり、わたし自身も変わった。だけど、それだけじゃない。

これは別だ。

知り合いが殺された事件を扱ったことは一度もなかった。
そして、この被害者はよく知っていた。
昨夜一緒にいた女だ。

火曜日　六時三十分

彼　女

だれにだって秘密はある。ときには、自分自身にさえ隠している秘密も。

最初に目を開けたとき、何がきっかけで目が覚めたのかも、今何時なのかも、ここがどこなのかもわからなかった。すべてが真っ黒だった。ベッド脇の電気スタンドに手が当たり、そのおかげで疑問にいくらか光が当たった。自分の寝室の見慣れた光景が見えてうれしい。こんな目覚めの朝は、家にたどりつけたと知って、いつもほっとする。

といっても別に、わたしは本やテレビドラマに出てくるような女じゃない。しょっちゅう飲みすぎて、まえの晩にしたことを忘れるような女とはちがう。そんじょそこらのアルコール依存者ではないのだ。そういう型にははまらないタイプだ。だいたい、だれだって何かしらに依存しているものだろう。お金だったり、成功だったり、SNSだったり、砂糖やセックスだったり……ありそうなものを挙げればきりがない。たまたまわたしの選んだものがアルコールだっただけのこと。記憶が追いついてくるのに時間がかかることは確かにあるし、自分のしたことがわかって、必ずしも満足したり誇らしく思えたりするわけではないが、それでも記憶はつねにある。つねに。

だからといって、その話を全世界にしなければいけないわけではない。

ときどき思う。わたしは自分の人生の信頼できない語り手だと。

だれでもそうではないだろうか。

最初に思い出したのは、理想の仕事を失ったことだ。最悪の悪夢が現実になったという記憶は、どうやら体に害を及ぼしているらしい。わたしは電気を消して――もう部屋ははっきり見えなくていい――またベッドに横になり、掛け布団の下に潜り込んだ。自分の体を抱いて目を閉じる。ミスター・パーシバルのオフィスから出たときのことを思い出した。あのあと、午後の半ばに報道局を出たんだった。歩いて帰るにはあまりに足元がおぼつかない気がしてタクシーに乗り、何があったか話すため母に電話した。恥ずかしい話だが、ほかに電話する相手をだれも思いつかなかった。

母は近年、少し忘れっぽくなり、話が支離滅裂になってきている。普段は電話したところで、あまり実家に帰れていないことに罪悪感を覚えるだけだった。生まれ故郷に帰りたくないのにはわたしなりの理由がある。だが、そのことは人に話すより忘れたほうがいいだろう。物理的な距離のせいにしてしまえば簡単だが、真実をねじ曲げすぎると、取り返しのつかないことになりやすい。昨日電話したとき、母はいつもの母と変わらないように思えた。しかし、ほんとうはちがっていた。わたしが胸の内を打ち明けると、一瞬完全に黙り込んだあと、いきなりこう言い出した。学校で嫌なことがあった日は、夕食に目玉焼きとフライドポテトを食べると元気が出るんじゃない？

わたしが今三十六歳で、ロンドンに住んでいるという事実を母はいつも忘れている。わたしには仕事があって、過去には夫と子供もいたということを。今日がわたしの誕生日だというのも知らないようだった。バースデーカードは送られてこなかった。それは去年も同じだったが、だからといって母が悪いわけではない。時間の概念は、母が忘れてしまったもののひとつだ。今では母の中で時間はちがう進み方をしている。だいたい、まえではなくうしろへ。認知症は、母から時間を奪い、わたしから母を奪った。

そんなふうに、慰めの拠《よ》りどころを求めて過去を振り返るのは、状況を考えれば不思議ではなかったが、自分の子供時代にまでさかのぼるべきではなかった。わたしの子供時代は少々波乱に富みすぎている。

家に着くと、カーテンを片っ端から閉めて赤ワインのボトルを開けた。人に見られるのを恐れてのことではない——単に暗がりで飲むのが好きなだけだ。だれも見ていないとしても、自分でさえ今の自分を見たくないときがある。二杯目を空《あ》けると、わたしは人目につきにくい格好——適当な古いジーンズと黒のジャンパー——に着替え、ある人に会いに出かけた。

数時間後に帰宅すると、玄関で服を脱いだ。服には泥がついていて、罪悪感でいっぱいになった。ワインをもう一本開け、暖炉に火をつけたのを覚えている。暖炉の真正面に座って毛布にくるまり、ワインを勢いよく喉に流し込んだ。寒い外に長時間いたあとでは、なかなか体が温まらなかった。薪《まき》がパチパチいっていた。自分にも秘密があると言うかのようだった。火の光がぼんやりした影を投げ、それが部屋の中を躍りまわっていた。彼女を頭の中から追い出そうとしたが、目をきつく閉じてもまだ顔が見え、肌のにおいがし、声が聞こえた。泣いている声が。

爪の下に土が入っていたのを覚えている。シャワーを浴びて体をきれいにしたあと、わたしはベッドに入った。

また携帯が震え出した。目が覚めた理由はどうやらこれだったらしい。今は早朝で、外はまだ部屋の中と同じくらい暗く、不気味なほど静かだった。わたしにとって静寂は、恐怖として肌で感じるものになっている。耳で聞くものではないのだ。忍び寄ってきて、頭の中の一番うるさい場所にしばしば身を潜める。耳を澄ましたが、車の音も鳥のさえずりも生活音も聞こえなかった。ボイラーの低い音も、家を暖めようとして失敗している古びた配管のざわめきも。

携帯を見ると――暗がりの中の唯一の光だ――目が覚めた原因はニュース速報のメールだったとわかった。画面は不自然な光を発している。見出しを読んだ。森の中で女性の死体が発見されたらしい。まだ夢の中だろうか。さっきより部屋がさらに暗くなったような気がした。

そのとき、携帯が鳴りはじめた。

ミスター・パーシバルだ。電話に出ると、こんな時間にすまないと言われた。今から出社して番組に出演できそうにないか、知りたがっている。

「キャット・ジョーンズはどうしたんですか？」自分の声にとてもよく似た声が訊いた。

「わからないんだ。けど、スタジオにも現れず、連絡もつかない」

昨日粉々になったわたしのかけらが、もぞもぞと這《は》ってまたひとつのかたまりになる。わたしはときどき自分の考えと恐怖の中で迷子になることがあった。悩みの世界に閉じ込められてしまうのだ。心の奥底では、自分の頭の中にしか存在しない世界だとわかっているのに、不安が叫ぶ声は理屈より大きかった。あまりに長い時間最悪のことを想像していると、それが現実になる場合もあった。

最初の質問に答えられずにいると、ミスター・パーシバルはさらに訊いてきた。

「アナ、急か《WUSH》してしまってほんとうに《WEALLY》申し訳ない。でも今すぐ知りたいんだ。今日……」

発話の問題のおかげで、少しだけ彼のことが嫌いじゃなくなる。自分がなんと答えるかはもうわかっていた――この瞬間は、想像の中でリハーサルしてきた。

「もちろん大丈夫です。チームの期待を裏切るなんてできませんから」

電話の向こうの安堵《あんど》が手に取るようにわかった。実に愉快だ。

「きみは命の恩人だよ」そう言われて、一瞬忘れた。自分はまったくその逆だということを。

いつもより準備に時間がかかった。まだ酔っぱらっていたが、病院で処方してもらった目薬とコーヒーで消せないものはないだろう。まだ熱いうちにコーヒーを飲んだせいで、口の中をやけどしてしまった。苦しみを和《やわ》らげるほんの少しの痛み。次に、冷蔵庫のボトルから冷えた白ワインを注いだ。グラスにほんの少し、やけどの痛みを抑えるためにちょっと飲むだけだ。そして、バスルームへ向かった。廊下の端にある寝室のドアは無視する。そのドアはいつも閉めてある。記憶というのはときに、勝手に姿を変え、わたしたちの過去のきれいな映像だけ見せてくれる。振り返って見たときにあまりひどくないものを。ときに上塗りをする必要があるのだ。その下に隠れているものを覚えていないふりをするために。

シャワーを浴び、クローゼットの中から赤のワンピースを選んだ。まだタグがついたままだ。買い物はとくに好きではないので、普段から自分に合うものを見つけたら、全色買うようにしていた。女は服で決まるわけではないが、本来の姿をごまかすのに服はもってこいだ。買った服はいつもすぐ着ないでとってある。自分らしくあるためというより、いい気分になる必要があるときのための服だ。そういうおしゃれな新品の服を着て自分を隠すとしたら、今じゃなくていつだろう。鏡の中の女の姿に満足したところで、お気に入りの赤いコートでその女を包んだ。目立つのは、必ずしも悪いことではない。

タクシーで職場へ向かい――早く復帰したくてうずうずする――口の中にミントを放り込んでBBCの建物に入った。まだ二十四時間も経っていないというのに、報道局を見下ろすと、家に帰ってきたような気分になった。

チームのいる場所へ向かっていると、ミーアキャットの群れみたいにみんなの視線がこっちを向くのがわかった。かと思うと、彼らは疲れた表情に一様に不安を刻み込んで顔を見合わせていた。わたしを見て、もっと喜んでくれるのかと思っていたのに――キャスターも全員が全員、わたしみたいにニュースを放送するという仕事をきっちりこなしているわけではない。それでも、わたしは報われない笑みを貼りつけ、らせん階段の金属の手すりを以前より少し強く握った。そうでもしないと、転がり落ちてしまいそうだ。

キャスターの席に座ろうとすると、編集担当に止められた。彼女の氷のように冷たい手がわたしの手に置かれる。彼女は首を振り、こういうのはきまりが悪いとでも言わんばかりに床へ視線を落とした。編集担当は普段から、自分の財布が膨らんで、体はしぼみますようにと神に祈っているような女だ。神様はいつもその願いをあべこべに叶えているようだけれど。わたしは、席についたチームの真ん中に立った。赤らんだ頰に注がれる視線の熱を感じる。彼らが知っていて、わたしが知らないことはなんだろう。

「ごめんなさい！」うしろから声がした。毛羽立てたビロードみたいな声。そんなふうに言うとなんだか滑稽《こっけい》に聞こえるが、ほんとうにそんな声だった。猫が喉を鳴らすような豪華でフェミニンな声。この声を耳にするとは思っていなかった。聞きたくもなかった。「ベビーシッターにドタキャンされて、義理の母が来てくれることになったんだけど、来る途中にあろうことか車をぶつけちゃって——大した事故じゃないんだけどね。ちょっと車がへこんだ程度よ。で、どうにか娘たちを預けて家を出たら、今度は電車が遅れてて。しかも、そのとき携帯を忘れてきたことに気づいたの！ どれくらい遅れるか、連絡のしようがなくて。ほんと、ごめんなさい。なんと言ってお詫《わ》びしたらいいか。でも、間に合ったわ」

わたしときたら、キャット・ジョーンズが永久にいなくなったなどとどうして思ったのだろう。今考えるとばかみたいだが、何かしらの事故にでも遭ったと想像していたのだと思う。彼女が二度とお昼の放送に出演できなくなるできごとがあったと。そうなれば、わたしはまた彼女の後任に返り咲き、なりたい自分になることができる。だが、彼女が現れた今、わたしはもはや用済みだ。自分の体がくしゃくしゃになって縮み、透明人間になっていくように感じられた。リニューアルされた機械の、もうなんの役にも立たない余計なスペアパーツ。

キャット・ジョーンズが鮮やかな赤い髪を耳にかけると、ダイヤモンドのピアスがあらわになった。本人よりはるかに本物らしく見える。赤い髪は自然の色だとは到底思えないが、それでもすごく似合っていた。体にフィットした黄色のワンピースも同様だ。笑顔でこっちを向いたときに見える真珠のように白い歯にしてもそうだった。こっちは、野暮ったい詐欺師の気分だ。

「アナ！」と彼女は言った。まるで新しい敵ではなく古い友人にでも会ったかのようだ。「要らないプレゼントをあげるみたいに、わたしは彼女へ笑みを返した。「せっかく自由の身になったんだから、初日くらい家にいてくれてよかったのに。ほら、わたしが復帰したでしょ。お子さんとゆっくりしててくれて全然問題ないのよ。子育ては順調かな。娘さんはもう何歳？」

ほんとうなら、二歳三ヵ月と四日だ。

一日たりとも数えるのをやめたことはない。

キャットはわたしの妊娠を覚えていたのだろう。ただ、シャーロットが生まれて数ヵ月後に起きたことについてはだれも話していなかったらしい。突然、報道局が静まり返ったように感じられた。みんながこっちを見ている。キャットの質問はわたしの肺から空気を奪い、わたしも含めてだれにも返すことばがなかった。彼女は眉――まちがいなくアートメイクだ――をひそめたが、その顔は少しばかりわざとらしかった。

「まさか、わたしのせいで朝早くからそっちへ電話がいっちゃったとか？　ごめんなさい！たまの休暇を邪魔しちゃって。ほんとなら、家族とおうちでゆっくり過ごせてたのにね」

わたしはキャスターの椅子をつかんで体を支えた。

「大丈夫よ、ほんと」そう言って、無理矢理笑みを浮かべた。顔が痛い。「正直に言うと、また記者に戻れるのを楽しみにしてるの。だから、復帰してくれてすごくうれしい。だって、スタジオの外に出てリアルなニュースを取材したいじゃない？　実際に人と会ってた頃が懐かしくて」

キャットの表情はどうとも読めなかった。ただ、沈黙しているところを見ると、わたしの話に共感していないか、そもそも信じていないかのどちらかだろう。

「外を歩きたくてうずうずしてるなら、ゆうべ起きた殺人事件を取材してきたら？　例の森の中で死体が見つかったやつ」とキャットは言った。

「そいつは悪くないんじゃないか」キャットの横からミスター・パーシバルが現れた。新しいバナナを見つけたサルみたいに。

わたしは自分の身が縮んでいくように感じられた。

「そのニュースはまだ見てないんだけど」わたしは嘘をついた。

具合が悪いふりをするなら今だ。今なら、家に帰って自分ひとりの世界に閉じこもり、お酒に酔って楽しい気分になれる――楽しいとまではいかなくても、ましな気分にはなれるはずだ。

だが、キャット・ジョーンズは話しつづけていた。みんなが彼女のことばをひと言も聞きもらすまいとしているように見える。

「ブラックダウンっていう場所で女性の死体が発見されたの。聞くところによれば、サリー州のさびれた町らしいわ。なんてことない事件かもしれないけど、ちょっと調べてみない？　もしよければカメラマンもひとりつけるし。アナも嫌かなと思って……ここでただぼうっとしてるのも」

キャットは、通称タクシー乗り場へ視線を移した。そこは、ヒラの記者がニュースを割り当てられるのを待っている場所だ。彼らが取材した内容はまったく放送されないことも多い。

専門分野の決まった記者――ビジネスとか健康とかエンターテインメントとか犯罪とか――はみんな上の階に席を持っていた。彼らの日々は忙しく、仕事もやりがいがあって安泰《あんたい》だ。けれども、しがないヒラの記者となると話は別だ。中には、キャリアを有望視されながら、まちがった人を怒らせてしまったか何かで、それ以来、放送されることのないネタをちりのように集めている人もいる。

この報道局に枯れ木と呼べる人員はたくさんいるが、労働組合が塗った強固なニスのおかげで、なかなか切るのもむずかしくなっていた。元キャスターにとってこのタクシー乗り場ほど屈辱的な席はない。わたしはここで身を粉《こ》にして長く働きすぎた。だから、ただ消えることもできない。どうにかもう一度ニュース番組に出演できる手だてを見つけるつもりだが、それでも、このニュースの取材だけは避けたかった。

「ほかに何かないですか？」とわたしは訊いた。

ことばが息を詰まらせたみたいな変な声だった。

ミスター・パーシバルは肩をすくめて首を振った。体に合わないスーツの肩にふけがのっているのが見える。その視線に気づかれた。わたしはもう一度つくり笑いを浮かべ、気まずい沈黙を追い払おうとした。

「じゃあ、ブラックダウンに行ってきます」

傷のない人はいない。わたしたちには、人生が心や精神に残した小さなへこみや染みがある。それらは、恐怖と不安で固められ、しばしば壊れやすい希望で塗りたくられる。わたしは、いつだってしているように、弱い自分を隠すことを選んだ。わたしは多くを隠している。

後悔のない人間は嘘つきだけだ。

実を言うと、今はここ以外の場所ならどこへでも行きたかったが、ブラックダウンはそれでも絶対に戻りたくない場所だった。とくに昨夜のあとは。世の中には、むずかしくて説明できないことがある。自分自身にさえ説明できないことが。

ひとり目の殺しは簡単だった。

ブラックダウン駅で電車を降りたとき、彼女は、ここになどいたくないとでもいうような顔をしていた。それもわからなくはない。わたしだってほんとうはいたくなかったが、少なくとも装備は万全だった。古い黒のジャンパーを着て寒さに備えていた。けれども、彼女のほうはちがった。ウォータールー駅発の最終電車だったからすでに遅い時間だったのだが、ブロンドの髪に赤い口紅、黒革のスカートと、明らかにまだ今夜の予定がありそうな格好だった。革は本物のように見えた。着ている本人とは大ちがいだ。本人は、選んだ職業からして、無私無欲で他人に対して思いやりがあるようにしか見えなかったが――ホームレスの慈善団体を運営していたのだ――ほんとうは、聖人とは程遠かった。むしろ自分の素行の悪さの埋め合わせをしようとしている罪人と言ったほうが近かったかもしれない。

わたしたちはときに、心苦しく思うがゆえに善《よ》い行いをする。

夜のこの時間はいつものことだが、ブラックダウンに人気《ひとけ》はなく、電車を降りて寂しげなプラットホームを歩くのは彼女ただひとりだった。ここはさびれた町で、人々は中流階級の流儀と調和という衣に包まれて、平日は早い時間に帰宅してベッドに入る。万が一にでも悪いことが起きれば、みんなこぞって一刻も早くそれを忘れようとする場所だ。

駅自体は、両開きのドアの上に施《ほどこ》された石の彫刻が得意げに宣言しているとおり、一八五〇年に建てられ、重要文化財として指定されている。数年前に町と呼べるまで発展した場所だが、ここは絵に描いたような趣《おもむき》ある田舎の鉄道として残っていた。ここに来ると、時間をさかのぼって白黒映画のワンシーンに足を踏み入れたような感覚に襲われる。歴史遺産のため、あらゆる不要な近代化から守られていた。監視カメラもなければ、出入り口もひとつしかない。

その場ですぐに殺すこともできた。

だがそのとき、彼女の携帯が鳴った。

プラットホームから駐車場まで歩くあいだずっと電話の相手と話をしていた。だから、もし見ている人がいなくても、だれかが聞いているかもしれなかった。

彼女がアウディTTへ乗り込むのを眺めた。慈善団体のお金で買っていいと彼女自身が判断した社用車だ。ブランドもののコートやニューヨークへの旅行、髪のハイライトなどと同じく。以前、彼女の団体の経理担当者が書いた年次報告書を見たことがあった。彼女のホームオフィスで見つけたのだ——机の引き出しは鍵もかかっていなかった。彼女は慈善団体からちょくちょくお金を盗んで自分のために使っていた。そんなことをしているのになんの罰も受けさせなかったら、それこそ罪になるだろう。

彼女は駅から森までの短い距離を運転した。わたしにとっては尾行するのに苦労する距離ではなかった。彼女は自分の車から出て別の車に乗り込んでいた。車に乗ったとたん、美しいブロンドの髪を耳にかけてフェラチオを始めた。といっても、それはまだ食欲を刺激するための前菜にすぎない。そのあとメインイベントのため、スカートをたくし上げて下着を下ろした。服を着たままするのが好きらしかった。脱がそうとしてくる手を払いのけていた。こちらとしては、それで全然かまわない。彼女の一番美しいパーツは充分見えていたから――鎖骨だ。昔から常々そこは女の体で最もエロティックな場所だと思っていたが、彼女のは特段きれいだった。肩と鎖骨のあいだにできたくぼみの形がこの上なくすばらしかった。雪のように白い肌からもろそうな骨が飛び出している。それを見ていると体がうずいた。靴も好きだった。あまりに気に入りすぎて、わたしは持ち帰ることに決めた。履くにはわたしの足には小さすぎたが――まあ、記念品だ。

だれかが彼女の中に入ると、表情が変わるのがわかった。わたしは目を閉じ、音を聞いた。互いにファックするべきじゃないとわかっているのにそれでもやめられないふたりが立てる音を。まるで森の中の獣だ。結果を考えずに、本能的な欲求を満たしている。

けれども、結果というのは必ずついてくる。

終わったあとの顔がよかった。その寒さにもかかわらず汗で光っていて、青白い頬がほんのり赤く染まり、完璧な口がわずかに開いていた。その口で、ことのあいだずっと、ドッグショーで優勝した犬みたいにハアハア息を切らしていたわけだ。唇の隙間は、中にちょっとしたものを忍ばせるのにちょうどよかった。

何より、殺される直前、青くてかわいいその目に浮かんだ感情をわたしは楽しんだ。それまでに見たことのなかった感情――恐怖――が表れていて、それはとても彼女に似合っていた。

何か非常にまずいことがこれから起きるとすでに知っているかのような表情だった。

彼

火曜日　七時

これは非常にまずい。

もしだれかに知られたら、わたしが犯人だと思われる。けれども、それなりに自信はあった。わたしたちの関係がばれていたはずはない。とはいえ、土の上に横たわる被害者の体を見るたびに、ゆうべ彼女の中に入ったことを考えてしまった。

彼女がわたしにあれこれしている様子を少し離れた場所から見ている、そんな感覚がときどきあった。彼女がだれか別の人にそれをしているような。この情事が現実に起きていることだとはなかなか信じられなかった。こんな美しい女がわたしに興味を持つなど話がうますぎやしないか。今にして思えば、事実そうだったのかもしれない。彼女はわたしの車に乗り込むなり、無言でわたしのチャックを下ろして舐《な》めはじめた。それが終わると、わたしの好きなようにさせた。わたしはしたいことをしながら、あの完璧な口からもれる小さな音を楽しんだ。

彼女とそういうことをするのを、わたしは実に長いあいだ夢想してきた。

彼女はわたしにとって高嶺《たかね》の花だった。心の奥底では、いつか終わるはずだと自分でもわかっていたと思うが、数ヵ月前に深夜の密会が始まったその瞬間から、彼女はわたしになんでもさせてくれた。彼女がどれほど美しいかを考えれば、わけがわからなかった。それでもしばらくして、わたしはそのことについてあれこれ考えるのをやめた。麻薬のような女だった。摂取すればするほど、ハイになりたくなってしまう。

そんな女に惹かれても、相手はめったにこっちに注目してはくれない。寄せては返す波のように、近づいては去っていった。遅かれ早かれ、岸辺に打ちあげられたわたしを置き去りにするのはわかっていたが、それが続くかぎり、わたしは波乗りを楽しんだ。

わたしたちは互いに自分たちの求めるものを手にしていた——何物にも縛られないセックスを。セックス自体になんの意味もなく、だからこそうまくいっていたのだと思う。食事はなし、デートもなし、余計な面倒は一切なし。向こうは数ヵ月前に離婚したと言っていた。夫に浮気されたらしい。ばかな男だ。もっとも、わたしも人のことは言えない。自分は彼女の気を晴らすためだけの都合のいい存在ではない、それ以上の存在なのだと、自分をごまかしていたのだから。別に、事実そうだったところでかまわなかったのだが。見た目はいいものの、性格が悪いという評判が彼女にはあった。美しい人は、何をしたってほかの人より許されがちだ。たいていの場合は。とにかく、自分たちがしていたことをだれかに知られても、だれも傷つかないとわたしは思っていた。だが、それはまちがいだったらしい。

「名前を呼んで」セックスの最中に彼女が言ったのはそれだけだ。だから、わたしは呼んだ。レイチェル。レイチェル。レイチェル。

「大丈夫ですか、警部?」

プリヤがわたしを見ていた。またひとり言を言っていたのだろうか。さらにまずいことに、顔の傷を見られていた。そこには、レイチェルが残した痕があった。女がセックスの最中にそういうことをするのはまったく理解できない。爪で引っかくなど、野良猫みたいではないか。レイチェルの爪はいつも同じだった。ピンクの長い爪。先は白かったが、そこだけつけ爪っぽかった。背中ならわたしも、だれも見ないから気にしないが、昨夜の彼女は顔を引っかいてきた。もう一度視線を落とし、レイチェルの文字の書かれた深爪の指を見る。〝偽善者〟。またプリヤに視線を戻した。わたしの頬にうっすらついたピンクの傷をまだ見ているようだ。つい逃げ出したくなったが、どうにかこらえて顔を背《そむ》けた。

「大丈夫だ」とわたしは小さく返した。

口実をつくり、しばらく車内にいると伝えた。電話するふりをしながら体を温め、心を落ち着かせようとした。振り向いて後部座席に目をやり、床を念入りに確認する。レイチェルがここにいたことを示すものは一切見当たらなかった。彼女の指紋はそこらじゅうについているはずだが。車の中でどのようなことを何回したかはもう忘れてしまったが、率直に言って、わたしたち自身と同じくらいここは汚れているにちがいない。あとで適当な時間ができたら中も外もきれいにしよう。

彼女のような女と深い仲になるなど、わたしはいったい何を考えていたのだろう。危険な女だというのはわかっていたが、だからこそノーと言えなかったのだと思う。わたし自身、気をよくしていたのかもしれない。いつだって家に帰るよりレイチェルと会うほうがよかった。仕事で長い一日を終えたあと、大して楽しみなものは家になかった。とはいえ、万が一ばれれば、すべてを失いかねない。

まだ雨が降っていた。絶え間なくフロントガラスを叩く雨の音が耳の中でドラムのように響いた。首の付け根が痛む。ニコチンでなければ治せないタイプの頭痛だ。たばこを吸いたくてしかたがなかったが、それは子供のために二年前にやめていた。自分のお粗末な人生の選択のせいで罪のない人間に迷惑をかけたくなかった。うまい赤ワインでも一杯飲めば治まるかもしれない。けれども、昼食のまえのアルコールも、わたしがやめたことのひとつだ。選択肢を検討した結果、できることは何もないとわかった。一度決めたことは守るのが一番だ。

プリヤが窓をノックした。無視しようかと思ったが、考え直して車から出た。冷たく湿っぽい現実に逆戻りだ。

「お邪魔してすみません、警部。今だれかと話してました?」

自分とだけだ。

「いや」

「副本部長が警部の携帯がつながらないとおっしゃってましたが」

もしプリヤが非難のつもりでそう言ったのなら大成功だ。携帯を取り出すと、副本部長からの不在着信が八件残っていた。

「何もないぞ。ちがった番号にかけたか、電波が悪かったんじゃないか」わたしは嘘をつき、携帯をさっとポケットにしまった。嘘をつくくらいなんてことはない。他人につくのもそうだが、自分につくのも得意だった。練習なら充分積んでいた。「またかけてきたら、すべてうまくいっていると伝えてくれ。わたしからあとで連絡する」やり手の上官――しかも、自分の半分しか生きていない若造――にあれこれケチをつけられるのは、今は勘弁願いたい。

「わかりました。伝えておきます」

頭の中にいつも書いてある、見えないToDoリストにプリヤがそれを加えているのがわかった。まだ何か言いたそうだ。急に思い出したらしく、彼女の顔がピンボールマシーンのように輝いた。

「痕跡と思われるものが見つかったんです！」

何？

「なんだって？」

「痕跡と思われるものが見つかったんです！」彼女は同じことばを繰り返した。

「指紋か？」

「足跡です」

「ほんとに？　こんなぬかるみで？」

すでにこの雨で地面には幾筋もの小さな川ができていた。プリヤは晴れやかな笑みを浮かべている。まるで最近描いた絵を親に見せたくてしかたない子供だ。

「科学捜査班もラボの外に出られてすごく張り切ってるんでしょうね。お手柄ですよ！　遺体の真横で見つかったんですが、最近ついた大きなブーツの足跡のようでした。最初は落ち葉で隠れていたんですけど。見てみます？」

わたしは一瞬、自分の泥だらけの靴に目を落としてから、彼女についていった。

「言っとくが、思いがけず足跡が見つかったとしても、それは警察のだれかのものかもしれんぞ。そもそも現場全体をすぐに封鎖しておくべきだったんだ。きみがここに着いた時点でね。駐車場も含めてだ。今からタイヤ痕が見つかったとしても、裁判ではなんの役にも立ちやしない」

プリヤの顔から笑みが消え、おかげで少し楽に呼吸ができるようになった。

わたしがここにいたことはだれも知らないはずだ。被害者との関係を疑う理由などだれにもない。だから、その状態が続くかぎり、わたしは安泰《あんたい》だ。これから自分が取るべき行動は、普段どおり振る舞い、自分の仕事をして、だれかに指を差されるまえに別の者がレイチェルを殺したと証明することだ。頭をすっきりさせようとしたが、心がぐちゃぐちゃで、気持ちが騒がしすぎた。その中でも一番大きな声が、頭の中で繰り返し叫んでいた――ブラックダウンになんか戻ってこなければよかったのに。確かに、そのとおりだった。

彼女　　　　火曜日　七時十五分

ブラックダウン行きを免《まぬか》れようとしたところで無意味だっただろう。答えようのない疑問を投げかけるだけだ。だから、わたしは家に帰って荷造りをした。現地に泊まるつもりはなかったが、この仕事はいつも計画どおりに進むとはかぎらない。ブランクはあったものの、手順は忘れていなかった。清潔な下着にノーアイロンの服、防水ジャンパー、メイク道具、ヘアケア用品、ワイン、ウィスキーのミニボトル。それに、行くまえから、読む時間はないとわかりきっている小説。

車の後部座席に――車は夫と別れたときに買った赤のミニコンバーチブルだ――ボストンバッグを放り込み、運転席に乗り込んでシートベルトを締めた。わたしは安全第一のドライバーだ。昨夜飲んだアルコールがまだ残っているかと心配になったが、普段からこんなときに備えて自分用の検知器をグローブボックスに入れてある。それを取り出してチューブに息を吹きかけ、画面が変わるのを待った。緑に変わったので大丈夫だ。ナビは必要ない。これから行く場所までの道ははっきりわかっていた。

幹線道路のA3を運転するのはわりと楽だった――まだラッシュアワーだが、ドライバーの多くはこの時間、ロンドンから遠ざかるのではなくそっちへ急いでいる。それでも、同じような景色と不安以外に同乗者がいないと、数分が数時間に感じられた。ラジオも退屈をかき消してはくれない。聞こえてくるどんな歌も、わたしが忘れたいと思っていることを思い出させてくるようだ。この事件を取材するのはいい考えではなかった。でも、他人にその理由を説明できない以上、どうしようもない。

見覚えのある分岐点に差しかかり、ブラックダウンの標識に従うと、みぞおちのあたりの不快感がひどくなった。何もかも昔と変わらないように見える。まるでサリー・ヒルズの片隅で時が止まってしまったかのようだ。遠い昔、ここは地元と呼ぶ場所だったが、今振り返ると、自分の人生ではなく別のだれかの人生だったみたいに感じられた。今のわたしは当時のわたしとは別人だ。見る影もなく変わった。ブラックダウンとその住人は変わっていなくとも。

それでもここで起きたあらゆる忌まわしいできごとにもかかわらず、町は美しかった。幹線道路をおりて間もないうちに、狭い田舎道を進んでいることに気づいた。太古から続く森のおかげで空が視界から消えていく。丸飲みにされそうだ。何世紀もまえからここに根付く木々たちが、一段低くなった小道に身を乗り出していた。険しい斜面から露出した木の根が両側に見える。曲がりくねった枝が絡み合うようにして上へ向かい、意思の固いわずかな日光を除くあらゆるものを遮《さえぎ》っていた。わたしは、前方の道路に神経を集中させようとした。町へと向かう暗い木のトンネルと雑念の中を突き進む。

葉の茂みの陰から出ると、ブラックダウンが相変わらずよそ行きの格好をしていることに気づいた。手入れの行き届いた美しいビクトリア朝様式の家が誇らしげに並んでいる。苔《こけ》むした石垣にこぎれいな庭。白い柵で囲まれた家もあった。窓辺の植木箱が家同士で張り合っているのも一年じゅう見られる光景だ。道にはごみひとつ落ちていなかった。町の広場を抜け、パブの〈ホワイト・ハート〉と崩れかけのカトリック教会を通りすぎた頃、セント・ヒラリーズ女学院の堂々とした校舎のまえを通りかかった。アクセルを踏む足につい力が入る。前方の道路から目を離さないようにした。建物を直視しなければ、記憶の亡霊には見つからずにすむと思っているのかもしれない。

ナショナル・トラストの駐車場に入ると、担当のカメラマンがすでに到着しているのがわかった。優秀なカメラマンをつけてくれているといいのだけれど。BBCの取材車はどれも同じ車種だ——全車両が集まれば、撮影機材という兵器を積んだステーションワゴン部隊ができあがる。一方、カメラマンはピンキリだった。本人が思っている以上に仕事ができる人もいれば、手に負えないくらいひどいのもけっこういた。わたしが画面にどう映るかは、カメラマンの腕によるところがかなり大きいので、一緒に働く相手に関してはうるさいほうかもしれない。大工と同じだ。作品を仕上げていくのに最適な道具を選ぶ権利がわたしにはある。

ステーションワゴンの横に車を停めたが、中に座っている人の姿はまだ見えなかった。運転席のシートは水平に倒されていた。だれか知らないが、昼寝をしようと決め込んだらしい。いい兆《きざ》しではなかった。わたしも現場を離れてから長いうえ、ニュースの世界ではスタッフの入れ替わりも激しいから、もしかしたら一度も一緒に働いたことがない相手かもしれない。ここからのキャリアアップは茨《いばら》の道だ。しかも、上のポジションにはほとんど空《あ》きがないときている。それでも優秀な人材は、上にのぼれないとわかったとき、今度はまえへ進むものだ。新入りのカメラマンが担当になる可能性を一瞬覚悟したが、車から降りてステーションワゴンの中をのぞくと、そうではないとわかった。

窓は開いていて——こんなに寒くて雨も降っているというのに——昔の知り合いの見覚えのある姿が見えた。八〇年代の曲を聞きながら手巻きたばこを吸っている。気まずい再会になるなら、さっさとすませたほうがいいだろう。わたしはそう思った。昔いろいろあった相手とは、過去は過去のこととしてそのまま葬り去るほうが好きだが、その相手と仕事をするとなると、簡単にはいかない。

「寿命が縮まるわよ、リチャード」そう言って助手席に乗り込み、ドアを閉めた。車内はコーヒーと煙と彼自身のにおいがした。覚えのあるにおい。まんざら嫌でもなかった。だが、におい以外は別だ。目に入ったごみの山を今すぐ片づけたい衝動に駆られた。ほとんどがチョコレートバーの包み紙と古い新聞、コーヒーカップ、潰れたコーラの缶だ。何にも手を触れないよう気をつけなくては。

リチャードがトレードマークのレトロなTシャツと破れたデニムを身につけていることに気づいた。去年四十歳になったというのに、まだティーンエイジャーみたいな格好をしているらしい。見た目は細マッチョのサーファーといった感じだが、海が怖いのは知っている。ブロンドの髪はうしろで結べるくらい長かったが、下ろして、ピアスをした耳に無造作にかけていた。学校に通っていた頃、みんなで〝カーテン〟と呼んでいたヘアスタイルだ。リチャードはピーターパンのような男なのだった。

「みんな結局、何かしらで死ぬんだ」彼はそう言って、またたばこを吸った。「元気そうだな」

「おかげさまで。そっちはひどい顔」

リチャードはにやりと笑った。これで分厚い氷にひびが入った。まだ完全に割れてはいないとしても。

「そんなにずばり言わなくてもいいだろ。しかも、こんな朝っぱらから。そういう言い方をやめれば、もう少し友達も増えるんじゃないか」

「別に友達は要らない。ほしいのは優秀なカメラマンよ。だれか知らない？」

「面白いな」リチャードは窓からたばこを出して灰を落とし、またこっちを見た。「さっさと終わらせないか？」

彼の目が少し怖く見えた。見覚えのない目だった。だが、すぐに車を降りたところを見ると、どうやら仕事のことを言っていただけだったらしい。わたしは、リチャードがカメラを点検する様子を眺めた。衛生管理についてはいい加減かもしれないが、彼も仕事のことは真面目に考えているのだ。それを見て、今日一緒に仕事をするのが彼でよかったという安堵《あんど》と感謝の念がこみあげてきた。理由はいくつもある。まず、どんなネタでも彼ならしっかり撮ってくれるし、なんだか今日は調子が悪いなというときでも、わたしをよく見せてくれる。それに、彼といると自分らしくいられる。ほぼ本来のわたしで。

リチャードとは記者時代、何度か寝たことがあった。これはふたりだけの秘密だ。お互いに秘密にしたいと思う充分な理由――指輪の形をした理由――があった。誇りにできる過去ではない。とはいえ、当時はまだ結婚していたものの、なんというか、失意の底にいた。最悪の痛みを和《やわ》らげるには別の形で自分を痛めつけるしかないと感じることがときどきある。わたしをぶち壊そうとする物事から注意をそらすのだ。自分自身を癒すために、ほんの少し自分を傷つけて。

自らの不義を正当化するつもりはないが、寝るべきではない相手と寝るずっとまえから、わたしの結婚生活は破綻《はたん》していた。夫とわたしが娘を失ったときに何かが変わった。娘が死ぬと同時に、わたしたちの中の小さな一部も死んだのだ。でも、自分があの世へ行ったことを知らない亡霊みたいに、わたしたちは自分自身に取り憑《つ》き、そのあとも長いあいだお互いを苦しめた。

この仕事は最高にいいときでもストレスが多いが、最悪のときはみんな、すがれる場所に慰めを見出そうとする。ニュースはほとんどが悪いニュースだ。この仕事のおかげで今まで、自分が自分でなくなるようなニュースを見てきた。世の中の見方やそこに住む人々への見方が変わるようなニュースを。そういうのは一生忘れない。わたしたちは恐ろしいことができる生き物だ。一方で、歴史が与えてくれようとしている教訓からは一切学ぶことができないときている。

来る日も来る日も近くで人間の嫌な面や残酷さばかり見せつけられていると、物の見方は永久に変わってしまう。だからたまに目を背《そむ》ける必要があるのだ。わたしたちの情事はただそれだけのことだった。ふたりとも、何かを感じるというのがどんなことか思い出す必要があった。わたしの業種では別にめずらしいことではない。報道局の半分が同僚と寝た経験があるのではないだろうか。ときどきスタッフの関係を把握するのに苦労するほどだ。

リチャードが上着の袖に腕を通していた。引き締まったおなかがちらりと見える。たばこを捨てたかと思うと、彼は大きなブーツの底で火を消して言った。

「行く？」

三脚は置いて森の中へ向かった。こんなぬかるみでは必要ない。わたしは靴を汚したくなくて、できるかぎり水たまりを避けて歩いた。目的地はすぐそこだ。写真を撮っている数人を除けば、報道陣の中で一番の到着らしい。でもすぐに、まったく歓迎されていないとわかった。

「非常線の外側に下がってください」小柄な若い女が言った。

こぎれいすぎる身なりに、やけにはっきりした母音の発音をしていた。学級委員長タイプだ。クラスメイトに幻滅した学級委員長。わたしたちが黙っていると、女はバッジを振った――少し照れくさそうに。学生とまちがわれるのには慣れっこだから、IDを見せますよ、と言わんばかりだ。どうにか〝パテル〟の文字だけは読めたが、そのあとすぐポケットにしまわれてしまった。わたしは笑みを浮かべたが、向こうはにこりともしなかった。

「これから規制の範囲を広げます。とりあえず、駐車場まで下がってもらえますか？　犯罪現場なので」

どうやら有名人を見ても素通りするタイプの人間らしい。

彼女のうしろに照明が設置されているのが見えた。科学捜査班のウェアを着た大勢の人がいる。向こうのほうで、地面に置かれたもののそばにしゃがみ込んでいる人が何人かいた。遺体の周りにテントが設置されている。ここまで近くに来られるチャンスは今しかないだろう。それは経験からわかった。リチャードとわたしは黙って視線を交わし、無言の会話をした。リチャードがカメラのスイッチを入れて肩に担《かつ》ぐ。

「はい、すぐに下がりますね」とわたしは答え、たわいのない嘘――そう言っていいだろう――に大きな笑みを添えた。

仕事をきっちりこなすためなら、わたしはなんでもする。警察を怒らせるのは望むところではないが、ときにはそれもやむを得ない。これであとには引けなくなった。とはいえ、別の逃げ道ならいくらでもあるだろう――今回の場合は、おそらくもっと上層のほうに。

「ちょっと撮ってすぐ帰るから」とわたしは言った。

「今すぐ帰るんだ。言われたように駐車場へ戻れ」

若い女の横に現れた男の姿にしばし見入った。しばらく眠っていないような顔をしている。服は暗がりで着替えたみたいな乱れようだ。首にはハリー・ポッター風のマフラーが巻かれていた。現代のコロンボといった感じ。刑事ドラマの主人公みたいな魅力は一切ないけれど。リチャードは撮影を続け、わたしは今いる場所にじっと立っていた。これはおなじみのダンスで、わたしたちマスコミはみんな動きを知っている――ニュース速報が入ったときにいつも取るステップだ――撮影し、取材する。

「ここは公共の場所でしょ。撮影する資格は充分あるんじゃないですか」とわたしは言った。これが精いっぱいの口応えだ。リチャードにカメラをズームインさせ、もう少し近くを撮らせるための時間稼ぎ。

男の刑事がまえに出て、手でカメラのレンズを覆った。

「おい《メイト》、気をつけてくれよ」リチャードはそう言って一歩下がり、カメラを地面に向けた。

「わたしはおまえの相棒《メイト》じゃない。つべこべ言わず駐車場まで下がれ。でないと逮捕するぞ」

男の刑事はわたしをにらみつけ、踵《きびす》を返してテントへ向かった。

「仕事をしてただけだろ。そんなむかつく言い方するなよな」リチャードは退散しながら振り向きざまに言った。

「撮れた?」とわたしは訊いた。

「ああ。でも、カメラを触られるのは好きじゃない。クレームを上げないと。あの男の名前を訊いてきてくれ」

「その必要はないわ。知ってる。ジャック・ハーパー警部よ」

リチャードはわたしの顔をまじまじと見た。

「なんでわかるんだ?」

わたしは一瞬考えてから答える。

「まえに会ったことがあるの」

それは真実だ。全部が全部そうじゃないとしても。

火曜日　八時四十五分

彼

アナを見て息ができなくなった。でも、ほんとうのことはだれにも話すつもりはない。彼女と会った瞬間を心の中で再生してみた。やがてそれは癪《しゃく》に障る映像に変わり、せりふひとつひとつを繰り返せるようになった。この苛立《いらだ》ちをだれにでもいいからぶつけてしまいたい。もっとうまく対処できなかったものか。こうなるまえからもう今日は充分ついていなかった。そこへ、よりによって彼女が現れるとは。自宅のクローゼットには、新品のシャツが入っている。最初から会うことがわかっていれば、着てくることもできたのに。シャツはもう何ヵ月もまえからそこにあったが、包みに入っていたときの折り目がついたままだ。いったいなんのために取っておいたのだろう。ここへ越してきてから出かけるところがあったというわけでもあるまいし。おかげでこんな姿を見られてしまった。しわくちゃの服と、じじくさい同僚よりもさらに老けて見えるジャケットを着た姿を。気にしていないふりをしたところで無駄だった。

現場は、取材車とカメラマンとレポーターでごった返していた。彼女も含めてマスコミというものは、どうしてこんなに早く事件を嗅ぎつけるのだろう。まったくもって理解不能だ。仮に死体が発見されたという情報を手にしたところで、この森には入口が何ヵ所もある。谷と周辺の丘にわたって何キロも続いている森なのだ。その半分もわたしは知らなかった。駐車場にしても、片手の指では収まらないほどある。だから、どうしてはっきりここだとわかったのか、不思議でしかたがなかった。しかも、アナは一番にここへ着いていた。

ほかの報道陣から離れたところで、アナがプリヤと話しているのが見えた。そっちへ歩いていって話に割り込みたい衝動に駆られる。でも、我慢した。アナは昔から、敵の中から友人をつくるのが得意だった。ジャーナリストを信用するほどパテル巡査部長も世間知らずではないといいのだが。オフレコだろうがなんだろうが、話すべきでないことは絶対に話してほしくない。プリヤがアナに何か渡し、ふたりで笑っていた。それが何か見極めようと、わたしは目を凝《こ》らした。青いビニールの靴カバーのようだ。アナは木の幹にもたれてハイヒールにそれをつけた。と、こっちを向いて手を振ってきた。気づかないふりをして顔を背《そむ》ける。おそらく科学捜査班に頼んで用意してもらったのだろう。きれいな取材用の靴が泥で汚れてしまわないように。まったく、信じられない。

「知ってる人だと思います」プリヤがいきなり横に現れ、わたしの内なるひとり言を邪魔してきた。

内なるひとり言――せめて内側だけですんでいてほしいものだ。

最近ひとり言を実際に声に出すようになっているのには自分でも気がついていた。街中でじろじろ人に見られることがあったのだ。異常に疲れているか、ストレスを感じているときに、どうもそういうことが起こるらしい。年がら年じゅう不満を抱えた女と二歳の子供と暮らす中年の刑事には、だいたいいつもその両方が当てはまる。チームのメンバーに喫煙者はいなかっただろうか。一本せびって心を落ち着かせたい。

何かしらの返答を期待するように、プリヤがじっとこっちを見ていた。頭を巻き戻して彼女の発言を思い出す。

「テレビのニュースキャスターだ。見覚えがあるのはそのせいだろう」

ことばが大慌てで口から滑り出た。思った以上に不機嫌な声だった。プリヤは普段から、大好きなブランコに乗るみたいに、わたしの気分の揺れにつきあうのがうまい。そんな彼女だが、話を適当に流してはくれなかった。

「被害者のほうですよ、警部。アナ・アンドルーズじゃなくて」その名前を耳にして、また息ができなくなった。自分がどんな顔をしているか想像もつかない。一方、プリヤはプリヤで自己弁護する必要があると感じているようだった。「わたしだってニュースくらい見ますよ」そう言って、また例の妙なしぐさ——あごを突き出すしぐさ——をしている。

「そうか」

「で、被害者ですけど、名前はまだわからないんですが、このあたりで見かけたことがあるような気がするんです。警部はないですか?」

ある。見た。においを嗅いだ。ファックした……

ありがたいことに、プリヤはわたしに答える隙を与えなかった。

「なかなか一度見たら忘れにくい人だと思いません? 髪はブロンドで、服はおしゃれだし。ヨガマットを持って大通りを歩いてるところを見たような気がするんです。地元の刑事たちの話を聞いても、やっぱり生まれも育ちもブラックダウンらしくて。今もここに住んでて、ロンドンへ通勤してたみたいですよ。ホームレスの慈善団体で働いてたって。名前はだれも思い出せないんですけど」

レイチェルだ。

レイチェルは単に慈善団体で働いていたわけではない。運営もしていたのだ。しかし、わたしはプリヤの発言を訂正もしなかったし、被害者に関して知っておくべきことはもうすべて知っているとも言わなかった。ヨガは、レイチェルが目を向けたもうひとつの趣味だった。夫が別の女に目を向けたあとのことだ。取り憑《つ》かれたように、週に四、五回ヨガへ通っていた。わたしとしては、別にそれでかまわなかった。その趣味はお互いにとって利益があった。駐車場やたまにホテルで会っていたのを除けば——お互いの家に行ったり公共の場で会ったりすることは絶対にしなかった——レイチェルは仕事のためでないかぎり、あまり人と交流していないようだった。インスタグラムにはこちらが不安になるほどの頻度で自分の写真をアップしていた。ひとりで彼女のことを考えるときにはよく楽しませてもらったものだ。とはいえ、オンライン上のいわゆる友達が何千人もいるわりには、リアルな友達は驚くほど少なかった。

仕事でつねに忙しくしていたせいかもしれない。

あるいは、あからさまな成功を妬《ねた》まれていたか。

いや、やっぱり美しい外見の下に邪悪な性質を隠し持っていたせいだろう。無視しようとしても、それはどうしても見えてしまった。

今ではこのあたりの広い一帯に非常線を張っていたが、まるでハエ取り紙でもぶら下げたみたいに、マスコミがもっとよく見ようとしつこく集まってきていた。上層部からは、カメラのまえでコメントしろと言われていた。また、名前も聞いたことがない本部の連中からメールや電話が続々と届いていた。一様に、警察のソーシャルメディアに上げる文面はこれでいいかと確認を求めている。わたしはソーシャルメディアはやらない人間だ。ベッドをともにしている女をひそかに監視する目的以外では。上の連中はどうも、最近は本来の仕事よりそっちのほうが大事だと思っているふしがある。近親者への連絡はまだすんでいなかったが、何を優先すべきか、そろそろ自分で決めなければいけないらしい。そう考えていると、おなかが派手に鳴った。チーム全員に聞こえただろう。じろじろ見られているような気がした。

「アーモンドでも食べます?」プリヤが鳥の餌《えさ》みたいな袋をこっちに振ってきた。

「いや、遠慮しとく。今ほしいのはベーコン・サンドイッチか――」

「たばこ?」

プリヤはそう言って、ポケットからたばこを取り出した。意外だ。よくいるヴィーガンかと思っていたのに。彼女がカカオ含有量の多い板チョコより危険なもので体を汚すのは見たことがなかった。そのプリヤが今、わたしが昔よく吸っていた銘柄のたばこを小さな手に握っていた。修道女がセクシーな下着のカタログを読んでいるのを見てしまったかのような衝撃だ。

「どうしてそれを?」

彼女は肩をすくめた。「非常用です」

少しだけ彼女のことが嫌いじゃなくなる。わたしはたばこを一本もらった。半分にちぎった。昔ながらの習慣だ。こうすれば、この小さな棒状の癌《がん》のもとも体には半分しか悪くないと思える。たばこに火をつけてもらった。プリヤの背が低いせいで、腰をかがめなければならない。彼女は片手でマッチを持ち、もう一方の手で火を風から守っていた。その手が震えているのは無視することにする。たばこのにおいを嗅ぐと吐き気がすると言う元喫煙者もいるが、わたしの場合はちがった。二年ぶりに口に触れたたばこはエクスタシー以外の何物でもなかった。つかの間の高揚感が、わたしの顔をはからずも笑顔にした。

「ましになりました?」とプリヤは言った。

自分は吸わないらしい。

「ああ。だいぶな。会見の準備をしてくれ。連中にほしいものを与えてやろう。うまくすれば、それで消え失せてくれるはずだ」

プリヤも笑みを浮かべた。わたしにつられたとでも言わんばかりに。

「了解です、警部」

「別にそんな……いや、気にしないでくれ」

二十分後、ハリー・ポッター風のマフラーなしの状態で、わたしは駐車場で十台以上のカメラをまえにしていた。こういうのはロンドンを離れて以来しばらくぶりだ。うまくできるだろうか。自分が太っているような気がして、話しはじめるまえに、無意識のうちにおなかをへこませていた。知り合いはだれも見ていないからと自分に言い聞かせ、無理矢理安心しようとする。しかしわたしも、他人に嘘をつくのほど、自分に嘘をつくのはうまくない。言い聞かせてみても、ほとんど効果はなかった。しわくちゃの服が気になる。せめてひげだけでも剃《そ》ってくればよかった。

咳払いをして、いざこれから話そうというとき、アナの姿が目に入った。人だかりを押しのけて一番前へ出てくる。ほかの記者たちはむっとした顔をしたが、振り返って本人の顔を見た瞬間、態度を変えた。みんな脇によけ、彼女を通している。まるでレポーター界の女王が現れたみたいだ。わたしも仕事柄、記者会見は何度か経験があるが、名の知れた人でもほとんどの場合、扱いはほかの記者と変わらなかった。だが、アナは自信に満ちあふれていた。その内面が、世界のほかの人々に見せている姿とちがうのは知っているが。

見たところ、アナ以外は、黒や茶色やグレーといった落ち着いた色の服を着ていた。殺人事件の現場に合わせてわざとカラーコーディネートしてきたのだろうか。けれども、彼女だけはちがった。鮮やかな赤のコートに赤のワンピースを着ている。新品なのかもしれない。見たことのない服だった。わたしはできるだけそっちを見ないようにした。気が散ってしょうがない。でも、まさかわたしたちが知り合いだとはだれも思わないだろう。そのままにしておくのがお互いのためだ。

全員の意識がこっちを向き、みんながもう一度静かになるまで待った。そうなってから、事前に練りあげて承認をしっかりすませた声明を発表する。刑事はもう自分のことばで語るのを許されていないのだ。少なくとも、前回へまをしたわたしの場合は禁止されている。

「町はずれのブラックダウン・ウッズで今朝早く、遺体が発見されたとの通報が警察に入りました。警察官が現場に向かったところ、メインの駐車場からそう遠くない場所で、女性の遺体が見つかりました。女性の身元は不明で、死因も今のところわかっていません。捜査が続けられるあいだ、現場は封鎖されます。ここでお伝えできることは以上です。なお、現段階で質問は一切受け付けません」

〝また、この機会に申しあげておきますが、ここはれっきとした犯罪現場です。みなさんがどんなものをご覧になっているのか知りませんが、ネットフリックスのふざけた刑事もののワンシーンなどではないのであしからず〟。

最後のせりふは口にしなかった。少なくとも口にしてはいないはずだ。わたしは背を向けようとした——この段階では通常、報道陣や一般市民にあまり情報を公開しないようにしている。ところがそのとき、彼女の声がした。わたしは昔から人の話し方の特徴を聞き分けるのが得意だ。話し方というのは、話している本人に関して実に多くのことを教えてくれる。訛《なま》りにかぎらずすべての点がそうだ。口調、声の大きさ、話すスピード、ことば遣い。その人が選ぶことば、ことばの発し方とそのタイミング、理由。文と文のあいだの間《ま》も、発することばと同じくらい大きな意味を持つ。人の声というのは波みたいなものだ。こちらにただ打ち寄せてくるだけの声もあれば、相手をなぎ倒して、自己不信の海に引きずり込むだけの力を持った声もある。アナの話す声は、聞いていると、こちらが溺れているような気分になった。

質問は一切受け付けない——さっきそう言ったにもかかわらず、彼女は聞いていなかったのか。あるいは、アナという人間を考えれば、わざと無視することにしたのかもしれない。

「被害者が地元の女性だというのはほんとうですか？」

わたしは顔を向けようともしなかった。

「コメントは差し控える」

「死因は今のところ不明だとおっしゃいましたが、これは殺人事件の捜査だと認められますか？」

まだカメラがまわっているのはわかっていたが、わたしはその場を離れはじめた。アナは無視されるのが好きな女ではない。最後の質問への答えが聞けないとわかると、もうひとつ質問してきた。

「被害者の口の中に異物が挿入されていたというのはほんとうですか？」

そこでわたしははじめて足を止め、ゆっくりと彼女のほうを向いた。笑っているように見える緑の目をじっくり見る。わたしの頭の中でおびただしい疑問がぶつかり合っていた。被害者の口の中からあるものが見つかったことを知っているのはふたりだけだ。パテル巡査部長とわたしのふたり。ただでさえもれやすいニュースだ。わたし自身は当然、まだだれにも言わないようにしていた。プリヤも口は貝のごとく堅い。ということは、不可解な疑問がひとつ残った。

アナはどうして知っているのか？

彼女

火曜日　九時

記者たちの視線を無視して、わたしは自分の車へ急いで戻った。何時間も寒い中に立っているのがどんな感じか、すっかり忘れていた。もっと重ね着してくればよかった。とはいえ、少なくとも見栄えは悪くなかったはずだ。ジャック・ハーパーよりよっぽど。ミニコンバーチブルに乗り込むと、エンジンをかけて暖房をつけ、体を温めようとした。全世界に聞かれていない状態で電話をかけたかったので、リチャードにもう少し映像を撮ってくれと頼んでいた。〈ワンオクロック・ニュース〉のチームのみんながわたし抜きで報道局に座っているのを想像するのはなんだか変な感じだ。わたしなどまるで最初からそこに存在しなかったかのように、すべてがいつもどおり進行しているのだろうか。ミスター・パーシバルを説得すれば、今手にしている情報でわたしのネタを放送してもらえるかもしれない。そうなれば、ここへ来たのも単なる無駄足で終わらずにすむ。まあ、答えが知りたいなら、まわりくどいことはせず、トップに掛け合うのが一番だ。それでなくても今日の編集担当は優柔不断な性格で有名だった。

報道局にしては信じられないほど長い時間、呼び出し音を聞かされたあと、ようやく相手が電話に出た。

「〈ワンオクロック・ニュース〉です」喉を鳴らすような声。

キャット・ジョーンズのビロードのような声を聞いたおかげで、こっちは声がまともに出なくなった。

ほんの昨日までわたしのものだった席に彼女が座っているところを想像した。彼女がわたしの電話に出ているところを。わたしのチームと仕事をしているところを。目を閉じると、彼女の赤い髪と白い歯の目立つ笑みが見えた。そのイメージに、気分こそ悪くならなかったものの、かわりに喉が渇いた。指が救いの手を差し伸べる。勝手にバッグの中を探って、ウイスキーのミニボトルを見つけていた。それを開ける。空《あ》いた片方の手で蓋をひねって——もうお手のものだ——ウィスキーをぐいっと飲んだ。

「もしもし?」電話の向こうの声が言った。セールスみたいな声だ。相手の返事がないときに、体裁だけ取り繕《つくろ》うような声。返事が喉につかえた。口が発声法を忘れてしまったように感じられる。

「アナよ」わたしはどうにか言った。よかった。まだ自分の名前は覚えていた。

「アナ……?」

「アンドルーズだけど」

「あっ、そうだった、ごめんなさい。声がわからなくて。かわりましょうか、ええと——」

「ええ、お願い」

「うん、わかった。保留にさせてね。ボスの注意を引けるか見てくるから」

カチッという音がしたあと、おなじみのBBCニュースのオープニングテーマが流れはじめた。今までは別に嫌いな曲ではなかったが、今聞くと心からいらいらした。窓の外を見ると、報道陣がまだ周辺に立っていた。知った顔もいる。わたしを見たときはみんな、すごくうれしそうだった。あれはいい気分だった。そういえば、握手したんだっけ。そんなことを思い出し、わたしはもう一度ハンドバッグに手を入れて、除菌シートを探した。それにしても、いい加減うんざりだ。いつまで保留にするつもりなのか。そう思って電話を切りそうになったとき、音楽がやみ、局内の叫び声が届いた。

「くそっ、電話が鳴った《WING》ら出てみようというやつはいないのか？　別にむずかしい仕事じゃないだろ。どいつもこいつも普段からろく《VEWY》に出やしないんだから、腱鞘炎《けんしょうえん》になるわけでもあるまいし。もしもし。おい、だれだ？」ミスター・パーシバルがわたしの耳元で怒鳴った。報道局長《コントローラー》という肩書とその空《から》威張りにもかかわらず、彼は何事もコントロールできたためしがなかった。発話の問題にしてもそうだ。もしかしたら局じゅうの人がアレルギーを持っているのかもしれない——彼の空っぽの権威に対して。その証拠に、今も電話が何本も鳴りつづけていた。やっぱりわたしの仮説は正しそうだ。

「アナです」

「アナ……？」

叫びたい衝動をこらえた。わたしのことを忘れる病気でも流行《はや》っているのだろうか。

「アンドルーズです」とわたしは言った。

「アナか！　すまない。今日はもうしっちゃかめっちゃかでね。何かわたしにできることはあ

いい質問だ。今や用済みというわけか。昨日までわたしは番組の看板だったというのに。お願いだから、一分でも二分でも番組に出演させてください――そう頼まなければならないとは。

「例のブラックダウンで起きた殺人事件――」

「殺人だったのか？　ちょっと待ってくれ……」彼の声が変わった。別の人に話しかけているようだ。「言っただろ、聞いたこともないひよっこの政治記者は首相ネタでは使うなって。あれはトップニュースなんだから。編集に言っとけ。五分でいい、現実を直視しろとな……ほかの局になら何をしてくれてもかまわんが、わたしのニュースには、ちゃんとした大人の記者を使ってくれなきゃ困る。わかったら、そいつを用意しろ。それで？」

またわたしに話しかけているのだと気づくのに時間がかかった。ミスター・パーシバルが身長百五十七センチの女性編集担当と、口喧嘩ではなく取っ組み合いの喧嘩をしているところを想像するのに忙しかったからだ。現実にそうなったら、彼はこてんぱんにやられるだろう。

「取材してこいと言われた例の……」わたしは粘った。

「ああ、あれはただ、きみもここにいるよりはましだろうと思っただけさ。今朝のことを考えるとね。警察が声明を出したあと、詳細は確かに見たよ。それを読むかぎりじゃ、死因は不明ってことだったが……」

「それは現時点での警察の発表にすぎません。でも、もっと何かがあるのはわかってるんです」

「どうしてわかる？」

それは答えるのがむずかしい質問だ。

「なんでもです」とわたしは言った。自分でも思うが、弱々しい返答だ。

「そうか。じゃあ、オフレコじゃない情報をつかんだらまた電話してくれ。きみをねじ込んでやれそうか、見てみるよ」

ねじ込んでやる?

「大きなネタになりますよ」とわたしは言った。まだあきらめる準備ができていなかった。

「他局がやるまえにうちで放送するべきです」

「アナ、申し訳ない。トランプの最新のツイートのせいで大変なことになってるんだ。それに、今日はもうすでにニュースがパンパンでね。森の中で死体が見つかったなんていうのはローカルネタにしか思えない。それに、空《あ》きもないいんだよ。状況が変わったら電話してくれ。いいね? じゃあ」

「ただのローカルネタじゃ——」

最後まで言う必要はなかった。もう電話は切れていた。わたしはしばらく自分ひとりの真っ暗な世界に姿を消した。この業界では毎日がハロウィーンみたいだ——大人が怖いお面をかぶって、自分じゃない何者かのふりをしている。

だれかに車の窓を叩かれて飛びあがった。リチャードかと思ったら、外にいたのはジャックだった。この上なく不機嫌な刑事の顔をしている。前回会ったときと同じくらいわたしに怒っているようだ。車から降りて、彼の横に立った。ジャックは、だれかに見られていないか、うしろを振り返って確認している。それを見て、つい笑ってしまった。いつも少しばかり神経質すぎるのだ。あまりに近くに立っているせいで、息からたばこのにおいを感じた。意外だ。もうたばこはやめたのかと思っていたのに。

「いったい何をしてる？」と彼は言った。

「仕事だけど。あいさつくらいしてよね」

「いつからBBCはこういうネタにキャスターを送るようになったんだ？」

この男にどう思われようがかまわない。いつもはそんなふうに自分に言い聞かせているが、もうキャスターを務めていないという事実は彼に話したくなかった。だれにも話したくない。

「いろいろあって」とわたしは返した。

「いろいろあるのは毎度のことだな。会見が終わったあとの最後の質問はなんだ？　きみは何を知ってる？」

「どうして答えてくれなかったの？」

「ごまかすのはよせ。そういう気分じゃない」

「朝は弱いんだっけ」

「真面目に訊いてるんだ。なんであの質問をした？」

「じゃあ、事実なのね？　被害者の口に異物が入ってたわけ？」

「自分が知ってることを話せ」

「それが無理なのはわかってるでしょ。情報源は守るタイプなの」

彼はこっちへ一歩近づいた――距離が少し近すぎる。

「きみのせいで捜査が危うくなれば、ほかの人間と同じように扱うからな。きみだからといって特別扱いはしない。ここは殺人現場だ。ダウニング街やどこかの映画祭のレッドカーペットと一緒にしないでくれ」

「てことは、やっぱり殺人なのね」

彼は自分の過ちに気づき、頬を紅潮させた。

「お互いに知ってる女が死んだんだ。少しは敬意を払ったらどうだ」彼は小声でそう言った。

「お互いに知ってる女？」

彼はまじまじとわたしを見た。もう知っているんじゃなかったのか、と言いたげな顔だ。

「だれ？」とわたしは訊いた。

「気にしなくていい」

「だれ？」ともう一度訊く。

「この事件を取材するのはよしたほうがいいんじゃないか」

「なんで？　さっきお互いに知ってる人だって言ったわよね。だったら、そっちも捜査から外れるべきなんじゃないの」

「そろそろ行かないと」

「あっそう。そうやっていつもみたいに逃げるのね」

彼は歩き出したかと思うと、急に踵《きびす》を返してこっちへ戻ってきた。顔をわたしの目のまえまで近づけてくる。

「会うたびに底意地の悪い女みたいな口の利き方をするな。似合わないぞ」

ジャックはその場から立ち去った。自分でも認めたくないほどいらいらした。癪《しゃく》に障る言い方だ。彼が完全に視界から消えるまで、わたしは顔に笑みを貼りつけていた。そのあと、予想外の妙なできごとが起きた——わたしは泣いていた。いまだに彼にいらいらさせられるなんてうんざりする。それを許してしまう自分が嫌でたまらなかった。

そのとき、となりに停められた車のロックが遠隔操作で解除される音がした。わたしはうろたえた。

「邪魔して悪い」

リチャードはそう言うと、トランクを開けて、カメラを慎重に置いた。わたしは手の甲で目の下を拭った。湿ったマスカラの跡が指に残る。

「大丈夫か?」とリチャードは訊いてきた。うなずいたきり黙っているわたしを見て、その件については話したくないと理解してくれたらしい。彼は続けた。「一時の放送に向けて準備しといたほうがいいかな? もしそうなら今すぐ——」

「その必要はないわ。何か進展がないかぎりこのニュースは必要ないんですって」とわたしは返した。

「そうか。じゃあ、ロンドンに戻る?」

「まだよ。この事件には何かある。わたしにはわかるの。ちょっと話を聞いてみたい人がいるから。わたしひとりで行くつもり。カメラがあると、みんな怖がるでしょ。自分の車で行くわ。〈ホワイト・ハート〉っていう感じのいいパブがこの先にあってね。一日じゅうおいしい朝食を出してくれる店よ。しばらくしたらそこで落ち合わない？」

「うん、いいけど」と彼はゆっくり答えた。まるで次のことばを選ぶあいだ時間稼ぎをするみたいに。「さっき言ってたよな。あの刑事と会ったことがあるって。もしかして昔何かあったのか？」

「なんで？　妬《や》いてるの？」

「さては図星だな？」

「うん、まちがってはいない。ジャックは元夫よ」

火曜日　九時三十分

彼

元妻はこの事件について何か知っている。

どうしてだろう。それはわからない。当然だ。アナに関しては、真実と嘘を見分けるのも昔から至難の業《わざ》だったのだから。一緒に十五年暮らし、そのうちの十年結婚生活を送ったというのにそんなざまだった。世の中には、自分の周りに自衛本能という名の見えない壁を築いている人がいる。彼女の壁はいつも高く堅固で入り込めなかった。わたしが手を打つよりもずっとまえからふたりの関係が困った状況にあるのはわかっていた。この仕事については真実がすべてだが、私生活のこととなると、真実は、顔を背《そむ》けなければならないまぶしい光のように感じられる。

アナ・アンドルーズと結婚していたことはだれにも知られていない。彼女のほうも、職場の人間にはだれにも話していないと思う。アナは昔から極端な秘密主義だった。母親から受け継いだ性質だ。もっとも、それが悪いというわけではない。仕事から離れた私生活に対する、訊かざる言わざるの精神は、わたしにとっても都合がよかった。

長らく恋愛関係にある者同士のほとんどと同じく、わたしたちもかつては頻繁に〝愛してる《アイ・ラブ・ユー》〟と言い合っていた。果たしてその意味を失いはじめたのはいつだったか。それに、なぜそうなってしまったのだろう。そのかわいらしい三語はたわいない嘘へと変わった。どちらかというと、家を出るときの〝いってきます〟や寝るときの〝おやすみ〟のかわりになってしまった。やがて〝アイ〟が省略され、〝ラブ・ユー〟で充分に思えるようになった。同じ空虚な気持ちを表現するのに二語で足りるのに、どうしてわざわざ三語使わなくてはならない？　だが、同じではなかった。わたしたちはもともとの意味を忘れてしまったみたいだった。と、おなかがまた大きく鳴った。自分がどれほど空腹だったか思い出す。

　子供の頃、母親はおやつを食べさせてくれなかった。お菓子は家で禁止されていた。母親は地元の歯科医院で受付をしていて、歯の健康を特別重視していた。ほかの子供はみんなポテトチップスやチョコレートバーやビスケットといったお菓子を学校に持ってくるのに、わたしが持たされるのはいつもリンゴだった。あるいは特別な日は、小さな赤い箱に入ったサンメイド・レーズン。お弁当箱を開けてそれを見つけたときに湧いてきた怒りは今も覚えている。赤い箱には、カリフォルニアからはるばるやってきたレーズンだと書いてあった。ドライフルーツのほうが八歳の自分より興味深い生活をしているじゃないか——ついそんな気にさせられたものだ。うちのおやつは、よくてゴールデン・デリシャスだった。とはいえ、その名前には語弊がある。わたしの意見では、そのリンゴは金色《ゴールデン》でもおいしく《デリシャス》もなかったから。

　幼少期にチョコレートを食べられたのは、祖母が遊びにきてくれたときだけだった。それはわたしたちふたりだけの秘密で、いわば約束の味がした。舌の上で融けるキャドバリー・デイリーミルクの茶色い小さな四角形のチョコ以上に混じり気のない喜びを与えてくれたものの記憶はわたしにはない。

今では毎日チョコレートバーを食べている。仕事の調子が悪いときは日に二個食べることも。だが、どんなチョコレートを買おうと、それがいくらしようと、祖母が持ってきてくれた安いチョコレートにはかなわない。それと同じものを食べたところで、もう同じ味はしなかった。ほしいと思っているものは、ようやく手に入れると価値がなくなってしまうのかもしれない。口には出さないが、だれもが知っていることだ。もし口にしてしまえば、みんな手に入れようとするのをやめてしまう。

アナとわたしは、自分たちがほしいと思っているものを手に入れた。

それは、次から次に与えられるチョコレートバーでも、陽の当たる私有地の島でもなかった。最初はアパート、次に車、仕事、マイホーム、それから結婚式、そして子供。上の世代が切り開いてくれたのと同じ安全な道を歩んできた。多くの人が踏みつけすぎて跡が永遠に残っているおかげで、楽々と通れる道を。わたしとアナは、自分たちが正しい方向へ向かっていると信じていた。自分たちが残した跡のおかげで、のちの世代も通りやすくなっていると。しかし、わたしたちは通過儀礼の虹の先に輝かしい幸せを見つけることはできなかった。自分たちがたどりつきたいと思っていた場所へいざたどりついてみると、そこには何もないとわかっただけだった。

みんな同じだと思う。わたしたちは種《しゅ》として、幸せであるべきだと思うときはそう振る舞うようあらかじめプログラムされているし、そう期待されているのだ。

だいたい、ずっとほしかった車を買ったのに、何年かしたらまた新しいのがほしくなるではないか。夢のマイホームを買ったのに、夢はまだまだだったとあとで悟ったり。愛している女性と結婚したのに、その理由を忘れてしまったり。ToDoリストの次にのっているからという理由で子供を産んだり。だれもがしていることだから、子供さえ産めば、壊れていないふりをしているものでも、もとどおりにできると思うのだ。子供が幸せにしてくれるにちがいないと。

実際、しばらくはそうだった。わたしたちの娘の場合も。

わたしたちは家族になり、今までとはちがう気分だった。わたしたちは、娘を愛することでお互いの愛し方を思い出したようだった。今までわたしが見た中で最も美しい生き物を、どうにかふたりでつくることができた。わたしは目を丸くして赤ん坊を見たものだ。不完全なふたりの人間がどうしたらこんな完璧な子供を産むことができるのだろうと。娘はいっとき、わたしたちからわたしたち自身を守ってくれたが、すぐにいなくなってしまった。

わたしたちは娘を失い、わたしは妻を失った。

ほんとうのことを言えば、人生がわたしたちを壊したのだ。お互いの修復のしかたがわからないとようやく認めたとき、わたしたちはそうするのをやめたのだった。

「遺体は動かしました」とプリヤが言った。

どれくらい長いあいだテントの外で自分ひとりの世界に浸《ひた》っていたのだろう。昨夜のことはだれも知らないとしても、アナはもしかしたら気づいているかもしれないと、つい心配になった。彼女はわたしの嘘などいつもお見通しだ。

わたしたちはふたりとも、起きたことから逃げた。彼女は自分の仕事に隠れ、わたしはここへ、絶対に彼女がついてこないとわかっている場所へ戻ってきた。わたしだって戻ってきたかったわけじゃない。あれ以上アナのまなざしに耐えられなかったのだ。アナは決してあのことでわたしを責めはしなかった。少なくとも声に出しては。だが、その目は口に出さないことすべてを物語っていた。傷と憎しみがあふれんばかりだった。

「警部？」とプリヤが言った。

「よくやった。ご苦労」

チームには、記者会見をしているうちに現場から遺体を動かしておいてくれと頼んでいた。カメラに写してはならないものがこの世にはある。

プリヤはまだ横で待っていた。何を待っているのか、見当もつかない。わたしが黙っていると、彼女は勝手に話しはじめた。気づくと、話を聞くより彼女の姿をまじまじと見ていた。いつも同じ格好をしているように見える。後《おく》れ毛が顔にかからないよう昔ながらのピンで留めたポニーテール、眼鏡、ぴかぴかの革の紐付き靴。アイロンがけされた、ブラウスだかなんだか、女がシャツを着るときに呼ぶもの。マークス＆スペンサーのカタログから出てきたみたいな格好だ。明らかに背伸びしている。いつも洗練された服を着こなしている元妻とはちがう。アナは一緒にいた頃と比べていっそうきれいに見えた。わたしとは対照的に。

おそらくひとり身のほうが彼女には合っているのだろう。体重も少し落ちたようだ。わたしにとっては別にどっちでもかまわないことだが。彼女が太っていたためしは一度もない。ただ、自分ではそう思っていたときもあったようだ。サイズ十一——いつも十と十二のあいだあたりだと自分では言っていた。今はなんとも言えない……八くらいだろうか。孤独はいろいろな意味で人を縮ませてしまうのかもしれない。もっとも、本人は孤独を感じていない可能性もある。

アナがときおり一緒に出張へ出かけていたあのカメラマンのことは、いつも怪しく思っていた。彼女は何日か続けて家を留守にすることがあった。といってもそれは、記者として割り振られるネタならなんであれ取材するためだった。そのあいだ、ホテルに滞在していた。彼女にとっては仕事が何より大切だった。そして、あのことがあった。アナは打ちひしがれた。わたしたちふたりともだ。だが、幸運が舞い込み、彼女はキャスターの仕事に就いた。そのあとしばらくは、うまくいっていたと思う。彼女の勤務時間が規則正しくなり、以前より一緒に過ごす時間が増えた。しかし、わたしたちには何かが欠けていた。あるいは、だれかが。お互いに完全に寄り添うのは無理なように感じられた。

離婚を切り出したのはアナのほうだ。文句を言う権利はわたしにはないように思えた。娘の死でまだわたしのことを責めているのはわかっていた。これからもずっと責めつづけられるのだ。

「どうして知ってるんだろう」

「なんですか、警部?」とプリヤが言った。どうやら無意識のうちにことばが口から出てしまっていたらしい。

「被害者の口に入っていた異物だ。どうしてアナがそれを知ってるのかと思ってね」

鼈甲縁《べっこうぶち》の眼鏡をかけたパテル巡査部長の目がいつも以上に大きくなった。そういえば――とわたしは思った――記者会見のまえにアナとプリヤはふたりで話していたような気がする。

「まさか絶対に言うなと口止めしてることを記者に話したりしてないよな? 頼むから話していないと言ってくれ」

「ごめんなさい、警部」とプリヤは言った。子供みたいな声だ。「話すつもりはなかったんです。口が滑ったというか。もう知ってるのかと思ったんです」

無理もない。相手はあのアナだ。彼女はいつだって正しい答えを手に入れるための正しい質問を見つける。とはいえ、そもそもなぜ彼女がここにいるのか、その疑問はまだ残ったままだった。

駐車場に向かって歩きはじめた。プリヤが駆け足も同然でついてくる。さっきのことをまだ詫《わ》びているようだ。けれども、わたしの意識はまた別のほうを向いていた。アナが例のカメラマンとしゃべっているのを観察するので忙しかった。アナを見る彼の目つきが気に入らない。ああいう男は知っている。わたしも昔はそうだった。彼女は赤のミニコンバーチブルに乗り込んだ。離婚したあとに買った車だ。わたしが嫌がるのをわかったうえであえて選んだのだろう。どうやらもう帰るつもりらしい。意外だ。ニュースのネタであれなんであれ、彼女がこんなに早くあきらめるのは見たことがなかった。どこに行くのか気になる。

自分の車へ向かう足が少し速くなった。

「大丈夫ですか?」とパテル巡査部長が訊いてくる。呆れた。まだ追いかけてきていたのか。

「周りの人間が自分の仕事をきっちりこなしてくれると、わたしも気が楽なんだが」

「すみません、ボス」

「いい加減にしてくれ。わたしはボスなんかじゃない!」

ミニコンバーチブルが駐車場の出口へ消えていく。わたしはポケットに手を突っ込んでキーを探った。プリヤはめずらしく黙ったままわたしを見ていた。見たことがない反抗の色を目に浮かべている。もしかしたら彼女も知るべきではないことを知っているのかもしれない。一瞬心配になった。

「わかりました、警部」また例の口調に戻っている。こっちが年老いたと同時にひどい人間になったと感じさせる口調。

「すまない。きつい言い方をするつもりはなかったんだ。ちょっと疲れててね。子供のせいで夜中まで眠れなかったんだ」わたしは嘘をついた。

今は別の女と子供と暮らしているが、わたしとはちがって、子供は毎日すやすや眠っている。プリヤはうなずいたが、まだ納得のいかない表情をしていた。わたしはどこに行くか訊かれるまえに車に乗り込んだ。エンジンをかけながら、意思の力でポンコツを動かそうとする。今何をしているのか、またどうしてこんなことをしているのか、自分でもよくわからなかった。たぶん直感だろう。そうやってあとで自分に言い訳するのだ。普段から元妻のあとをつける趣味があるわけではないが、この場合はつけたほうがいいと何かが告げていた。いや、そうしなければならないような気がする。

アナのことになると、必ず答えの見つからない疑問が出てくる。

〝彼女はどうしてここにいるのか？　被害者の正体はすでに知っているのか？　マスコミにまだ公表してもいないのに、どうして殺人現場の正確な位置がわかったのか？　わたしに会えなくて寂しいのか？　そもそも最初からわたしのことをほんとうに愛していたのか？〟

娘に関する疑問はいつも一番やかましかった。

〝どうしてあの子は死ななければならなかったのか？〟

考えると夜も眠れなくなる、答えの見つからない疑問はたくさんある。不眠症はわたしにとって、やめられない悪《あ》しき習慣だった。毎日が逆行しているような気になる——朝起きたときは疲れていて、夜寝るときはばっちり目が覚めている。レイチェルを殺したことによる罪の意識のせいではない。不眠症はずっとまえから続いていて、何をしてもどうにもならなかった。医者に処方された睡眠薬は飲むだけ時間の無駄で、アルコールと一緒に飲むと、ひどい頭痛に襲われる。アルコールのほうももちろん、やめるのはむずかしかった。転びそうな気分になるとき、とっさにつかんで一番安心できるのはいつもワインだ。

できるかぎり医者とはかかわり合いにならないようにしている。病院は不潔な場所で、そこを訪れたあとは、どれだけ手を洗って除菌剤をつけても、肌についた病気と死のにおいが消えない気がした。医療施設は病原菌と批判だらけだ。そこで働いている人間はいつも同じ質問をしてくるから、わたしのほうも同じ答えを返すようにしている。いいえ、たばこは吸いません。はい、お酒は飲みます。適量ですが。

わたしの知るかぎり、医者に真実を話さなければならないという法律はない。

それに嘘は、何度も聞かされると真実のように聞こえてくるものだ。

一番心がさまようのは車の中にいるときだが、それは今に始まったことではない。わたしは昔から白昼夢を見がちだった。別に、そのことで自分あるいは他人に危険が及ぶわけではない。わたしは安全第一のドライバーだ。ときどき自動運転モードにしている。それだけの話だ。どちらにしろ、このあたりでは道はだいたい空《す》いている。これからはそれも変わるだろうか。最初は当然そうだろう。警察が押し寄せ、マスコミが大騒ぎしているうちは。でも、それが終わればどうか。ショーが終わり、すべての……ごみが片づいたあとは。住人のほとんどにとって生活は確実に正常に戻るだろう。もちろん、直接影響を受けた人間は別だが、悲しみはいつも衝撃を受けたときが一番強烈だ。夏の時期はこれからもバス旅行の団体客が押し寄せるだろうか？　わたしに言わせれば、彼らが来なかったところで別に悪いことではない。人気というのは、人もそうだが、町もだめにしてしまう。

自責の念に欠けることについてはとくに心配していなかった。けれども、それがどういう意味かは考える。彼女を殺して、根本的に別の人間になったのだろうか。人々はまだ昨日と同じ目でわたしを見てくるし、鏡を見ても、明らかな変化は見られない。

とはいうものの、もしかしたらそれは、厳密に言うとはじめてじゃなかったせいかもしれないわたしはまえにも人を殺したことがある。

あの夜自分がしたことの記憶を頭の奥にしまい込んだ。思い出すと、今でもひどくこたえるから。ひとつのまちがった判断が結果的にふたりの人生をぶち壊した。といっても、ほんとうは何が起きたか、それについてだれかが知っているわけではない。だれにも話すつもりはなかった。レイチェル・ホプキンズを殺した理由はきっと多くの人が理解してくれるだろう。彼女についての真実を知れば。感謝してくれる人すらいるかもしれない。だが、あんなにも愛した人を殺した理由については、だれもわからないだろう。

そして、それはこれからも同じだ。わたしはだれにも話すつもりはない。

火曜日　十時

彼女

わたしには、だれにもしていない話がたくさんある。

その数はあまりに多い。

それにはわたしなりの理由がある。

また雨が降ってきた。まえが見えないほど強い。怒った大粒の雨がフロントガラスを執拗《しつよう》に叩き、涙みたいに窓ガラスを伝っていた。犯罪現場と、それから元夫と充分な距離ができたと感じるまで運転を続けてから、わたしは道の待避所に車を停めた。しばらくじっと座っている。周りの景色とワイパーの音に呆然として。

シューキュキュ。シューキュキュ。シューキュキュ。

ここを去れ。ここを去れ。ここを去れ。

前方を見たあと、バックミラーでうしろを確認した。道にはほかにだれもいないと安心できたところで、ミニボトルのウィスキーをあおった。喉が焼けて満足感を覚える。その風味と痛みをこれでもかというほどたっぷり味わったあと、空《から》のボトルをバッグに放った。バッグの中身と瓶がぶつかる音がして、娘の保育園の玄関にかかっていたウィンドチャイムを思い出した。ミンアルコールはわたしの気分をよくしてはくれない。これ以上悪くなるのを止めるだけだ。

トを口に入れ、検知器に息を吹きかけた。お決まりの自己嫌悪と自己防衛の時間をすませると、またまえに進み出す。

町に戻る途中、昔通っていた学校のまえを通った。外に女の子が何人か立っているのが見えた。見覚えのあるセント・ヒラリーズ女学院の制服を着ている。ずっと嫌で嫌でしかたなかった制服だ。ロイヤルブルーと黄色のネクタイ。あの子たちはせいぜい十五歳くらいだろうか。今のわたしにはとても幼く見えた。一方、当時のわたしは、自分がすごく年を取っているように感じていた。それははっきり覚えている。面白いものだ。人生は逆転することがよくあるらしい。わたしたちは子供のとき大人のふりをし、大人になれば子供みたいに振る舞う。

着く頃には、気分が悪くなっていた。お酒のせいではない。わたしはばれないよう、ミニコンバーチブルをもう少し先に停めた。なぜかはわからない。ここに来たことは結局知られるはずなのに。最後にここを訪れてから長い時間が経っていた。そのことへの罪悪感がわたしを車の中に留めさせるのか。最後に来たのは正確にはいつだろう……たぶん半年以上前だ。

去年のクリスマスにも帰らなかった。別の予定があったからではない。ジャックとはその頃には離婚していて、彼はすでに別の人と暮らしていた。帰らなかったのは、帰れる気がしなかったからだ。わたしはひとりになる必要があった。だから、クリスマスイブの午後に炊き出しのボランティアをしたあと、自分のアパートに三日間引きこもった。ワインと睡眠薬だけを相手に過ごした。

十二月二十八日の朝に目を覚ましたとき、気分は少しもましになっていなかったが、このまま生活を続けることはできそうな気がした。それは喜ぶべきことであり、最良の筋書きでもあった。将来についてちがったふうに感じたときに備えて別の計画もあったが、その選択肢を排除できてうれしかった。昔はクリスマスも、一年で一番好きな日だった。けれども今では祝い事ではなく、どうにか乗り越えなければならないものになっている。そして、その唯一の方法は、ひとりきりで過ごすことだ。

ときどき自分が水面の下に暮らしていて、ほかのみんなはその上に暮らしているような気分になる。あまりに長い時間みんなの真似をしてそう振る舞おうとすると、息ができなくなるように感じる。自分だけ肺のつくりがちがって、わたしには日々会う人たちと同じ空気を吸う能力もパワーもないみたいに。

車をロックし、懐かしい通りを見渡した。大した変化はなかった。住居に姿を変えた別荘が一軒と、道を少し行ったところに、車寄せに変わった庭がひとつあったが、それ以外はすべてが昔のままだった。いつものことだ。もしかしたらこの二十年という時間は嘘だったのかもしれない。くたびれた想像の産物だっただけか。実のところ、今の気分は、おかしな町の一歩手前でしばらく踏みとどまっているような感じだった。境界はまだ越えていないような。

突き当たりの家のまえで足がぴたりと止まった。顔を上げるのに少し時間がかかる。目を合わせるのが怖い人を相手にしているみたいだ。思い切ってまえを向いて、ビクトリア朝様式の古い家を眺めてみた。窓枠のはげかけたペンキと古びた玄関を別にすれば、ここもいつもとまったく同じだった。ここが古びているように見えるのは新鮮だ。一番衝撃を受けたのは庭だった。ヒースと芝生が伸びまくり、ジャングルと化している。玄関へ続く道の両側にあったラベンダーの茂みも放置されたままだった。曲がった茎が関節炎の指みたいにあらゆる方向に手を伸ばしている。まるで何人《なんぴと》たりとも入れはしないぞと言っているかのようだ。

あるいは、出ていかせはしないぞと。

庭の門を見下ろした。蝶番《ちょうつがい》が外れて壊れている。外れた門を動かして横に置き、玄関まで進んだ。一瞬ためらったあと、チャイムを鳴らす。しかし、その手間は要らなかったらしい。こちらも壊れている。ノックした。三回。ずっとまえにそうしろと母親から教えられていた。三回鳴らせば、わたしだとわかるから。母は長いあいだ、他人を家に入れようとはしなかった。

返事はなかった。色あせた玄関マットを見下ろすと、〝ようこそ〟の文字が逆さまになっているのがわかった。これでは、お客さんを迎えるというより、現実世界が母を迎え入れようとしているみたいではないか。それも、もし母が外に出て、ふたたび世界と交わろうと思うことがあればだが。そう考えた直後、心の中で自分を叱った。その冷たい考えを内なるベッドへ連れていき、できるだけこんこんと寝かせようとする。そのとき、探していたものが目に入った。玄関先に置かれた、ひび割れたテラコッタの植木鉢だ。それを持ちあげて少し驚いた。まだここに鍵を隠していたとは。

そして、中に入った。

彼　　火曜日　十時五分

ふたつ目の環状交差点でアナを見失った――彼女は昔から少々スピードを出しすぎるきらいがある。けれども、全然かまわない。このときにはもうどこへ向かっているか、見当がついていた。正直に言って、今さらながら驚いた。通りに彼女の車を見つけ、自分の勘が正しかったとわかると、わたしは少し離れたところに車を停め、エンジンを切って待った。

待つのは得意だ。

アナは今朝見たときとちがって見えた。艶《つや》のある茶色の髪、大きな緑色の目、しゃれた赤いコートと、美しいのは相変わらずだったが、その姿は小さく感じられた。まるでこの場所に彼女の体を実際に縮ませる力が具《そな》わっているかのように。彼女はいつも以上にはかなく、簡単に壊れてしまいそうだった。

元妻は、ここへ戻るのが好きだったためしがない。それは娘が死ぬまえからだ。もっとも、自分からその話をしたり理由を説明したりすることはなかった。あのことがあったあとはもう、報道局を除いてどこへも出かけなくなった。買い物でさえオンラインですませているので、仕事以外はめったにアパートも出ない。

娘の名前にいたっては、口に出すのも耐えられなくなり、わたしが口を滑らせようものなら激怒し、音の攻撃から身を守ろうとするみたいに耳を塞《ふさ》いでいた。わたしもこれまでの人生でいろいろあった——まちがいを犯したり、だれかを傷つけたり。そういうことはほとんど頭から消えている。しがみつくには記憶が痛すぎて、忘れざるをえなかったのかもしれない。だが、罪の意識とは裏腹に、娘の記憶だけは残っていた。今でも頭の中であの子の名前をつぶやくことがある。アナとはちがって、わたしは忘れたくなかった。忘れる資格などない。

シャーロット。シャーロット。シャーロット。

あの子はとても小さく、完璧な存在だった。それなのに、いなくなってしまった。

何かにアレルギーがあることがわかったとき、人が取る合理的な対策は、その物質を避けることだ。それがアナにとっての悲しみの対処法だった。人前では仕事で忙しくし、プライベートでは空《あ》いた時間のすべてを家に引きこもって過ごした。ほかの人を見ることで起きる不安の爆発から身を守ろうとした。そうして自分の恐怖心を他人に隠せるようになったが、わたしは知っている。彼女の世界を突き動かしているのは不安だということを。

またおなかが鳴りはじめた。そういえば今日はまだ何も食べていなかった。車には普段から甘いお菓子を常備している。死んだ母が知ったら、歯ブラシお化けになってわたしのまえに出てくるかもしれない。グローブボックスを開けたところ、こんなものが出てきたらいいのにと思っていたチョコレートバーやビスケットのかわりに、黒いレースの下着が出てきた。おそらくレイチェルのものだろう——わたしの車で女が服を脱ぐのは頻繁にあることではない。とはいえ、どうしてこれがここに入っているのかは、さっぱりわからなかった。

もう一度グローブボックスを探ると、ミントタブレットのケースが見えた。ミントタブレットといえばアナだ。彼女はいつも小さなケースを持ち歩いていた。腹の足しにはならないかもしれないが、何も口にしないよりはましだろう。そう思い、小さなプラスティックのケースを振って蓋を開け、数粒手に出した。ところが、出てきた白いものはミントではなかった。掌《てのひら》にのった爪の切れ端をまじまじと見る。吐きそうだ。

通りの奥で車のドアが閉まる音がした。下着とミントタブレットのケースを放り込み、すぐさまグローブボックスを閉めた。見えさえしなければ存在しないのだ――そう言わんばかりに。車のドアに続いてグローブボックスの閉まる音がし、その残響にひどく苛立《いらだ》った。昨夜レイチェルといたことをだれかが知っている。そいつがわたしを挑発しているらしい。ほかに説明を思いつかなかった。でも、いったいだれが？

窓の外に目をやり、アナの一挙一動を眺めた。じっくり時間をかけて車から降りているようだ。ここへはあんなに急いで来たというのに。閉ざされたドアの向こうで何を見つけるのか、それを怖がっているのだろうか。そう考えずにはいられなかった。同情する。怖がるのは当然だ。

あの家の中で彼女を待ち受けているものが何か、わたしは知っている。あそこへはよく行くから。

合鍵までつくったのだ。

もっとも、そのことは彼女たちふたりとも知らない。

彼女　　　　　　　　　　火曜日　十時十分

どうせこんなことだとはわかっていてもよかった。

未開封の郵便が山積みになっていて、ドアを開けるのもむずかしかった。どうにか隙間をつくって体をねじ込むと、すぐにドアを閉めた。が、中も外と同じくらい寒かった。暗がりに目を慣らそうとするが、ものが見えない。でも、最初に気づいたのはにおいだ。強烈なにおい。中で何かが死んでいるみたいだった。

「ただいま」声をかけるも、返事はなかった。

家の奥から聞き慣れたテレビのざわめきが聞こえる。それを聞いても、喜んでいいのか悲しんでいいのかわからなかった。ローマンシェードはすべて下りたままで、冬の太陽が年季の入った綿のへりにわずかばかり光を当てようとしているだけだ。そういえば、シェードは手作りだった。二十年以上前のものだ。電気のスイッチを入れてみたが、何も起きなかった。目を細めて暗闇を見ると、電球が入っていないとわかった。

「ただいま……？」わたしはもう一度言った。

またも返事はない。シェードの紐を引っぱって少しだけ開けた瞬間、もうもうたるほこりに飲み込まれた。百万の微粒子が、部屋に突如として差し込んだ光の筋の中を躍っている。部屋の中央へ目を向けると、かつては家庭的なリビングだったものが、今は空《から》っぽになっているのがわかった。あるのは段ボール箱だけだ。それが何個もある。不安定に高く積みあげられていて傾いているのもあった。今にも崩れそうだ。黒の太いフェルトペンらしきものでひとつひとつに名前がつけられていた。奥の隅に置かれたひとつの段ボール箱に目が引きつけられた。

〝アナのもの〟。

ここへ帰ってくるのはいつも違和感があるが、それにしても、何かおかしかった。わけがわからない。わたしの母は、この家を出るくらいならここで死んだほうがいいと言うような人だ。そのことについては、お互いに口を利かなくなるまでよく言い争っていた。手が震え出す。ここに住んでいた頃みたいだ。といっても、あれは母のせいではなかった。母は知りもしなかった。当時のわたしは今とは別人だった。あの頃のわたしに会っても、同一人物だと気づく人は少ないだろうし、好きになってくれる人もほとんどいないにちがいない。故郷は万人にとって魂のよりどころではない。わたしのような人間にとっては、自分という人間をつくった傷の棲《す》み処《か》だ。

母は昔から箱が好きだったが、それは必ずしも形のあるものとはかぎらなかった。幼い頃、頭の中に箱をつくる方法を教えてくれた。そこに最悪な記憶を隠しておくのだ。それからというもの、わたしは忘れたくてしかたのないものをそこに詰め込むようになった。心の中の暗い隅にしまい込んで隠しておく。そうすれば、自分も含めてだれもそれを見ることはない。そんなことを思い出しながら、胸の内でつぶやいた。ここへ来ると必ず自分に言い聞かせることばを。

〝過去にひどいことをしたからって、あなたはそれだけの人間じゃないから〟

後頭部におなじみの痛みが走る。鼓動に合わせてずきずきしはじめた。アルコールでしか癒せない類《たぐい》の一気に加速する頭痛だ。飲みたいということしか考えられなくなった。バッグに手を入れると、半分ほど残った鎮痛剤のシートが出てきた。二錠口に含み、それを流し込むためのミニボトルを探す。

昔ほど手に入れるのはむずかしくなくなっている――ミニボトルの話だ。機内やホテルからくすめなくてもよくなった。わたしにもお気に入りはいくつかある。ウォッカのスミノフ、ジンのボンベイ・サファイア、バカルディ、甘いものが飲みたいときはベイリーズ・アイリッシュ・クリーム。でも、だいたい第一希望は上質なスコッチだ。今ではさまざまな種類の小瓶が手に入る。翌日配送のオンラインでも。どれもポケットかハンドバッグにこっそり忍ばせられるくらいのサイズだ。最初に見つけた瓶の蓋をひねって、薬みたいにごくりと飲んだ。今回はウォッカだ。飲んだあとのミントは要らない。親は子供のことを知っているものだ。疎遠な間柄の親子であっても。

「お母さん！」とわたしは呼んだ。子供のとき母親を呼んだのと同じ声で。

それでも返事はなかった。

〝わたしたちふたりで住むには充分な広さよね〟わたしがまだここにいたとき、母はこの狭い家についてそう言っていた。昔この家に三人で住んでいたことなどすっかり忘れてしまったみたいだった。今も頭の中で母がそう言っている声が聞こえた。わたしを家から出ていかせまいとしてついたほかの全部の嘘と同じく。

ここは、一階と二階に二部屋ずつあるだけの、ビクトリア時代に建てられたレンガ造りの家だ。二十世紀に入ってから思い出して付け足したみたいに、端に増築部分がついていた。目を背《そむ》けたくなったときでさえ、わたしたちの家はいつもすてきな家に見えたものだ。だが、今はちがった。箱の山の横をすり抜けると、家の奥につながるドアにたどりついた。ドアが抗議の金切り声をあげたが、においはもっとひどかった。喉の奥を突くにおい。何がそのにおいの発生源か考えはじめると、吐き気を催した。

階段の横を通り、ダイニングルームの名残《なごり》がある場所を歩く。ここにもテーブルの上に箱が置かれていた。暗闇で何かにつまずかないよう気をつけながら進むと、隅の化粧台に置かれた母の古いレコードプレイヤーが目に入った。こんもりほこりが積もっている。わたしがカセットテープやCDを勧めたときも、母は絶対にレコード盤がいいと言って聞かなかった。腕をまえに出して部屋を踊りまわる母をときどき見かけたものだ。その姿はまるで透明人間とワルツを踊っている女のようだった。

キッチンに着き、電気をつけた。無意識に手で口を押さえる。食べ残しがこびりついた汚い皿と飲みかけの紅茶のカップがありとあらゆる場所に放置されていた。のろそうなハエが二匹、電子レンジで調理できるラザニアとおぼしき料理の周りをブンブン飛んでいるのがわかった。インスタント食品を食べるなんて母らしくもない。母はわたしたちの庭で育てたもの以外はめったに口にしなかった。ファストフードを食べるくらいなら空腹でいることを選ぶような人だった。

それにしても、においが少々きつすぎる。キッチンのあらゆるごみや汚れからどうにか視線を外すと、裏手にあるサンルームからテレビの光が見えた。母が一番好きな場所だ。愛する庭の絶好の眺めが楽しめる場所。

そのとき、母の姿が見えた。テレビのまえに置かれたお気に入りの肘掛け椅子に座っている。足元には編み物セットの入った袋があった。母は昔からなんでも自分でつくるのが好きだった。食べ物も服もわたしも。何年かまえには、ジャックのためにマフラーを編むのを手伝ってもらったことがある。今でもあれを着けている彼を見るのは、なんだか妙で現実離れしていた。

一歩近づくと、母は記憶にある姿より小さくなっていた。まるで人生が母の体を縮ませてしまったみたいだ。白髪交じりの髪は薄くなり、血色のよかった頬にはくぼみができていた。着ている服は汚く、大きすぎるように見えた。カーディガンのボタンをかけちがえているせいで、玉飾りのついた白の生地が片方だけ長くなっている。色あせた刺繍《ししゅう》飾りのミツバチがたくさん飛んでいるカーディガンだ。わたしがずっと昔に買ったもの――ぎりぎりで用意した誕生日プレゼントだった。まだこれを使ってくれていたとは。テレビ画面に目をやった。どうやらBBCニュースチャンネルを見ていたらしい。わたしがちらっと映るのを期待していたのだろうか。たぶんそうだろう。そんな母の姿を見ると、さらに気が滅入ってしまった。

だが、母も今は見ていないようだ。

目を閉じ、口を少しだけ開けている。

わたしはもう一歩近づいた。だいぶまえにしまい込んだはずの記憶が目を覚ましはじめる。わたしは首を振った。記憶がうるさい声をあげるまえにどうにか黙らせようとする。におうのは、キッチンのごみだけではなかった。母もだ。体臭、おしっこと正体不明の何かほかのもののにおい。いや、わからないのではなく、あえて正体を突き止めまいとしているだけかもしれない。

「お母さん?」わたしは小さい声で呼んだ。

返事はない。

記憶は、そのときどきで姿を変えるものだ。曲がったりねじれたり、時間とともにしぼんで消えていったり。だが、最悪の記憶は決してわたしたちを置き去りにしない。

「お母さん?」もう少し大きな声で呼んだが、それでも返事はなかった。目も閉じたままだ。

母の死はもう何年もまえから想像の中でリハーサルしてきた。別に死んでほしかったわけではない。ただ頭の中でときどきそういうことが起こる、それだけの話だ。世の中の娘がみんなそうなのかは知らない——こんなこと、人にするような話ではないだろう。けれども、いざそれがほんとうに起きるかもしれないとなった今、気づいた。わたしはまだ心の準備ができていない。

手を伸ばしたが、母の手に触れるまえに躊躇《ちゅうちょ》してしまった。思い切って触る。指が氷のように冷たい。顔が横に並ぶまで腰をかがめ、息をしているか確かめようとした。鎮痛剤を飲んだのに、頭痛があまりにひどい。一瞬目をつぶった。このまま仰向けに倒れてしまいそうだ。

そのとき、悲鳴が聞こえた。数秒経ってはじめてわかる。自分の声だった。

彼

火曜日　十時十分

この場所の過去の記憶が現在へなだれ込んでくる。

わたしは、実家の外に立ったアナを眺めた。過ぎ去った時間が薄れゆき、小さな女の子を見ているような気分になる。今すぐ車を降りて彼女を止めることもできたが、そうはしなかった。どんな不快な結果に終わろうと、ときには最後まで見届けなくてはならない。アナが中で何を見つけるかはもうわかっていた。それについては気の毒に思う。自分の鍵を持っているのも知っていたが、なぜか彼女はしゃがんで、植木鉢の下からスペアを取った。そして、ペンキのはげかけたドアの向こうへ消えた。

この家も昔は美しかったが、中にいる女と似ていて、いい年の取り方をしていなかった。アナの母親は家を〝家庭〟にする方法を知っていて、いつ来ても、ここは通りの中で飛び抜けてすてきな家だった。まさに理想の家。少なくとも外から見た感じはそうだった。知らない人がよく足を止めて写真を撮っていたものだ。当時はかわいい庭もあり、窓辺の植木箱も白い柵も美しく、まるでドールハウスのようだった。今はもうわざわざ足を止めて写真を撮る者はいない。

しかし、当時のアナの母親は、掃除や片づけなど、家を居心地のいい場所に変えることが大の得意で、それで生計を立てていた。二十年以上ものあいだ、この町の半分の家を掃除してきた——わたしが今住んでいる家もそうだ。しかも、ただ家をきれいにしていただけではない。香り付きのろうそくや花を買い、各家庭に飾っていた。ときにはブラウニーを焼いてキッチンのテーブルに置いておくことも。妹の子守をしてもらったこともある。ベッドの整え方や枕の膨らみひとつ見ても、ミセス・アンドルーズが来たことは明らかだった。仕事の口と紹介状には事欠かない人だった。

わたしは車の中で待っていた。何も変化がないのでもう少し待ったが、退屈と期待が入り混じった例の感情が気を散らし、ついに車から降りて脚を伸ばした。アナの実家から目を離さないようにしながら通りを歩き、アナのミニコンバーチブルの横で足を止める。車に何か変わった様子はないだろうか。そう思って見たが、何もなかった。派手な車体の色以外は。へこみも線も疵《きず》もない。どうしてわたしはこんなことをしているのだろう。わたしの職種においては——人生においてもだが——見つかるまで自分が何を探しているかはわからないものなのかもしれない。

そのとき、ほんとうに見つかった。

ナショナル・トラストの見慣れたロゴのついた駐車券が助手席の床に落ちているのが見えた。最初は、少しくしゃくしゃになった白黒の小さな紙など大して重要なものには思えなかった。アナが今朝、森の外に車を停めたのは知っているし、実際にそれを見てもいる。けれどもわたしが驚いたのは、こんな状況にもかかわらず、マスコミの人間がパーキングメーターなんかに注意を払ったという点だ。ナショナル・トラストにしても、数人が駐車料金を払うのを忘れたところで、そんなことよりはるかに自分たちの敷地で死体が見つかったことのほうが気になっただろう。

なぜだかわからないまま、わたしは駐車券をもう少し眺めた。見たものを脳が理解してくれるのを、目が辛抱強く待っている。腕時計を見て、最後にもう一度駐車券を見た。日付。そこに刻印されているのは今日の日付ではなかった。車の窓に顔を押しつけ、自分が見ているものに絶対の確信を持てるまで目を細めて中を確認した。その小さな白黒の紙によると、死体の発見された場所をアナが訪れたのは、どうも昨日らしい。

顔を上げて通りを見渡した。この情報をだれか別の人間と共有したい。これは本物だとだれかに確かめてほしい。

そのとき、女の悲鳴が聞こえた。

彼女

火曜日　十時十五分

母が目を開けると、わたしは叫ぶのをやめた。

母は最初、わたしと同じくらい怯《おび》えているように見えたが、すぐに口の周りにしわが広がって笑顔になった。わたしだとわかった瞬間、顔を輝かせ、笑い出した。

「アナ？　もうびっくりしたじゃない！」

母の声はいつもと同じだった。そのせいで錯覚する。今目のまえにいるのは年老いた女ではなく、まだわたしの記憶の中にある中年のお母さんだと。頭が混乱する。見ているものと聞いているものが一致しなかった。母はまだ七十歳だが、世の中には人生に早く年を取らされる人がいる。母はずっと急行列車に乗ってきた。アルコールと、わたしから認められも、理解されもしなかった長期の鬱《うつ》という燃料を得て。子供には、親の一面をあえて見ないことにするときがある。足を止めてわざわざ自分の姿なんか見ないで、鏡は素通りするのが一番だ。

わたしとちがって母は笑いつづけていた。こっちはまた子供に戻った気分だ。この状況に合うことばが見つからない。ただ、母とこの家の状態には衝撃を受けていた。今すぐ踵《きびす》を返してこの家を出て、ここと永遠にさよならしたい——そんな激しい衝動に駆られた。そしてそれは、はじめてのことではない。

「わたしが死んでるかと思ったの？」

母は笑みを浮かべ、体を起こして椅子から立ちあがった。とてつもなく労力の要る作業に見える。

わたしは母にハグすることを許した。こと愛情表現になると、少々下手だ――最後にだれかに抱きしめられたのはいつだっただろう。それでも涙をこらえ、ようやくハグを返すことを思い出した。わたしも母も、なかなか離れようとしない。部屋じゅう散らかっているというのに、家の中のそこかしこにまだわたしの子供の頃の写真が飾られていた。壁やほこりをかぶった棚から、幼い頃のわたしがこっちを見ているように感じられる。その頃のわたしは、今のわたしを認めてはくれないだろう。額に飾ってある写真はどれも十五歳かそれ以前のわたしだった。母の頭の中ではそれ以降、娘は年を取るのをやめてしまったのかもしれない。

「顔をよく見せて」と母は言った。そのかすんだ目では、昔のようには見えそうにもなかったが。最後に会ってから何ヵ月経ったか、わたしたちは暗黙のうちに語りあった。どの家庭にも、会わなくても不自然ではない期間というものはあると思うが、わたしたちの場合は、とくになんの説明もなくても長期間会わないのが普通だった。どうしてかは、お互いにわかっている。

「お母さん、家が……なんというか、散らかってるね……この箱もどういうことなの？」

「引っ越そうと思って。そろそろいいでしょ。お茶でもどう？」

母はそう言うと、ぎこちない足取りでサンルームから出ていった。キッチンに入り、汚れた皿やカップの中からやかんを探している。どうにかそれを見つけると、水道をひねって水を入れた。年季の入った配管が抗議の声をあげる。不自然な音が鳴っていた。わたしの目に映る母みたいに、もしかしたら配管もくたくたで壊れているのかもしれない。母はコンロにやかんを置いた。昔から、電気よりガスのほうが安いと思っている人だった。

「小銭《ペニー》を大切にすれば、おのずと大金は貯まるってね」母は笑顔で言った。わたしの心でも読んだのだろうか。

急に、自分がひょっこり帰ってきた放蕩娘《ペニー》みたいな気がしてきた。母も同じことを考えているのかもしれない――お湯が沸くのを待つあいだ、気まずい沈黙が続いた。

母もずっと他人の家を掃除する仕事をしていたわけではないが、身の周りと家のことに関してはいつもきちんと整えていて、完璧なまでに清潔だった。不潔なものに対してアレルギーでもあるのかと思うほどだった。わたしの強迫性障害めいた衛生管理の意識は母譲りなのかもしれない。といっても、あたりを見るかぎり、母の性格はすっかり変わってしまったようだ。

わたしの両親は、いい学校に娘を入れたくてこの校区に家を買った。それでもまともな公立学校に入れないとわかると、ふたりは私立学校に通うお金を出すことにした。ほんとうはうちにそんな余裕などなかったのだが。それからというもの父は、以前にも増して仕事で家を空《あ》けるようになったが、それがふたりの望みだった――自分たちには無理だった人生のスタートを娘に切らせてやること。わたしにとってそれは、溶け込むことのない一生のスタートだった。

父が完全に姿を消したのは十五歳のときだ。もう余裕でひとり学校から歩いて帰れる年齢だったが、母はその日迎えにくると言っていた。母の姿がなかったとき、わたしはひどく腹を立てた。わたしのことを忘れたのだと思った。ほかの子の親は忘れたりしない。上等な車に乗って、上等な服を着て、時間どおりに迎えにくる。早めに着いて、自分の子供を上等な家に連れ帰って、上等な夕食を食べさせるのを待っている。学校に通うほかの子たちとはほとんど共通点がないように思えたものだ。

その日は雨の中、リュックと体育セットと美術の道具を持って、歩いて家に帰った。重たすぎてしきりに持つ手を替えなければならなかった。上着にはフードがついておらず、荷物が多すぎて傘を持つのも困難だったため、半分も進まないうちにずぶぬれになっていた。首のうしろを雨が流れ落ち、涙が頬を伝っていたのを覚えている。荷物のせいでも雨のせいでもなかった。その日、サラ・ヒーリーにクラスのみんなのまえでユダヤ人みたいな鼻をしていると言われたせいだ。どういう意味なのかも、それがなぜ悪いことなのかもわからなかったが、みんなわたしを見て笑っていた。家に着いたら真っ先に母に訊いてみるつもりだった。

十代の頃の願いといえば、ただほかのみんなと同じようになりたいということだけだった。けれども、今になって思う。もしそうだったら、どんなにつまらない人生だっただろう。

びしょぬれの状態で丘の上に着いた。息を切らしていて、荷物を全部置き、休憩しなければならなかった。冷え切った手にできたみっともない赤い線――荷物が残したつかの間の傷――を見て、痕を消すと同時に手を温めようと両手をこすり合わせた。そしてわたしたちの家がある通りに入った。ブラックダウンで一番高い場所にある通りだった。当時はそこから何キロ先までも見渡せた。丘にしゃれた豪邸が建ちはじめるまえだ。何にも邪魔されない眺めが堪能できた。眼下の町、それを囲む森、パッチワークキルトみたいな遠くの田園風景。晴れた日にはそれが、ぼんやりと青く光る海まで広がっていた。普段わたしたちを見下している全員を見下ろせる絶好の場所だった。

わたしたちの家は一番小さかったかもしれないが、通りの突き当たりに一軒だけぽつんと建った一番かわいい家でもあった。夏には、〝これぞまさしくイギリスの町〟としばしば形容されるわたしたちの町をバス旅行の団体客が訪れた。彼らは美しい景色を求めて丘のてっぺんまで歩くが、ここにいるあいだにわたしたちの家の写真を撮ることもあった。母は別に気にしていなかった。玄関先の庭でいつも何時間も過ごしていた。苗を植えたり木を剪定《せんてい》したり、毎年春には玄関のドアのペンキを塗り替えたり。実際には、築百年を過ぎていたにもかかわらず、ぴかぴかで新築の状態に見えるようにしていた。

自分の鍵を探す必要はなかった。いつも玄関先のかわいい植木鉢の下にひとつ置いてあったから。穴に鍵を挿し込むまえからテレビの音が聞こえた。母はそのまえで眠り込んでいるのだろうと思った。わたしは中へ入り、わざと乱暴にドアを閉めた。

「お母さん！」

責めるような口調で母を呼び、ぽたぽた滴《しずく》が垂れている上着と荷物を床に置いた。通学用の靴は脱がずにそのまま入ろうかと思ったが――そんなことをすれば、母はまちがいなく激怒していただろう――そうはせず、律儀に紐《ほど》を解き、玄関のドアのそばに置いた。靴下も濡れていたので脱いだ。

「お母さん！」

もう一度呼んだ。母がまだ返事もせず、わたしの存在に気づいてもいないことにいらいらしながら。足音荒くリビングへ向かうと、クリスマスツリーが出ているのが見えた。豆電球が星みたいにきらめいていたが、それもわたしの注意を長く引くことはなかった。ツリーの下にプレゼントはなく、あるのは母の姿だけだった。母はうつ伏せになり、血まみれで床に横たわっていた。


母のうしろのカーペットに泥だらけの足跡が延びていた。庭からここまで這《は》ってきたのだろうか。母をもう一度呼ぼうとしたが、ことばが喉につかえて出てこなかった。見ているものをようやく脳が理解すると、わたしは、ぼろぼろになった母の体の横に身を投げ出し、母を仰向けにさせようとした。血で赤く染まった髪が、打ちのめされてあざができた顔の横にこびりついていた。目は閉じ、服は破れ、腕と脚には切り傷や擦《す》り傷がいっぱいあった。

「お母さん？」怖くてもう体には触れられなかった。わたしは小声で言った。

「アナ？」

頭が動いて右目が少しだけ開いた。左目は腫《は》れて閉じていた。どうすればいいのかわからなかった。耳障りな声が出すゆがんだ音に耳が痛くなる気がしたのを覚えている。その場から逃げ出したい衝動に駆られた。母はわたしのうしろに目をやり、コーヒーテーブルに置かれたクリーム色の古いダイヤル式の電話を見た。わたしはぱっと立ちあがり、電話へ急いだ。

話しているときの表情から――〝だめ〟のたったひと言でさえ――とてつもない痛みが走るのだとわかった。

「警察に電話――」

「だめ」

「なんで？」

「警察はだめ」

「じゃあ、救急車を」と言って、わたしは最初の九をダイヤルした。

「やめて」

母は腹這いになってわたしのほうへ進みはじめた。ホラー映画のような光景だった。

「お母さん、お願い。だれか呼ばないと。助けが要るでしょ。お父さんに電話する。お父さんならどうしたらいいか教えてくれるし、家に帰ってきて――」

母は血まみれの震える手をわたしのほうに伸ばした。そして、電話をつかんで壁から線を引っこ抜いたかと思うと、また床に倒れ込んだ。

わたしは泣き出した。こうなったら近所の人にでも助けを求めるしかない。

「近所もだめ」母はしわがれた声でそう言った。わたしの心を読んだみたいに。わたしの考えを見抜くのは普段からよくあることだった。「警察はだめ。だれにも連絡しないで。約束して」

母は、開いたほうの目でわたしをじっと見た。わたしがわかったというようにようやくうなずくと、また頭を床に下ろした。

「お母さんは大丈夫。ちょっと休めばいいわ」母の声はか細く、かろうじて聞き取れるほどだった。

わたしのためにこうするのだと固く決心している様子がうかがえた。とはいえ、わたしには、それが正しい判断なのかわからなかった。

「どうしてお父さんにも電話しちゃだめなの?」

母は息を吐き出した。長い沈黙は合図だ、理解してくれとでも言わんばかりに。

「こんなことをしたのがお父さんだからよ」

火曜日　十時十五分

彼

この仕事は決断がすべてだと思うときがある。その決断が正しいかまちがっているかは二の次で、そもそも決断を下す能力が重要なのだ。そう長年かけて学んできた。そのうえ、〝正しい〟と〝まちがっている〟は主観によるところが極めて大きい。

わたしはここにいるべきではない――それは正しいはずだ。元妻が生まれ育った家の外をうろつくのはだれもが眉をひそめる行為だろう。たとえわたしなりの理由があるにしてもだ。とはいえ、人間には生きているあいだ――いや、死んでからもかもしれない――どうしても忘れられない人というのがいる。すっかり忘れてしまったふりをしているときでさえ。そういう人はずっとそこにいて、わたしたちの孤独な想像の中に潜み、実現することは決してない夢でわたしたちの記憶につきまとう。

といっても、わたしはとくに女好きというわけではない。どちらかといえば、つきあいは短くともひとりを大切にするほうだった。レイチェルが現れるまでは。ベッドをともにした女の数も片手で足りる。しかし、知っている女の数はともかく、本気で愛したのはただひとりだ。ロンドンを離れたのも、そうするのがアナのためになると思ったからだ。人は、失ってはじめて本物の愛がどういうものか知る。そもそもそれを見つけられていない人も多いが、いざ見つけたときにはきっと、その人のためならなんでもしようと思うだろう。

それは確かだ。わたしがそうだったから。

わたしがああするのが彼女にとってはベストだったのだ。でも結果的には、自分が今までに犯した中で最大の過ちだったかもしれない。

ここにいるべきかそうでないかはともかく、現に今、わたしはここにいる。そして、だれかの悲鳴が聞こえたのは事実だった。何かしなければ、男が——というか刑事が廃《すた》るだろう。アナの車にある昨日の日付の駐車券を携帯で写真に撮り、彼女の実家に向かった。壊れた門を持ちあげ、うしろを振り返ってだれかに見られていないか確認する。だれも見ていなかった。そのまま、草の生えたでこぼこの道を進んだ。玄関には行かず、家の横を回って裏手に向かう。ふたりはきっとそこにいるにちがいない。

中から話し声がして立ち止まった。

何を話しているかまでは聞こえなかった。とはいえ、見つかる危険も冒したくはない。壁に寄りかかってしばらく待った。ここは引き返したほうがいいだろうか。賢明な男なら車に乗って署に戻り、自分の仕事をこなすだろう。そう思ったとき、また悲鳴のような声が聞こえた。たちまちためらいも消え、キッチンの窓から中をのぞいた。アナと彼女の母親の姿が見えた。アナの母親がコンロからやかんを持ちあげるところだった。今聞こえたのはあれだったのだ。ああやってお湯を沸かすのが、義母だった女の昔ながらの風変わりな習慣だったのをすっかり忘れていた。元妻は、自分では信じたくないかもしれないが、意外に母親との共通点が多い。

わたしの経験では、世の中には二種類の女がいる。母親のようにだけはなるまいと思って一生を過ごす女と、母親のようになりたくてたまらないというふうにしか見えない女。どちらのタイプも、自分が願っているのとは正反対の結果に行きつくことが多い——前者は、自分がなりたくなかった女の生き写しになり、後者は、こんな人間になっているはずだという自分の期待にいつまで経ってもこたえられない。

わたしは車へ引き返した。ふたりにばれないように。

この家にいる女たちからばかにされたことは一度ならずある。節約に関しては、アナは昔からしようともしなかったし、する必要もない立場だとはっきりしていた。やかんの音を、だれかが助けを求める声だと聞きまちがえたのは、単にわたしの期待からくる妄想だったのかもしれない。迷子になっていることを認めようともしない相手を助けてやるのは無理だろう。

彼女　火曜日　十時十八分

母は自分の状況がよくわからなくなっているのかもしれない。そう思ったものの、口には出さなかった。やかんが悲鳴をあげはじめ、母がやかんを取った。キッチンの窓の外で何かが動くのがちらりと見えたような気がする。が、気のせいにちがいない。確認しにいったものの、何も見えなかった。引き返して部屋の状態をもう一度観察した。わたしの知っている母からすると、どうやったらこの状態に耐えられるのか理解できなかった。十代の頃は、母が他人の家を掃除していることをときどき恥ずかしいと思っていた。今は、他人がどう思っているかを気にしていた自分のほうが恥ずかしい。母は、わたしのためになることをしてくれていただけだ。

　この数ヵ月、ジャックからメールで何度か聞いていた。母の健康状態が以前よりかなり悪くなっていると。そのときは、ただわたしと連絡を取りたいだけだと思って、まともに取り合っていなかった。今の状態を見ると、そんな自分を恨みたくなる。ときに親子の役割は逆転するものだが、わたしは自分の役割をきちんと果たしてこなかった。せりふを忘れたわけではない。そもそも覚えていなかったのだ。

　わたしがまだここに住んでいた頃、母はわたしたちの家を絶えず掃除していた。何かに取り憑《つ》かれたかのように。正直に言うと、その癖はわたしも受け継いでいる。こんな状態の家や母は見たことがなかった。母にとってはいつだって見栄えが重要だった。お金に余裕はなかったものの、つねに身ぎれいにはしていた。わたしにも、チャリティーショップでかわいい服を見つけてきてくれたものだ。母は必ず化粧をし、髪も整えていた。母が素顔でいるのを見た記憶はほとんどない。わが母ながら、当時はほんとうになかなかの美人だったが、今の母は、何日もお風呂に入っていないような見た目とにおいだった。

「元気にしてた、お母さん？」

「わたし？　あら、元気よ」

母はキッチンの食器棚を開けたり閉めたりしはじめた。どこもほとんど空《から》っぽだ。最近は食事をとるのも忘れるようになって体重が落ちてきていると、ジャックが言っていた。彼曰《いわ》く、いろんなことを忘れているらしい。

「ビスケットがこの辺にあったはず――」

「いいの、お母さん。おなかは空《す》いてないし」

「そう？　じゃあ、お茶を淹《い》れるわね」

母はそう言って、ふたつの缶を開けた――茶葉をブレンドするのが好きなのだ。続いて古いティーポットを取り出した。ふたりでお茶を飲んだ千の記憶がよみがえる。確かに、飲み物はほしかった。お茶ではなく、もっと強いものだけれど。こんなことなら、もっと早く実家に帰ってくればよかった。母の面倒をみるべきだった。昔、自分がそうしてもらったように。とはいえ、距離を置いていたのには理由がある。自分を守ることもそのひとつだ。まだ可能なうちにここを出ていきたい。そう思ったものの、母が腕をつかんできた。

「ほら、飲みなさい」

わたしは、クリスタルガラスのタンブラーに視線を落とし、また母を見た。母は微笑んでいる。わたしのことをわかってくれているのだという奇妙な安堵《あんど》感《かん》に包まれた。こんなに最悪な娘なのに。それでもまだ、わたしを愛してくれている。

父がいなくなってから、母はお酒を飲みはじめた。幾度にもわたる宣言とは裏腹に、母がほんとうにお酒をやめられていないのは知っていた。たまの物忘れも、アルコールですべて拭い去ってしまいたくて、あえてそうしているのだと思っていた。母は決して人付き合いのいいタイプではなかった。親友はワインとウィスキーだ。どちらも、ほしいと思ったときいつでもそばにいてくれる。母がどれほど飲んでいるかは、ほかのだれも知らなかった。母は自分の癖をうまく隠していた。隠しごとをする一番の方法はだれにも言わないことだとわたしは学んだ。この母にしてこの娘ありだ。

ジャックはここ数年、認知症の話題を何度か持ち出してきたが、わたしはいつも適当に流していた。母のことは、彼より自分のほうがよくわかっている。そう確信していた。悪化する症状について説明されてもまだ、どうにかなるだろうと思っていた。

わたしはまちがっていたのかもしれない。

母がささいなことを忘れるようになったのは覚えていた。牛乳のこととか、どこに鍵を置いたかとか。まちがった時間にまちがった家へ掃除をしにいくこともあった。けれども、なんでそういう物忘れはだれにでもある。何度かわたしの誕生日も忘れたが、別に大したことではないと思っていた。そんなのはよくある話だ。それに、わたしの誕生日は、どちらかといえば忘れたい日だった。

数ヵ月前には、母が自分の住んでいる場所を忘れてしまったようだとジャックが連絡してきた。

そのときはただ大げさに言っているだけだと思っていたが、今は何を信じればいいのかわからない。認知症が母の記憶を奪うなら、いつか返してくれることもあるのではないだろうか。見た目はともかく、今日は少なくとも話は通じている。わたしはタンブラーの中身を飲み干した。もう一杯注いだら親不孝だろうか？

「それは何？」窓枠に並べられた処方薬に気づいて、わたしは訊いた。

母の顔に浮かんだ表情は読みづらかった。不安と恥が入り混じったような見慣れない表情をしている。

「あなたが心配することじゃないわ」母はそう言って、空っぽの引き出しを開け、小さな茶色の瓶をしまった。

母は薬を毛嫌いしていて、普段から鎮痛薬すら口にしない。人類が滅亡するとすれば製薬会社のせいだと考えている人だった。そういう世間についての通俗的な仮説を普段からよく唱えていたが、薬の件はとくに信じていた。

「お母さん、話して。なんでも言ってよ」

母は長いあいだわたしを見ていた。選択肢を吟味するみたいに。そして結果、真実は少し重すぎると判断したようだった。

「大丈夫よ、ほんとに」

わたしはひどく汚れたキッチンを見まわした。できるだけ優しい口調で語りかける。

「でも、ほんとはそうじゃないんでしょ」

「アナ、ここが散らかってることについてはほんとごめんなさい。お客さんなんて、しばらくだれも来なかったから。わたしもアナが来るって知ってたら……全部箱に入れなきゃいけなくて忙しかったのよ――この家には人生が詰まってるでしょ。それに、薬を飲むとすごく疲れてしまって……」

「なんの薬なの？」

母は床に目を落とし、それから答えた。

「物忘れするようになったって、人が言うの」

キッチンの窓から一筋の光が差し込み、母の顔の一部を照らした。母もそのぬくもりを感じているようだ。頬は赤く染まり、口は少し開いていた。その顔は照れ笑いを浮かべている。

「人って？」

雲が太陽を覆い隠したにちがいない。部屋から光が消え、それと同時に母の顔から笑みが消えた。母は首を振っている。

「ジャックよ。数週間前、スーパーで支払いをするのを忘れちゃったの。すごく恥ずかしかったわ。わたしったら、あんなところで何をしてたのかしら。わたしがどれほど買い物嫌いかは知ってるでしょ。でも、あとで防犯カメラの映像を見せられて。レジを素通りして駐車場へ向かう自分の姿が映ってたの。買う必要もないものがどっさりカートに入ってて。好きでもない作家の本とか、サーロインステーキとか。肉なんてもう何十年も食べてないのに。それに、オムツも！」

わたしは目をそらした。母は次のことばを選びながら口ごもっている。最後のひと言は余計だったと後悔しているようだ。

「それで、どうなったの？」とわたしは訊いた。まだ母の目を直視できない。

「それが、みんな優しくしてくれたの。だけど、警察にはどうしても通報しなきゃいけないって言われて。このブレスレットの中にジャックの電話番号を書いた紙が入ってるんだけど、それでお店の人が彼に電話してくれたの。ジャックは、自分が警察の人間で、わたしの息子でもあることを伝えてくれて。おかげで、彼に迎えにきてもらえたのよ」

母の手首にはめられたロケット式の銀のブレスレットを見た。罪悪感を和《やわ》らげるために去年わたしがプレゼントしたものだ。母は一度軽い交通事故に遭って、病院のだれにも連絡先がわからなかったことがあった。だが、どういうわけか母は今、ロケットに入れた紙にわたしのではなく、彼の名前と電話番号を書いているらしい。

「ジャックがお母さんの息子じゃないのはわかってるでしょ？　まえは義理の息子だったかもしれないけど、わたしたちは離婚したから、もう義理の息子でもないのよ。覚えてる？」

「わかってるわよ。わたしだって、ちょっと忘れっぽくなったかもしれないけど、耄碌《もうろく》したわけじゃありませんからね。でも、かえすがえすも残念だわ。ふたりはお似合いだったのに。しかも、ジャックはわたしにもよくしてくれて。病院にも、彼に言われて行ったのよ」

「結果はどうだったの?」

「アナ、あなたには心配かけたくないの。最近は認知症の進行を遅らせる薬もけっこうあるのよ。残念ながら、体の動きも遅くなっちゃうみたいだけど。わたしったらすごく疲れてて。だからここもちょっと散らかってるの。そろそろどこかに引っ越して、人の手を借りたほうがいいってジャックは思ってるみたい。確かに彼の言うとおりかもしれない。だいたいの日は調子がいいんだけど、ときどきね……どう説明したらいいかしら。自分が消えてなくなるみたいに感じるの。ここからそう遠くない場所に高齢者向けの施設があるんですって。これがすごいところでね。自分の部屋も持てるみたいで。必要なときに助けを呼べる気の利いた仕掛けもあるって。迷子になっても、つねに目を光らせてくれてる人がいるし」

心のどこかでは、ありがたいと思うべきだとわかっていた。けれども感じるのは、自分の中で膨れあがる怒りだけだ。

「ジャックも言ってくれればよかったのに。お母さんも、どうしてそういうことを教えてくれなかったの? わたしも何かできたかもしれないでしょ」

「だって彼がいたから。それだけよ」それなのに、アナはいなかった——そう付け足す必要はない。「まあ、ここにいるあいだに自分の部屋に行って、取っておきたいものがあるか見てきたら？　整理しなくちゃいけなくなるまえに帰ってきてくれたらって思ってたの。ほら、行ってきなさい。お茶は淹れとくから。採れたてのハチミツも少し足しとくわね。昔から好きだったでしょ」

「いいのに、お母さん」

「それくらいやらせてよ。ほかにできることは大してないんだから」

わたしはしぶしぶ二階の部屋へ向かった。狭い階段にもがらくたが散乱していた。ほこりをかぶった本や古い靴ばかりだ。母は、一度好きになったものを捨てるのが得意ではない。ここ何年かでわたしが贈ったクリスマスプレゼントもあった。一度も使わなかったのだろう、贈ったときのまま箱に入っている。開けた気配もない携帯電話も、電気毛布も電気ケトルも。迂闊《うかつ》だった。階段をのぼると、その先の廊下も同じだった。段ボールの障害物コースが家の裏手にある部屋への道を塞《ふさ》いでいる。ずっとわたしのものだった部屋への道を。

何がくるかわからず、いささか恐怖心を抱いてドアに手を伸ばした。開けてみてわかったが、出ていったときのままだった。わたしが家を出たのは十六歳のときだったが、この中で時が止まってしまったかのようだ。こげ茶色の木の家具を眺めた。花柄の手作りカーテン。同じ柄のクッション。本棚。宿題をしていた隅っこの机。ぐらつかないよう折り畳まれた段ボールの切れ端がまだ脚の下に挟まれていた。

ほこりだらけに見えるこの家のほかの場所とちがって、この部屋は何もかも申し分なく清潔だった。しばらく帰っていなかったのに、ベッドのシーツとカバーは洗いたてのようなにおいがした。家具は汚れひとつないばかりか、最近磨いたようだ。部屋に残るつや出し剤のにおいがかすかに感じられた。化粧台の上には、十代の頃好きだった見覚えのある香水——コティのレマン——が置かれている。手首に少し振りかけてみた。すべてが一気によみがえり、もう少しで瓶を落としそうになった。気を取り直し、忘れたい記憶の残りを拭き取る。

外でまた何か動く気配がした。母の大切な庭の真上に位置する裏手の窓をのぞいた。この庭は、記憶にあるかぎりずっと四つに区分けされていた。読書用の芝生（母はいつもそう呼んでいた。実際には、ベッドほどの大きさの場所に草が生えているだけだったが）、果樹園（リンゴの木が一本あるだけ）、野菜畑（少々見苦しい）、それから園芸用の小屋。玄関先の庭は美しかったかもしれないが、裏手の庭はいつも実用的だった。

母はオーガニックにこだわっていて、父がいなくなってからというもの、食べ物をほとんど自分で育てるようになった。狩猟採集というものの力を大いに信じている人で、森に姿を消すこともたびたびあった。どこに行けば、食べられるキノコやベリー、木の実、イラクサが見つかるか、いつもはっきりわかっていた。ハチミツも自分でつくっている。

母がぎこちない足取りで庭の奥へ向かい、ミツバチの巣箱の蓋を開けるのを眺めた。マスクや手袋の類《たぐい》は一切つけていない。それはいつものことで、素手で箱の中に手を入れていた。子供のときはそれを見ると恐ろしく感じたものだが、母曰く、ミツバチを信じていれば、こっちのことも信じてくれるのよ。それがほんとうかどうかはわからないが、母が刺されたことは一度もなかった。母は自分を見下ろしているわたしを見上げて、手を振ってきた。わたしにはなんの問題もないように見える。これなら、どこかの医者が処方して元夫が飲むように勧めている薬も要らないのではないだろうか。もしかしたらその薬が問題なのかもしれない。

母はまた家の中に姿を消し、わたしは自分の部屋に注意を戻した。ここで呼び起こされる記憶のすべてが喜ばしいものというわけではない。父からの贈り物だった木の宝石箱に引き寄せられた。父がくれた最後のプレゼント。蓋にはわたしの名前が彫られていた。幾多《いくた》の出張先のひとつで買ったおみやげだ。

父がくれた名前を綴《つづ》った、均整の取れた〝ANNA〟という文字に触れ、木に指を押しつけた。指に痕ができるまで。病気めいた好奇心にこれ以上抵抗できなくなり、わたしは箱を開けた。赤と白のミサンガが一本と、十五歳の女の子五人の写真が一枚入っていた。そのひとりは昔のわたしだ。写真をポケットに入れ、ミサンガを手首にはめた。そのほかはそのままにしておく。

ある考えが浮かび、心がひりひりしてきた。いっそ考えなかったことにできたらいいのに。母はわたしがいつ帰ってきてもいいようにここをいつもきれいにしているのだ。まだわたしを待っている。自分の取ってきた距離が母をひどく傷つけていたと知り、胸が張り裂けそうになった。

古い暖炉の何かがわたしの目をとらえた。わたしたちの家はいつもほんとうに寒く、母は氷点下にならないとセントラルヒーティングをつけてくれなかったので、体を温めるには火をつけるしかないことが多かった。自分の部屋の暖炉を最後に使ったときのことが思い出された。

あれは暖を取るためではなかった。絶対にだれにも読まれてはいけない手紙を燃やすためだった。

部屋のドアがいきなり開き、わたしは飛びあがった。ハチミツ入りの紅茶の入ったカップをふたつ持ち、温かい笑みを浮かべた母が現れる。わたしの姿を見たとたん、表情が変わった。母はカップをふたつとも落とし、陶器が割れた。熱い液体が木の床に暗い水たまりをつくっている。母は暖炉を見たあと、わたしの手首にはめられたミサンガを見た。一歩うしろへ下がる。その顔は心から怯《おび》えていた。つぶやいたことばがかろうじて聞き取れた。

「何をしてるの?」

「何もしてないよ、お母さん。昔の部屋を見てただけ。さっき——」

「わたしはあなたのお母さんじゃない! だれなの?」

わたしは一歩まえに進んだが、母はもう一歩下がった。

「わたしよ、お母さん。アナ。さっきまで階下《した》でしゃべってたでしょ。覚えてない?」

母の恐怖が怒りに変わった。

「ふざけないで! アナは十五歳よ! よくもわたしの家に踏み込んで娘のふりをしてくれたわね! だれよ?」

これがジャックの言っていたことか。それなのに、わたしときたらろくに信じていなかった。

母の顔が恐怖と憎しみにゆがみ、わたしの知らない母になる。

「お母さん、わたしよ。アナ。大丈夫だから——」

わたしは母の手を取ろうとしたが、母は手を引っ込め、わたしを殴ろうとするみたいに頭の上で拳をつくった。

「触らないで！　今すぐこの家から出ていきなさい！　警察を呼ぶわよ！　ただの脅しじゃありませんからね」

わたしは泣いていた。涙をこらえ切れない。目のまえの女が本物の母の記憶を壊していく。

「お母さん、お願い」

「ここから出ていけ！」

母はそのことばを何度も叫んだ。

「出ていけ、出ていけ、出ていけ！」

火曜日　十時三十五分

彼

車に乗り込んで待った。何を待っているのだろう、自分でもよくわからない。ただ、いい結果にならないのは確実だ。そもそも、義母だった女の家にはさまざまな記憶がある。ここにいるといつも気が滅入った。アナは決して実家に帰るのが好きではなかった。彼女の父親と何か関係があるのかもしれないとよく思っていた。親を失うと、子の人生には大きな穴が開くものだが、子供を失った場合、その穴はもっと大きい。この家は、わたしたちが生きている娘に最後に会った場所だ。そのときは、まさかそれが最後になるとは思わなかったけれど。子供をおばあちゃんに一晩預けたところで別に危険ではないはずだった。

人それぞれちがうとは思うが、人間には、今まで大事だと思ってきたものがすべてそうではなかったと気づく瞬間がある。ほんとうに大事なものを失った際に気づくことが多いが、そのときにはもう手遅れだ。わたしたちの娘は、死んだときまだ三ヵ月と三日だった。ときどき思う。娘はこの不完全な世の中に存在するには尊すぎて完璧すぎたのではないかと。

携帯が振動した。メッセージを読むと、吐き気と同時に興奮がこみあげてきて恥ずかしくなった。と、薄汚れた車の窓を叩く音がする。声が出そうになるのをかろうじてこらえた。もし声が出ていたら、さぞ野郎っぽい悲鳴だったにちがいない。あとで吸いたくなったときのために、プリヤにもう一本たばこをもらっておけばよかった。あとで吸いたくなったときとは今のことだ。今日はどうもついていない。

手動で窓を開けると――わたしの車はそれくらい古い――怒った顔の元妻がくっきり見えた。

「あとをつけてきたの？」

彼女の顔はまだらに赤くなっていた。泣いたあとみたいな顔だ。外は震えるほど寒いというのに、手で上着を持っている。もしかしたら慌てて出てきたせいで、着る暇もなかったのかもしれない。

「ちがうと言ったら信じてくれるか？」

「それはそうと、母の健康と生活環境のことによくも口出ししてくれたわね！」

「おいおい、待てよ。きみのお母さんが何を言ったのか知らないし、今どんな状態なのかもわからないけど、この半年は着実に悪化してたぞ。ここに帰ってきていたら、きみも気づいたんじゃないのか」

「わたしの母親よ。あなたにとやかく言われる筋合いはない」

「あるね。わたしは委任状をもらってるんだ」

「なんですって？」

アナは車から小さくあとずさった。

「少しまえにちょっとした事件があったんだよ。きみにも話そうとしたんだが、何しろ電話を無視されつづけてたもんでね。きみのお母さんはわたしに助けを求めてきた。わたしを自分の代理にしたのは彼女の考えだ」

平手打ちされたみたいにアナの顔が赤くなった。

「なんなの？　母の家を勝手に売るつもり？　そういうことなの？　母をうまく言いくるめてお金をせしめるつもりでしょ。ひとり分の給料じゃ生活がちょっと苦しいってわかったから」

アナが自分の身を守るために放ったローブローがちくりと痛んだ。

「そういうことじゃないってわかってるだろ」

「どうかしら」

「わたしたちが一緒にいようといまいと、きみのお母さんのことは大事に思ってる。よくしてくれたしね。わたしたち夫婦に。シャーロットの身に起きたことは彼女のせいじゃない」

「ええ。あなたのせいよ」

胸を殴られた気分だ。

今のは聞かなかったことにできたらいいのに。一方、アナのほうも、わたしと同じくらい言ったことを後悔しているような顔をしていた。だからといって、そのことばが嘘になるわけじゃない。わたしはひと呼吸して続けた。

「なあ、きみのお母さんは具合がよくないんだ。お母さんにとってベストなことをだれかがしてやらないと」

「その救世主が自分ってわけ？」

「ほかにだれもいないなら、そういうことだ。お母さんは町を徘徊《はいかい》してた。迷子になってたんだ。あろうことか、真夜中にパジャマ一枚でね」

「何言ってるの？　信じられない」

「そうさそうさ、わたしはつくり話をしてるからね。そんなことなら、昨日ブラックダウンにいたことも認めないんだろうな？」

こんなふうに非難のことばを口走るつもりはなかった。とはいえ、彼女の顔に浮かんだ表情は多くを物語っていた。おそらく次に発せられることばよりも。

「わずかながら残ってた正気もついに失っちゃったの？　昨日わたしがここにいたわけがないじゃない」

「そしたら、それを証明する駐車券がなんで車の中にあるんだ？」

アナは一瞬答えに窮《きゅう》したが、わたしはその一瞬を見逃さなかった。彼女もそれはわかっている。

「なんの話をしてるのかさっぱりわからない。けど、今後はわたしに近づかないでもらえると助かるわ。わたしの車にも母にも。わかった？　そっちは自分の家族の面倒だけみてればいいじゃない。あとはひたすら仕事をしてたらいいでしょ。あんな事件が起きたあとなんだし」

そのとき、見えた。アナの顔に映る娘の表情、それに娘の目が。子供は親に似ると言われるが、わたしにはときどき逆に思える。すべてがよみがえり、もうこれ以上彼女を傷つけられなくなった。

「いいアドバイスだ」

「ある種のハラスメントよ。あなたはここにいるべきじゃない」

「ああ、そうだ。いるべきじゃない」

アナは一瞬黙った。こっちが自分の知らない外国語をしゃべりはじめたとでも言わんばかりだ。

「わたしの言うことに同意するっていうの？」

「ああ、どうやらそのようだ」

長らく愛してきた女の顔を観察した。驚いたときに浮かべる見慣れない表情が浮かんでいて面白い。アナがそういう顔をすることはめったになかった。今から言うことは言うべきじゃない――それは充分わかっている。それでも、彼女がどう反応するか見てみたくなった。

「死んだ女はレイチェル・ホプキンズだった」

その名前を口にしたとたん、体が軽くなったように感じられた。

一方、アナの顔はまったく変わらなかった。まるでわたしのことばなど聞こえなかったかのようだ。

「レイチェルは覚えてるか？」

「もちろん覚えてる。どうしてわざわざ教えてくれたの？」

わたしは肩をすくめた。「知っておいたほうがいいかと思ってね」

わたしはなんらかの感情的な反応を期待していた。それなのに、まったくないとは。どう解釈していいのかわからなかった。

アナとレイチェルは友達だったが、それははるか昔のことだ。感情が欠如しているのも意外ではなく、当然かもしれない。わたしたちくらいの年齢になると、学生時代の友人といまだに連絡を取っている人間はあまりいないものだ。そもそも当時はソーシャルメディアもEメールもなかった。それをいえば、インターネットも携帯電話も。もはやあの頃の生活を想像するのはむずかしかった──今よりはるかに静かな日々だっただろう。わたしたちはふたりとも、行きつくところまで行った友情にしがみつくよりはまえに進むほうが得意な世代だ。

わたしはたちまちしゃべったことを後悔した。言ってみたところで何も得るものはなかった。それに、プロとは言えない行為だ。近親者にもまだ知らせていないというのに。しかも、アナがレイチェル・ホプキンズのことをどれほど嫌っていたかは、わざわざ打ち明けてもらわなくてもわかっていた。

携帯が振動した。おかげで、ふたりのあいだに腰を落ち着けていた沈黙が破られる。

「ささやかな再会もどうやらここまでのようだ。そろそろ行かないと」わたしはそう言って、車の窓を閉めはじめた。

「急にどうしたの？　元妻をストーキングしてるのが町じゅうの人にばれるのを心配してるわけ？」

これ以上は言うまい──わたしはそう思った。とはいえ、どのみちすぐにわかることだ。

「犯人の特定に役立つかもしれないものが見つかった」わたしはそれだけ言うと、エンジンをかけ、そのまま振り向きもせずに走り去った。

彼女

火曜日　十一時

ジャックが走り去るのを眺めた。死んだ女はレイチェル・ホプキンズだったと言われたとき、わたしはどんな顔をしていただろう。なんの反応も示していないといいのだが。でも、わからない。ジャックはだれよりもわたしのことを知っている。隠しごとをしようとしても、いつもわたしを見抜いていた。

母の家から出たとたん、通りに薄汚い彼の車が停まっているのが見えた。中古のおんぼろ車だった。それくらいしか買えないのだろう。何しろ今は、生活のために働くことに抵抗感のある女と暮らしている身だから。わたしと別れてから、ジャックは自分用の新しい家を見つけた。払うべき新しい住宅ローンと養うべき新しい子供も。それがすべて彼ひとりの給料にかかっているわけだ。わたしたちは十五年以上一緒にいて、当時は彼のいない生活など想像もできなかったが、今はなんとなくわかる気がする。彼との人生は永遠に続くものではなかったのだ——一生のうちに送るいくつもの人生のひとつ。わたしたちはまちがった人に強くしがみつきすぎることがある。痛すぎて手を離さなければいけなくなってはじめてそれがわかる。

彼の車が完全に見えなくなるまで待ってから、ポケットに入った写真を取り出した。自分の部屋で宝石箱の中からそれを見つけたときは鳥肌が立ったが、ジャックに今言われたことでまたそれがよみがえった。みんなで学校に通っていた頃から長い年月が経過しているものの、写真に写った顔はひとりひとり覚えていた。それが撮られた夜のことも。みんなで背伸びした格好をして、やるべきじゃないことをする準備をしていた。全員が全員後悔するわけではない夜のこと。

レイチェル・ホプキンズの顔を見た。森の死体の若いバージョンがこっちを見返してくる。写真の中のわたしたちは並んで立っていた。友達同士みたいにレイチェルがわたしのむき出しの肩に腕を回している。でも、わたしたちは友達ではなかった。彼女の顔は笑っていて、わたしも笑みを浮かべているが、わたしの笑みは本物ではない。あのときもっと正直になっていれば、生涯にわたって嘘の陰に隠れずにすんだかもしれないのに。そもそも、あんなひどい学校に転校しなければ……わたしたちが出会うことはなく、あんなことも起きなかっただろう。

二コマ続けての国語の授業の最中に、わたしは異変に気づいた。父がいなくなってから数ヵ月後のことだ。学校の事務職員——不自然なほど白い顔とは対照的にカラフルな服を着た事務職員——が一度ノックしたあと、教室のドアから小さすぎる頭をひょっこり出した。

「アナ・アンドルーズ？」

わたしは返事をしなかった。その必要がなかったから。クラス全員がわたしのほうを見ていた。

「校長先生が呼んでいます」

そのときはわけがわからなかった。いざこざを起こしたことは一度もなかった。それでも、黙って事務職員についていき、校長室のまえのベンチに座った。自分が何をしたのか、またどうしてここへ呼び出されたのか、さっぱりわからないまま。長く待たされることはなかった。暖かい部屋へ招き入れられたとき――ジャムのにおいがしたのを覚えている――棚にずらりと並んだ本を見て、少し気が楽になった。ここは図書館のようだ。こんな場所でひどいことが起きるはずはない。そう思えたが、それはまちがいだった。

「どうしてここへ来てもらったかわかりますか？」と校長先生は言った。

校長先生は、白髪交じりの短い髪を、ヘアカーラーをつけたまま取るのを忘れてしまったみたいなヘアスタイルにセットした女性だった。着ているのはいつもアンサンブルで、それに真珠のアクセサリーを合わせ、ピンクの口紅をつけていた。頰に大きな茶色のほくろがあって、わたしは必死でそれを見ないようにしていた。そのときは老けた女の人だと思ったが、今のわたしと大してちがわなかっただろう。当時はわたしくらいの年齢の人が年寄りに見えたものだ。

校長室に呼び出された理由については皆目見当がつかなかったので、わたしは首を横に振った。校長先生の顔に浮かんだ、笑みに似たゆがんだ表情は今でも覚えている。優しい表情なのか冷酷な表情なのか、はっきりしなかった。

「おうちは大丈夫ですか？」と校長先生は訊いてきた。

そうじゃないだろうと思っていることくらいわたしにもわかった。

父は母を傷つけた夜以降、家に帰ってこなかった。両親が喧嘩をしているのは聞いたことがあったし、父が母を殴ったことがあるのも知っていた。恥ずかしい話だが、当時は――生まれてからずっとふたりがそういうふうにしているのを見ていたので――それが普通だと思っていた。人間は愛する人を傷つけるためにどんなことでもする。嫌いな人にそうするよりはるかに。

父がいなくなった日以来、母は質屋で宝飾品を売ったり、どんどん広くなる新しい野菜畑に苗を植えたり――スーパーで買い物をする余裕もなかった――なけなしの酒代でワインを買ったりしていた。そのほかの時間は、玄関を守るがごとくリビングの暖炉のまえで寝ていた。父と共用していた二階のベッドではもう眠ろうとしなくなった。かといって、新しいのを買う余裕もなかった。父が使っていたもので売れないものは、暖を取るために燃やしていた。だから、校長先生の質問への答えは〝大丈夫じゃないです〟以外ありえなかった。

「大丈夫です。なんの問題もありません」とわたしは答えた。

「話したいようなことは何も?」

「はい。おかげさまで」

「ただ、前期の授業料が支払われていないんです。ご両親には何度かお手紙を出したりお電話を差しあげたりしたんですが。その件についてどちらともお話ができていなくて。先週の保護者会にお母さまかお父さまがお見えになったらと期待していたんですけど。出席できなかった理由は知っていますか?」

〝母は酔っぱらいすぎていて、父はわたしの父親を卒業するのに忙しかったからです〟

わたしは首を振った。

「そうですか。でも、おうちはほんとうに大丈夫なんですよね？」

答えるのにしばらく時間がかかった。ほんとうのことを話そうかとちらりとでも考えたせいではない。正しい嘘をなかなか思いつかなかっただけだ。校長先生の質問のせいでどんどん空《あ》く隙間を埋めるのがむずかしかった。

教室に戻ると、みんながこっちをじろじろ見ていた。クラスメイトの知らない、知りえない、知ってはいけないことをみんなに知られているような気分になった。それ以来、人に見られることが嫌いになった。こんなふうに言うと、今の職業——数百万人が毎日視聴しているニュース番組のキャスター——を選んだことが少々奇妙に感じられるかもしれない。でも、スタジオにはわたしとロボットみたいなカメラしかいないのだ。こっちを見ている人たちの姿が見えなければ問題ない。手で自分の目を隠してしまえば、だれもこっちを見ていないと子供が思い込むのと同じことだ。


写真をポケットに戻した。手首にはめた赤と白のミサンガに気づく。遠い昔、これをつくったことを思い出した。あのときは、おそろいのほか四本と一緒につくったんだった。当時はいいアイデアのように思えたが、その記憶は絶えずよみがえってきてわたしの頭を悩ませた。手首がぎゅっとなるまで紐を引っぱった。痛い思いをして当然だ。だから、それが楽しくなりはじめると、とたんに居心地が悪くなった。

騒がしい鳥に目が留まり、母の家を見上げた。ここから離れなければいけないような気がする。いろいろな意味でここはわたしにとってよくない。ミニコンバーチブルに乗り込み、ハンドルに両手を置いた。またミサンガが目に入る。もっと痛くなるまできつく締めた。少し緩めると、怒りに満ちた赤い溝ができているのがわかった。

わたしたちは互いに与えた傷を見て見ぬふりをする。愛する人に与えた傷ならなおさらだ。一方、自らつけた傷は見て見ぬふりをするのがむずかしい。それでも、無視できないわけじゃない。さっきの痕をこすった。指先で消して、自分自身に残した傷をなかったことにする。でも、良心に残った傷は一生消えないだろう。このミサンガをはじめてつけたときに起きたできごとのせいで残った傷は。

火曜日　十一時二十五分

彼

死んだ女がレイチェル・ホプキンズだと伝えたとき、アナの顔はまったく変わらなかった。どんな表情が返ってくると思っていたのかは自分でもよくわからない。だが、普通の人なら何かしら反応があるものだ。とはいえ、アナは〝普通〟とはかけ離れている。そういうところが一番好きなところでもあった。

　プリヤのもとへ行く途中、ガソリンスタンドに寄ってたばこを買った。メールで伝えてきたことからすれば、たばこは必要になるだろう。道は空《す》いていたので、目的地まで時間はかからなかった。そこで、車から降りるまえに一服することにした。手の震えを止めるものが必要だ。

　遺体安置所を訪れた経験は百回くらいある。ロンドンにいた頃は日常業務の一環だったが、ここしばらくはご無沙汰《ぶさた》だった。しかも、今日はまったく気分がちがう。昨夜のことを考えずにはいられなかった。あんなふうにレイチェルを置き去りにしてきたことを。起きたことはわたしのせいではないが、もしほかの人が真実を知ったら、同じようには考えてくれないだろう。

　意を決して遺体安置所に足を踏み入れた。においにえずかないようこらえる。鼻孔《びこう》より頭の中で感じるにおいのほうが強烈だ。金属のテーブルに横たわったレイチェルの死体が目に入ると、鼻と口を塞《ふさ》がなくてはならなかった。ほかに人がいなければ、目も閉じていたにちがいない。けれども、プリヤが例の真剣なまなざしでこっちを見ていた。彼女は上司としてわたしを見ている。単にそれだけのことだと思うときもあれば、今みたいにもしかしたらそれ以上の意味があるのではないかと思わずにいられないときもあった。別に、だからといってどうこうするつもりはないが。彼女が魅力的じゃないとかそういうことではない。ただ、仕事と快楽をごちゃ混ぜにしてうまくいった経験がわたしにはなかった。

プリヤの視線を無視し、レイチェルに意識を戻した。どういうわけか森の中で見たときはそれほどひどくもなかった。まだ完全に服を着て、現代版眠れる森の美女として落ち葉の上に横たわっていたときは。だが、こんな状態——銀色の板の上で裸にされ、動物のごとく切り開かれた状態——の彼女を見るのはあんまりだ。できることなら、こんな姿の彼女は記憶したくない。とはいえ、この先忘れられないのはきっとこっちのほうだろう。それから、においも。目を閉じてくれているのがせめてもの救いだった。

「バケツが要るかな?」会ったことのない男が訊いてきた。

今いる場所と彼の風貌からするに、法医学者だと考えるのが妥当だろう。しかし、これから話をする相手が何者かは、はっきりさせておくに越したことはない。

「ジャック・ハーパー警部だ。お気遣いをどうも。でも大丈夫だ」

伸ばしたわたしの手を見ているだけで、相手は握手をしなかった。無礼な男だ。そう思った直後に気づいたのだが、手袋が血だらけだった。

それにしても、針金でできたハンガーみたいな男だ。やせているうえに、曲げられたハンガ

—みたいに体がゆがんでいる。と同時に、まちがった扱いをすれば、尖《とが》った先端が顔を出しそうだった。白髪の交じったぼさぼさの眉毛が、くっきりしわの入った眉間《みけん》にまで手を伸ばそうとしていた。長らく音信不通だった友達がようやく真ん中で出会った挙句《あげく》、喧嘩するみたいだ。頭の毛のほうはまだ黒かった。顔の毛と一緒に年を取るのを忘れてしまったのだろうか。この法医学者は口で笑わず目で笑う男で、久しぶりに仕事ができることに少々わくわくしすぎているように見えた。あくまでもわたしの意見だが。エプロンに彼女の血が飛んでいるのが見えた。顔を背《そむ》けずにはいられない。

「ドクター・ジム・レベルだ。まあ、よろしく」と彼はおざなりなあいさつをした。「致命傷は刺し傷だね」

一生懸命調べた結果がそれなら、ここへ来たのは無駄足だったということになる。

砕けた口調が少しばかりプロ意識に欠けるように感じられた——このわたしにさえ。とはいえ、この事件はわたしがこの静かな片田舎に戻ってきて以来はじめて起きた殺人事件だ。彼も慣れていないのかもしれない。いずれにせよ、この男のことはすでに好きになれないと決めていた。彼の顔に浮かんだ表情からすると、向こうもひと目見てわたしのファンになったわけではなさそうだ。

「凶器に関して何か見解は？」とわたしは訊いた。

「まあ、わりと短い刃物だね。キッチンナイフとか？　一度や二度の刺し傷で死んだわけじゃなさそうだが、同じくらいの深さの傷が四十ヵ所以上ある——胸を隈《くま》なく刺されてるよ。だから……」

「だから、即死したわけではないと？」相手が言いづらそうにしていることを、わたしはかわりに言った。

「ああ。たぶん即死ではないだろう。死因は傷そのものじゃない。失血死だ。どちらかというと……時間がかかってる」

プリヤは床を見ていたが、法医学者はまったく意に介していない様子だった。それどころか、気づいているそぶりもない。自分の検死結果についてただ話しつづけていた。

「これはわたしの考えだが、犯人はおそらく現場で被害者の爪を切って持ち帰ったんだろう。記念品としてね。あるいは、被害者に引っかかれたのだとしたら、そこから自分の痕跡が見つかるのを男は心配したのかもしれない。一応組織が残ってないか調べてみたが、手袋をつけてたようだ。まちがいない。これは計画的な犯行だよ」

車の中で見つけたミントタブレットのケースが頭に浮かんだ。切った爪がいっぱい入っていたケース。

あれを処分しなくては。

「さっき男だと言ったが――」とわたしは切り出した。

「精液が見つかったんだ」

もちろん見つかるだろう。そして、それはもちろんわたしのだ。

「被害者の車に関して何か情報は？」わたしはプリヤのほうを向いて訊いた。この法医学者にはしばらく引っ込んでいてもらおう。

「いいえ、警部」とプリヤは答えた。

昨夜、レイチェルのアウディTTが森の外の駐車場に停まっていたのはわかっている。彼女はわたしのすぐ横に車を停めていた。だが、そのことはだれも知らないし、今はまちがいなくあそこにはない。わたしはプリヤを見つづけた。

「結局、使えそうなタイヤ痕はあったのか？」

「いいえ。雨でほとんど流されていました。見つかったのは、マスコミが乗ってきた車かバンのものだけ。あと……わたしたちのですね」

「というと？」

「警部の車とか」

「だから言っただろ。駐車場も封鎖しておくべきだったって。まあ、自分を責めるな。最初からすべてわかってる人間はいないし、知ったかぶりをしてるやつほどいろいろ知らないものだ」

そうフォローしたものの、プリヤは思ったほどばつが悪そうには見えなかった。

「ただ、遺体の真横から見つかった足跡は何かにつながるかもしれません。石膏《せっこう》で採取したら、二十八・五センチのティンバーランドのブーツだったそうです」

「ずいぶん具体的だな」

「サイズとメーカーが靴底に書いてあったんです。木のおかげで雨から守られていたようで。その特徴と一致する靴を履いてる人間は警察にいなかったので、犯人が残したものの可能性が高そうですよ」

法医学者が、自分もまだここにいるぞと言わんばかりに咳払いをした。わたしは自分の二十八・五センチの靴を見下ろした。今朝はブーツではなく普通の靴を履いてきてよかった。

「ここへ来るまえに、担当の職員と一緒に近親者にお伝えしてきました」とプリヤがつけ加えた。

「それは大変だっただろ。親御さんはけっこう高齢だったんじゃないか?」とわたしは言った。実際にそうなのは充分わかっていた。レイチェルはときどき両親の話をしていたのだ。

プリヤは顔をしかめた。

「警部、会いにいったのは被害者の夫ですけど」

胸に奇妙な感覚を覚えた。心臓が一瞬止まったみたいだ。

「てっきり離婚してたのかと」

プリヤはまた顔をしかめた。今回は首も一緒に振っている。

「いいえ、していませんでした。でも、夫のほうも父親と呼べそうなくらいの年でしたよ。だから警部も混乱されたのかもしれませんね。うわさでは、お金目当てで結婚して、全部使っちゃったってことだったし」

「そうか」レイチェルは確かに離婚したと言っていた。結婚指輪があった場所にできた指のへこみまで見せてきた。今死体を見てみると、左手に金の指輪がはめられていた。わたしにウィンクしてくるみたいに、その指輪が蛍光灯の下できらめいている。彼女はほかにどんな嘘をついていたのだろう。「死亡時刻に夫がいた場所は？　アリバイはあるのか？　調べて——」

「夫じゃないです」プリヤがわたしのことばを遮《さえぎ》って言った。

「きみが年齢で人を判断するような人間だったとは思わなかったよ、プリヤ。六十を超えてるからって、容疑者から外れるわけじゃないぞ。きみもわかってるはずだ。たいていの場合、犯人は夫じゃないか」

「八十二歳なんです。寝たきりで二十四時間住み込みの介護者がついています。だれかの手を借りずにはひとりでトイレにも行けないので、森の中で女性を追いかけるのはちょっと無理があるかと」

法医学者にまた咳払いをされ、わたしは彼に意識を戻した。

「何かが見つかったと聞いたが？」

「ええ、口の中から」すでにかなりの時間を取られてしまったと言わんばかりに、彼は早口で答えた。「いくつか検査をするまえに、おたくらも見ておきたいかと思ってね」

エプロンをかさかさいわせながら、法医学者は部屋の片隅に移動した。バシッと耳ざわりな音を立てて汚れた手袋をはずしたかと思うと、居心地が悪いほど長い時間をかけて手を洗っていた。タオルで手を拭いたあと、また新しい手袋をはめて、何度も指を曲げ伸ばししている。変人ということばでは生ぬるいくらいの変わり者だ。小さな長方形の金属のトレーを持って、法医学者はわたしの横に並んだ。気味の悪い前菜を出す恐ろしげなウェイターのように。

わたしは赤と白の物体を見下ろした。

「これは？」

その質問は嘘だ。なぜならすでに答えは知っている。よく見ようと近づいてくる。「女の子がいろんな色の糸を使って友達同士で編むものです」とプリヤが答えた。

「で、これが被害者の口に入っていたと？」とわたしは訊いた。プリヤを無視して法医学者のほうを見ながら。

法医学者は笑みを浮かべた。歯が不自然なほど白かった。しかも、一本一本のサイズが顔に対して少々大きすぎるようだ。またしても、必要以上に自分の仕事を楽しみすぎている様子がうかがえた。

「ただ口の中に入っていただけじゃないぞ」と彼は言う。

「どういうことだ？」

「被害者の舌に巻きつけられていたんだ」

火曜日　十一時三十分

彼　女

コートを肩にかけて体をくるんだ。今になって寒さを感じてきた。エンジンをかける。車を発進させようとしたちょうどそのとき、うしろに白のバンが停車するのが見えた。中から、ほっそりした小柄の女性が出てきた。ちっぽけなその体には大きすぎる黒の服を着て、野球帽をかぶっている。若かったが、心配げなしかめ面《つら》をしていて、老けたしわが何本も入っていた。母の玄関に大きな箱を運び、ドアのまえにどさりと置くのが見えた。ノックもせず、出ていくときに門を閉めようともしなかった。

横を通るとき、わたしは窓を開けた。

「あの――」

ことばがつい口から滑り出てしまい、変な目で見られた。その女性は返事もせず、わたしから逃げるように去っていった。おかげで箱の中身が何か、訊きそびれてしまった。でも、箱がきっかけで別の機会のことを思い出した。家に帰ってみると、知らない人がうちの庭の門を出入りしていたときのことを。

校長先生に授業料が支払われていないと告げられたその日、わたしは昼食の時間に帰った。

何も言わず学校を出た。全校生徒に見られているような気分で、それ以上耐えられなかった。うちは裕福ではなく——金持ちとは程遠かった——じめじめした部屋と隙間風の入る窓がある、あらゆるものが手作りの古い小さな家で暮らしていたが、両親は教育さえあればなんでも乗り越えられると信じていた。わたしは十一歳のときから私立の学校に通いはじめたが、義務教育《GC》修了試験《SE》を受ける年に辞めるのはタイミングがいいとは言えなかった。だから、急いで家に帰った。母がどこかに現金を隠し持っていますようにと祈りながら。

隠し持ってなどいなかった。

いつもの時間よりだいぶ早く家に着くと、知らない男たちが箱を抱えて家の中から出てくるところだった。わたしは、彼らが庭の小道を通りやすいよう芝生の上によけた。パニックを起こしはじめたのは、玄関からふたりの男がテレビを持って出てきたときだ。よそとはちがい、うちは最近テレビを手に入れたばかりだった。慌てて家に入ると、空《から》っぽの部屋に母がぽつんと立っていた。

「もう帰ってきたの？」と母は言った。「具合でも悪くなった？」

「なんであの人たち、うちのものを全部持ち出してるの？」

わたしは昔から質問を質問で返すのが得意だった。子供の頃に身につけた数多くのスキルのひとつだ。ジャーナリストになった今もそれは役立っている。

「ちょっと苦しくて。生活がね。お父さんがほら……出ていったでしょ。クレジットカードで買ってるものが多くて、お母さんひとりじゃ払えないのよ」

「お掃除おばさんだから？」

嫌みっぽい言い方が自分でも嫌だった。

「まあ、そうね。お母さんの仕事はお父さんが稼いでたほどはもらえないから」

お金が必要になって、他人の家を掃除する仕事を始めたのはわかっていた。実際、別の仕事をする能力は母になかった——だからこそわたしにきちんとした学校へ行ってほしいと思っていたのだ。自分はそうじゃなかったから。

「お父さんに電話して少しお金を送ってもらうように頼めないの？」

「無理よ」

「どうして？」

「わかってるでしょ」

「ううん、お父さんはいなくなって、もう帰ってこないと聞かされたってことしかわからない。それと、もうテレビを買うお金もないってことしかね」

「お金が貯まったら新しいのを買うから。約束する。徐々に口コミが広がりはじめてるのよ。この先どんどん仕事が増えるわ。そんなに時間はかからないと思う」

「じゃあ、学校は？　さっき教室から引っぱり出されて、授業料が払われていませんって言われたんだけど。みんなにじろじろ見られたんだよ」

母は今にも泣き出しそうな顔をしていた。わたしが見たいものはそれではなかった。すべてうまくいくと言ってほしかったのに、そのことばも聞けなかった。

「ほんとにごめん」母はぼそっとつぶやき、わたしに一歩近づいた。わたしは一歩下がった。

「考えつくかぎりのことは試したんだけど、やっぱり新しい学校を探さなくちゃいけないかもしれない」

「でも、友達みんながいるのはあそこなのに……」

母は何も言わなかった。たぶんほんとうは友達などひとりもいないことを知っていたのだろう。

「試験は？」わたしは食い下がった。母もそれは否定できないはずだ。

「ごめん。でも、どこかいい学校を探すわ」

「ごめん、ごめん、ごめんって！　それしか言えないの！」

わたしは怒って母の横を通りすぎ、二階の自分の部屋へ駆けあがった。家の中で何もなくなっていないのはここだけだとそのとき気づいたが、何も言わなかった。かわりに、階下《した》にいる母に聞こえるほど大きな声で叫び、勢いよくドアを閉めた。

「お母さんのせいでわたしの人生めちゃくちゃじゃない！」

自分がどれほどまちがっていたか、ようやく気づいたのは数年経ってからだ。母はむしろわたしの人生を救おうとしてくれていたのだった。

母の家の玄関先に運び込まれたばかりの箱を見た。箱の横に書かれた名前をグーグルで検索してみる。安かろう悪かろうの食事宅配サービスの会社だった。母が――何年もオーガニック食品か自分で育てたものだけを食べてきた人間が——出来合いのものを口にしていると考えると泣きたくなった。しかし、わたしは泣かない。

携帯を握りしめているうちに、何かがわたしの中で生まれた。やらないほうがいいとすでにわかっているアイデアの卵だ。でも、まずい考えが最善の結果につながることもある。被害者はレイチェル・ホプキンズだとジャックがわたしに教えたのは、その事実をテレビで放送させるためではない。だが、自分のキャリアを救おうと思ったら、またテレビに映らなくてはいけない。わたしは報道局に電話した。次に、カメラマンの番号にかけると、リチャードがすぐに出た。自分の携帯をずっと見て、わたしからの電話を待っていたのかもしれない。

二時間後、昨日までキャスターを務めていた番組に生中継で出演することになった。レイチェルのソーシャルメディアは一般に公開されていたうえに、驚くほど自分の写真がたくさん投稿されていた。その中からいくつか選び、報道局にいるプロデューサーに送って映像を用意してもらう。リチャードにレイチェルの自宅前で何カットか撮ってもらったあと、地元住民の短いインタビューをいくつか集めた——ほんとうの知り合いはひとりもいなかったが、みんな知り合いだったみたいに喜んで話してくれた。

人から話を聞き出すのは昔から得意だ。わたしのやり方はとても簡単だが、必ずうまくいく。

ルールその一——相手を褒めること。そうされて嫌な気のする人はいない。

ルールその二——信頼を築くこと。心の底ではどう思っていようと、つねに感じよく。

ルールその三——共通点が多いと相手に思わせる会話から始めること。

えてはいけない。

ルールその四――ほしい答えを早く言わせること。答えやこっちのことを考えすぎる隙を与

それで毎回うまくいった。

最後に、ぎりぎりまで近づいて、レイチェルが死んだ森の中で一本撮った。うしろで非常線がはためいていた。すごく雰囲気のある映像に仕上がった。ジャックの記者会見映像を少し挟むと、わたしが伝える二分のVTRができた。朝一の仕事にしては、それほどお粗末でもないだろう。

中継車が放送直前に到着し、わたしは今、現場から近い森の端のベストな場所に立っていた。電波を届かせて生中継できるよう、ひらけた空が必要だった。この仕事ではときに木々や高い建物が問題になる。元夫も。

マイクをつけ、いざ放送開始というとき、ジャックの四駆が駐車場へ入ってくるのが見えた。だが、もはや手遅れだ。わたしはカメラのレンズを見た。耳元からディレクターの声が聞こえる。そして、キャット・ジョーンズ――わたしの席だったキャスターの椅子に座った女――がニュースの出だしを読みはじめた。

「サリー州のナショナル・トラストが保有する森で今朝、若い女性の遺体が発見されました。警察によると、被害者の名前はレイチェル・ホプキンズで、ホームレスの慈善団体を運営……」

ジャックが視界に入ってきた。視線で人を殺せるとしたら、わたしは今頃死んでいただろう。

「……記者のアナ・アンドルーズが最新情報をお伝えします」

わたしは、暗記した文章を二十秒で話し、取材したネタを伝えた。ジャックのしつこい視線と振りまわす腕は必死で無視しながら。中継をスタジオに戻す頃には、ジャックは簡単にカメラの電源を切ったりカメラを張り倒したりできそうなほど近くに迫っていた。運よくリチャードがあいだに入った。中継に問題がなかったことを伝える合図が出るのを待ってから、わたしはイヤホンを取った。

「カメラは切れてるか？」とジャックは訊いた。

「ああ、今はね」とリチャードは答え、カメラを三脚から外して中継車のスタッフのところへ向かった。

ふたりきりにしてほしいのは、言わなくてもわかっているらしい。

「いったいどういうつもりだ？」とジャックは言った。

「仕事をしてるだけだけど」

「近親者にもまだ知らせてなかったらどうするんだ？」

「そっちが被害者の名前を勝手に教えたんでしょ。わたしはそれを伝えただけ」

「そのために教えたんじゃないことくらいわかってるだろ」

「じゃあ、どうして教えてくれたの？」とわたしは訊いたが、彼は答えなかった。

ジャックは振り返って中継車を見たあと、少し顔を近づけ、かろうじて聞き取れるくらいの小さな声で言った。

「なんで昨日はここにいたんだ？」

「なんの話？」

「昨日の日付が書かれた駐車券だ。まだ説明してもらってなかった──」

「ふうん、またその話？　わたしが事件にかかわってると思ってるの？」

「かかわってるのか？」

結婚していたとき、好ましくないできごとを何度かわたしのせいにされた。離婚してからもそれは何度かあったが、殺人を責められたのははじめてだ。ずっとわたしのことをそんな目で見ていたのだろうか。一緒にいるときでさえ。あの頃は、それを隠すのがうまかっただけかもしれない。

「昨日は数百万人が見るニュース番組に出てたから、ここにいなかったことを証明するアリバイならあるはずよ。どうしても確認したいならね」

「じゃあ、どうやってあの件を説明する？」

「知らない。機械が壊れてたとか？」

「ああ。そうに決まってる。それがもっともらしい説明だ」

ジャックは駐車券の発券機までずんずん歩いていき、ポケットに手を突っ込んで小銭を探した。その手が空《から》っぽのまま出てきてはじめて、わたしは自分が息を止めていたことに気づいた。ジャックは振り返ってこっちを見る。余った小銭をくれないかと言わんばかりに。わたしが小銭を出さずにいると、彼は発券機のほうに意識を戻した。あごの無精《ぶしよう》ひげをなでている。おなじみのしぐさだ。つきあいはじめたときはまったく気にならなかったが、別れる頃には、底の知れない苛立《いらだ》ちを覚える癖になっていた。

何も言わずに歩き去ってくれたらと思ったが、ジャックは身動きひとつせずその場に立ったまま、じっと考え込むかのように地面を見つめていた。かと思うと突然腰をかがめ、落ち葉を払いのけて、地面から銀色の小銭を拾いあげた。わたしのほうにそれを掲げてみせたあと、投入口に入れる。指で緑色のボタンを押すあいだ、自分の心臓が激しい音を立てているのがわかった。その場から逃げ出してたまらなくなる。が、じっととどまった。

機械が吐き出した紙をジャックはすばやくつかんだ。それをじっと見ている。

こっちを向くか何か言ってくるかするのを待つあいだ、時間の流れが遅くなったように感じられた。しかし、彼はどちらもしようとしない。それが何を意味するのかわからなかった。

「で？」わたしはこらえ切れず訊いた。

「昨日の日付だ。機械が壊れてる」

「それがあなたの考える謝罪？」

ジャックはこっちを向いた。

「いや。きみとちがって、こっちに謝ることはひとつもないんでね。ここにいるべきじゃないのはそっちだ。ずっとまえからわかってたことだが、きみにとっては人より仕事のほうが大事なんだよな。お母さんより、わたしより、わたしたちの――」

「うるさい！」

急に涙がこみあげ、まぶたの堤防が決壊した。憎くてしかたないはずなのに、なぜだか彼に抱きしめてほしくなる。ばかみたいだが、ただだれかにそうしてもらいたかった。大丈夫だと言ってほしい。たとえほんとうじゃないとしても。そのことばを聞くのがどういう感じか思い出したかった。

「きみはこの事件に近すぎる。取材するのは不適任じゃないか」

「そっちこそ捜査するのは不適任なんじゃない?」とわたしは返した。手の甲で涙を拭いながら。

「ここはひとつ、お互いのためにロンドンへ帰ってくれないか? スタジオに座っててくれよ。ずっとそれが夢だっただろ?」

「番組のキャスターを降ろされたの」

どうして彼にこの話をしているのかわからない。打ち明けるつもりなどなかったのに。たぶん自分の身に起きたことをだれかに伝えたかったのだろう。とはいえ、言ったそばから後悔した。わたしから今までの気丈な表情が消えていく。こっちを見る彼の目が嫌だった。同情されるくらいなら疑われたほうがましだ。ほんとうのわたしを知るようになる人からは一番身を隠せるようにならないといけない。

「それは災難だったな。きみにとって仕事がどれほど大事かは知ってるから」と彼は言った。

そのことばは本心に聞こえた。

「最近ゾーイはどう?」怒りを隠し切れず、わたしは訊いた。

ジャックの表情がもとに戻った。元夫が今一緒に住んでいる女は、レイチェル・ホプキンズと同じく、わたしの同級生でもある。ゾーイとジャックが幸せな家族ごっこをする写真をソーシャルメディアで見たことがある。見なければよかったとそのときは思ったけれど。写真を投稿したのはゾーイだ。ジャックではない。ふたりのあいだでポーズを取る女の子は、わたしたちが何者だったかをしきりに思い出させる存在だ。人生がちがう転び方をしていれば、わたしたちもそんなふうになっていただろう。

「みんなで幸せに暮らしてるといいんだけど」

本心から言ったにもかかわらず、嘘っぽく聞こえた。

「なんでいつもそうなんだ？　きみを捨てて走った女みたいにゾーイのことを話すよな。ゾーイはわたしの妹だぞ、アナ」

「ゾーイはわがままで怠け者で、他人を自分の思いどおりに操ろうとする最低な女よ。わたしたちが結婚するまえも、してるあいだも、離婚したあとも、あの女は問題しか起こさなかった」

あふれ出した感情に自分でもびっくりした。彼の表情も同じくらい驚いている。

「いろいろあったけど、きみは全然変わってないな。そうじゃないか？　わたしたちの身に起きたことをずっと他人のせいにしてるわけにはいかないんだぞ。きみも、ほかの人にどう思われるか、それを気にするのと同じくらい自分たちのことも気にかけてたら、仕事もあれもこれも、あんなふうにはならなかったんじゃ——」

わたしは両手を上げた。娘の名前が出るまえに耳を塞《ふさ》ごうとする。だが、ジャックが手首をつかんできた。わたしの手をじっと見ている。

「これはなんだ?」

わたしは赤と白の糸で編まれたものを見た。忙しさのあまり、さっき見つけたミサンガをつけたままなのを忘れていた。身をくねらせて逃れようとしたが、ジャックが放してくれない。

「どこで見つけた?」もうひそひそ声ではなかった。

「それがなんだっていうの?」

彼は手を離し、小さく一歩あとずさった。

「最後にレイチェルと会ったのはいつだ?」

「なんで? わたし、また容疑者にされてるわけ?」

ジャックは何も言わなかった。さっきにも増して、こっちを見る目が嫌でたまらなかった。

「卒業してからレイチェル・ホプキンズには会ってないけど」とわたしは答えた。

だが、それは嘘だ。レイチェルとはもっと最近に会っていた。電車を降りるところを見てからまだ二十四時間も経っていない。

火曜日　十四時三十分

彼

アナが嘘をついているのはわかっている。

あのあとは、署まで運転して帰った。とはいえ記憶はおぼろげで、そのあいだ、しっくりこないパズルのピースを組み合わせようとしていた。今日はまだ何も食べていなかった。ミントタブレットのケースに入った爪と遺体安置所への訪問のせいで、しばらくは何も食べる気がしないだろう。たばこはもう半箱吸いおわった。神経を落ち着かせる効果はあったものの、罪悪感を和《やわ》らげるにはなんの役にも立っていなかった。

アナが手首につけていたミサンガのことが気になってしかたなかった。そのことについて訊いたときの彼女の表情。どこで見つけたか説明するのを避ける様子。あれはレイチェルの舌に巻きつけられていたのとまったく同じものだった。

アナは何か嘘をついている。それは確実だ。とはいえ、わたしも人のことは言えない。

彼女にきちんと話をする機会もなく、またあのカメラマンが現れた。どこがとははっきり言えないが、あの男も胡散《うさん》臭かった。なんというか、アナを見る目が好きになれない。まあ、そんなふうに感じる権利は自分にはもうないのだが。悪意を持った人間というのは簡単に見分けがつくものだ。それがどんなものか、わかってさえいれば。

午後は、自分の仕事に取り組む暇もなく、ほとんどマスコミ対応と誤った手がかりを追うことに費やされた。チームのほぼ全員がマスコミにしつこくされていた。ロンドンにいた頃を思い出す。そういえば、アナがはじめてわたしの顔にマイクを向けてきたのもその頃だった。それがわたしたちの出会いだ。わたしが担当していた事件を彼女が取材していたのだった。第一印象は最悪だったものの、それもやがて変わった。学校時代の記憶はアナにはなかったが、わたしはずっと彼女を覚えていた。

夜も更け、もう帰っていいぞとプリヤには伝えた。にもかかわらず自分も残ると言われたとき、多少予想はできたにせよ、わたしは少し苛立《いらだ》ちを覚えた。チームのほかのメンバーたちが帰宅すると、プリヤはピザを注文した。電話で話す声を聞くかぎりでは、どうやらわたしの好きなトッピングと付け合わせを頼んでいるらしい。どうして知っているのか不思議だった。彼女の視線を感じるときは、パソコンの画面を見るようにしていた。そうでないときは、彼女を見ていた。

プリヤはジャケットを脱いでいた。しかも、三つ目までシャツのボタンを開けている。鎖骨はもちろん、胸が少しだけ見えていた。といっても、別に気になるわけではない。髪も、ずっとポニーテールで固定されているのかと思っていたのに、どうやら今は下ろしているらしい。雰囲気ががらりと変わっていた。いつもと比べると……鬱陶《うっとう》しく感じなかった。

ピザは黙って食べた。プリヤはほとんど手をつけていないようだ。わたしのためだけに注文してくれたのだろうか。そう思わずにはいられない。そのうえ、冷水器からふたり分の水を取ってきてくれた――ほしいかとも訊かずに。カップを置くとき、わたしの机にやけに近づいているように感じられた。肩に小さな手を置かれると、嗅いだことのない香水のにおいがした。

「ジャック、大丈夫ですか？」いつもの〝警部〟も〝ボス〟もなしだ。

もし彼女のしぐさがわたしの思っているとおりのことだとしたら正直うれしいが、わたしは、ファザコンだかなんだかの問題を抱えた年下の同僚にはこれっぽっちも興味がない。それに、今考えられるのはアナのことだけだ。まだ壊れるまえのふたりの生活がいかによかったかということだけ。ここにいたくなかった。かといって、家に帰りたいわけでもない。家に帰れば、答えたくない質問をあれこれ浴びせられるに決まっている。とはいえ、もう零時も近くなってきていた。そろそろここを出たほうがいいだろう。

「疲れた。きみもくたくただろ」とわたしは言い、いくぶんぎこちなく立ちあがった。

子供の頃も青年時代も、異性にはあまりもてなかった。女がわたしに魅力を感じはじめたのは、ほんの数年前からだ。わたしは白髪の交じった中年男で、ヒースロー空港にあるより多くの荷物を抱えている。わけがわからなかった。女がわたしにちょっかいを出してきていると考えると、確かに気分はいいが――気分がよくならない男がいるだろうか――それでも、もじもじした十代の頃の自分に戻ってしまうのだった。女の子とどうやって話したらいいかわからない自分に。

「わたしは帰る。きみもそうしたほうがいい。別々に出よう」わたしは混乱を招かないよう最後のことばを付け足した。

プリヤは顔をしかめた。そして、頬を少し紅潮させたかと思うと、自分の席に戻った。

「わたしはもう少し残ります。おやすみなさい、警部」彼女は自分の画面を見ながら礼儀正しく微笑んだ。

事態をどうにかしようとして、わたしはどうやら逆に悪化させてしまったらしい。

人は自分の顔に仕事を与えるためだけに表情を変えるのではないかと思うことがときどきある。笑顔はその人が喜んでいる証拠ではない。涙が必ずしも悲しみを表しているわけではないように。わたしたちの顔はことばと同じくらい頻繁に嘘をつく。

家に帰る途中、セント・ヒラリーズ女学院の校舎に明かりがついているのが見えた。十代のとき、レイチェルとアナが通っていた学校だ。ふたりはそこで出会った。もう遅く、こんな時間に人がいるはずもないのに、明らかにだれかいるらしい。

駐車場に車を停め、中に入るまえにもう一本たばこを吸おうと決めた。気持ちを落ち着かせるには、半分もあれば充分だろう。そう思って、ふたつにちぎった。ライターを何度かこするも火がつかない。振ってもう一度試してみた。が、それでもライターは点火を拒んでいた。車内を隈《くま》なく探した。とはいえ、グローブボックスの中は見たくなかった。そこに何が入っているか、忘れたわけではない。

肘掛けの中から古いマッチ箱が出てきてほっとした。火をつけて、たばこを深く吸い込む。即座の高揚感を楽しんだ。マッチ箱をひっくり返してみてわかったが、これはレイチェルとはじめて夜を過ごしたホテルのものだ。もう数ヵ月前のことだが、まだ一部始終を覚えていた。

彼女の髪のにおい、表情、首の形。自分は力のないふりをして、主導権を握っているのはこっちであるかのように思わせて快感を得ていたレイチェル。実のところ、主導権はわたしにはなかった。マッチ箱の裏に文字が書かれていた――電話して。彼女の番号も一緒だ。

レイチェルの筆跡を見たことで、ぎりぎりのところで保っていた理性が限界を超えてしまった。しばらく立て続けにたばこを吸った。と同時に、酒がほしくてたまらなくなる。学校の中にいるのがだれかなど、もうどうでもよくなった。そのまたばこを三本続けて最後まで吸い尽くした。校舎に視線を戻すと、すでに真っ暗になっていた。明かりがついていて、窓に人影があると思ったのは、幻覚だったのかもしれない。

レイチェルの殴り書きが入ったマッチ箱にまた目が留まった。最後にもう一度彼女の声を聞きたい。そう考えると、妙な安らぎがもたらされた。彼女の番号にかけた。電話が鳴りはじめたが、聞こえてきたのは電話の向こう側からではなかった。自分の車からだった。

ぱっとうしろを向いた――首をひねらなかったのが驚きだ。とはいえ、後部座席は空《から》っぽだった。携帯を耳に当てたまま外に出て、四駆のうしろに移動する。トランクを見下ろした。音が聞こえているのはどうもここらしい。

あたりを見まわしたが、学校の駐車場はこの時間、思ったとおりがらがらだった。そこで、トランクを開けた。すぐに携帯が目に入る。携帯のおぞましい光が暗闇の中で予期せぬふたつの物体を照らしていた。腰をかがめて顔を近づけると、レイチェルのなくなった靴だとわかった。泥がこびりついた高価なブランド物のハイヒール。

自分が見ているものがなんなのか理解できなかった。

めまいがする。気分が悪い。吐きそうだ。

ほんとうに吐くと思ったちょうどそのとき、耳元の電話が留守電に切り替わり、彼女の声が聞こえた。

「もしもし、レイチェルよ。だれも出ないからメールして」

わたしは電話を切り、トランクを乱暴に閉めた。

昨夜彼女から何度もかかってきた電話と、あとで消した彼女からのメッセージを思い出す。手が震え出した。だれにも知られないようにしないといけない。もしばれたら、彼女と一緒にいたことを否定するのは無理だ。それに起きたことを否定するのも。レイチェルの携帯と靴がどうしてこの車にあるのかは、ほんとうにさっぱりわからなかった。でも、自分がここに置いたわけじゃないことは確かだ。置いたとすれば、絶対に覚えているだろう。

自分がつくったドラマのメインキャストの監視は忘れない。そうしたほうが有益で、教育にもよく、面白いからだ。ＢＢＣも、責任者が失念するまえはそれをモットーにしていたのに。わたしは普段から、どんなこともだれのことも忘れないようにしている。とくにわたしを不当に扱った人物のことは。寛容さが足りない分は忍耐力で補っている。そしてわたしは、細かなことを見逃さない。その人がほんとうはどういう人物か知りたい場合、手がかりになるのはそういう小さなことだから。他人と同じ目で自分を見ている人はめったにいない。わたしたちはみんな割れた鏡を持ち歩いている。

この物語には登場人物が何人かいるが、実際に起きたことについてはそれぞれが別々の見方をしている。今ここで教えられるのはわたし自身の見解だけで、ほかの人の見解については想像するしかない。物語はいつもそうだが、必ず結末がくる。わたしには計画があった。それをしっかり実行するつもりだ。今のところ割合うまくいっているのではないかと思う。わたしが犯人だとはだれも気づいていないだろう。仮にだれかが何かを疑っていたとしても、それを証明するのは無理だという自信がそこそこある。

わたしには子供の頃、想像上の友達がいた。孤独を抱えた多くの子供と同じく。その友達はハリーという名前で、彼とよく会話するふりをしていた。変な声でハリーのせりふをしゃべったりもした。家族は面白がっていたが、わたしの心の中ではハリーは実在していた。わたしが彼で、彼がわたしのような感覚だった。悪いことをしたときはいつもハリーのせいにした。悪いのはハリーだと自分に言い聞かせすぎたせいで、ほんとうにそうだと信じることもあった。

今も、レイチェルを殺したのは自分ではないと信じ込み、別の人間がやったふりをしそうになることが何度かあった。あるいは、想像の中のできごとだというふりをしそうになることが。とはいえ、レイチェルを殺したのはわたしだ。それでよかった。わたしは満足している。あの女にはいいところがひとつもなかった。とにかく、嘘じゃないところがひとつもなかった。あれは羊の皮をかぶったヘビだ。わたしもばかだった。ヘビ使いはよく嚙まれるというのに。

レイチェルも善悪の区別がついていなかったわけではない。ただ、自分の要求に合わせてその定義を変えていただけだ。悪いことをすることでしか正しいと感じられなかったのだろう。

壊れた倫理観は、すべてがすべて修復できないわけじゃない。中には、別の人間に揺さぶられれば、また正常に動き出すのもある。わたしたちはみんな、自分の頭の中でひとり旅を続けているが、知らず知らずのうちに他人の意思をおろかな方向へ導くことも、まちがった方向へ導くこともあるのではないだろうか。ただ、人は変わることができる。変わらないことを選ぶ場合が多いだけで。

殺人犯の中には早く捕まりたがる人がいると、どこかで読んだことがあるが、わたしはそうではない。ゲームが終われば楽しみがなくなる。それに、すでに多くを手放したとはいえ、まだ失うものが多すぎる。わたしの望みは、みんなに当然の報いを受けてもらうことだけだ。実際、自分を殺人犯だとは思っていない。わたしはただの、他人のために公共サービスをしようと決めた人だ。警察の権限はだいぶかぎられていて、がっかりすることが多い。この件は自分でなんとかしたほうがいいのだ。

時間はかかったものの、今ではわかる。自分にとっていつ、どこで、どうして、物事がうまくいかなくなってしまったのか。すべてはここ、この土地へつながる。やるべきでなかったことをした人たちに。そろそろ次へ進み、始めたことを終わらせなくては。

彼女

火曜日　二十二時三十分

ジャックと別れてから、わたしはほんとうの意味で次へ進めていないような気がする。わたしにとっては、ひとりでいる痛みよりそのメリットのほうが大きかった。それに、ひとりのほうがお似合いなのだ。孤独の痛みは、イラクサのとげみたいにほんの一時的なもので、掻かずにいれば、やがて何も感じなくなる。でも、ジャックのことは今でも考える。わたしたちのこと、あの子のことを。どうしても消えてくれない記憶というものはある。

午後と夜のあいだずっとジャックのことを考えていた。BBC系列のさまざまな局――ニュースチャンネル、ラジオ4、ラジオ5ライブ、BBCロンドンからBBCワールドまでありとあらゆる局――での生中継が続いたにもかかわらずだ。〈テンオクロック・ニュース〉の最後の中継が終わる頃には、森からニュースを伝えているのはわたしたちだけではなくなっていた。スカイ・ニュース、ITN、CNNも自分たちの撮影チームと中継車を用意してここへ来ていた。彼らも一様にニュースを伝えてはいたが、最初に報道したのはこのわたしだ。わたしはだれよりも早く被害者の身元を知った。どうやって知ったかは、だれも知らないにせよ。

もう夜も更け、明日も〈BBCブレックファスト〉でばかみたいに早い時間から中継しないといけないので、夜勤の編集担当がリチャードとわたしの宿泊費を出すと言ってくれた。スタッフたちはロンドンへ戻り、明朝、かわりに早朝勤務のスタッフが来てくれることになった。確かに、わたしたちはここへ残るほうが理にかなっているだろう。いったん車でロンドンへ戻ってまた数時間後に引き返すよりは断然いい。ここに残れば睡眠もしっかりとれるし、もし事件に進展があった場合でも現場の近くにいられる。リチャードも賛成だった。

どのホテルに予約を入れてあるかは訊くまでもなかった。この町にホテルはひとつしかないから。よく知っているホテルだった。〈ホワイト・ハート〉は、どちらかというとパブに近いが、宿泊できる部屋が上の階にいくつかある。この町でほかに泊まれる場所といえば、かわいいB&Bが二軒と、あとは実家の自分の部屋だけだった。そこは行きたい場所ではない。

食事をとるにはもう遅すぎた――レストランはとっくに閉まっていた――が、ラストオーダーのまえに一杯飲もうとリチャードが言い出した。よくないとは思いながら、わたしはぜひそうしようと答えた。赤ワインを一本空《あ》け、ソルト&ビネガー味のチップスを二袋食べおえると、気分がリラックスしてくるのがわかってうれしかった。同僚は幼なじみみたいなものだ。しばらく会っていなくても、このまえの続きからすぐまた会話を始められる。

「もう一本頼む?」わたしは自分の財布を取り出して訊いた。

リチャードは笑みを浮かべた。彼のジョークと気軽な会話のおかげで、今夜は若返った気分だった。自分はまだ一緒に出かけて楽しい人間なのだ――そんな気がしてくる。彼がレトロなTシャツを着て、髪を伸ばしっぱなしにしているのが少々残念だけれど。世の中にはどうも、少年の姿のままでいたい男がいるようだ。

「いいね」と彼は言った。「でも、明日はめちゃくちゃ早いだろ。それに、バーはもう閉まってる」

うしろを見ると、確かに彼の言うとおりだった。室内はすでに薄暗くなり、店員も引きあげていた。

「そっか、残念」とわたしは言い、テーブルに置いた手を滑らせて彼の手に触れそうなほど近づけた。「わたしの部屋で冷蔵庫をチェックしてみる?」

リチャードは手を遠ざけ、その手を上げた。自分の指輪を指差している。

「結婚してるだろ。な?」

拒絶されて少し傷ついた。そのせいで、すでに後悔するとわかっていることを言ってしまった。

「まえは全然気にしてなかったじゃない」

リチャードは申し訳なさそうな行儀のいい笑みを浮かべた。そんなことをされても、こっちは余計に気分が悪くなるだけだ。

「あのときは別だよ。今は子供がいる。状況が変わったんだ。夫婦関係が変わった」

拒絶されるより、上から目線でものを言われるほうがもっと傷つく。彼はわたしがすでに知っていることを話していた。子供を持つと、わたしだって変わった。あの子を失うまでは。職場の人間には、何があったか一度も話していない。それを言えば、ほかのだれにも話していなかった。

妊娠していたときは、芸能部――BBCの最上階にある部――に所属していたので、報道局の人とはほとんど顔を合わせることがなかった。もし顔を合わせても、正直なところ太ったと思われただけだっただろう。妊娠中、最後の数ヵ月は、合併症を引き起こして自宅でずっと安静にしていないといけなかった。だから、そもそも妊娠していることすらあまり知られていなかった。娘が生まれて三ヵ月で死んでしまったことも。

リチャードは知っているのだろうか。いや、知らないようだ。携帯を取り出して、延々と続くブロンドのかわいい娘ふたりの写真をスクロールしはじめたことからすると。わたしがチャンスを逃していると思っているものを見せたくてたまらないらしい。

「かわいいね」とわたしは言った。本心だった。

彼の笑みが大きくなった。

「母親似なんだよ」

また息が苦しくなった。リチャードが妻の話をするのははじめてだ。もっとも、彼が結婚していることを知らなかったわけではない。また、男が妻と子供を愛するのが悪いというわけでもない。家族を持つことで実際に距離が近くなる夫婦もいるのだろう。距離が離れるかわりに。とにかく今は、自分が何を持っていないか、それをまざまざと思い出させられているようにしか感じなかった。

「じゃあ、おやすみ」そう言って、わたしは立ちあがった。「一応言っておくと、誘ったのはお酒だけだからね」

どうにかこうにか笑みを浮かべると、リチャードも笑ってくれた。同僚とは何事も気まずいままにしないほうがいい。何百万という視聴者が目にするテレビの映りを左右する人が相手の場合はなおさら。

部屋に上がると、口実にしようとした冷蔵庫をひとりあさった。寝酒としては、量が多くも趣味がよくもなかったが、まあこれで充分だろう。ベッドに座り、やけに高いチョコレートバーを食べてミニボトルを飲んだ。どうしてこんなことになったのだろうと考えながら。四十八時間前、わたしはBBCのニュース番組のキャスターだった。私生活はぼろぼろだったかもしれないが、少なくとも仕事はあった。それが今は、文字どおり始まりの場所に戻り、自分が生まれ育った町で、学校時代に知り合いだった女の子の殺人事件についてニュースを伝えている。わたしを傷つけた女の子のニュースを。大人になってからも――もろい友情を永久に終わらせたあの夜から何年も経ってからも――またわたしを傷つけようとしてきた女のニュースを。

レイチェルは最近いきなり電話をかけてきた。どうやってわたしの番号を知ったのかもわからない。自分の慈善団体が困ったことになっているから、イベントを開いて助けてくれないかと言ってきた。わたしが断ると――慈善団体がほんとうに困ったことになっているとしたら、それは彼女が運営しているせいだろう――放送局までのこのこやってきた。受付のブースに座ってわたしを待ち、もし人に見られたらわたしのキャリアが傷つくかもしれないものを持っているとほのめかしてきた。

それでも、わたしは断った。

もう一本お酒を取りにいったが、冷蔵庫はもう空《から》っぽだった。そこで、寝る支度をすることにした。数時間後にはまたテレビに出なくてはならない。可能なら少しでも寝ておきたかった。シャワーを浴びた。こういうニュースを取材していると、死のにおいが肌や髪に染み込んでいるような気がすることがある。熱いお湯で全部流したかった。肌が焼けるようだ。どれくらい浴室にいたのかわからないが、出てみると、空の瓶やチョコレートバーの包み紙がちゃんとごみ箱に入っていた。ベッドカバーも引きおろされていて、寝る準備ができている。

変だ。自分がそんなことをした記憶はほんとうになかった。それにここは、そういうサービスをするホテルではない。

どうやら思ったより相当酔っぱらっているらしい。

シーツの下に潜り込み、電気を消した。頭が枕につくのとほぼ同時に意識が飛んだ。

火曜日　二十三時五十五分

彼

自宅の車寄せに入ると、家は完全な闇に包まれていた。それを見て安心する。今日みたいな一日を終えたあとは、帰宅時の質問攻めにだけはどうしても遭いたくなかった。だれも起こさないよう、できるだけ静かに玄関のドアを開けた。が、わざわざそんなことをする必要もなかった。電気は消えていたものの、テレビがついていて、リビングに入ると、ゾーイが起きているのがわかった。ニュース番組に出演している元妻を見ている。帰りに車で森の横を通ったが、マスコミはみんな荷造りをしてもう引きあげていた。だから、これはライブ映像ではないだろう。ということは再放送にすぎないわけだが、それでも、家の中でアナを見るのは変な感じがした。

「いったい何がどうなってるの？」ゾーイは顔も上げずに言った。

妹は一日じゅう電話やメールを寄越してきていたが、返事をする時間も意欲もわたしにはなかった。

「それを見てるなら、もう充分知ってるんじゃないのか」とわたしは返した。ため息を抑え切れない。

「親友のひとりが殺されたのよ。それをわたしに伝えようとも思わなかったわけ？」

「レイチェル・ホプキンズとは、卒業して以来つきあいがなかっただろ。最後に話してからもう二十年くらい経ってたんじゃないのか」ゾーイの顔がゆがみ、怒りと悲しみの入り混じったいささか醜い顔になった。だが、わたしも今夜はいつもの癇癪《かんしゃく》につきあいたい気分ではない。「ゾーイ、なんでもかんでも自分中心に考えるのはよせ。今日はほんとうに長い一日だったんだ。それに、仕事のことは話せないって知ってるだろ。だから、訊かないでくれ」

自分の問題で妹の世界を汚したいと思ったことは一度もない。

「兄さんの勘ちがいよ。わたし、レイチェルとは最近話したばかりだから」ゾーイはそう言ってテレビを消すと、わたしの体を上から下までじろじろ見た。改まってわたしを品定めするみたいに。ひどい格好だと思われているようだ。

「なんでまえの奥さんがここに来てるわけ？　兄さんが最近つきあってた人の殺人事件を報道してるのはどうして？」

あまりの衝撃に適切なことばが見つからない。レイチェルと寝ていたことがばれていたとは夢にも思わなかった。だれにも知られていないと思っていたのに。いや、もしかしたらゾーイは当てずっぽうで言っただけかもしれない。

「どういうことかさっぱり――」

「とぼけないで。ここ数ヵ月レイチェルとセックスしてたのは知ってるんだから。なんでそんなことをしてたのかは知らないけどね。よりによってレイチェルなんかと。ゆうべは彼女と一緒だったの？」

わたしは何も言わなかった。

「ふうん、そうだったのね?」

「妻でもないくせにそんな口を利くな。母親でもないくせに」

「うん、わたしは妹よ。で、ゆうべはレイチェルと一緒だったのかって訊いてるんだけど」

「わたしが事件に関与してるか、訊いてるのか?」

ゾーイは首を左右に振り、ソファに置かれたフェイクファーのクッションを整えはじめた。ひどく動揺したときのいつもの癖だ。クッションカバーは、同じものをつくってインターネットで売っていた。若い頃に夢見たファッションデザイナーとはかけ離れた仕事だった。どうやらまた髪を真っ赤に染めたらしい。よくあるセルフカラー剤を使ったのだろう。それが大のお気に入りだった。うしろのほうにブロンドの染め残しがあるのが見えた。ブロンドは先月の色だ。ピンクのパジャマは、三十六歳の母親より二階にいる二歳の娘のほうがしっくりきそうに見えたが、その意見は自分の胸だけにとどめておいた。

「離婚したあと、しばらくここで暮らしていいとは言った。でもあのときは数年じゃなくて数週間のつもりだったんだけど……」妹はまた顔も上げずに言った。

「そうしたら、ローンはどうやって払ったんだ?」

アナと一緒に暮らしていたロンドンの家を出たとき、わたしは妹の家に転がり込んだ。ここはもともと両親の家だった。ふたりとももう他界したが、妹と同じくらいわたしにもここに住む権利はあると思っている。第一に、ゾーイは相続税のことをまったく知らなかった。つまり、この家を持ちつづけるためにはまた抵当に入れる必要があったのだ。次に、両親の死はいくぶん思いがけないできごとだった。というわけで、遺書がなかった。わたしはがっかりし、妹は驚いた。生前の両親は何事もきっちり準備するタイプの人たちだったが、死はまったくの計画外だったらしい。少なくとも自分たちの計画にはないことだった。

この家がさも自分の家みたいに振る舞う妹にわたしが話を合わせているのは、単に彼女に娘がいるからにすぎない。わたし以上にふたりには家と呼べる場所が必要だろう。それに、当時はこの町に戻ってきたいとはあまり思っていなかった。元妻と同じく、過去は過去としてそのまま置いておくほうが好きなのだ。

ゾーイはいきなり、わたしの横を通って部屋から出ていった。見た目からもにおいからも、今日はお風呂に入っても着替えてもいないとわかる。またか。妹はまともな仕事に就いていなかった。見つからないと本人は言っているが、それは十年間探そうとしていないせいだろう。クッションカバーとその利益と、死んだ両親のものをオークションサイトで売ること——本人はわたしが知らないと思っているらしいが——それだけを頼りにした生活を送り、子育てはフルタイムの仕事だと言い張っている。その実、母親としての振る舞いはパートタイムみたいなのだが。

ゾーイを追ってキッチンへ行った。カップひとつを洗うのに必要以上の時間をかけている。何もかも汚れひとつなくきれいだった——動揺していようといまいと、妹はめったにこんな洗い方はしない。しかも、すべてが正しい場所にしまわれていた。ただし、カウンターに置かれたステンレス製の包丁立てのナイフ一本は別だ。それがなくなっているのは今朝も気づいた。

「レイチェルのことをどうやって知ったんだ?」とわたしは訊いた。

ゾーイはわたしに背を向けたまま、今度はワイングラスをすすぎはじめた。それに人生がかかっているのかと思うくらい集中している。わたしは食器棚から新しいグラスを出し、カウンターの開いたボトルから赤ワインを自分用に注いだ。残念ながら、妹のワインの趣味は男の趣味と同じだ――安っぽく、若すぎて、頭痛を引き起こす。

「レイチェルが死んだこと? それとも、兄さんが彼女と寝てることをどうやって知ったか? そっちのほう?」ゾーイはそう言って、ようやくこっちを向いた。

妹の目が見られなかった。わたしはワインをひと口飲みながらどうにかこうにかうなずいた。

「妹だからそれくらいわかるわよ。いつも残業で遅くなるなんて言ってたけど、ブラックダウンはそんなに犯罪ばかり起きる町じゃないでしょ。まあ、少なくともちょっとまえまではね。で、先週のある日、スーパーでレイチェルに会ったら、向こうから話しかけてきたの。兄さんがさっき言ったとおり、かれこれ二十年近くあいさつもしてこなかったのに……」

「だから反射的に、自分の兄と寝てると思ったのか?」

ゾーイはペンシルで描いた眉を片方だけ吊りあげた。フルメイクをしているのはいつものことだ。お風呂に入ってなかろうが、着替えてなかろうが、家にいようが関係ない。

「まあ、はじめはそうとは思わなかった。けど、レイチェルはそのとき特徴のあるにおいの香水をつけてたの。で、その晩〝残業〟なんて言ってたあとに、それと同じにおいを振りまきながら帰ってこられたら……」

ゾーイは指で引用符をつくって〝残業〟と言った。子供の頃からの癖だ。年を取るにつれてどんどん見るのが嫌になってくる。

「なんで何も言わなかったんだ？」

「だってわたしには関係ないことでしょ。わたしも自分がだれと寝てるか兄さんには言わないし」

言う必要はない。この家は壁が薄いから。

「おまえもだれかと寝てるのか？」とわたしは訊いたが、妹は無視した。

その質問は皮肉のつもりだった。ゾーイはいつもだれかしらと寝ている。どちらかといえば、性に奔放《ほんぽう》なほうだった。娘の父親がだれかも聞いていない。おそらく自分でもわからないのだろう。

「心の準備ができれば自分で言ってくるだろうと思ってたの。それに、昨日の夜までは確信が持てなかったし」

「なんで昨日の夜なんだ？」

「電話があったからよ」

ワイングラスが手から滑り落ちそうになった。

「今なんて？」

「レイチェル・ホプキンズが昨日の夜ここに電話してきたの」

突然、頭の中の声がうるさくなった。さっきよりもずっとやかましい。レイチェルがここの番号を知っているとは思わなかった。とはいえ、昔からずっと変わっていないのだから、知っていて当然かもしれない。レイチェルが学校でゾーイと仲良くしていたとき、よくかけてきていたのと同じ番号だった。答えを聞くのが怖いが、これは訊かないわけにいかないだろう。

「彼女と話したのか？」

「ううん。電話の音も聞こえなかったから。夜中の十二時ぐらいにメッセージが入ってたの。聞いたのは朝になってからよ。ランプが点滅してるのが見えて」

ゾーイはそう言うと、キッチンの反対側へ移動し、両親が使っていた古い固定電話に近づいた。両親のものは今もこの家にたくさんある――ゾーイがまだ売っていないものだ。あまりに多いせいで正直、父と母がこの世にいないことを忘れるときがある。そんなことを考えていると、いきなり死んだときの悲しみがよみがえった。みんなこんなものだろうか。

両親が死んでからというもの、頭の中の時間がまっすぐ進まなくなったように感じられる。悪いことばかりが連続して起きていた。娘の死と離婚のことはもちろん、かつて描いた自分の未来という未来がすべて、白紙に戻ることを決めたかのような感覚だ。それがまた今起きていた。

ゾーイがスローモーションで動いているように見えた。やめろと言いたい。再生ボタンを押すなと。レイチェルの声をもう一度聞きたいかどうか、自分でもよくわからなかった。機械の声よりありのままを記憶していたほうがいいのでは……

ゾーイは再生ボタンを押した。

「ジャック、わたしだけど。家にかけちゃってごめん。でも、携帯にかけても出なかったから。こっちに向かってる？　もう遅いし、すごく疲れてて。自分でタイヤを換えられたらいいんだけど。でも、なんでこうなったんだろう。まるでだれかが切ったみたいで。ちょっと待って。ヘッドライトが見えた。今駐車場に入ってきたでしょ。やった、正義の味方の登場！」レイチェルは笑い声をあげて電話を切った。

わたしは固定電話をじっと見ている。まるで幽霊を見るような目つきで。

妹はわたしをじっと見ている。まるで知らない人を見るような目つきで。

「その傷はどうしたの？」とゾーイに訊かれた。

わたしは無意識のうちに頬の赤い傷を触っていた。プリヤが何度か見ていたのには気づいていた。妹とはちがい、あいつは気を利かせて何も言ってこなかったが。

「ひげを剃《そ》るときに切ったんだ」

ゾーイは眉をひそめた。そういえば、わたしの顔は今、一面無精《ぶしょう》ひげに覆われているんだった。

「兄さんが殺《や》ったの？」とうとう妹は訊いてきた。かろうじて聞き取れるくらいの小さな声で。

いっそ聞こえなかったらよかったのに。

不意に、幼い頃のふたりの映像が頭の中で無音のまま再生された。ブランコに乗った妹を押す子供のわたし。友達を呼んでの誕生日会。家族一緒に過ごしたクリスマス。つい先週は、裏庭にあるシダレヤナギからぶら下がった同じブランコに姪《めい》を乗せて押したばかりだった。この家には愛があふれていた。それはいつなくなり、どこへ行ってしまったのだろう。

「よくそんなことが訊けるな」

わたしは妹を見つめたが、ゾーイはわたしと目を合わせようとしなかった。胸の中で心臓が激しい音を立てている。怒りではなく傷心からくる動悸《どうき》だ。何があっても妹は味方してくれると思っていたのに。その考えはまちがっていたと思うと、顔を平手打ちされたどころか、トラックで何度も轢《ひ》かれたような気持ちだった。

「上階《うえ》に子供が寝てるのよ。訊かないわけにはいかないでしょ」彼女はぼそっと言った。

「いや、そんな必要はない」

わたしたちは長いあいだ見つめ合った。近しい兄妹のみができる目だけの会話をする。何か声に出さないといけないのはわかっていたが、ことばを正しい順番に並べるのに時間がかかった。

「昨日の夜、レイチェルに会った」

「森の中で？」

「ああ」妹は露骨に嫌な顔をしたが、わたしは無視することにした。「でも、そのあと帰った。家に着いて携帯に不在着信が残ってるのを見てはじめて、何か困ったことになってると知ったんだ。手を貸しに戻ったが、そのときにはもう車も彼女の姿もなかった。携帯に電話したけど出なかった。それで、なんとか自分で直せたんだろうと思ったんだ」

「兄さんがそこにいたことはだれか知ってるの？」

「いや」

「警察の同僚には話さなかったのね」

わたしは首を振る。「ああ」

妹はしばらくわたしの顔を見たあと、次の質問をした。

「なんで話さなかったの？」

「今のおまえみたいな目で見られるからだ」

「ごめんなさい」ゾーイはついに言った。「どうしても訊かなきゃならなかったの。でも、信じてるから」

「いいよ」ほんとうは全然よくなんかない。

「お互いに口に出したことはないけど、兄さんのことはほんとに大事に思ってるから」

「わたしもだ」

妹が部屋を出ると、わたしは娘が死んで以来はじめて泣いた。

心から愛している人を失うのは、いつだって自分自身の一部を失ったような感じだ。レイチェルのことではない——あれはただの肉欲の対象だった——妹のことだ。ずっと仲がよかったわけではないかもしれない——ゾーイはわたしが選んだ妻を決してよくは思わなかったし、わたしもなんにしろ、彼女の選択をよく思ったためしがない——が、もし災難が降りかかれば、火の粉を払いのけてくれるのは妹だとずっと思っていた。が、どうやらそれはまちがいだったらしい。今夜、わたしとゾーイのあいだで何かが壊れたような気がした。修復不可能な何かが。

妹が残していったワインを最後まで飲みながら、薄暗がりの中でひとりしばらく座っていた。ワインは、必要になるとわかってわざと置いていったのだろう。空《から》になり、家の中がまた静寂に包まれると、わたしは固定電話に移動して、メッセージを消した。

自分がだれだかもうわからない。ときどきそんな気になる。

水曜日　四時三十分

彼女

目が覚めると、汗びっしょりだった。ここがどこかも、今がいつかもわからない。最初に浮かびあがったのはあの子、わたしの娘だ。それはいつも同じ。次に思い出したのは、ホテルとお酒のことだ――リチャードとの気まずいやりとりの前後のことも。目をぎゅっと閉じた。しばらく閉じていれば、記憶をすべて消せると言わんばかりに。目が覚めるまえ、わたしは悪夢を見ていた。

森の中を走っていて、自分を追いかけてくる何かを、あるいはだれかを恐れていた。転んで泥の中に横たわっていると、だれかの姿が見えてきて、わたしを見下ろした。その手にはナイフが握られていた。夢の中でわたしは大きな声で助けを呼んでいた。今も喉が痛い。まるで現実の世界でも叫んでいたかのように。

とはいえ、おそらく脱水症状を起こしているだけだろう。ソフトドリンクを飲むためなら、今ならなんでもやれそうだ。そう思いながら電気をつけると、ベッド脇にミネラルウォーターのペットボトルが見えた。そこに置いた記憶はなかったが、親切な過去の自分に心の中で感謝した。蓋をひねって水をがぶ飲みする。冷蔵庫から取り出したばかりのように冷たかった。

携帯をチェックした。わたしを起こしたのはどうやらジャックのメールだったらしい。彼も眠るのに苦労しているようだ。そうわかって、どういうわけかすっきりした。メールは別にうれしいことが書いてあるわけではなく、文面は短かった。彼のお気に入りの四つの単語がおなじみの順序で並んでいた。

〝話がある《アイ・ニード・トゥ・トーク》〟

朝の四時に彼とする話などなかった。

ベッドから出て、よろよろと冷蔵庫へ移動し、また眠りにつく助けになりそうなちょっとした何かを探した。意識が飛ぶまえに、もしかしたら中のものを飲み尽くしてしまったかもしれない。そんなことが急に心配になったが、驚いたことにお酒は全部そろっていた。机の下からごみ箱を引っぱり出してみたが、こっちも空《から》っぽだった。昨夜は確かに、ベッドに座って、ひとりでスナックを食べながらお酒を飲んだのに。あれもきっと夢だったにちがいない。

スコッチのミニボトルを開け、一気に飲んだ。そのとき、机の上の写真に気づいた。昨日実家で宝石箱の中から見つけた写真だ。みんなそこにいた。あれが起きるまえの十代の友達五人。このあとどんなことになるか、このうちの数人はまったく知らなかった。この子たちを忘れるのに長年を費やしてきたというのに、またそのことしか考えられなくなる。そして、はじめて会ったときのことを思い出した。

進学校のグラマースクールに転校するのは母のアイデアだった。わたしも当時はそれなりに頭がよかったのだ。アルコールで脳細胞が溺れ死んでしまうまえは。賢すぎて損をしていると母はよく言っていた。父親がいないため、私立学校の授業料はどうしても支払えなかった。それでも、どこかで義務教育は終わらせないといけない。そこで、次善策としてセント・ヒラリーズ女学院がぴったりだと母は考えたようだった。

全然ぴったりではなかった。

その女子校は自宅から歩いて二十分の距離にあったが、母は登校初日、車で送っていくと言って聞かなかった。たぶんわたしがちゃんと中に入るのを確かめたかったのだろう。門のすぐまえに車を停めた。その頃には母は中古の白いバンを買っていた。車体に〝プロの清掃サービス〈働きバチ〉〟と、新しい会社の名前が入った、ブリキ缶みたいな車だった。

みんながこっちを、というか車を、じろじろ見ているのがわかった。道路を走る車ではなく、博物館に置いてある古代の遺物を見るような目つきだった。わたしは車から降りたくも、学校に入りたくもなかったが、同時に母をがっかりさせたくもなかった。校長におべっかを使って学期の途中に転入させてもらったのはわかっていたから。

母は当時、この学校の校長の家を掃除していた――その頃には町の半分くらいの家を掃除していたような気がする。それで、あれこれ話をして、わたしとうちの家庭を不憫《ふびん》に感じさせたのだと思う。母があちこちで頼みごとをするのにはもう慣れていた。影響力のある人や地元企業のために掃除をするのにはメリットもあった。パン屋からただでパンをもらえたり、花屋から旬を過ぎたばかりの花をもらえたり。母はいつだって必要なことはなんでもした。雨露をしのいでふたりで食べていくために必要なことはなんでも。わたしは立派なレンガ造りの校舎を見上げながら、ありがたくて幸せだと思っているような顔をしようとしたが、最初に感じたのは、ビクトリア朝の監禁病棟みたいな学校だな、ということだった。正面玄関の上に古めかしい石の銘板が掲げられていた。

〝セント・ヒラリーズ女学院〟

車から降りずにいると、母は励ましのことばをかけてきた。

「新しい環境に飛び込むのはいくつになっても簡単じゃないわよね。自分らしくいればいいのよ」

そのときはひどいアドバイスだと思った。それは今もそうだ。わたしはつねに人に好かれたいと思っている。だから、自分らしくいるというのはありえなかった。

母に背中を押されても、バンのドアは開けなかった。一度入ったらもう出られない刑務所を見るような目で学校を見上げたのを覚えている。その印象はあながちまちがいでもなかった。人は生きていると、自分に終身刑を科すことがある。わたしたちはみんな心の中に後悔の牢獄を築いている。その牢獄が与える罪悪感や痛みからは一生逃れられない。

ノックの音がし、にこやかな顔がバンの窓に現れた。母がわたしの席に身を乗り出して窓を開けた。その女の子はわたしと同じ制服を着ていた。ただし、彼女のほうが新しく見えたけれど。わたしのは、ほかの何もかもと同じく中古品だった。靴は新しかったが、ワンサイズ大きかった。母はいつも成長を見越してそんなふうに靴を買っていた。ぶかぶかのあいだは、先に脱脂綿を入れて爪先が滑るのを防いでいた。

バンの外に立った女の子は細く、すごくかわいかった。年は同じだったが、十五歳よりずっと大人びて見えた。髪にハイライトが入っていて、長い金色の筋が朝の陽光にきらめいていた。こっちまで優しくてうれしい気分になりそうになる、そんなえくぼのある笑顔をしていた。それがレイチェル・ホプキンズの第一印象だ――とにかくいい人そうに見えた。

「おはよう、レイチェル。元気そうね」と母は言った。

母の知らない人はもうこの町にいないんじゃないか――わたしはそんなふうに思いはじめていた。

「おはようございます、ミセス・アンドルーズ。あなたがアナね？」その見知らぬ美少女は言った。

わたしはうなずいた。

「今日が初日でしょ？」

わたしはまたうなずいた。まるで話し方を忘れてしまったかのようだった。

「確かわたしたち、同じクラスだったはず。一緒に行く？　校内を案内してみんなに紹介しようか？」

そうしてほしいと心から思ったのを覚えている。すごくいい人そうに見えたので、どこまでだってついていったかもしれない。母はわたしに顔を近づけてキスしようとしたが、わたしはそうされるまえに車から降りた。人前で愛情を表現されるのは居心地がよかったためしがない。ちゃんと別れのあいさつをするまもなく、母は車で去っていった。どうして母のことを知っているのか、レイチェルに訊くまでもなかった。どうせ彼女の家も掃除していたのだろう。

レイチェルはよくしゃべった。ほとんど自分の話だったが、気にならなかった。ひとりで校舎に入らなくてすむことがありがたくてしかたなかった。教室に案内されると、すでに女の子がいっぱいいでがやがやしていた。中に入ったとき、一瞬沈黙が広がった。レイチェルが姿を現したせいか、それともわたしが来たせいかはわからない。が、おしゃべりはすぐに再開した。自意識過剰になりすぎないようにしようとわたしは思った。

レイチェルはあるグループのほうへ自信たっぷりに近づいていった。一番人気がある人にしかできない歩き方だ。その女の子たちは古ぼけたヒーターの近くに座っていた――あの学校はいつも何もかもが寒かった。レイチェルは躊躇《ちゅうちょ》せずクラスメイトの話に割り込んでわたしを紹介した。

「アナ、とりあえずこの子たちだけ知っておけば大丈夫だから。わたしの名前はレイチェル・ホプキンズよ。新しい親友と思って。この子はヘレン・ワン。頭がよくて、校内新聞を編集してるの。で、この子はゾーイ・ハーパー。面白い子で、自分で服をつくるのが好きなの。手当たり次第にあちこちピアスを開けて、親をいらつかせてるけどね」

ゾーイは赤みがかったブロンドの髪を――自然の色ではなさそうだった――ピアスをした耳にかけた。そして、これがあいさつがわりだとでも言わんばかりに、シャツをまくりあげてピアスのついたおへそを見せた。ゾーイはミシンを使うのが得意だった。そのことにはすぐに気づいた。全校生徒の半分がお金を払って彼女にスカートの裾を上げてもらっていたのだ。

頭のいいヘレンは、黒髪をクレオパトラ風のボブにしていた。顔が痛そうなくらい頬骨が突き出ている女の子だった。レイチェルに紹介されたあと、わたしへの興味をすぐに失い、さっきまでしていた作業――ピンクのＡ４の紙をホッチキスで留める作業――に戻った。あとで知ったが、それが校内新聞らしい。全体重をかけて大きなホッチキスにのしかかっていた。繰り返し放たれる針の音に、かろうじて落ち着かせていた神経を逆なでされる気分だった。銃を思わせる音だった。

レイチェルはバッグに手を入れてコダックの使い捨てカメラを取り出した。はじめて見る代物《しろもの》だったが、それにはフィルムと忍耐が必要だとすぐに知った。当時はデジタルカメラなどという便利なものはなく、携帯も持っていなかった。使い捨てカメラはカメラごと店に持っていって現像してもらわなければならない。撮った一枚を見るのに数日かかることもあった。レイチェルがわたしの写真を撮ったときの音は今でも忘れない。

ギリギリカシャッ、ギリギリカシャッ、ギリギリカシャッ。

一枚撮るごとにフィルムを巻かなければならず、小さな灰色のダイヤルが音を立てていた。レイチェルの親指には痕が残っていた。

「転校生とわたしの初日の写真を撮って」とレイチェルは言い、あのかわいい笑みを浮かべてヘレンにカメラを渡した。ヘレンは少しむっとした顔をした。作業の手を止められたのが嫌だったのだろう。

レイチェルはわたしの体に腕を回してポーズを取った。フラッシュが光ったときにわたしが目をつぶってしまったせいで、一枚目がだめだったときのためにもう一枚撮ることになった。

「こうしておけば、ビフォー・アフターがわかるでしょ」レイチェルはヘレンからカメラを奪い取ってバッグにしまった。なんのまえ《ビフォー》とあと《アフター》なのか訊こうとは思わなかった。「ほかのメンバーはみんなどうでもいい子たちだから気にしないで。とくにあの子はね」レイチェルは残りのクラスメイトを見まわして付け足した。振り向くと、自分の机でひとり本を読んでいる女の子がいた。「あれはキャサリン・ケリー。変人で避けたほうが無難な子。まあ、わたしたちと一緒にいれば安泰《あんたい》だから」

　そう言われ、わたしは寂しそうな女の子を見た。髪も眉毛も色が薄いせいでほとんど白に見えた。肌も異常なくらい青白かった。アルビノと聞いても驚かなかっただろう。朝食がわりにチョコレートバーを食べているせいで、不格好な歯の矯正器具がどうしても目についた。服はしわしわで、汚れがついていた。着ている本人と同じくらい洗濯が必要そうだった。チョコレートバーを食べおえたかと思うと、彼女は机の蓋を開けてもう一本取り出し、包みを開けた。飢え死にしそうなのかとこちらが心配になるくらいの勢いで食べていた。お菓子ばかり口にしているのに、体は小さく、ひどくやせた女の子だった。大きな目はバンビを思わせた。猟師が見ているのにもまったく気づいていない、新鮮な草を食べているバンビ。彼女に近づかないようにしようと決めるのは簡単だった。むしろ、近づこうとするほうが悲惨な結果につながるのだが、そのときのわたしはまだ気づいていなかった。

ブラックダウンを離れたらこの町とは縁を切りたい――それだけが長年の望みだった。今ホテルの部屋を見まわしてみて思う。どうしてここへ戻るはめになったのだろう。最後にもう一度五人の写真を見た。この写真が撮られてからまもなく、五人の人生は永遠に変わることとなる。写真を裏返しにして、机の上に戻した。もうこの子たちの顔は見たくない。

浴室へ行き、手を洗った。記憶に手を汚されたような気分だった。冷たい水を顔にかけて部屋に戻ると、また写真に目が留まった。表向きになっている。さっき確かに裏返したはずなのに。だが、それだけではなかった。だれかが黒のペンでレイチェルの顔にバツ印を書いていた。

水曜日　五時五十五分

彼

携帯の音に眠りを邪魔された。ただし、鳴っているのはアラームではなかった。またプリヤからだ。ゆっくり話せと言わなければならない。安い赤ワインのせいで頭が痛いうえに、あまりに早口で話すものだから脳が追いつかなかった。昨日は子供の頃に使っていた部屋で服を着たままベッドで眠ってしまったようだ。体が冷えていて、耳元で電話を支えるのにも苦労した。なぜだろうと思ったが、どうやらゆうべ遅くにたばこを吸ったせいで窓が開いているらしい。この家で――となりの部屋で姪《めい》が寝ているというのに――たばこを吸ったことがばれたらゾーイに殺される。

吸ったときは気分爽快だった。ニコチンがもたらす快感だけでなく、いけないことをしているのにうまくやりおおせているという妙な高揚感もあった。なんとなく下の通りからだれかに見られているように感じたとき、自分が透明人間になっていくような気がしたのを覚えている。外は暗かったから、暗がりからこっそりこっちを見ようと思えばいくらでも見られただろう。もういい、昨夜のことは忘れよう。だが、起きあがると頭痛がひどくなった。コーヒーが必要だ。

きちんと内容を理解しているか確かめるために、プリヤに最後のことばを繰り返してもらった。

「ふたり目の死体がブラックダウンで発見されました」

何かことばを返そうとしたが、何も出てこなかった。

「聞いてますか、警部？」とプリヤに言われ、自分がまだひと言もしゃべっていなかったことに気づいた。

「どこで見つかった？」

声が変だ。ようやく発声法を思い出したというのに。

「セント・ヒラリーズです。女子校の」

じっくり考えた。たばこを吸いたかったが、ゆうべ吸ったのでもう一本しか残っていない。それはあとのためにとっておいたほうがよさそうだ。

「女子校と言ったか？」

「はい、警部」

口より頭が働いた。この町で二日間に二件の殺人事件が起きたとなれば、連続殺人犯を相手にしていると考えたほうがいいかもしれない。上層部が知れば、大騒ぎするだろう。新しい糞に群がるハエのごとく。

「すぐ行く」

静かにすばやくシャワーを浴びたあと、だれも起こさないよう気をつけながら一階へ行った。けれども、その必要はなかった。ゾーイはすでに起きていた。めずらしくきちんとした格好でキッチンに座っている。〈BBCブレックファスト〉を見ていた。

「飲む？」妹は画面に目を向けたまま、コーヒーの入ったポットをわたしのほうに動かした。

「いや、もう行かなきゃならない」

「出かけるまえにちょっと訊きたいんだけど、爪切りは見てない？　バスルームからなくなってて。使いたかったのに」

ミントタブレットのケースがぱっと頭に浮かんだ。わたしは何も答えないままゾーイをしばらく見ていた。

「何？」と彼女は言った。

「いや、なんでもない。爪切りは見てないな。ものがなくなったといえば、ティンバーランドのブーツは知らないか？」

「あったわよ。昨日裏口のそばで見た。泥だらけだったけど」

血管の中で血がきーんと冷えたような気がした。

「さっきはなかったんだが」とわたしは言った。

「知らないわよ。子供じゃないんだから、自分で探せば？　でも、こんな朝っぱらから何をそんなに急いでるの？」

「仕事だ」

「また死体が見つかったから？」

わたしはゾーイをまじまじと見た。きちんと着替えていることに改めて気づく。めったにないことだが、外を走ってきたときみたいに頬もほんのり赤かった。しかも、帰ってきたばかりなのか、キッチンのテーブルの上に車のキーが置かれていた。今は朝の六時だ。こんな時間にブラックダウンで開いている場所はどこも思いつかなかった。

「また死体が見つかったとどうしてわかる？」

「わたしが犯人だから」

ゾーイはにこりともしなかった。わたしも真顔だ。妹は人とちがったユーモアのセンスの持ち主だが、ほんとうにそれだけだろうか。そんなふうに疑ってしまう自分がいた。妹がレイチェル・ホプキンズやほかの同級生と不仲になった理由もよく知らなかった。

やっとのことでゾーイの口角が上がる。彼女はテレビをあごでしゃくった。

「元奥さんから聞いただけよ」

その答えの衝撃も、さっきのと大差ないくらいだった。画面にアナの姿が現れてはじめてその意味がわかった。アナは学校の外に立ち、まだわたしが現場に着きもしないうちから、ふたり目の被害者についてニュースを伝えていた。警察の発表はまだのはずなのに、とわたしは思った。今の段階で二件目の殺人について知っている人は、片手で数えられるくらいしかいない。

「行かないと」とわたしは言い、玄関に行って階段の手すりから上着を取った。上着はいつもそこに置いてある。妹を苛立《いらだ》たせるもうひとつの悪い癖だ。ハリー・ポッター風のマフラーにも手を伸ばしたが、そっちはやめておいた。

「兄さん、待って」ゾーイが追いかけてきた。「気をつけてよ、いい？　昔結婚してたからって、アナを信じていいわけじゃないからね」

「どういう意味だ？」

「あの人は元奥さんであるまえにジャーナリストってこと。発言には気をつけて。それから……相手がだれでもすぐカッとなるのはやめて」

「そんなふうに見えるか？」

妹は肩をすくめた。わたしはドアを開ける。

「もうひとつだけ」そう言われ、妹のほうを向いた。じれったい気持ちがつい顔に出てしまう。

「なんだ？」

「家の中でたばこは吸わないで」

わたしは車に乗った。いたずらがばれて叱られた子供みたいな気分だ。昨夜車を停めた学校へ行った。またもや、サリー州全土の警官がわたしより先に到着しているようだ。

テレビの取材車は今のところ一台だった——アナの局だろう。しかし、本人がいる気配もBBCの取材班がいる気配もなかった。あるのは空《から》っぽのステーションワゴンだけ。休憩でもしているのか。ゆうべアナのカメラマンのことは警察の検索システムで調べていた。職業倫理に反する行為かもしれないが、疑って当然だった。彼にはアナの知らないであろう前科と過去がある。

プリヤが学校の受付で待っていた。コーヒーとクロワッサンを渡してくれる。またポニーテールだったが、顔は昨日とちがっていた。

「眼鏡をつけてないんです」わたしの心を読んだかのように彼女は言った。「昨日の今日で死体を見るのがそんなに嫌だったなら、そう言えばよかったのに」

「いいえ、視力は問題なくて。コンタクトにしてみようと思っただけです」

こんなときに新しいことを試すとは、なんとも妙なタイミングだ。とはいえ、わたしにとって女というものは、昔から謎の生き物だった。

「いい感じだ」わたしがそう言うと、プリヤはにっこり笑った。いや、こんなことは言うべきじゃなかったかもしれない――言ったそばから心配になった。最近では、女の同僚に簡単な褒めことばを言うだけでセクハラになってしまうではないか。そう思い、発言を修正した。「コーヒーのことだ」そう言って、ひと口飲む。

プリヤの笑顔が消えた。クソ野郎になった気分だ。ここは、もう少し差し障りのない会話へ軌道修正しなくては。

「こんなにうまいコーヒーをどこで見つけたんだ？　こんな時間にこのあたりでそんな店があったか？」わたしはカップを持ちあげて訊いた。

「コロンビアで買ってきたんです」

一瞬ことばが出なかった。

「それはまたずいぶん遠くから」

プリヤの笑みが戻った。

「実は、今朝ここへ来るまえに家で淹《い》れてきたんです。警部が飲みたくなるかと思って。車の中にある保温容器に入ってるんですけど、紙コップで飲むのがお好きだと知ってたので。ちょっと変わったご趣味だし、環境にも悪いですけどね。オンラインで注文しておいたんですよ。紙コップのことですけど。警部の車が入ってくるのが見えたところで紙コップに入れたんで、まだ熱いと思います」

やっぱり。プリヤはわたしに気があるのだ。中年とはいえ、わたしもまだまだいける。といっても、別にこれから何かが起きるというわけではないが。そのときが来たら、彼女にはやんわりと伝えよう。クロワッサンをかじったが、これもうまかった。が、どこで買ってきたかはもう訊くまい。きっと自分で焼いたか、フランスから取り寄せたのだろう。

携帯が鳴り、上司の名前が表示された。わたしはたっぷり待たせてから電話に出た。

「おはようございます。朝早くからお疲れさまです」

上司のご機嫌取りは、いつだって唇に嫌な味を残す。

イタチみたいなこそこそした男が捜査のへまをいちいち指摘してくるのを聞かなければならなかった。ずっと黙って舌を噛《か》んでいた。穴が開いていないのが不思議なくらいだ。だが、この男も面と向かっては言ってこないだろう。わざわざ自分のオフィスを出てまでそんなことはしないだろうし、わたしを見下ろすのは実際のところ困難だった。というのもわたしのほうがずっと背が高いからだ。きっと知能と一緒に体の成長も子供の頃に止まってしまったにちがいない。それでも、相手には言いたいことを最後まで言わせた。そのあとで、相手が聞きたがっていることばを言うのだ。うるさく口出ししてくるのをやめさせるにはそれが一番手っ取り早い。

「はい、そうです。もちろんです」とわたしは言い、最新情報を伝えると約束して電話を切った。

プリヤはがっかりした顔をしていた。

「なんだ？」

彼女は肩をすくめるだけで、なんとも言わなかった。その目は、ことばに出さずともわたしを非難していた。上司の話が聞こえていたにちがいない。

〝これは重大犯罪班の重大な失態だ。おまえが見てるまえで何をしてるんだ〟

わたしも自身も重大犯罪班のメンバーも、昨日は全員十八時間ぶっとおしで働いた。ほとんど寝ずに仕事をしたというのに、それでも上司に言われたことの何かが胸にちくりと刺さった。これは全部自分のせいかもしれない。どういうわけか、そんな気がしてくる。

「行くか？」とわたしはプリヤに訊いた。

「はい、警部」またいつもの有能な部下に戻っている。そっちのほうがよっぽど居心地がよかった。

プリヤが先を歩いて入り組んだ廊下を案内してくれた。色彩に富んだ壁のポスターは無視して、彼女の黒い紐付き靴のほうに意識を集中させた。磨かれた床とこすれて靴が音を立てている。なぜか通学靴みたいに見えた――ぬかるんだ森の中を歩いていた昨日と比べるとうんときれいだ。おろしたてなのだろうかと思わずにはいられなかった。いつものようにポニーテールが左右に揺れていた。ふたり目の被害者に近づくにつれ、髪の形をした振り子がカウントダウンする。疑いの余地はなかった。このふたつの殺人事件はつながっている。

移動するあいだ、数歩の距離を保ってプリヤについていくふりをしていたが、ここの建物のことはすでに熟知していた。妹の学校劇を見に、いつも両親に連れてこられていたのだ。ゾーイは成績ではクラスのトップになれなかったものの——こういう学校では競争相手が多すぎた——演技はうまかった。それは今も同じだ。もしかしたらそういう家系なのかもしれない。とはいえ、わたしももう自分に嘘をつくことはできない。わたしは昨夜ここへ来て、今向かっている部屋の明かりがついているのを見た。あのときちがった行動を取っていれば、こんなことにはならなかっただろう。

部屋に入ると、例にもれず迎えられた光景にぎょっとした。まだ外は真っ暗だが、ここはちがった。まぶしい警察の照明のせいで映画のセットのように見える。真ん中のステージに被害者が座っていた。

「窓を目隠しできるか？　マスコミが写真をネットに上げはじめたら困る」そう言うと、何人かの顔がわたしのほうを向いた。

知っている制服警官が数人と、知らないのが数人いた。科学捜査班もすでに到着しているようだ。よかった。おおむね昨日対応したチームと同じメンバーで、みんな少しばかり精神的に参っているように見えた。この現場だ。無理もない。

「警部を待ってからのほうがいいと思いまして」とプリヤが言った。

「そうか。今来たぞ」
職員室はミニチュアの図書館といった感じだった。奥の壁一面に本棚が置かれ、別の壁に額入りの巨大な世界地図が飾られていた。ガラス扉の棚はトロフィーでいっぱいだ。部屋の真ん中に大きなマホガニー材の机が置かれていた。そのうしろの自分の席に校長がまだ座っている。喉は切られ、まだ叫び声をあげているかのように口を開けていた。

ドア口からでも、口の中に異物が入っているのがわかった。レイチェルと同じで、赤と白のミサンガが舌に巻きつけられている。頭が片側に倒れていて、クレオパトラ風のボブにカットした黒髪の生え際が白くなっているのが見えた。顔は髪の毛で半分隠れていたが、この被害者がだれかはわかった。ここにいる全員が知っているだろう。セント・ヒラリーズ女学院の校長は、地域社会で大変尊敬されている人物でもあり、少々怖がられている人物でもあった。

このヘレン・ワンも昔ここの生徒だった。ゾーイとアナとレイチェルの同級生だ。学校時代は首席で、そのあと三十を超えるまえに校長になった。高すぎるIQを持つ野心的な教員で、自分の価値観と合わない人間には我慢ならない女だった。ヘレンがまだレイチェルと友達づきあいをしていたのは知っている。もしかしたらわたしたちの情事について耳に入っていたかもしれない。まあ、これでもうだれにも言えなくなったわけだが。

喉を切り裂くのにナイフが使われたことは、法医学者に訊かなくてもわかった。それほど一目瞭然だったが、体に残る傷はそれだけではなかった。ブラウスのボタンがおなかまで開いていて、嘘つき《LIAR》の文字がブラジャーのすぐ上に残っていた。大型のホッチキスを使ったようだ。

白い肌に打ちつけられた銀色の針は百個以上あるにちがいない。金属の縫い目ができていた。

もうわたしには無理だ。すでにそんな気分だったが、かといって、わたし以上にうまくやれる人間がいるわけでもない。ブラックダウンで殺人事件が起きるのは一件でもめずらしいのに、二件というのは前例がなかった。ロンドンにいた頃でさえ、連続殺人事件は一度しか扱ったことがない。部屋を見まわした。全員がただ立ち泳ぎして、救助が来るのを待っているだけのように感じられる。が、助けは来ない。こうなったら、自分でやるしかない。

一歩近づくと、被害者の鼻の先に白い粉がついているのが見えた。

「まさか校長はコカイン中毒だったっていうのか？」

「今、分析してるところです」とプリヤが答えた。

最初の現場確認が終わると、わたしは部屋を出た。来た道を戻ると、校庭につながる出口が見つかった。震える手を上着のポケットに突っ込んで最後のたばこを探す。そろそろ吸ってもいいだろう。

事件が起きたとき、わたしはここにいた。

いたにちがいない。

酔っているように感じられるほど疲れていた。この二日間で起きたことは何もかも現実ではないみたいに思える。目を開けることができない悪夢のようだった。たばこを吸いおえて中に戻ると、プリヤと鉢合わせした。ずっとそこに立ってガラス戸の向こうからこっちを見ていたのだろうか。どうしてそこにいるのか知りたかったが、タイミング悪く始業ベルが鳴り、質問をかき消されてしまった。

「今の音はなんだ？」ベルが鳴りやむと、わたしは訊いた。

「始業ベルですよ、警部」

「ああ、それは知ってる。なんで鳴ってるんだ？」この人は恐ろしくばかなんじゃないかと言いたげな顔でプリヤがこっちを見てきた。苦々しい胆汁《たんじゅう》がこみあげてくる。「まさか学校は開いてないよな？」

「そうだと思いますが。今頃ニュースを見て、みんな来ないほうがいいってわかってるんじゃないですか？」

「じゃないですか？　わたしは何を教えた？　今日は子供を登校させるなとの連絡がまだ保護者にいってないって言うのか？　昨日言ったばかりだぞ、犯罪現場を保全しろというのは」

プリヤは床に目を落とした。普段からわたしにいいところを見せたくてしかたがないのはわかっている。へまをしたときにいつもひどく動揺するのも。しかし、わたしだっていつも大目に見てやれるわけじゃない。

「もういい。今から学校の事務室へ行って、追って連絡があるまで登校しないよう保護者と職員に連絡させろ――みんながみんなニュースを見てるわけじゃないからな。それから念のため、校門のまえに制服警官をふたり置くんだ。ＢＢＣの取材班がいたら、駐車場から出るよう伝えてくれ。警察の許可がないかぎり、学校の敷地内は立ち入り禁止だ。どうしてこんなに早く現場に駆けつけられたのかは知らないが、ＢＢＣもほかの局と同じように道から報道すればいい」

「警部、まだお伝えして――」

「わたしが言ったとおりにやってくれるな?」

プリヤはうなずき、廊下を戻っていった。わたしはもうしばらく外にいることにした。あの部屋へ戻る覚悟をするまえにあと少し空気が必要だ。みんなして、わたしが何をすべきかわかっていると思っているらしいが、わたしにもこんなのははじめてだった。愚者が愚者を導けば、物事は闇に包まれかねない。

校庭に目をやった。森へ向かって下り坂になっている。レイチェルが殺された場所からここまで直線距離で二キロも離れていないだろう。そのとき、うしろから足音がした。またプリヤか。

「終わったか?」

「どういう意味?」

振り向くと、アナだった。「ここで何をしてる?」

「ここに来れば会えるって、あなたの助手に言われたの」

「プリヤのことか? あいつときたら余計なことを。それはそうと、なんでこんなに早く現場に来られたんだ? 確かマスコミへの発表はまだだろう。それはわたしの仕事だから、発表されれば当然知ってるはずだ」

アナは何も言わなかった。わたしはうしろを向いて、そばにだれもいないか、だれかに聞かれていないか確かめた。

「昨日はどうして糸で編んだブレスレットなんかはめてた？」わたしは小声で訊いた。

アナは今にも笑い出しそうな顔をしている。

「どうしてそればかり訊くの？」

「どこで見つけた？」

「そんなのあなたに――」

「関係あるから訊いてるんだ。きみのことが……」〝好きだから〟――言いかけたのはそれだ。好きなのは事実だったが、とても本人には言えなかった。愛とは、自分の気持ちを胸に秘めることかもしれない。ときどきそんなふうに感じる。「心配だから」結局、そう答えた。アナは笑みを浮かべたが、わたしの苛立ちはとっくに一日の推奨量の上限を超えていた。「アナ、真面目に言ってるんだ」

「あなたが真面目じゃなかったことなんてないじゃない。そういうところ、ありすぎる欠点のうちのひとつよ」

「本気で言ってるんだ。今からする話をだれか別の人にもらしたり、万が一報道したりすれば――」

「わかった、落ち着いて。話は聞くから」

「よし。そうしてもらえると助かる。実は、死んだふたりの女からミサンガが見つかったんだ。きみが着けてたのと同じようなものがね。だが、見つかったのは手首じゃなくて口の中だ。舌に巻きつけられていたんだ」

アナの顔が目に見えて青白くなった。よかった。何かしらの感情的な反応が見られて安心した。もしそうでなかったら、ひどく不安を覚えたところだ。わたしも、自分が長年結婚していた相手のことをよく知らなかったとは思いたくない。

「なんできみがそれと同じものを持ってるんだ?」とわたしは訊いた。今度こそ答えを聞きたかった。

「持ってない。失くしたの」嘘っぽかったが、アナはほんとうのことを話しているような顔をしていた。「話があるって夜中にメールしてきたけど、あれって――」

酔っぱらってメールしたのをすっかり忘れていた。

「今朝だ。夜中とは言えないだろ。とにかく、今はそのことを話す時間でも場所でもないんじゃないか。まだわたしの質問に答えてもらってなかったな。あれは――」

「ジャック、なんでメールしてきたの?」

アナは校舎の中につながるドアのほうを見ていた――ネタが一番大事なのは今も変わらないらしい。こうなったら、彼女の目をほかへ向けさせるしかない。

「まあ、答えられないんだったらしょうがない。わたしもほんとはこんなことをしてる場合じゃないんだ。ただ、ひとつだけ言いたいのは、もしわたしがきみだったら、あの同僚には近づきすぎないようにするってことだ」

アナはわたしの顔をまじまじと見た。口を小さくてきれいなアルファベットのOの形に開いている。

「ふうん、そういうことね。二件の殺人事件を相手にしてるっていうのに、ほんとはカメラマンとわたしが寝てることのほうが心配ってわけ?」

「きみがだれと寝てようがかまわないが、あの男には犯罪歴がある。それは伝えておいたほうがいいかと――」

「リチャードのことをあれこれ調べる権利なんてあなたにないでしょ。倫理に反する行為よ。それに、もしわたしが彼と寝てたとしても――実際には寝てないけど――彼がスピード違反をして、その罰金をいまだに支払ってなかろうが、ほかにささいなことで罪を犯していようが、別に気にしない。何を探し当てたのかは知らないけどね」

「ささいなことじゃないんだ。あいつは傷害罪で逮捕されて起訴されてる」

「傷害罪で? リチャードがだれかに暴力をふるったってこと?」

「そうだ。じゃあ、わたしは仕事があるんで。きみは来た道を戻って、取材班と一緒に学校の敷地から出ていってくれ」

そのとき、プリヤがドアから出てきた。わたしの逃げ道を塞《ふさ》いでいる。

「学校を正式に封鎖しました」と彼女は言った。

「すばらしい。ところがきみは、マスコミの人間をここへ通すのがいいことだと思ったようだな。それはなぜだ?」

プリヤはわたしを見て、アナを見て、またこっちを見た。当惑が、ないはずのしわとなって顔じゅうに表れていた。

「ええと、警部も会いたいんじゃないかと思ったので」

「どうしてそう思う?」

「ミズ・アンドルーズは遺体の第一発見者だからです」

人生においてだいたいはそうだが、物事は回数をこなせばこなすほど簡単になる。人を殺すのにも同じ法則が当てはまり、実際、二回目の殺人は一回目と比べるとはるかにやりやすかった。辛抱強く待ちさえすればよく、それはわたしにとって、どちらかといえば得意なことだった。

ヘレン・ワンは人より権力を愛した女で、それが破滅の原因だった。頭はよかったかもしれないが、寂しい女で、ほかの教師たちが帰宅したあともよく遅くまで残業していた。彼女が職員室を出た隙に、こっそり中へ入り、カーテンのうしろに隠れて待った。下から足が出ていたが、彼女は気づかなかった。世の中には写真と同じようにフィルターをかけて世界を見ている人がいる。そうすることで、自分が見たいものだけ見るようにするのだ。職員室に戻ってくると、彼女は自分の席に座り、恋人を見つめるような目でモニターを見つめていた。

学校の雑務をしているのだろうと思っていたが、肩越しに小説を書いているのが見えて驚いた。喉を掻き切ったあと、彼女の髪をなでながら最初の一章を読んでみた。残念ながら、満足できる出来ではなかった。がっかりするほど陳腐だったので、全部消して、かわりに自分で三行タイプした。

ヘレンは嘘をつくべきじゃない。
ヘレンは嘘をつくべきじゃない。
ヘレンは嘘をつくべきじゃない。

それが終わると、机にあった除菌シートを使ってキーボードを拭いた。そして、薬物を鼻につけたうえで、引き出しにも入れておいた。必ず見つかるように。善良な校長先生がほんとうは若い女の子たちの悪い手本だったとみんなに知ってほしかった。ヘレンは権力に、違法薬物に、秘密に溺れていたと。

オーダーメイドのスーツは高そうだったので、それを脱がしてブラウスの下からスーパーで買えるようなちゃちなブラジャーが見えたときは少し残念だった。ホッチキスは最初の計画にはなかったが、机の上に大きなものが見えたとき、あまりに面白そうで、やってみないわけにはいかなくなった。肌の上にホッチキスで打った文字は、わたしの理想ほど均整が取れているわけではなかったが、嘘つき《LIAR》と書いてあるのは簡単に読めた。

舌にミサンガを巻きつけ、うしろに下がって自分の出来栄えに見惚《みと》れた。なかなか見事だ。机のペン立てから一本拝借し、手の甲にメモを書いた。あとでちょっとした電話をかけなければならない。

彼女

水曜日　六時五十五分

「受話器を置きなさい」と女の刑事が言った。

おぞましい事件の犯罪者を見るような目でこっちを見てくる。確か、パテルと呼ばれていた刑事だったと思うが、最初に会ったときほど感じがよくなかった。昨日森で会ったときは、たやすく味方につけられたのに。貸してくれと頼んだ靴カバーは、ほんとうのところどうでもよく、ただ話す口実がほしかっただけだ。あまりに多くの情報を引き出すことができて、自分でもびっくりしていた。確かにそのいくつかを他言したかもしれない。おそらくそれが彼女の怒っている原因だろう。

彼女も、受話器を置けと言うずっとまえから、わたしが机の上の電話に手を伸ばしていたのは見ていたはずだ。最初から電話を触るなと言われていれば、わたしも触らなかっただろう。とはいえ、何も言い返したりはせず、素直に受話器を置いた。権威のある人に反抗するのは昔から得意ではない。たとえ体の小さな人間が相手であっても。わたしたちは今、学校の事務室にふたりきりでこもっていた。わたしにはほとんど理解できない理由からだ。

「十分後に生中継の予定なの。あなたのボスに携帯を取られたから電話を使いたいんだけど。今ここにいることを伝えなきゃいけないのよ」

「ハーパー警部が携帯を没収したのは、それに電話をかけてきて、この事件のことを密告してきた人がいるとあなたが言ったからです。その通話記録を調べて、その人物がだれか調べなきゃいけないんですよ。わかってもらえますよね」

ジャックに携帯を渡したのはまちがいだった。けれども、非協力的だと思われるのも避けたかった。

「まあ、いいわ。でも、報道局にわたしの居場所を知らせないといけないの」

「それは大丈夫です」

「どういう意味？」

「カメラマンは、あなたが遅れてるとわかってるんじゃないですか」

「遅れてる《ディレイド》？　拘束されてる《ディテインド》じゃなくて？　わたしは逮捕されるの？」

「いいえ、さきほどもご説明したとおり、いつでもどこかへ行ってもらって問題ないですから。ご自身の安全のためにここに留まるよう、また捜査にご協力していただけるようお願いしているだけですので」

じっと見つめたが、刑事は目をそらさなかった。小柄で若いかもしれないが、とんでもなく自信に満ちあふれている。ジャックが好きになるのも無理はない気がした。この女のことが一気に嫌いになるのが自分でもわかった。嫌いになるのは、恋に落ちるのとすごくよく似ているが、こっちのほうがスピードも速いし勢いも激しいうえに、ずっと長続きすることが多いように思う。

刑事は部屋から出ていった。ドアは開けたままで。廊下の先でだれかと話している声が聞こえた。わたしはバッグに手を入れ、ブランデーのミニボトルを開けてあおった。ミントケースが見つかり、一粒口に放り込んだ。顔を上げると、ドア口にまた刑事が戻ってきていた。こっちを見ている。いつからそこにいたのだろう。何を見られたのだろう。

「ミント食べる？」彼女のほうにケースを振ってみせながら、わたしは訊いた。

「いえ、けっこうです」

「わたしがジャックの元妻だっていうのは知ってるんでしょ？」

彼女はぎこちない笑みを浮かべた。

「はい、ミズ・アンドルーズ。あなたが何者かは知っています」

居心地が悪いのは、そう言われたせいだろうか、それともさっきの奇妙な表情のせいだろうか。ジャックにもこの刑事にも、今朝あの電話があったときすごく怖かったと話したが、ふたりとも信じていない様子だった。警察に通報するまえに報道局に連絡したのも受けが悪かった。わたしはジャーナリストとして当然、内密の情報をたどって学校まで車を走らせた。あとから考えると、確かにばかみたいで危険にも思えるが、ニュースのネタの中には、わたしのキャリアアップ自体と同じくらい病みつきになるものがあるのだ。一件きりの殺人は、わたしのキャリアを救いも切り開きもしないかもしれないが、連続殺人事件となれば、何週間だってテレビに出つづけられる。

だが、ヘレンの動かない体をはじめて見たときのことは忘れられなかった。一緒に学校に通っていた女の子は別人のような大人へと成長を遂げていたが、あれがだれかはもちろんわかった。髪形も同じ、頬骨も同じ。ひょっとすると、机の上にあったのも、校内新聞に使っていたのと同じホッチキスかもしれない。とにかくあれは、永久に心から消せない類《たぐい》の光景だった。朝一にあの血だらけの姿を見れば、だれでもお酒を飲みたくなるだろう。

若い刑事はまだこっちを見ていた。大きな茶色の目は、まばたきのしかたを忘れてしまったみたいだ。わたしは先に目をそらし、部屋の壁にかかった絵に興味があるふりをした。それを見ていると、十代の頃、この部屋へ呼び出されたときの記憶がよみがえってきた。最初の学校ではいざこざを起こすことは一度もなかったが、セント・ヒラリーズ女学院に転校してきてからはすべてが変わった。もっとも、わたしのせいではない。ほとんどの場合、レイチェル・ホプキンズとヘレン・ワンに原因があった。今はそろって亡き者になったふたりの女に。

最初に登校したときレイチェルが仲間に引き入れてくれて、とてもありがたかった。レイチェルはクラスで一番の人気者だった。当然だ。きれいで賢くて、しかも優しかったのだから。もっとも、わたしがそう思っていただけかもしれない。彼女は当時からいつも何かしら慈善活動をしていた――マラソンを主催したり、手作り菓子のバザーを催したり、恵まれない子供たちのための寄付を集めたり。最初はちがったが、数週間もすると、わたしも思うようになってきた。もしかしたら自分も彼女のささやかなプロジェクトのひとつにすぎないのではないかと。レイチェルはわたしを自宅に招き、自分の服を貸してくれたりメイクのしかたを教えてくれたりした。わたしはそれまでメイクなどしたこともなかった。レイチェルは、一緒に出かけるときにわたしの爪を塗るのも好きだった。会うたびにちがう色を塗ってくれた。ときにはマニキュアで文字を書くこともあった。爪にひとつずつ文字を書いてことばをつくっていた。〝かわいい〟とか〝やさしい〟とか〝いい人《nice》〟というのが、彼女のお気に入りだった。いつもわたしのことを〝いい人〟だと言っていた。いい人というのは今でも一番よく言われることばだ。年を取るにつれてそれがだんだん嫌になってきた。その四文字が奏《かな》でる音は、わたしの耳の中で褒めことばから悪口へと変換される。まるでいい人であることは弱みだと言われているみたいに。おそらくそうなのだろう。わたしは弱いのだろう。

レイチェルはいつもわたしに小さなプレゼントを買ってくれた——リップグロスとかシュシュとか。たまに少しきつすぎるトップスやスカートをくれることもあった。ダイエットさせようという作戦だったのだろう。週末に彼女が通う美容院に連れていかれて、同じようなハイライトを入れてもらったこともある。わたしに代金を払う余裕がないことはわかっていたので、全部自分が出すと言っていた。そのお金はどこからくるのだろうと思わないわけでもなかったが、実際に訊くことはしなかった。昼食時に彼女と友達の横に座らせてもらえたのもうれしかった。中にはひとりきりで座っている人もいた。そういうふうにはなりたくなかった。

キャサリン・ケリーは特別悪そうな子には見えなかった。いつもチョコレートかポテトチップスを食べていて、少し変わっているようには見えたけれど。白っぽいブロンドの髪と歯の矯正器具と薄汚い制服のせいもある。でも、だれかを怒らせるようなことを言ったりしたりする子ではなかった。実際のところ、あまりしゃべらず、座って静かに本を読んでいるだけだった。ほとんどがホラーだったのを覚えている。町はずれの森の中にある辺鄙《へんぴ》な場所に家族と住んでいると聞いたことがあった。幽霊屋敷だと言う人もいたが、わたしは霊の存在を信じていなかった。ひとりも友達がいないなんてあんまりだ、かわいそうに。そう思っていた。

「キャサリンにも、一緒に食べようって声をかけたほうがよくない？」ある日、わたしは言った。食堂のおばさんが見よう見まねでつくったとしか思えないラザニアとフライドポテトをゆっくり食べながら。

ほかの子たちにじろじろ見られた。わたしは何か失礼なことを言っただろうか。

「ううん、いいの」わたしの真正面に座っていたレイチェルが言った。

「それ、ほんとに全部食べる気？」わたしの皿を見てヘレンが言った。彼女がいつも昼食を抜いているのには気づいていた。「その加工食品が何キロカロリーあるか知ってる？」わたしが黙っていると、彼女はそう言った。

わたしは知らなかった。そういうのには無頓着《むとんちゃく》だった。

「ラザニアは好きだから」

ヘレンは首を振り、錠剤の入った小さな瓶をテーブルに置いた。

「ほら、飲んで。早めの誕生日プレゼントってことで」

「それ何？」とわたしは訊いた。予期せぬプ、レ、ゼ、ン、トをまじまじと見ながら。

「やせ薬よ。みんな飲んでる。これを飲むと、空腹を感じずにやせられるの。ほら、バッグにしまって。わたしたちのささやかな秘密がみんなにばれたら困るから」

「うちのグループにぷんぷんキャサリン《スメリー》を呼んであげようなんて、どうしてそう思うわけ？」とレイチェルが急に話題を変えて言った。

ほかの子たちは笑っていた。

「ただわたしは、みんなと一緒にランチを食べられてすごくうれしいから。ひとりで寂しそうだなと思って——」

「で、いい人になろうと思ったわけ？」レイチェルに遮《さえぎ》られ、わたしは肩をすくめた。「ねえ、いい人すぎるのは弱さの表れよ」

レイチェルは突然、椅子を引きずらせて立ちあがった。かと思うと、自分が飲んでいたコーラの缶を持って食堂から出ていった。だれもしゃべらず、わたしが目を合わせようとしても、みんな手をつけていない自分のサラダをじっと見ていた。

数分後、レイチェルがまた笑みを浮かべて戻ってきた。テーブルに缶を置くと、フォークを取ってわずかな量の食事を再開した。ほかの子たちも同じようにした。レイチェルのやることを真似する——それがお決まりだった。

「じゃあ、いいよ」とレイチェルは食べながら言った。「誘ってきなよ」

わたしは一瞬ためらったが、落ち着かない気持ちを無理矢理払いのけた。やっぱりレイチェルもほんとうは優しいのだ。そう思うことにした。今考えると、世間知らずもいいところだが、わたしたち人間は、一番好きな人のことは信じたいことを信じる。そんな生き物だ。

椅子やテーブル、生徒たちといった障害物コースを縫うように進み、キャサリン・ケリーがいつもひとりで座っている食堂の寂しい一角に行った。ブロンドの髪はしばらくブラシをかけていないみたいに見えた。その髪をやたらと目立つ耳にかけ、ほかの生徒たちにダンボと呼ばれると、顔を赤くしていた。ポテトチップスとかチョコレートバーとかあんなにもお菓子が好きで、ずっと炭酸飲料を飲んでいるにもかかわらず、体はひどくやせていた。シャツのボタンがひとつ取れているせいで首元がだぼだぼで、ネクタイには染みがついているのがわかった。濃紺のブレザーは、黒板に体をこすりつけたみたいにチョークの粉まみれだった。近くで見ると、眉毛がほとんどなかった。彼女はいつも指でそこの毛を抜いていた。授業中にそうするのを見たことがある。机の上に自分の体の一部を集めた小さな山をつくって、ろうそくを吹き消して願いごとをするみたいに、それを吹き飛ばしていた。

一緒に食べようと声をかけたとき、彼女はまるで冗談を言われたかのように顔を引きつらせた。わたしの席にいる女の子たち——レイチェルが何やら小声で言ったことに対してほかのふたりがくすくす笑っていた——をじろじろ見ていた。キャサリンの視線に気づくと、三人は笑みを浮かべて手を振り、こっちへおいでと手招きした。キャサリンがトレーを持ってわたしたちのテーブルへ移動し、横に座ったときには、やっぱり誘ってよかったと心から思った。

自分の皿の下に挟まれていた紙切れを見るまでは。

それを見て何か言ったり、したりする暇はわたしにはなかった。レイチェルがちょっとしたスピーチを始めた。

「キャサリン、もし今まで気持ちを傷つけちゃうことがあったとしたらごめんね。一度謝りたかったの。友達になろ？」とレイチェルは言って、テーブルの向こうに手を伸ばして握手を求めた。

キャサリンは言われるがまま黙って自分の手を差し出した。爪を噛《か》みすぎて周りの皮膚が赤くただれているのにわたしは気づいた。歯の矯正器具のあいだにはラザニアのかけらが挟まっていた。

顔を紅潮させながらレイチェルと握手した拍子に、コーラの缶が倒れた。ヘレン――いつだって如才なく、てきぱきしているヘレンが、ナプキンをさっと出してこぼれたジュースを拭いた。まるでそうなることがわかっていたかのようだった。

「ごめんね」とレイチェルは言った。「わたしってほんとどじ。かわりにこれを飲んで。ほとんど口をつけてなくてまだいっぱい残ってるから」

「いいの。喉もそんなに渇いてないし」とキャサリンは言った。さっき以上に顔が赤くなっているせいで、缶の色とほとんど同じに見えた。

「いや、どうしても飲んでほしいの」

レイチェルはキャサリンのほうに缶を寄せた。会話はそのまま進んでいくように思われた。わたしは紙切れを見つづけていた。そこに書かれたことばを読み、どうするのが正しいだろうと考えながら。

〝コーラの缶におしっこした。飲むまえに教えたら、明日はあんたがランチのときひとりで座る番だからね〟

もちろん、何が正しいかはすでにわかっていたが、わたしはそうしなかった。ただそこに座り、食べる気の失せた料理をじっと見ていた。

拷問《ごうもん》のような五分が過ぎたあと、キャサリンはコーラの缶を手に取った。レイチェルはどうにか真顔でいたが、ヘレンはうれしそうな顔をして、ゾーイはすでにくすくす笑っていた。飲んだのは少しだけだと言えたらいいのだが、実際のところ、キャサリンは頭をうしろに傾けてごくごくと何口か飲んだあとでようやく何かがおかしいと気づいたようだった。

「わたしのおしっこ飲んだ！」とレイチェルは言った。また満面の笑みを浮かべて。

みんな笑い出し、そのニュースはすぐさまわたしたちのテーブルからとなりのテーブルに伝わった。やがて、全校生徒がキャサリン・ケリーを指差して笑っているように感じられた。

本人は何も言わなかった。

ただわたしをにらんでいた。

そして立ちあがり、食堂から出ていった。トレーも片づけず、一度も振り返らず。

水曜日　七時四十五分

彼

「来てくれ」

アナとプリヤが同時にこっちを見たが、わたしが話しかけているのは元妻のほうだった。

「ここでは何も触ってないよな」わたしはプリヤに確認した。彼女は妙におどおどした顔をしていた。

「電話だけです」

わたしは目を閉じた。口を開くまえから、そう言われるのはわかっていたような気がする。事務室でアナを待たせておくよう頼んだのはわたしだ。だれも責めるわけにはいかない。アナのほうを向いた。彼女の反応が見たかった。

「きみの携帯にかかってきた電話は――この殺人事件に関して情報を流したとされる電話だが――それはこの部屋の電話からかけられていた」

アナは昔ながらの固定電話を見た。

「それなら、まだ指紋を採ったりできるんじゃない？　実際に何をするのかは知らないけど」

「今探しても、見つかるのはきみの指紋だけだろう。それが今朝よりまえについたか、それとも今ついたか、それを知る術《すべ》はない」

「今よりまえにわたしの指紋がそこについていたわけがないじゃない。なんでつくの？」

プリヤが一歩まえに出た。

「警部、申し訳ありません。でも――」

「もしかして、わたしがここから自分で電話をかけたって言いたいの？」アナが割り込んできた。

「別にわたしは何も言うつもりはない。今は証拠を集めてる段階だ。一緒に来てくれるか？プリヤ、きみはここに残って、チームのメンバーが到着するのを待ってくれ。いいか、この部屋を隈《くま》なく調べるんだ。ヘレン・ワンを殺したのがだれであれ、そいつはここにいたはずだから」

アナのためにドアを開けた――わたしもそのくらいはできる。アナは通りすぎざま、いつもの冷めた視線をこっちに向けた。結婚生活の最後の数ヵ月でそういう視線には慣れていた。ふたりとも黙って廊下を歩いたが、何も言わなくても彼女がむかっ腹を立てているのはわかった。夫婦のあいだには、ふたりだけの無音の言語ができあがるものだ。別れてもなお、その話し方を忘れることはない。お互いの表情、身振り、暗黙のことばでよどみなくしゃべることができる。

「どこに行くの？」とうとう彼女は口を開いた。

「学校の敷地の外まで送る」

「まだ取材があるんだけど」

「それはきみの都合だ」

「取材するべきじゃないと？」

「いつからわたしの考えを気にするようになった？」

アナは足を止めた。わたしは思った――こんなのはもう嫌だ。ふたりの関係が壊れた原因以外のことであれこれ言い合うのは疲れた。きちんと話し合わなければいけない問題はまだまともに話していないのに。

「信じてくれてるでしょ？」

目のまえに立った三十六歳の女が、わたしの知っている二十年前のシャイで怯《おび》えた女の子に姿を変えた。ゾーイとレイチェル・ホプキンズが仲良くしていた物静かな女の子だ。どうして親しくしていたのかはいまだにわからない。アナはふたりとはまるでちがっていた。今でも女という生き物のことはよくわからないが、その謎は、当時のほうが深かった。

「今朝の五時きっかりに電話がかかってきたって言ってたな」

「ええ」

「声は判別できず、電話をかけてきたのが男か女かもわからなかったと」

「そうよ。ボイスチェンジャーを使ってたんだと思う」

わたしはこらえきれずに片眉を吊りあげた。

「面白い。じゃあ、その人物はこの事件についてなんできみに知らせてきたんだと思う？」

アナは肩をすくめた。「最初の事件を報道するのをテレビで見たから？」

「もっと個人的なことかもしれないとは心配してないのか？」

アナは何か言いたそうに見えたが、やっぱり思い直したようだった。こっちも彼女の駆け引きにつきあっている暇はない。そのまま歩き出した。

駐車場に着くと、テレビの取材車が消えていた。ほとんど人気《ひとけ》がなく、ゆうべここに来たときと大して変わらなかった。もっとも、そのことはだれにも話していない。月曜日の夜に森の中の犯罪現場にいた事実もそうだが、話したところで心証が悪くなるだけだ。警察車両とマスコミの車は学校のまえに停められていた。そこへアナを連れていくつもりだった。

「きみの取材班はどこへ行った？」

「わたしがいつまで拘束されてるかわからなかったから、朝食でも食べにいったんじゃない？」

「じゃあ、車まで送ろう」遠くに停まっている赤のミニコンバーチブルに気づいた。あの色にはほんとうに我慢ならない。

「へえ、本気で帰らせたいわけ」

アナは待ったが、わたしは返事をしなかった。わたしたちはそのまま歩いた。一歩進むごとに、このふたりに特有の気まずい沈黙で足取りが重くなった。わたしが指摘してはじめて、彼女はガラスが割れていることに気づいた。

だれかが彼女の車の窓ガラスを割っていた。

「参ったわね、これは」と彼女は言って車に近づき、中をのぞいた。

「触るな」

わたしはプリヤに電話をかけ、だれかひとり寄越してくれと頼んだ。そのあいだもずっとアナからは目を離さないようにした。

「何かなくなってるものは？」電話を切ってすぐ、わたしは訊いた。

「ある。ボストンバッグよ。後部座席に置いてたの」

「これでもまだ自分とはなんの関係もないって言うのか？　だれかが――わたしの予想では殺人犯が――二件目の被害者に関してきみに情報をもらした。かと思ったら今度は、車の窓が割られてて、バッグが盗まれてる。しかも、きみは被害者をふたりとも知っていた。なんらかの警告だとは思わないか？」

「そう思う？」アナはわたしを見上げて訊いた。

彼女の顔がさっきより目に見えて青白くなっていた。純粋に怖がっているようだ。抱きしめたらいいか、彼女のことを憎んだらいいかわからなかった。けれども、彼女はまだ何かわたしに隠しごとをしている。それは確かだ。

「嘘をついたの」

心臓が胸の中で激しい音を立てはじめた。アナにも聞かれているかもしれない。

「どういうことだ？　嘘とは？」

「ほんとうのことを言うと、この事件はわたしと何か関係あるんじゃないかと心配してるの。でも、どんな形でも事件にはかかわってない。それだけは知っておいて」

「わかった」とわたしは返した。

彼女が聞きたいことばはなんでも言うつもりだ。わたしが知りたいことを言わせるためなら。ふたりともよく知っている手口だった。

「ゆうべ、だれかに見られてるような気がしたの」と彼女は言った。わたしもだと言いそうになるのをなんとかこらえる。「ばかみたいに聞こえるのはわかってるんだけど、だれかがわたしのホテルの部屋にいて、ものをあちこちに動かしたような気がして。自分でも被害妄想かなと思ったんだけど。疲れてたし、それに……」

お酒を飲んでいたから――きっとそう言いたいのだろう。どうせそんなところだ。今も息にちょっとしたにおいを感じた。

「カメラマンは同じホテルに泊まってたのか？」

「リチャードじゃないわよ」

「どうしてわかる？」

「だってなんで彼がそんなことをしなきゃいけないの？　これは全部ブラックダウンにつながってるように思える。昔からわたしを知ってる人とかじゃない？」

「どうしてそう言える？」

「レイチェルのことはどれくらい知ってた？　ここに戻ってきてから会ったことは？」

何度も会った。あらゆる場所と体位で。

「みんなあるんじゃないか。人目につくタイプの女だったから」

わたしがそう言うと、アナは顔をしかめた。あまり似合わない顔だ。とはいえ、わたしも嘘をつかずにできるかぎりうまく質問をさばいたと思う。嘘をつけば、必ず気づかれただろう。

「でも、どのくらい知ってた？」とアナはしつこく訊いてきた。額に薄い汗の膜が浮いているような気がしたが、アナはわたしの返事も待たずにまたしゃべり出した。昔からことばを重ねていくことが得意だった。「子供のときは、すごく優しい人だとみんなに思われてたけど……レイチェルには陰の部分があった。うまく隠してたけど、そういう面が確かにあって、今もまだ残ってたんじゃないかな」

「すまんが、話についていけなくなった。それがきみとなんの関係があるんだ？」

「恐喝されてたの」

「なんだって？」

「学校時代にあったことでね。最近連絡があって、あることをしてほしいって頼まれた。わたしが断ると……ねえ、レイチェルがもしほかの人にも同じように恐喝しようとしてたとしたらどうする？」

「学校時代に何があったんだ？」

「それは関係ない」

「明らかに関係があると思ってるだろ。じゃなかったら、きみも口に出すはずがない」

「結婚してたからって、その人のことを全部知ってるとは思わないで、ジャック」

アナはそう言い捨てると、目をそらした。わたしは、今言われたことに対して適切なリアクションを表情で返そうとした。が、そんなものあるものか。

「うそでしょ」と彼女はいきなりつぶやいた。車の中を見ている。

「どうした?」

「昨日つけてたミサンガのことをさっき訊かれたわよね。ほんとうに失くしたと思ってたの。それか、ゆうべだれかに部屋から盗まれたんじゃないかって。誓って言える。あんなの、この車で見たことない」

わたしは腰をかがめて割れた窓の中をのぞいた。鮮やかな黄色の厚紙でできたニコちゃんマークの芳香剤が見えた。バックミラーからぶら下がっていて、風でくるくる回っている。ミラーとそれを結びつけているのは、赤と白のミサンガだった。

彼女

水曜日　八時

見知らぬ人たちがわたしの車を調べはじめていた。気分が悪い。作業が終わったあと、全部きれいに拭くのにどれくらい時間がかかるだろう。ジャックがこっちへ歩いてきた。手に持った透明のビニール袋に何か入っていたが、よく見えなかった。

「車にアルコール検知器を常備してるのか？」

ジャックの声はそこらじゅうに聞こえるほど大きかった。案の定、みんながいっせいにこっちを向いた。

「別にそれが犯罪ってわけでもないでしょ？」わたしが答えると、彼は笑みを浮かべた。

「ああ。ただ……面白いなと思って」

「あらそう。楽しませてあげられたならよかった。じゃあ、携帯を返してくれる？」

ジャックは長々とわたしの顔を見たあと、ポケットに手を入れた。

「はいよ。けど、もしまた電話かメールがきたら、真っ先にわたしに知らせてくれ。報道局より先にな。わかったか？」

子供相手みたいな話し方をするときの彼が一番嫌いだ。結婚していたときはよくそんな話し方をされたものだ。いつだって一番よくわかっているのは自分だと言わんばかりの言い方。今も昔も、その可能性はゼロに等しいというのに。ジャックは、わたしがほんとうのことを話しているときと、彼が聞きたいことを話しているときの区別もついていなかった。今ほしいのはお酒だ。それなのに、駐車場の端に立ってただぼうっと待っているしかなかった。それに、アルコールの入ったものはすべてボストンバッグの中だ。今手元にあるのは空《から》のミニボトルだけ。

さっきから、ジャックの顔が頭に浮かんでしかたなかった。ミサンガが被害者の舌に巻きつけられていたと話していたときの彼の顔。あれを見ているのは、なんというか幽体離脱体験のようだった。レイチェルの話をするとき、彼の表情が一気に変わった。レイチェルに特別な感情を抱いていたことがわたしにばれてないと彼は思っている。が、それは愚かなまちがいだ。妻はつねにわかっている。

コーラ事件のあと、わたしはレイチェルともヘレンともゾーイともしばらく口を利かなかった。教室にいるときも昼食のときもひとりぼっちだった。学校の隅々を満たしているように感じられる彼女たちの笑い声をひたすら無視していた。レイチェルが恋しくてたまらなかったが、それと同時に、彼女がキャサリン・ケリーにしたことも赦《ゆる》せなかった。キャサリンは気の毒なことに、それまでにも増して静かになり、いつも赤い目をして学校に来るようになった。ぼさぼさの白っぽい髪の毛と相まって、実験台になっている動物みたいに見えた。ケージのほうがお似合いなんじゃない？——そうみんなにも冗談を言われるようになった。

母はわたしの機嫌の悪さを感じ取った。新しい友達と出かけるのをやめて、またまえみたいに学校からそのまま帰宅するようになったことにすぐ気づき、レイチェルを家に呼んだら、とやたら言いはじめた。でも、何があったかなど話せるわけがなかった――もし知られたら、ひどい娘だと思われるかもしれない。そう思ってわたしは、言い訳ばかりしていた。

一週間後の午後、母はレイチェルの家を掃除したあと、バンの助手席に彼女を乗せて帰ってきた。そのときのわたしの驚きを想像してみてほしい。こっちは、どう解釈したらいいかも、何を言ったらいいかもわからないまま、開いた戸口に立って、ふたりが降りてくるのを待っているしかなかった。

「お泊まりしようと思って。うちのママもアナのママも、いいよだって！」とレイチェルは言い、ボストンバッグを持って庭の小道を走ってきた。

笑みを浮かべてわたしをきつく抱きしめた。まるで食堂での事件なんかはじめからなかったみたいに。

また友達に戻ったみたいに。

どう感じたらいいのかわからなかった。でも、困惑すると同時に正直言ってうれしかった。完全に失くしたと思っていたものが見つかったときの感覚。かけがえのない大切なものが見つかったという安堵《あんど》によく似ていた。

わたしたちの小さな家にレイチェルがいるのはすごく変な感じだった。いつも遊ぶのは彼女の家と決まっていたから、うちへ来るのはそのときがはじめてだった。父が出ていって以来、人を呼ぶことはめったになかったし、レイチェルはこの家で完全に浮いていた。レイチェルは、美しくて完璧なものにしか囲まれてはいけない人に見えた。わたしたちの家は家庭的ではあったものの、不揃いな中古家具と手作りのカーテンとクッションが置かれたちぐはぐな家だった。本棚にはチャリティーショップで手に入れた大切な本がぎっしり詰まっていた。どの本も染みひとつなくきれいだったが、古くくたびれているように見えた。一方のレイチェルは、いつもどこか新しくきらきらしたところがあり、ひとりの人間がこんなふうになれるのかと思うほど、生き生きとして生命に満ちあふれていた。いつも顔に笑みを浮かべているような女の子だった。

わたしたちの会話はというと、全然堅苦しくなかった。そんなふうになるほどレイチェルも下手な女優じゃなかった。わたしが自分のせりふに苦労しているときでさえ、彼女は気楽にやすやすと演技を続けていた。仲たがいのことなどまったく知らない様子の母は、裏庭で採れたものだけを使って——それが母の自慢だった——野菜のコテージパイを焼いた。もともと〝ファストフードは人類の命取り〟を信条にしている母だったが、わたしがその保存料嫌いに共感したことは一度もない。長年許されなかったあとのテイクアウトはいつだってごちそうだった。

当時は、普通の人みたいにスーパーで買ったものを食べていないのが少し恥ずかしいと思っていたが、レイチェルは母を褒め、手料理を絶賛した。今まで食べたものの中で一番おいしい料理だとでも言わんばかりに。またしても、人を喜ばせて自分を好きにさせる才能はすごいものだと思った。彼女が何をしたか知っていようといまいと、好きにならずにいるのは無理だ、そんなふうに感じた。

「デザートにチョコレートのアイスクリームはどう？　今日だけ特別よ。どこかに魔法のソースがあったはず。ほら、アイスにかけると固まるやつがあるでしょ」テーブルを片づけながら、母はわたしたちに訊いた。

わが家ではデザートを食べるのが習慣だった。

「ミセス・アンドルーズ、大丈夫です。もうおなかいっぱいなので」とレイチェルは言った。

「あらそう？　アナは少し食べるでしょ？」

レイチェルはこっちを見た。わたしも右へ倣《なら》えして断ると、母がいなくなったあとに微笑んできた。レイチェルには、数週間前から食生活を改めるよう勧められていた。やせるためにもっと食べる量を少なくして運動したほうがいいと。それで、ヘレンにもらった薬を飲みはじめていた。バスルームの体重計によると、その効果は出ていた。別にもともとそれほど太っていたわけではないのだけれど。レイチェルがわたしの頑張りに喜んでいるような顔をしているとき、すごく気分がよかったのを覚えている。一度だけアイスクリームを食べる機会を逃してしまったとしても、毎日薬を飲まなければいけなかったとしても、レイチェルに認められたという満足感が得られるのなら、そのくらいの犠牲はなんてことなかった。

わが家には予備の部屋などひとつもなかった。使えるスペースはどこも埋まっていたので、レイチェルはその日、わたしと一緒に寝ることになった。わたしの部屋で。わたしのベッドで。バスルームで一緒に歯を磨き、同時に歯磨き粉を口から出し、順番にトイレを使った。

母はいつものように、まだ一階で夜のニュース番組を見ていた。その頃には、掃除の仕事で稼いだお金で新しいテレビを買っていた。ニュースキャスターのアナ・フォードにちなんであなたの名前をつけたのよ、とまえに言われたことがある。あながち冗談とも言えなかった。

「今日はあったかくない？」とレイチェルは言って、いきなり服を脱ぎはじめた。

彼女がシャツのボタンをはずすのをわたしは見ていた。服がそのまま床に落ちると、背中に手を回してブラジャーのホックをはずしはじめた。レイチェルはわたしとちがっていつも大人が着るようなレースの下着をつけていた。全然暖かくなさそうな下着だなと思ったのを覚えている。うちの家はいつも凍るように寒かった。でも、その夜だけは特別に暖炉の火をつけてもらっていて、うしろで薪《まき》がパチパチいっていた。

わたしは自分の体があまり好きではない。当時の若い頃でさえそうだった。今思えば不安に思うことなど何もなかったのだけれど。自分の体形が気になってしかたなくなったのは、もしかしたらやせ薬のせいかもしれない。そのときも裸を見られないよう、できるだけすばやくパジャマに着替えた。だが、服を脱ぎかけている途中で、写真を撮ってもいいかとレイチェルに訊かれた。レイチェルは下着一枚で部屋の真ん中に立ち、もう使い捨てカメラを構えていた。

「なんで写真が撮りたいの？」とわたしは訊いた。しかるべき質問のように思えた。

「だってすごくきれいだから。このままの姿を覚えておきたくて」

相手は裸も同然なのに、自分だけ——しかも脚を出しているくらいで——文句を言うのはおかしいように感じられた。そこで、好きなようにさせた。何枚か撮ったあと、レイチェルはカメラをしまった。わたしとちがって、自分の体にコンプレックスなど微塵《みじん》も感じていない様子だった。下着を全部取ると、一糸まとわぬ姿で部屋を歩きまわっていた。時間をかけて壁のポスターと棚の本を見ていた。暖炉の火が投げる影が彼女のあちこちを躍っていたのを覚えている。わたしはベッドに横になったが、レイチェルから目を離すことができなかった。そのうちに、彼女は裸のまま横に入ってきて、電気を消した。

わたしたちはしばらくのあいだ、暗闇と静寂の中、並んでベッドに横たわっていた。呼吸が異常なほど速くなるのを止められず、その音がばれて変な人だと思われるのが怖かった。どうにかしようとすればするほど状況は悪くなり、最後には、ほんとうに喘息《ぜんそく》の発作が起きるのではないかと心配になるくらいになった。そのとき、レイチェルがわたしのパジャマのズボンに手を入れてきた。それで、呼吸のしかたなどすっかり忘れてしまった。

「しーっ」と彼女は言い、わたしの頬にキスをした。

わたしは動かず、何も言わなかった。ただそこに横たわり、触られたことがない場所を触られるに任せていた。終わると、レイチェルは濡れた指をわたしのおなかに這《は》わせ、腰に手を回してきた。お気に入りの人形を抱っこするみたいにわたしをぎゅっと抱きしめて、耳にひと言ささやいたあと、眠りに落ちた。小さないびきが不思議な子守歌を奏《かな》でていた。

わたしは一睡もしなかった。

ずっと考えていた。何が起きたのだろう。どうしてこんなことになったのだろうと。頭の中でレイチェルの言ったことばが何度も再生されていた。

「よかった《nice》でしょ?」

水曜日　八時

彼

アナが動揺しているのを見るのはいいものではない。もっとも、彼女を安心させるよう最善を尽くしてはいるつもりだ。

上着の内ポケットで携帯が振動した。自分の携帯ではない。それはわかっている。そっちは今、手で持っている。アナのミニコンバーチブルの周りに集まったチームから離れてレイチェルの携帯を取り出した。自分の車のトランクでそれが見つかったという事実から今まで目を背《そむ》けてきたような気がするが、もう無視できない。わたしは画面に表示されたメールを読んだ。

〝ねえ、わたしが恋しい？〟

レイチェルはまちがいなく死んでいるし、わたしは幽霊の存在を信じていない。となれば、たどりつく結論はひとつしかなかった——どこかにいるだれかが、知るべきじゃないことを知っているということだ。

携帯をしまい、あたりを見まわした。今メールを送ってきた人物がこっちを見て、今もわたしの反応を待っているとすれば、そんなもの絶対に見せてやるつもりはなかった。駐車場を見渡すと、奥の隅にアナの姿が見えた。ほかの人から少し離れた場所で、自分の携帯を見ている。今わたしの視線に気づいたとでもいうかのように、彼女はぱっと顔を上げてこっちを見た。

「これが要りますか、警部」

どこからともなくプリヤが現れ、わたしは文字どおり飛びあがった。きついことばを返そうとしたそのとき、彼女の手に握られているものに気づいた。わたしのお気に入りのたばこだった。

「なんでそれを?」わたしはそう訊いたが、彼女は肩をすくめるだけだった。

自分の部下に見つめられるのは、ポケットの携帯に死んだ女からメールが届くのよりさらに居心地が悪かった。

「ああ、ありがとう」とわたしは言い、たばこを受け取った。

急いで箱を開けると、一本口にくわえた。火をつけ、深く吸い込む。

すぐに満足感がもたらされた。プリヤの存在だけが余計だ。

「なあ、すごく親切だとは思うが、わたしにあれこれ買ったりしなくていいんだぞ。何もそんなに……気を遣わなくても。大事なのは仕事だろ? 事件の捜査だ。四六時中いい人でいる必要はない。自分の仕事さえしてくれれば、わたしたちはうまくやっていけるはずだ」

「どういたしまして」わたしの即興スピーチなど聞こえなかったかのように、プリヤは返してきた。「あと、警部の元気が出そうな情報があるんですけど」

「なんだ?」

「レイチェル・ホプキンズの携帯はまだ見つかっていませんよね。だから、技術チームに頼んで逆探知してもらったんです」

そのことばに、わたしは咳き込んだ。思ったより勢いよくたばこを吸い込みすぎてしまった。

「そうしてくれと頼んだ覚えはないが?」片手でたばこを吸いつづけながら、もう一方の手をポケットに入れ、レイチェルの携帯の電源を切ろうとした。

「ええ、頼まれていません。でも、そろそろ自分で考えて行動しろと、警部に言われたので。数分前にその携帯がメールを受信して、だれかが読んだようです。何者かがレイチェルの携帯を持っていて、それはこのあたりのどこかにあります。今、その電波の発信源を割り出そうとしてるところです。電源が入っているかぎり、かなり正確な位置がわかるんじゃないでしょうか」

プリヤはアナを見た。

「アナがレイチェルの携帯を持ってると思ってるのか? 彼女がかかわっていると?」

プリヤは肩をすくめた。「そう思いませんか?」わたしが何も言わずにいると、彼女はそれを、もう少し話してもいいという合図に受け取った。わたしは、今感じているパニックのいかなる兆候もばらすまいと全力を尽くした。なおも上着の内ポケットに入った携帯の電源を切ろうとする。「学校の事務室にある電話から、何者かが朝の五時にアナの携帯に電話をかけたのはわかっています。でも、そのとき彼女の携帯がどこにあったかはだれも知りません。ということは、その真横に立って彼女が自分で電話をかけてた可能性もあるわけですよね」

指がようやく探していたものを探し当て、レイチェルの携帯の電源を切ることに成功した。

わたしは笑い声をあげた。自分でも思うが、嘘くさい笑い声だ。

「やめてくれよ、一瞬本気でそう思いそうになったじゃないか！　元妻が殺人犯だとは、なかなか面白い冗談だ。まあ、逆探知に関してはいい仕事をしてくれたよ」とわたしは言った。プリヤが冗談など言っていないことは重々承知しながら。

プリヤは変な目でこっちを見たあと、アナの車のそばに集まったチームのほうへ戻っていった。ポニーテールをブンブン揺らして。あのメールがさっき届くようわざと送った人間がいるのだ。その人物は今もこっちを見ているにちがいない。あたりを見まわしてアナを探したが、彼女の姿はどこにもなかった。

残念だが、ミニコンバーチブルの窓は割るしかなかった。だが、もとどおりにできないわけではない。修理すればすぐに新品同然になるだろう、わたしとはちがって。といっても、人はものより修理がむずかしいのだからしかたがない。わたしの計画が成功するかどうかは、人の注意をほかへそらせるかどうかにかかっている。わたしはそう思った。だから、車を破壊するのは必要な蛮行だったのだ。わたしがやったとはだれも思っていないだろう。そういう振る舞いは、ほかの人がわたしに抱く印象とはまるでちがう。わたしは他人が思っているとおりの人間ではない。多くの人と同じで、仕事ばかりのわたしではない。

そのあと事態が進行し、人が本性を現すのを見るのはとても面白かった。テレビや本で触れたどんなものよりよかった。なぜなら本物だからだ。そして、その物語を書いたのはこのわたしだ。わたしはその機会を活用した――自分の苦労の成果をこの目で確かめて、自ら選んだ出演者の反応を楽しんだ。あとには、ほろ苦い気持ちが残った。

わたしは昔から自分でも要領がいいほうだと思っている。そうならざるをえなかったせいかもしれない。なんでも活用法を見つけるのがうまいのだ。ボイスチェンジャーにしてもそうだった。あれは、学校の事務室に置いてあった没収品の箱の中でほこりをかぶっていた。驚くほど使い方が簡単なうえに、実際に使ってみて面白かったので、取っておくことにした。ある人にはごみでも別の人には宝——母はよくそう言っていた。

職員室にあった演劇の大会のトロフィーも拝借して、車の窓ガラスを割るのに使った。なんとなくそれがぴったりに思えたのだ。とはいえ、わたしの姿はだれにも見られていない。駐車場にはまったく人がおらず、時間もかからなかった。終わったあと、純粋なアドレナリン——うまくやりおおせたときにいつもほとばしるアドレナリン——を感じていたとき、自分が無敵になったと同時に透明人間になったように感じられた。トロフィーもまだ取ってある。わたしの演技力ならこれくらいもらって当然だろう。

わたしは生まれてからずっと新しい服を着るように新しい皮をかぶって、どの自分が一番しっくりくるか確かめ、そうでない皮は脱ぐようにしてきた。性格は変えられるものだとみんなが知っているわけではない。ぴったり合うものを見つけてはじめて気がつくのだ。わたしも若かったときは、自分が何者かわからなかった。わかっていたとしても、知らないふりをしていた。

ボストンバッグは、何か見るものがほしかったから取っただけだ。ほんとうにそこにあるものではなく、人間は自分が見たいものを見る生き物だ。

わたしたち人間は、何かにつけて時間を稼ごうとするが、そんなばかげた話もない。そもそも手にすることができるのは、稼げるものではなく、与えられるものだけだ。時間という落とし穴には、だれもが人生のどこかではまる。自分がどこまで深みにはまってしまったか、多くの場合、まったく気づかない。それどころか、落とし穴に落ちるという人生最大の恐怖を目撃した観客に魅了され、アンコールの声が聞きたくなる。怖がるのをやめたときはいつでもだ。

わたしたちがつくる心の壁は、他人を外に締め出しておくと同時に、ほんとうの自分を中に閉じ込めるために存在する。わたしは自分の壁をより強固にしている。復讐というレンガをひとつずつ置いて。

わたしたちはみんな、世界のほかの人に見せている姿の陰に隠れている。

彼　女

水曜日　八時十五分

ジャックには見えなくてもわたしには見える。

あの若くてかわいい刑事が彼になんらかの熱を上げているのは明らかだ。もう別れたとはいえ、見ていて妙な気持ちになった。正直に言うと、居心地が悪くて少し苦痛だった。わたしもうぶではない。一緒に住むのをやめてから、彼がいろいろな意味で次のステージに歩み出しているのは充分わかっている。だが、別の女があんなふうに彼を見つめているのを見ると、その目をえぐり出してやりたくなった。わたしは、だれも見ていない隙にこっそり森へ入った。レイチェルとふたりでたまに授業を抜け出して入り浸《びた》っていた森へ。

レイチェルと一緒に過ごす時間が多くなるにつれ、グループのほかの子たち――ヘレン・ワンとゾーイ・ハーパー――はどんどん嫉妬深くなっていった。ふたりはそれを隠すのがあまりうまくなかった。わたしとしては、別に気にしていなかったけれど。女の子はもちろんのこと、男の子にもキスされたことがなかったわたしは、人生ではじめて自分がかわいくなったような気がしていた。

二ヵ月が経つ頃にはもう勉強で遅れをとるようになった。わたしたちはいつもお互いの家に泊まるか、買い物をしていた――レイチェルのお金で買える服だけだ。授業に出ていないといけないときでも、ふたりして奥の森に隠れていた。レイチェルに好かれるためならなんでもしたかった。いつ嫌われるかと、そっちのほうが恐怖だった。やがて、エッセイを期限までに提出し損ねたために、国語でFの成績を取り、母に知られることとなった。

そうなるまえは、わたしもオールAを取る生徒だった。母は見たことがないくらい怒って二週間わたしを外出禁止にした。十六歳の誕生日はパーティーを開いてもいい――女の子を数人うちに呼んでもいい――と約束してくれていたのだが、そのせいで中止にするしかなくなった。それにはわたしも納得できなかった。

レイチェルはどうにかすると言い張った。ヘレンが助けてくれるという。翌日の朝、彼女は点呼のまえにヘレンの席へまっすぐ歩いていった。

「月曜日の国語のエッセイだけど、自分のと一緒にわたしとアナのも書いてくれないかな。ヘレンはいつもAを取ってるでしょ。わたしたちも今回はどうしてもAを取らなきゃいけないの。もし取れなかったら、アナが来週末に誕生日パーティーを開けなくなっちゃう」

レイチェルはそう言って、ヘレンの艶《つや》やかな黒髪を耳にかけた。わたしは妙に嫉妬を覚えた。

「無理よ。忙しいから」とヘレンは言い、また数学の教科書に目を落とした。次のテストのためのがり勉だった。

レイチェルは腕を組んで頭を片方に傾けた。めったにないが、物事が自分の思いどおりに進まなかったときによくやるしぐさだった。そして、ヘレンの教科書を閉じた。

「だったら、計画を変更して」

「無理って言ったでしょ」

わたしがセント・ヒラリーズ女学院に転校してきてからというもの、ヘレンはますます気むずかしくなっていた。以前にも増して勉強と校内新聞の編集に時間を費やすようになったうえに、びっくりするほど体重を落としていた。やせ薬はほんとうに効果があったのだろう。それに、彼女が何か食べているところはほとんど見たことがなかった。

「考えてみてくれない？」とレイチェルは言った。あの最高の笑みを浮かべて。

驚いたことに、ヘレンは月曜日の朝、エッセイをふたつ渡してくれた。わたしたちが自分で書いたのよりいいに決まっているエッセイだ。ふたつの筆跡を使い分けていて、どちらもわたしたちの筆跡にそっくりだった。

「ほんとにいいの？」とわたしはヘレンに訊いた。

「それなりの成績がもらえると思うよ」ヘレンはそれだけ言うと、その場を離れ、廊下の先に消えた。

わたしはそれまで自分の宿題はいつも自分でやっていたので、こういうのははじめてだった。

「読んでみたほうがいい？」とレイチェルに訊いたが、彼女はただ笑みを浮かべるばかりだった。

「なんでわざわざ？　ヘレンは先生が求めてるものをちゃんとわかってる。大人になったらあの子も先生になるんじゃない？　ワン先生なんて呼ばれてね。全校集会で校長先生の席に座ってる姿が今から見えるんだけど！　そう思わない？」

それはほんとうだった。ヘレンはいつもずば抜けて賢かった。嘘つきでもあったが。

わたしたちは国語の授業の最後にリチャードソン先生にそれぞれエッセイを提出した。リチャードソン先生は眼鏡をかけたひょろ長い男で、髪の毛と忍耐力が足りない先生だった。いつか教師を辞めて作家になろうと夢見ているのは、全校生徒の知るところだった。初版本とふけと敵の生徒を集めていることで有名だった。生徒はみんな嫌っていて、先生が黒板に何か書いている隙に、万年筆のインクをシャツに飛ばすのが恒例だった。エッセイを渡したときのレイチェルを見る先生の表情にわたしは違和感を覚えた。年老いた肢の不自由な犬が、肉屋のガラスケースに飾られた子羊の脚を見てよだれを垂らすのに似ていた。

昼休みのチャイムが鳴ったが、食堂へ向かうみんなをよそに、レイチェルはわたしを引っぱって反対方向へ連れていこうとした。

「早く。ちょっとしたプレゼントがあるの。でも、だれもいないところじゃないと開けちゃだめ」

レイチェルはわたしの手を取り、指を絡ませた。学校で多くの子がそんなつなぎ方をしていたが、レイチェルにされると、いつも特別な感じがした。わたしは選ばれたのだという気分だった。

レイチェルに言われるがままトイレへ行くと、キャサリン・ケリーにばったり会った。白っぽく長いブロンドの髪はもつれてぐちゃぐちゃになっていた。いつも以上に肌が青白く見え、怒ったような赤いニキビがあごにびっしり浮いていた。まばらな眉毛はほとんど残っていなかった——自分で抜いて捨てているのだから当然だ。レイチェルのような人にあまり好かれない理由がわかる気がした。ふたりは正反対のタイプだ。

「ドアの横に立っててよ、不潔女。だれも入ってこないように見張ってて。もし入らせたら、コーラの缶からおしっこを飲ませるよりもっとひどいことをするからね」

わたしの嫌いなレイチェルの一面だった——キャサリンをいじめる彼女は好きになれなかった。だがその頃には、そんなことをするのにももっともな理由があるのだろうと結論づけていた。それがなんなのかはわからないとしても。

レイチェルは個室にわたしを引っぱり込み、ドアを閉めた。

「シャツを脱いで」と彼女は言った。

「えっ?」

キャサリンに一言一句聞こえているのは充分わかっていた。

「心配しないで。聞くなって言えば、ダンボは聞かないから」とレイチェルは言った。「脱いで」

「なんで?」

「わたしがそうしろって言ってるから」

その頃には、自分たちの部屋や森の中で何度もいちゃついていたが、いつもそこは暗がりだった。レイチェルの裸は幾度となく見ていたが、自分の体を見られるのはまだ気恥ずかしかった。わたしが身動きもせずただ黙っていると、レイチェルは笑みを浮かべてわたしのシャツのボタンをかわりに外しはじめた。わたしは好きにさせた。それまでレイチェルがやりたいと思ったことはなんでもさせていたから。それが痛いことでもわたしは抵抗しなかった。

レイチェルはシャツを脱がせると、わたしの背中に手を回してブラジャーのホックをはずした。わたしは胸を隠そうとしたが、レイチェルに手を押しのけられた。彼女はバッグに手を入れたかと思うと、かわりに黒のレースのブラジャーを出してきた。そういうのは着けたことがなかった。下着はまだ母に用意してもらっていたから、マークス&スペンサーで買った白の綿の下着ばかりだった。これはそういうのとはちがった。大人の女性が着けるものだ。

「ワンダーブラよ！　わたしはもうこれ以外つけなくなったの。アナも気に入るから」とレイチェルは言い、お気に入りの人形に服を着せようとする子供みたいにわたしの胸に装着した。

恐ろしいことに、レイチェルは新しいブラジャーをつけた胸の写真を使い捨てカメラで撮った。そのあと、ドアを開けて個室の外にわたしを押し出した。キャサリン・ケリーはただ床を見つめていたので、わたしは鏡に映った自分の姿を凝視した。別人を見ているようだった。

「ね、すごく大きくなったでしょ！」レイチェルはそう言うと、わたしの顔を見て眉間《みけん》にしわを寄せた。

「どうしたの？」

「唇が荒れてる。だめ」

レイチェルは小さな缶に入ったイチゴの香りがするリップクリームを出し、指で少し取ってわたしの唇にゆっくり塗った。

「いいでしょ?」そう訊かれて、わたしはうなずいた。「よく見せて」レイチェルはそう言うと、いきなりキスしてきた。

レイチェルはキャサリンに背中を向けていたが、わたしはちがっていた。レイチェルの唇がわたしの唇に触れているあいだずっとこっちを見ている、その視線に少なからず不安を覚えた。口に舌を入れられながら、わたしは身じろぎもせず立っていた。人の視線を充分意識しつつ。

「不潔女のことは心配しないで」うしろをちらりと見て、レイチェルは言った。「だれかにちくるわけないよね?」

キャサリンはうなずいた。レイチェルにもう一度キスされると、わたしは目を閉じてキスを返した。

水曜日　八時四十五分

彼

「戻ってこないと」森の中でアナを見つけるとすぐわたしは言った。

見つけるのは、別にむずかしくなかった。学校からそう遠くない、坂道を下ったくぼ地に、不真面目な女の子たちが放課後にこっそり行っていた場所があるのは知っていた。当時は授業中に抜け出す生徒もいた。たばこを吸ったりお酒を飲んだり、あれやこれやをする場所だった。毎年入ってくる〝イケてる〟生徒はここを秘密の隠れ処《かくが》だと思っていたが、その存在は学校じゅうに知られていた。わたしのような男子にさえ。この場所は世代から世代へ伝えられてきた。どこかから引きずってきた三本の巨大な倒木で仕切られた狭い空間で、腰を下ろせる三角形のエリアができていた。その中央に石の囲いがあり、最近たき火をした跡があった。

アナは、幽霊でも見るような顔でこっちを見た。

「どうしてここだとわかったの？」

「きみからここの話を聞いたような気がしたんだ」

「そんなこと話したっけ？」

いや、していなかった。

「きみのほかにだれから聞くっていうんだ？」

アナは合点がいかないという顔をしていた。母親から譲り受けたお古《ふる》みたいな表情。実のところ、昔よく一緒にここへ来ていたと教えてくれたのはアナではなくレイチェルだった。そう正直に言わなかったことをもう少しで後悔しそうになる。

「やっぱりちょっと似てるな」とわたしは言った。

「だれに?」

「きみのお母さんに」

「余計なお世話よ」

アナが丘の上で暮らしている忘れっぽい老女と自分を比べているのがわかったが、わたしはそういうつもりで言ったわけではなかった。この町のだれもが覚えているだろう。二十年前、アナの母親がいかに美しかったか。郊外のオードリー・ヘップバーンだとわたしはいつも思っていた。十代の頃は、将来の義母に少しばかり恋心を抱いていたかもしれない。白髪交じりのぼさぼさの髪は、かつては長く艶《つや》があり、黒々としていた。あんなおしゃれな清掃業者は見たことがなかった。苦しい生活で美貌が奪われてしまったのだと思う。加齢というものは、こと美に関してはある人には優しく、ある人には当たりがつらい。面白いものだ。

「若い頃の、という意味だ。褒めことばのつもりだったんだが」とわたしは弁解したが、アナの反応はなかった。「大丈夫か?」くだらない質問だとわかっていながら、わたしは訊いた。

アナは首を横に振った。「もうわからない」

アナの母親の話題はいつもデリケートだ。わたしもばかなことを言ってしまった。

「お母さんのことで口出ししたと思ってるならすまなかった。きみの言うとおりだ。状態がかなり悪くなってきてると、ちゃんと伝えるべきだった。伝えようとはしたんだが。力になりたかっただけだ」

「わかってる。ただ、母はあの家を出ていきたがらなかったから。わたし、母を失望させちゃったんじゃないかと――」

わたしは彼女に一歩近づいた。

「きみはだれも失望させちゃいない。ここに帰ってこなかった理由はわかってるよ。この町にいると、どういう気持ちになるかも。そろそろロンドンに帰ったほうがいいんじゃないか？」

そのことばで、彼女の態度が一変した。

「自分がそうしてほしいんでしょ、ジャック？」

「どういう意味だ？」

「パテル刑事は今、何歳？　二十七？　二十八？」

アナが嫉妬深いとは今まで知らなかった。

「実のところ三十を過ぎてる」最近人事記録で確認したばかりだった。「仕事はできるが、わたしのタイプじゃない」

「あなたのタイプってどんなの？　もうわたしじゃないんでしょ？」

ここは笑うべきところなのだろうか？　それともキスするところ？　どちらもこの場にはふさわしくないような気がした。

「わたしのタイプはずっときみだ」とわたしは返した。アナは笑みを見せまいとしている。

「輸血をしてくれって頼まれたら、そのことを思い出すようにする」

わたしは笑い声をあげた。妻が面白いことを言える人間だというのをすっかり忘れていた。いや、元妻だ。そこのところを忘れてはいけない。

うしろの小道に一羽のカササギがさっと舞いおりた。アナは反射的にそっちへ向かって敬礼した。母親から教わったばかげた迷信のひとつだ。

「大丈夫だよ。悪いことなんて何も起きやしない」とわたしは言い、手を差し出した。

驚いたことに、アナはわたしの手を取った。自分の手にアナの手がすっぽり収まる感じが昔から好きだった。わたしは気づくと、そんなつもりもなかったのに彼女の体を引き寄せていた。アナも抵抗しなかった。さびついたように感じられるハグだ。経験不足の相手とするようなハグ。アナが泣き出すと、わたしは二年前のあの夜へ一気に引き戻された。彼女の実家にいた夜に。娘が死んだとわかった直後、わたしは妻を抱きしめていた。アナもその記憶がよみがえったのだろう。急に体を引いた。

ポケットから清潔なハンカチを取り出して渡すと、彼女はそれで涙を拭った。目の下にマスカラがにじんでいる。

「ふたりともどこに行ったのかと思われる」とわたしは言った。

「ごめんなさい。しばらくひとりになりたかっただけ」

「わかってる。わたしも同じだから大丈夫だ」

わたしたちは駐車場のほうへ引き返しはじめた。そのとき、さっき飛んできたカササギに注意を引かれた。カササギは飛び去ることなく、自分の仕事に全神経を集中しているようだった。近づいてはじめて、鳥が何をしているか気づく。生きたカササギが死んだカササギの肉をついばんでいた。職業柄こういうのは見慣れているはずなのに、心なしか胸がむかむかした。アナもカササギを見ていた。わたしは思った——迷信を信じている彼女からすると、これは二羽目にカウントできるのだろうか。目にすれば幸運が訪れるという二羽目のカササギに。

彼女

水曜日　九時

イメージが頭から離れなかった。カササギがカササギの肉を食べていたあの光景。母に似ているとジャックに言われたことも気になってしかたなかった。自分ではそう思わないが、仮にほんとうに似ていたとしても、わたしたちはまるっきり同じ人間ではない。子が親に似ることのたとえで、リンゴは自分が生《な》った木から遠くへ落ちることはない、とよく言われるが、リンゴも坂を転がり、落ちた場所から遠くへ、遠くへ行くことはあるものだ。

森のこの場所にいるといつもレイチェルのことを思い出す。

学校のトイレでキスされたあと、この幸せな気持ちは何があっても消えることはないと思っていた。レイチェルはシャンパンのような特別な友達だ。これ以上すばらしい友情なんてないに決まっている――そんな気分だった。わたしたちは一日じゅう笑っていた。リチャードソン先生が――あのむかつく国語の先生が――レイチェルとわたしのふたりを職員室に呼び出すまでは。わたしたちは体育の授業を受けている最中に呼び出され、ホッケーの格好のまま行くことになった。

わたしがまず中に入った。先生の机の真向かいに置かれた椅子にちょこんと座った。不正行為が見つかった、その件で母に手紙を書かなければいけないと言われたとき、わたしは泣きはじめた。罪悪感からくる涙だったと思う。ことばで自分を擁護《ようご》するチャンスもなかった。

わたしとレイチェルはまったく同じ内容のエッセイを提出していたという。どちらかがもうひとりのエッセイを丸写ししたのはまちがいなく、どちらがずるをしたのかわからない以上、ふたりとも罰するしかないと先生は言った。先生の右手は何かを引っかいているみたいに机の下に隠れていて、そのゆがんだ笑みからは、わたしが泣いているのを楽しんでいる様子がうかがえた。それでもわたしは涙を止められなかった――自分のしたことを母に知られると思うと耐えられなかった。

やっとのことで解放され、レイチェルを呼ぶよう言われた。レイチェルは、涙の跡が残るわたしの顔を見て、何か悪いことが起きていると察した。わたしは警告したかった――そうすれば、少なくともこれから何がくるか覚悟しておいてもらえる。そこで、すれちがいざま耳元でささやいた。

「ヘレンにはめられたの。あの子、同じエッセイをふたつ書いてた」

驚いたことに、レイチェルはそれでも冷静そのものだった。

「まあ、心配しないことよ」と彼女はささやき返してきた。「すべてうまくいくから。先に秘密の場所へ行って待ってて。あとで行く」

森の中は暗くて寒かった。Tシャツ一枚とホッケーのスカートしか身につけていなかったからなおさらだ。長い靴下も体を温めるにはほとんど効果がなかった。あんなばかみたいなこと言って、とわたしは思ってしまった。全世界が終わろうとしているときに、心配するなだなんて。でも、どんなに勝ち目がなさそうなときだろうと、レイチェルは普段からほしいものは必ず手に入れている。十分後、満面に笑みを浮かべて森に現れた。

「ミントかガム、持ってないよね?」

わたしは首を振った。

「まあいい。あとで食べるから。歯も磨かなきゃ」

「なんで?」

「気にしないで」とレイチェルは言い、わたしを抱きしめた。「もうこれで大丈夫よ。アナはもう心配しなくていい。あのエッセイは、自分で書いてなくてもふたりともAをもらえるし、親にばれることもない。Aを取れたら、アナのママも予定どおり、来週末の誕生日パーティーを開かせてくれるでしょ」

わたしは体を離してレイチェルの顔を見たかった。でも、彼女はわたしを抱く腕にいっそう力を込めた。

「どういうこと? どうやってリチャードソン先生の気持ちを変えさせたの?」

「そんなのどうでもいいよ」レイチェルは小さな声で言うと、わたしのホッケーのスカートに手を入れてきた。

もう一方の腕でわたしを抱いたまま、指でパンツを片側に押しやった。わたしの膝が震え出すと、彼女はわたしを地面に寝かせた。わたしはいつもどおり彼女の好きなようにさせた。

「すっきりした?」終わると、訊かれた。

レイチェルは、わたしの答えを待たずに立ちあがり、自分の手と膝から土を払うと、落ち葉のベッドに横たわっていたわたしの手を引っぱって起きあがらせた。

「帰るまえにヘレンと話をしなきゃ。だから、更衣室に戻ろう」と彼女は言った。「バッグの中にガムある?」

「要る?」ジャックがたばこを差し出してきた。

ヘレン・ワンがレイチェル・ホプキンズを怒らせて一生後悔するはめになる日の記憶から、わたしは唐突に引きはがされた。自分たちがしていたことを思い出して、顔が赤くなる。

「ありがとう。でも、やめとく。わたしが依存してるのはたばこじゃないから。知ってるでしょ」

ふたりのあいだではわたしの飲酒の話はタブーだ。ジャックはわたしがお酒を飲みはじめた理由も、やめられない理由もわかっている。心の支えは人によって千差万別だ。ジャックは気の毒そうな顔をした。そういう表情は見たくない。だから、お返ししてやることにした。

「こんな恐ろしい事件が近くで起きるなんてお気の毒ね。田舎に逃げ帰ったときに想像してたのは、こんな生活じゃなかったでしょ」

「逃げ帰ったわけじゃない。追いやられたんだ」

わたしもジャックも、そっちの方向へまた話を持っていきたいわけではなかった。そこで、話題を変えた。

「車もすぐには返してくれないのよね？」

「残念ながらそうだ。乗せていってほしい場所があるのか？」

「ううん、大丈夫。リチャードにもうメールしたから」

ジャックは首を振った。「あいつについてあれこれ教えたのに？」

「過去に何をしていようと、そうするには本人なりの理由があったんでしょうよ」

「考え方が古いと言われるかもしれないが、傷害罪で有罪判決が出てるのは、わたしの中では充分心配する理由になるぞ。ゆうべホテルの部屋にだれかがいたかもしれないって言ってたよな。あの男も〈ホワイト・ハート〉に泊まってたんじゃないのか？」

「泊まってたに決まってるじゃない。この辺にはほかにいくつもホテルがあるってわけじゃないんだし。でも、彼の仕業じゃないわ」

「そもそもだれかがいたなんて、どうしてそんなふうに思うんだ？」

わたしは口ごもった。どこまで話すべきかわからない。

「もし話したら、頭がおかしいと思われる」

「それはもう知ってるよ。十年結婚してたんだぞ？」

ふたりともつい顔をほころばせた。わたしは彼を信じてみようと思った。昔のように信じてみよう。

「わたしと同級生何人かが写った昔の写真があったの。実家で見つけて、ゆうべホテルの部屋で見てた。レイチェルがあんなことになったから」

ジャックは長いことわたしを見ていた。続きが聞きたくてしょうがないという顔をしている。

「それで?」

わたしは頭を振った。自分のことばがどんなふうに聞こえるかまだ心配だった。

「わたしたちのグループの写真だったの」

「ああ……」

「で、何分か部屋を離れたあとで戻ったら、レイチェルの顔にバツ印が入ってた」

ジャックは顔をしかめたものの、しばらく何も言わなかった。

「見ていいか?」彼はようやく口を開いた。

「無理。ボストンバッグに入ってたから。車から盗まれたバッグに」

「写真にはほかにだれが写ってた?」

ほんとうにこの話をしてもいいのだろうか? 酔っていて自分で印をつけたあと、写真を失くしただけだと思われるかもしれない。その可能性が一瞬頭をよぎった。ジャックが一歩近づいてきた。距離が近すぎる。

「アナ、ほかの人にも危険が迫ってるなら、ちゃんと教えてもらわないといけない」

「ただの二十年前の写真よ。とくに意味なんてないかもしれない。けど、わたしとレイチェル・ホプキンズ、ヘレン・ワン、それにあなたの知らない子が写ってた。あともうひとり……」

「だれだ？」

「あなたの妹も」

水曜日　九時三十分

彼

アナが行ってすぐゾーイに電話をかけた。

元妻はカメラマンの車に乗って去っていった。わたしは、自分でも説明できない不安な気持ちを抱えてそれを見ていた。さっきのアナは、ずっと見てきた姿よりはるかに弱っているように感じられた。ときどき彼女のほんとうの姿を忘れる。タフな外見に隠されたほんとうの姿を。彼女が世界のほかの人たちに見せている姿は、わたしの妻だった女と同じではない。

ゾーイは、兄からの安全と健康を心配する突然の電話を面白がっているようだった。心配の理由と写真についてはとくに話さなかった。自分は無事だし、家もなんの問題もないと主張する妹の聞き慣れた声に、わたしはただ耳を傾けていた。そう聞かされるのも、もうこれで三度目だ。両親が使っていた古い防犯装置のスイッチを入れておくように言った。暗証番号を知っているのはわたしたちふたりだけのはずだ。それが終わると、自分の再開した仕事に全力を尽くした。妹はいつか自分の過去に足をすくわれるのではないかと昔から少し心配していた。若い頃、悪い連中とつきあっていた時期があったのだ。それを知っているのはわたしもそうだったからにほかならない。

この日の朝は結局、また長ったらしい朝になった。ふたたび法医学者のもとを訪れ、新しい報告書を書き、不慣れなチームのメンバーにくどくど説明した。答えの見つからない疑問がどんどん出てくる。答えなければならない質問も。そのあと、この職業で一番厄介な仕事に取りかかった。親に子供が死んだ事実を伝える仕事だ。こういう知らせが与える苦痛に年齢は関係ない。だれだってだれかの子供だ。何歳になろうが、その事実は変わらない。

「だれが殺《や》ったの?」ヘレン・ワンの年老いた母親はそう言った。まるでわたしが答えを知っているみたいだった。

わたしはその家のリビングに座っていた。ヘレンの母親が淹《い》れると言って聞かなかったアールグレイにも、テーブルの上に置かれた缶入りのビスケットにも手をつけないままだ。ヘレンの母親は白髪交じりの髪を娘と同じクレオパトラ風のボブにしていた。汚れひとつない服はもう少し若い世代が着そうなものに見えた。ミスター・ワンはおらず、整頓されてはいるが、なんの変哲もないこの家に今はひとりで暮らしているようだ。わたしたちが到着するとすぐ、ヘレンの母親は泣き出した。何か悪いことが起きたととっさにわかったのだろう。

学校で見つかったヘレンの状態について細かい話はほとんどしなかった。それでも、マスコミが取りあげる記事を読むなと止めることはできない。娘の自宅から薬物が見つかったのもすぐ知ることになるだろう。今から見出しが目に浮かぶようだ——〝殺された校長にクスリの常習癖〟

近親者への連絡は、ここまで出世する中で自分もやってきたように、普段なら部下にやらせる仕事だが、前回はプリヤを送り込んだせいで、レイチェルの夫や携帯について知り損ねてしまった。同じまちがいを二度犯すつもりはなかった。

自分より高い給料をもらっている人間から、また記者会見の原稿を用意するよう指示された。その準備は午後まで食い込んだ。今回は、学校にマスコミが大挙して押し寄せるのを防ごうと、サリー州警察本部前で会見することになった。記者団の中にアナが立っているのが見えたが、彼女は何ひとつ質問してこなかった。会見を終えて中に戻ると、だれかがテレビをつけていた――たぶんBBCで記者会見を見るためだろう。画面にアナが映っている。まっすぐ見つめられているような気分だった。

仕事のあと一杯飲まないかとプリヤに誘われたとき、最初はなんと言ったらいいかわからなかった。

「ありがとう。でも、ブラックダウンもこんな場所になったから、住民やマスコミに会話を盗み聞きされない場所はどこにもないぞ」

「それは考えたんです、警部。うちで一杯どうですか。そこならだれにも聞かれませんよね？」

自分がどんな顔をしたのかわからない。が、彼女の反応を見るかぎりでは、どう考えてもまずい顔だったらしい。答えを思いつくまえから、プリヤがまた話しはじめた。次に何を言われるか考えただけで、怖くてたまらなかった。

「実は、警部の気分転換のためにお誘いしてるわけじゃないんです――確かに、警部はお酒が必要そうな顔をしてますけど――というより、ほんとうは自分のためなんです。こういう事件はちょっと……わたしにははじめてなうえに知り合いもいないので。今はひとり暮らしで、帰ったら話をする相手もいないんです。女性がふたり無残な殺され方をしたのを見たあとだったから、ひとりで歩いて帰るのもちょっと気が進まなかったというか。単にそれだけです」

プリヤはじっとこっちを見たあと、急に自分の短い爪を点検しはじめた。まるでほかの部分と同じく、そこもきちんと整っていないといけないと思っているみたいに。女には毎日のように戸惑わされている。とはいえ、一抹《いちまつ》の罪悪感を覚えたのも事実だ。必ずしもよそ者に優しいとはかぎらないこの町でプリヤはひとりきりだった。わたしとしても、別に大急ぎで帰らなければいけない事情があるというわけではない。家で待っている人もいなかった。

選択肢を検討した結果、妹より部下のほうがわたしを必要としていると判断した。頭の中の声は、家に帰ってゾーイの様子を確認したほうがいいと口やかましく言っていたが、それよりさらに大きな声がそんなことはするなと言っていた。ゾーイは昔から自分の面倒は自分でみられる人間だ。それにわたしたち兄妹は、一緒になると決まって、お金のことかネットフリックスで何を見るかで喧嘩している。おもちゃの取り合いをしたりチャンネル争いをしたりしていた子供の頃と大差なかった。きっとゾーイもひとりで気ままに過ごしたいと思っているだろう。プリヤの誘いを受けたところで、別に同僚と楽しく一杯飲むだけだ。まったく問題ない、罪のない行為。そうするほうが正しいだろう。

一時間後、ビールを二本飲みおえたとき、プリヤは自家製のハンバーガーとさつまいものフライをつくっていた。彼女の家は町のはずれにあった。新築で、似たような家が重なり合っているみたいに見える団地の一画だった。赤レンガの壁と樹脂の窓枠でできたよくある郊外の住宅だ。とはいえ、感じはよかった。もちろん賃貸だが、室内はしゃれた家具で飾り立てられていて、目にやさしい淡い色を使って全体が統一されていた。

室内は柔らかな光に照らされ、ちりひとつ落ちておらず、整理整頓されている。家族写真は一枚もないようだった。ほんの少しでもプライベートが垣間見えるものはひとつもなかった。ここへ来るまえにもしプリヤの家がどんなふうか思い描いていたとしたら――実際にそんなことはしていないが――イケアかインドの染物を想像していたかもしれない。が、その予想は見事にはずれていた。彼女について知っていると思っていたことはすべて的外れだったらしい。場違いに見えるのは、凝《こ》ったコートラックにかけてくれたわたしのみすぼらしい上着と、玄関で脱いだ靴だけだった。二十八・五センチだと気づかれるのではないかと、わたしは気が気ではなかった。

「ちょっと買い忘れたものがあるので外に出てきます」とプリヤは言って、もう一本ビールを渡してくれた。「ゆっくりしててください。脇目も振らずに帰ってきますから」

若い声にしては妙に固い言い方だ。家の中にわたしをひとり残すのも変な気がした。とりあえず、わたしが退屈しないようキッチンにある小さなテレビをつけてくれたので、ＢＢＣニュースチャンネルに出演した元妻を見ながらもう一本ビールを飲んだ。ライブ映像なのか、それとも昼間に話したことの使いまわしなのか判然としなかった。

そのとき、わたしはばかなことをしてしまった。ビールのせいか、それとも疲れのせいかわからない。いや、正直に言うと、ただ正気を失いつつあるだけなのかもしれない。どちらにしろ、気がつくとわたしは、レイチェルの携帯電話の電源を入れていた。逆探知は午後に解除してあった——責任者の立場にはそれなりにメリットもある。どうして彼女の携帯がわたしの車の中に入っていたのか、それを知りたかった。だれかがわたしを見張っていて、しかもわたしをはめようとしているように感じられるせいで、神経がすり減ってきていた。

暗証番号は彼女の誕生日だった——わかりやすい人間もいるものだ。ロックが解除された瞬間、わたしは後悔した。気が遠くなるような数の自撮り写真があり、わたしが知らない番号と名前に宛てた思わせぶりなメールが延々と続いていた。その中に、ヘレン・ワンとつい最近やりとりしたメールがあった。話題はわたしのことらしい。あの夜わたしと会うまえにレイチェルが書いた最後のメッセージをわたしは繰り返し読んだ。

〝ジャックはつまんない男だけど、警察に友達がいれば役に立つかもって思ったんだよね。でもヘレンの言うとおりかも。今夜終わらせる。ショックを和《やわ》らげるために、最後に一発してこようかな?〟

ということは、レイチェルはわたしを捨てるつもりだったのだ。しかも、ヘレンはそのことを知っていた。

ドアが閉まる音がした。プリヤがキッチンに姿を現す直前に、わたしは携帯をさっとポケットにしまった。〝脇目も振らずに帰る〟というのはただの比喩だったが、三十分は外に出ていたような気がする。とにかく、思っていたより長かった。何かを買ってきたようにも見えなかった。生まれてこの方、母親と妹とアナと暮らしてきたおかげで、女が何も訊かれたくないときというのはわかっている。もう夜も更けていて、ふたりとも疲れていた。だから――なんとなく怪しいと思って、プリヤが外で何をしてきたのか気になってしかたなかったが――わたしは訊かないことにした。

「においも見た目もうまそうだ。ありがとう」プリヤが目のまえに料理を置くと、わたしは言った。嘘ではない。ほんとうにおいしそうに見えた。最後に手料理を食べたのはいつだっただろうか。「こんなのをつくってもらえるとは思ってなかったよ」とわたしはつけ加えた。

「カレーが出てくると思ってました？」

「いやいや、わたしはただ……」

「なんですか？　料理はできないとでも？」

表情からわかった。プリヤはわたしをからかっているのだ。皮肉はわたしが得意とする言語だが、プリヤのほうは普段から必ずしもそれを理解しているようには見えなかった。どうやらビールのおかげで饒舌《じょうぜつ》になっているらしい。お互いにくつろいでいた。と、彼女がいきなり横に座ってきた。少し近すぎる場所に。

「別に特別なものじゃないんです。ただのナイジェラ・ローソンのレシピで」

「ナイジェラは充分特別なんじゃないか」わたしはそう言って、にんまり笑った。プリヤはいつもの礼儀正しい笑みを返してきた。どうやらわたしはなんらかの形で彼女の気分を害してしまったらしい。

昔から女は男よりはるかに複雑な生き物だと思っていたが、今回は何をやらかしたのだろう。

まさかナイジェラについてのコメントで怒ったわけでもあるまい――あの料理研究家には国の人口の半分が熱を上げている。

それにしても、実に妙だ。今夜がくるまでは、プリヤのことはただの女の子にしか見えなかったのに。自分の家にいる彼女は、はるかに大人に感じられた。仕事をしているときの振る舞いとはちがって落ち着いている。だからわたしも、今夜はこんなにも一緒にいて居心地がいいのかもしれない。いつもよりリラックスしていた。ことによるとリラックスしすぎかもしれない。

「さっきはどこへ行ってたんだ?」わたしは自分を止められずに訊いた。

プリヤは何かひどいことをしたのをとがめられたみたいに目を見開いた。

「ごめんなさい……」

「どうした?」

「忘れてました。せっかく思い出したのに、また忘れちゃうなんて」

プリヤはそう言うなり席を立ち、食べかけの料理を残してそのまま部屋を出ていった。正直、不安を覚えた。が、プリヤはすぐケチャップを持ってドア口に戻ってきた。

「これをつけてポテトを食べるのがすごくお好きですよね、警部。いつもびしょびしょになるまでつけてて。でも、ちょうど切らしてたから、買いにいったんですけど――食事を楽しんでほしかったので――それなのに、また忘れるなんて……」

プリヤは今にも泣き出しそうな顔をしていた。結論――女は要するに、男とは別の種だ。

「プリヤ、料理はおいしいよ。わざわざそこまでしてくれなくてよかったのに」

「何もかも完璧にしたかったんです」

わたしは彼女に笑いかけた。

「もう充分完璧じゃないか」

彼女がどこへ行っていたのかわかって少しほっとした――わざわざ買いにいってくれるとは親切な女だ。プリヤのほうも、緊張がほぐれているように感じられた。皿を片づけると、おかわりが要るかどうかも訊かずに、冷蔵庫からもう一本ずつビールを持ってきた。客をしっかりもてなそうとしているのだろうか――実際、わたしの瓶は空《から》だった。それとも、この状況が行きつく先について、わたしが心配するのは当然のことだろうか。彼女はまた髪を下ろしていた。シャツの一番上のボタンも開いている。しかも、さっき部屋を出たときに香水をつけてきたのはまちがいなかった。わたしはビールを一息にがぶがぶ飲み、真っ向から向き合うことに決めた。彼女が思っているとおりの男らしく振る舞うのだ。

「プリヤ、こんなふうにもてなしてくれてすごくうれしいが、変な印象は与えたくないんだ」

彼女はびっくりした顔をした。

「わたし、何かいけないことをしましたか、警部?」

「いや、そんなことはない。あと、警部なんて呼ぶ必要はほんとうにないよ。わたしがきみの家にいて、きみの料理を食べ、きみのビールを飲んでるときはなおさらね。ああ、しまった。わたしも何か持ってくるべきだった。わたしときたら、気が利かない――」

「ジャック、大丈夫です。ほんとに」

ファースト・ネームで呼ばれるのも違和感があった。それにしても、今日は飲みすぎたようだ。これから車を運転して家に帰らなければいけないというのに。こんなのは大きなまちがいだった。明日また職場で顔を合わせるまえに、どうにかして誤解を解消しておかなければならない。

「なあプリヤ、きみと……一緒に働くのは好きだよ」プリヤは顔を輝かせた。そのせいで次のことばが余計に言いづらくなる。それでも、わたしのほうがだいぶ年上なのだから、事態が手に負えなくなるまえに、どうにかしなければ。「だが……」そう言った瞬間、彼女の顔が曇った。この演説は、床だけを見ていたほうがやりやすそうな気がする。「わたしたちは仕事仲間だ。それに、わたしはきみよりだいぶ年上ときてる。きみはすばらしい人間だし、すごく若くて魅力的だが……」

くそ。最後のはセクハラと受け取られかねない。

「……でも、そういうふうには見られないんだ」

いいぞ。決まった。

「わたしをブスだと思ってるんですか？」

「何を。いや、そんなことはない。ああもう。わたしがそんなこと言ったか？」

プリヤは笑みを浮かべていた。これはどういう状況だろう。拒絶されたことで頭がおかしくなったのだろうか。

「警部、大丈夫です。ほんとに。こちらこそ変な印象を与えてしまってたらすみません」と彼女は言った。「わたしがいつも料理をつくってくるのは、なんというか、だれかのために料理をするのが好きだからです。でも今はそういうことをする相手もいません。たばこを買ったのは、単に警部がほしがるかなと思っただけで。それから、ときどき警部のことばを一言一句もらさず聞いてるとすれば、それは警部が仕事のできる人で、その人から少しでも何か盗めたらと思うからです。でも、それだけですから」

わけがわからなかった。もっとも、女にはいつもそういう思いをさせられている。彼女の顔に浮かんだ表情も判別しづらかったが、たぶんわたしを哀れんでいるのだろう。ばかみたいだ。これでは、妄想に取り憑《つ》かれた老人みたいじゃないか。いや、実際にそうなのかもしれない。どうしてこんなに若くて聡明で魅力的な人がわたしのような男に興味を持つと思ったのか？

プリヤは立ちあがった。そのときはじめて、彼女が小さくてかわいい足をしていることに気づいた。柔らかそうな褐色の肌と赤のペディキュア。彼女は部屋を横切ると、ウィスキー——昔アナと飲んでいたウィスキーだ——とグラスをふたつつかみ、またわたしのとなりに腰を下ろした。さっきよりさらに近い場所に。

「乾杯しましょうか」彼女はそう言いながら、ふたつのグラスにいささか多めに注いだ。「末永く続く、完全にプロに徹したプラトニックで幸せな関係に。乾杯」

「乾杯」とわたしは答え、グラスを合わせた。

プリヤは一気に飲み干した。まったく、もったいない飲み方だ。いい酒なのに。かくいうわたしも、グラスを空《あ》けた。
そして、彼女にキスをした。

彼女　水曜日　二十一時

やれやれ。お酒が必要だ。こんなにも長い時間アルコールなしで過ごしたのはいつ以来だろう。

テレビ出演ばかりの忙しい一日を終え——学校前からの中継と警察署からの中継が果てしなく続いたあと、さまざまな局のために撮影をしてそれをまとめる作業がようやく終わった今、ベッドが恋しかった。報道局に電話をかけて、明日の朝は何時の放送に出なければいけないのか確かめる。言われたことを、ハンドバッグに入っていた黒のフェルトペンでメモした。どこで手に入れたのかは覚えていないが、今日は一度ならず重宝した。

体が冷えていた。何時間も立ちっぱなしだったせいで足も痛い。暖かくて居心地のいいスタジオの席におさまるお昼の放送に慣れすぎていたのかもしれない。今日という日はいったいどこへ消えてしまったのだろう。一時間が次の一時間へなだれ込んでいくような感覚だった。再放送の短い番組が次々に流れていくような。人生はハムスターの回し車に似ていると感じることがある。走るのをやめなければいけないときにしか下りられない回し車に。

時間というものの感覚も変わった。時間はわたしにとって、もう理解できないものになっている。娘が死んだ夜からだ。あの日、シャーロットのそばを離れてすぐ——実家に置いた折り畳み式のベビーベッドで眠っている娘のそばを離れてすぐ、数分ではなくもう何時間も娘と離れているような気持ちになった。あそこへ置いていきたくはなかったが、ジャックがわたしの誕生日くらい出かけるべきだと言い張ったのだ。十六歳の誕生日にあんなことがあって以来、誕生日はほんとうのところ、もう二度と祝いたくない日だった。そしてそんなこと、ジャックは知らなかった。

彼は外に出るべきだとしつこく言ってきた。シャーロットが生まれてからというもの、わたしはあまり外出しなくなった。子育てにマニュアルはなく、病院からはじめて娘を連れ帰ったときは衝撃の連続だった。読むように勧められている本は片っ端から読み、母親学級にはすべて参加したが、別の人間の命に対して責任を持つという現実は荷が重く、まだ心の準備ができていなかった。自分だと思っていた人間が一夜にして姿を消し、かわりに見たこともない新しい女が現れた。めったに眠らず、鏡も見ない、自分の子供のことばかり心配している女。わたしの人生は娘だけになった。一瞬でも娘をひとりにすれば、何か悪いことが起きるのではないかと怖かった。そして、その危惧《きぐ》は正しかった。

娘が死んでからというもの、わたしにはわからない形で時間が伸び縮みしていた。どういうわけか、時間が短くなったと感じられることが多い。まるで世界が高速で回転して、一日一日がものすごい勢いで溶け合ってあいまいになっているみたいだ。わたしは生まれながらの母親ではなかったが、それでも、できるかぎりいい母親にはなろうとした。ほんとうだ。母も、赤ちゃんは最初の数ヵ月が一番大変だと言っていた。わたしにはその数ヵ月しかなかったのだけれど。

〝胸が張り裂ける〟ということばは、あまりに気安く使われすぎてしまっているせいで、もう価値を失っている。わたしにとっては娘を失ったとき、胸が粉々になり、実際に千個にもちぎれたような感覚だった。それ以来、ものを感じることができなくなり、何もかもどうでもよくなっている。心が打ち砕かれただけではない。娘の死はわたしそのものも壊した。わたしはもう同じ人間ではなかった。別の人間だ。何をどう感じたらいいかも、どう愛情を返していいかも、今はわからない。愛は返すより借りるほうがはるかに簡単だ。

今日は、リチャードに車であちこち連れていってもらわなければならなかった。警察が車を返してくれないせいだ。記者とカメラマンがこんなにも長い時間一緒に過ごすのはごく普通のこととはいえ、個人的には居心地がよくなかった。一緒にいると、何かしっくりこなかった。ちょっとした違和感があるというか。犯罪歴のことをジャックに聞いたせいだろうか、それとも別のことか。

午後は空《あ》き時間ができた。スタッフがまたきちんと食事休憩を取りたいと言い出したからだ。わたしが〝本気？〟と言わんばかりの視線を投げると、間髪を容れず、労働組合がどうとかいうことばが返ってきたが、わたしとしても別に、ひとつくらい番組に出なかったところで差し支えはなかった。朝以来、事件にはとくに進展もない。BBCニュースチャンネルは前回の中継映像をもう一度流してくれるだろう。それで、二時間ほど空きができた。

取材班が食べ物を探しに車でどこかへ行くと、わたしは内心喜んだ。森の中で何時間も撮影していて、そろそろひとりの時間がほしかった。みんなにはちょっと散歩にいくと告げた。リチャードは一緒に行こうかと言ってくれたが、人里離れた森の中で彼とふたりきりになるのは嫌だった。まあ、それを言えばどこでもだが。最後には彼も、空気を読んで取材班と一緒に食事へ出かけてくれた。

みんながいなくなると、わたしは森の中の慣れた道を通って大通りに出た。ブラックダウンでは、すべての道や通りがここから森の中を縫うように広がっている。ねじれた葉の葉脈みたいに。大通りが主脈だ。町全体が葉の茂みと無言の嘘の下に存在しているように感じられた。森をつくるオークや松の木が夜中に境界の下から這《は》い出すか爪を出してよじのぼるかして、そこに住む人々に忍び寄り、ひとつひとつの家の外に根を下ろして彼らを見張っている——ここはそんな町だ。

気づくと、ジャックが今ゾーイと暮らしている家の裏に立っていた。義理の妹とは仲良くやれたためしがなく、そのほんとうの理由は元夫も知らなかった。わたしが知っている彼女の顔とジャックが知っている彼女の顔はちがう。家族というものは、ちがった見方をしてほかの人には見えない色を使って、自分たちの肖像画を描くものだ。十代の頃のゾーイは腹黒く危険な人物だった。今もそうかもしれない。生まれたときから安全装置が欠けている人間だった。

大人になってジャックとロンドンで会ったとき、わたしは若手記者で、彼が捜査中の殺人事件のネタでなんとかテレビに出ようと奮闘しているところだった。最初は思い出せなかったが、彼のほうはすぐにわたしだとわかり、一杯つきあわなかったら、わたしの振る舞いについてB

BCに正式に苦情を申し入れると言ってきた。そんな、口説《くど》いているとも脅しているとも取れない誘いに、屈辱を覚えるべきか喜ぶべきかわからなかった。彼のことは魅力的だと感じていた――女性記者はみんなそう感じていた――でも、当時は男より仕事のほうが大事で、恋愛にはほとんど興味がなかった。

結局、わたしは一回だけデートに行ってもいいと返事をした。ひょっとしたら内部情報をつかめるかもしれないという下心もあった。だが、目が覚めてみると、内部情報をつかむどころか、ひどい二日酔いで刑事とベッドに入っていた。彼の妹がだれかも、その妹にどんなことができるかも知っていたので、わたしとしては、二度と彼に会うつもりはなかった。ところが、一夜かぎりの関係だと思っていたものが次のデートにつながり、そのデートはやがてパリへの小旅行につながった。ときどき忘れるけれど、ジャックも昔はおおらかでロマンティックな人だったのだ。当時は、一緒にいると幸せな気分になり、彼を好きでいると、自分のことがあまり嫌いではなくなった。

ゾーイは、わたしたちの関係をどう思っているか隠すのがものすごく下手だった。家族の集まりではいつもわたしと目を合わすのを避け、婚約したときも最後までおめでとうとは言わなかった。結婚式にも来なかった。前日にノロウイルスに感染したとジャックにメールしてきたが、翌日には地中海のイビサ島にいる写真をSNSに投稿していた。娘が生まれたときも、死の象徴としてよく知られるユリの花を送ってきた。無邪気なまちがいだとジャックは言っていたが、彼の妹に無邪気なところなどひとつもなかった。

わたしはジャックとゾーイの家を見上げた。中にいる女への憎しみと嫌悪感を胸いっぱいに抱えて。そのとき、キッチンのドアが少しだけ開いていることに気づいた。

しばらくして、大通りに戻ったが、時間を少しロスしてしまった。見覚えのある店とブラックダウンらしい癖のある古い建物のまえを通りすぎる。イギリス一のどかな大通りとしばしば評される道を急いだ。必要なものを調達する時間がなくなってきていた。そこで、わたしが生まれるまえからここにある安くて明るい衣料品店に立ち寄った。ボストンバッグが行方不明になったせいで、明日着るものを買わなくてはならない。当たり障りのない白のシャツと野暮ったいことこの上ない下着をつかみ、試着もせずに代金を払った。今手元にないのは清潔な服だけではなかった。ゾーイの家に行った今、これまで以上にお酒が必要だった。

スーパーのスライド式のドアが開いた。まるでわたしが来るのがわかっていて、飲み込んでしまおうと待ちかまえていたかのように。エアコンの効いた通路だけでなく、何かがわたしを身震いさせた。懐かしい通りを歩いているみたいだった。アルコール売り場は昔とまったく変わっていないように見えた。残念ながらミニボトルはなかったが、小さめのワインとウィスキーなら売っていた。それをバッグに当ててみて、どれくらいならチャックが閉まりそうか確める。

レジで買い物かごにミントを入れて顔を上げると、レジ係にじろじろ見られていてぎくっとした。どうやらわたしのことを知っているようだ。その目には非難の色が表れていた。困ったものだ。

人はどうも虚構にとらわれがちだ。

最近は、だれもが日々の生活を金めっきしておかないといけなくなっている。うわべがどう見えるか考えて、事実をごまかしつづけなければならない。テレビであれソーシャルメディアであれ、画面を通してわたしたちを見る人は、わたしたちがどういう人間か知ったつもりになっている。現実にはもはやだれも興味はない。そんなものに〝いいね〟と言ったり〝シェア〟したり〝フォロー〟したりしたい人はいない。確かにそれも理解はできる。しかし、架空の世界に生きるのは危険かもしれない。というのも、見ようとしないものに傷つけられる恐れがあるからだ。思うのだが、この先、だれもがほんの少しでいいからプライバシーがほしいと願う世の中になるのではないだろうか。ほんの少しでいいから名声を浴びたいと願うのではなく。

「今日はハードな一日だったから、カメラマンとスタッフにおみやげでもと思って」とわたしはレジ係に言い、バーコードをスキャンしてもらってすぐ、購入したものをバッグにしまった。

レジ係はわたしより少し年上だった。使い古した肌と理屈っぽそうな目が特徴のジャガイモみたいな体形の女。ひとつ視線を送っただけで、相手を嫌っているとわからせてしまうタイプ。その染みだらけの顔は笑みを浮かべようとしていたが、前歯のあいだに隙間が空いているのが見えた。一ポンド硬貨くらい入りそうだ。

「お母さんには最近会ってる？」といきなり訊かれ、わたしはため息をこらえようとした。この町では全員が全員のあらゆることを知っている。あるいはそうだと思っている。この町の我慢ならない点のひとつだ。レジ係はわたしの返事も待たずに話しつづけた。「ここのところ、夜中に何度か町を徘徊《はいかい》してたのよ。暗闇で迷子になってて、そこがどこかも自分がだれかもわからず泣いてた。パジャマ一枚でね。ご主人が介入してくれてラッキーだったと思うわよ。だれかがちゃんと面倒をみてあげないと。こう言っちゃなんだけど、だれか家にいてあげたほうがいいんじゃない?」

「ありがとう。でも、わたしはいないから」とすげなく返し、わたしはクレジットカードを差し出した。

昔から、お酒に溺れていることより、娘としての失敗を指摘されるほうが弱かった。うしろを向いて、今レジ係が言ったことをほかのだれかに聞かれていないか確かめた。みんな自分のことだけ気にしているようでほっとした。世の中の人みんながそうだといいのに。このスーパーではじめてアルコールを買ったときのことはまだ覚えていた。もう二十年もまえのことだ。

お酒なしの誕生日パーティーはありえないとレイチェルは言った。まだヘレンも招待するつもりだと知って、わたしは驚いた。頭のいい友達が招いた窮地を考えれば当然だ。けれども、同時にうれしくもあった。ヘレンを赦《ゆる》すことにしたレイチェルの気持ちこそ優しさの表れだと思ったからだ。ついでにもうひとり呼ぼうという気になったのも、もしかしたらそのせいかもしれない。そもそもこれはわたしのパーティーなのだ。わたしも人に優しくしたかった。だから、パーティーの参加者全員にミサンガもつくった。

それを見せると、レイチェルは笑い声をあげた。

「自分でつくったの?」

わたしがうなずくと、彼女はまた笑った。

「そっか、すごく親切ね。でも、みんな十六歳よ。十歳じゃなくて」レイチェルはわたしの肩に手を置き、ごみでも扱うようにミサンガを自分のポケットにしまった。お金がなかったから、手作りのプレゼントを用意しようと思って、ずいぶん時間がかかったのに。レイチェルのことばに深く傷ついたことを隠すのは不可能で、それには彼女も気づいたようだった。「ごめんね。気に入ったよ、ほんとに。みんながそろったらつけよう。でも、まずはお酒を買いにいかなくちゃ。それにはお金が要る。お母さんからちょっとくすねたりできない?」

その提案にわたしがショックを受けているのがわかると、レイチェルは考え直したようだった。わたしの家に来る途中に自分の家に寄り、巨大なクローゼットのドアを勢いよく開けて、中をごそごそ探りはじめた。しばらくすると、得意げな顔でこっちを向いた。〝恵まれない子供たちへ〟と書かれた黄色のバケツを振っている。学校で寄付を集めるときに使っていたものだ。バケツをベッドの上でひっくり返して、出てきた硬貨を数えた。

「四十二ポンドと八十八ペンス」と彼女は言った。

「でも、慈善活動のお金でしょ」

「アナだって慈善活動の対象じゃない。何か問題ある? 今まであげてきたプレゼントのお金がどこから出てきてると思ってたわけ?」

わたしは何も言えなかった。自分たちよりはるかにお金を必要としている子供たちからお金を盗んでいた――そう告白されて気が動転していた。

「もう、どうしたのよ」と彼女は言い、わたしの手を取った。

手をつなぐのが嫌だと思ったのはそのときがはじめてだ。

「すねるのはやめて。顔をしかめるとかわいくないよ」レイチェルは小さな声でそう言って、わたしの頬にキスをした。「アナの家に行く途中にスーパーに寄ってお酒を買おう。一杯でも二杯でも飲めば元気になるから」

スーパーまでの道のりはふたりとも無言だった。

レイチェルがダイエット・セブンアップのペットボトルとテキーラと安い白ワインを買い物かごに入れるのを見ながら、ふたりともどこからどう見ても未成年なのに、いったいどうやって買うつもりなのだろうと考えていた。レジに近づくにつれ、おなかが痛くなった。母にばれたら――そう思うだけで吐きそうになる。当時は母をがっかりさせてばかりいるような気分だった。

だがそのとき、ヘレン・ワンの姿が目に入った。ヘレンはもう十六歳になっていたので、土曜日はスーパーでアルバイトをしていたのだ。おかげで店長を呼ばれることもなく、無事バーコードをスキャンしてもらうと、レイチェルはそれを自分のバッグにしまった。身分証明書の提示も求められなかった。まだ友達でいてよかった――そう思ってすごくうれしくなった。エッセイの件はともかくとして。

「その顔どうしたの?」とわたしはヘレンに訊いた。目の周りの黒いあざをメイクで隠そうとして失敗しているのが気になったのだ。

ヘレンはレイチェルを見たあと、またわたしのほうに顔を向けた。

「転んだの」

父がまだ家にいた頃、母のあざを何度も見たことがあったので、ヘレンが嘘をついているのはわかった。とはいえ、それ以上何も訊くべきじゃないこともわかっていた。母が歩いていてドアに顔をぶつけたと言い張っていたときと同じく、ヘレンはほんとうのことは話そうとしないだろう。もしかしたら秘密の彼氏がいるのかもしれない。たちの悪い彼氏が。

「じゃあ、あとでね。終わったらすぐアナの家に来てよ」とレイチェルはヘレンに言い、わたしを引っぱって出口へ向かった。

母は、この日の夜は出かけるとしぶしぶ約束してくれていたのに、家に着くとまだそこにいた。何も言わなくても、わたしが怒っているのはわかったらしい。

「はいはい、お母さんは行きますよ」わたしたちが買い物袋をキッチンに置いている横で母は言った。買い物袋の中にはアルコールが入っていた。「ちょっとしたサプライズがあるの。出かけるまえに見せたくて」

「何?」とわたしは訊いた。答えを聞くのがすごく怖かった。子供っぽいものでないことを祈った。レイチェルのまえで恥はかきたくない。

「サンルームにある。見てきたら?」と母は言った。

わたしは何を見つけることになるのだろうと心配しながら家の奥へ行った。すると、母のお気に入りの椅子に毛むくじゃらな灰色のかたまりが座っていた。

「猫ちゃん！」とレイチェルは甲高い声をあげ、そっちへ走っていった。わたしよりずっと興奮していた。

「お客さんのお宅にすごくかわいい猫がいてね――ロシアンブルーなんだけど――最近、その猫に子猫が生まれて。ひと目見たら、もう連れて帰らないわけにはいかなくなったのよ」と母は言った。「ほら、抱いてみて。アナのよ」

猫はずっとほしかったが、うちに飼う余裕はないと言われていた。それに、ブラックダウンでは猫がしょっちゅう行方不明になっているようだった。毎週〝猫を探しています〟の新しいポスターが店の窓や街灯に貼られていた。迷子のペットの特徴が添えられた白黒写真は絶えることがなく、ときには謝礼金について書かれていることもあった。もしそんなことになったら、わたしには耐えられないだろうと母は心配していたが、それでもわたしは猫を飼いたいと思っていた。それが今、目のまえにいる。おそるおそる抱きあげてみた。壊れてしまいそうだ。

「名前を決めてあげて」と母は言った。

「キットカット」とわたしはつぶやいた。

もし飼えたら、そのときはこの名前にしようと決めていたのだ。

レイチェルはくすくす笑った。「チョコレート？」

「ぴったりだと思う」と母は言った。「もしよかったら、ちょっと遊んであげて。でも終わったら、ちゃんと隅にあるキャリーケースに戻してね。最初の何日かはそのほうが落ち着くって獣医さんが言ってたの。じゃあ、あとはみんなで楽しんで。けど、アルコールを飲むんだったら――」

「お母さん！」

わたしは頬が真っ赤になるのを感じた。

「……冷蔵庫に軽食を用意しておいたわよ。食器棚にもポテトチップスが入ってる。自由に食べて胃袋を満たしてね。じゃあ、楽しんで。自分たちの面倒はちゃんと自分たちでみるのよ。キットカットのこともよろしく。いい？」

「大丈夫です。ご心配なく」とレイチェルは言った。「ミセス・アンドルーズって最高のお母さんですね。わたしのママもそんなだったらいいのに」

レイチェルはそう言って、母に笑みを向けた。すべての大人を虜《とりこ》にさせてしまうあの賢い笑みを。母も微笑み返し、わたしに別れのキスをした。

「じゃあ、パーティーの始まり！」母が行くなりレイチェルは言った。

その頃には彼女もしょっちゅうわたしの家に泊まっていたので、ほしいものはどこにあるか全部わかっていた。すぐに母の古いレコードのコレクションをあさり――レイチェルは七〇年代の音楽に夢中だった――慎重にジャケットからカーペンターズのレコードを取り出してセットした。『雨の日と月曜日は』がお気に入りの曲だった。音楽に合わせて歌いながらキッチンに戻って、食器棚からグラスをふたつ取り出していた。わたしはキットカットを抱いたまま、魅了されたようにその姿を眺めた。レイチェルは塩を見つけたかと思うと、フルーツのかごからレモンをひとつ取り、カウンターの包丁立てから鋭いナイフを抜いた。

テキーラ・ボンバーはそれまで見たことも聞いたこともなかったが、わたしは気に入った。ほかの人たちが着く頃にはすっかり酔っぱらっていた。

「パーティーのお楽しみは持ってきた？」ヘレンがドアから入ってくるなりレイチェルは訊いた。

「お楽しみって？」わたしは気になった。

レイチェルは笑みを浮かべた。「ちょっとしたいいものよ」

次に到着したのはゾーイだった。玄関のドアを開けると、さえない顔をした彼女が立っていた。横にいる年上の男のほうを向いて、呆れたように目をぐるりと回している。

「何それ？」わたしが抱いた子猫を見て、ゾーイは言った。

「キットカットっていうの。お母さんからの誕生日プレゼント」

「猫って嫌い」ゾーイはそう言って顔をしかめた。

「それはそうと、ジャックだ」と年上の男が自己紹介した。何かを面白がっている様子だった。「妹を送っていけって親に言われたんだ。問題ないか様子を見てこいって。前回あんなことがあったあとだから」

あんなこととは何か、わたしは知らなかった。転校してみんなと出会ってからまだ数ヵ月しか経っていなかった。

ジャックはわたしたちと数歳しか離れていないが、その頃の年上は、うんと大人に見えたものだ。彼は車のキーを持ったまま、玄関から中をのぞいていた。何を探しているのかわからなかったが、そのしなやかな髪のせいか、それともいたずらっぽい笑みのせいか、わたしはすぐに好印象を抱いた。それはわたしだけではなかったらしい。

「こんにちは、ジャック！　一緒に一杯飲まない？」レイチェルがわたしの横に来て言った。

「やめとくよ。車で来たから」

「一杯だけ、ね？」レイチェルはしつこく言った。

ふたりがお互いを見る目がすごく嫌だと感じたのを覚えている。

「じゃあ、コーラとかなら」ジャックはレイチェルの魅力に屈した。

みんながわたしの家の狭いキッチンに集まっているのを見るのは妙な感じだった。父が出ていってからというもの、母はめったに人を家に呼ばなかったから。それに、みんなが集まると、家がすごく窮屈に感じられた。チャイムがまた鳴り、だれもが少し驚いた顔をした。このわたしでさえ。もう飲みすぎていて、自分が招待しようと決めた人がもうひとり来る予定だったのをすっかり忘れていた。

みんな玄関までついてきた。戸口にキャサリン・ケリーが立っているのを見て、一様に目が点になっていた。

「アナ、誕生日おめでとう」キャサリンはにこりともせず言った。

みんなはただじっと見ていた。

すると、レイチェルがまえに出て、キャサリンの手に自分のグラスを握らせた。

「来てくれてうれしいな。キャサリンも飲んで。今回は汚いのは入ってないから。早く飲んでみんなに追いついてよ」レイチェルはそう言うと、キャサリンを引っぱって家の中に入れた。

レイチェルが気遣いを見せてくれてすごくうれしかった。キャサリン・ケリーは少し変わっているかもしれないが、そんなことに関係なく、パーティーには来てほしかった。ちょうどそのまえの週に学校でひどいことがあったのだ。キャサリンの机からネズミの赤ちゃんが見つかっていた。いつも隠し持っているポテトチップスやチョコレートのせいだろうとみんなは言っていたが、どうやって机の蓋を開けて中に入ったのか、わたしにはさっぱりわからなかった。気の毒だった。まえの学校で仲間はずれにされるのがどういうことかはわかっていたので、ほかの人にはそういう気持ちを味わってほしくなかった。キャサリンが笑顔を取り戻す助けになれば――そんな気持ちだった。

「盛りあがってきたところで悪いけど、帰るよ」とジャックは言った。「ゾーイ、日付をまたぐまえに帰ってこいって母さんが言ってたぞ。門限を破ったらまた外出禁止だからな」

ゾーイはまた目をぐるりと回した。それにしてもしょっちゅうやるものだ。目玉がまぶたの裏に貼りついてしまいそうだった。

「待って！」レイチェルはそう言うと、自分のバッグへ走っていき、新しい使い捨てカメラを取り出した。まだ箱に入っていたので、厚紙を破っていた。「帰るまえに集合写真を撮ってくれない？」

「いいよ」とジャックは言って、手を出した。

カメラを受け取るときにレイチェルと指が触れ合うのがわかり、わたしはいわれない嫉妬を覚えた。

「あ、もう少しで忘れるところだった……」

レイチェルはそう言ってポケットの中に手を入れたあと、リビングの花柄の壁紙のまえにみんなを一列に立たせた。

「……親切なアナがみんなにミサンガを編んでくれたの。みんなでつけよう」

みんなそうした。レイチェルに言われたことはいつもやっていたから。

お互いの体に腕を回し、おそろいの赤と白のミサンガをつけ、一番の親友みたいな顔をして壁のまえでポーズを取った。レイチェルに言われるがまま真ん中に立たされたキャサリン・ケリーでさえ写真の中では笑みを浮かべていた。不格好な矯正器具とカールしたぼさぼさの白い髪とみっともない服を全世界にさらして。

昨日見つけた、レイチェルの顔にバツ印が入っていた写真はそれだった。

彼

水曜日　二十三時

道を渡ったあとで、曲がる場所をまちがえていたことに気づいた。酔っぱらっているようだ。歩くことにしたのは、酔いすぎていて、プリヤの家から車で帰るのは無理だったからだ。キスをするべきじゃなかったのはわかっているが、したのはそれだけだ。酔いに任せたキスだけ。大げさに騒ぎ立てる必要はない。あのときはアナのことを考えていた。お互いの口の中がウィスキーの味がしたせいかもしれない。やったことは後悔していなかった。朝が来ればするかもしれないが、それでも今のところは、今夜が味わわせてくれた気分を楽しむつもりだ。若くて聡明で美しい女がこのわたしを魅力的に感じてくれたのだという気分を。

それがどうしてかは、あまり深く考えないようにした。

今夜は自分より若い人と一緒に過ごしたおかげで若返った気がしていた。プリヤが自分の将来について語るのを聞いていると、わたしの未来もまだ完全に修正がきかないわけではないかもしれないと思えてきた。若さには、人生に無限の道があると信じ込ませる力がある。年を取ると道はひとつしかないと思えてくるのとは対照的だ。プリヤは自分の過去について打ち明けてくれた。彼女の正直さに触れていると、ついこっちもいろいろ話したくなった。プリヤの話では、去年母親を癌《がん》で亡くして、まだ悲しみを乗り越えている最中だという。シングルマザーに眉をひそめる人が多い地域で、女手ひとつで育ててくれたらしい。プリヤはまた、子供時代、父親像を求めてやまなかったこともあけっぴろげに話してくれた。

それがきっかけで、わたしも娘のことを思い出したのかもしれない。といっても、娘のことは四六時中考えているが。わたしがシャーロットの話をしないとすれば、それはそうする資格がないと思っているからにすぎない。アナの誕生日にふたりきりで食事に出かけようと言い出したのはわたしだ。だからいまだに、起きたことは自分のせいだと感じているのだろう。

アナは数ヵ月のあいだほとんど家から出ていなかった。娘が生まれるまえも絶対安静の状態だったうえに、シャーロットを連れ帰ってきてからは、わたしの知らない女になっていた。そんなのはよくないし、まともではないように思えた。人生が突然、娘だけになったのだ。それはやりすぎで、一歩引いて客観的になる必要があるとはだれも指摘できなかった。ちょっとだれか頼ろうと、わたしがひと言でも言おうものなら、事態を悪化させるだけだった。

そこである晩、彼女の母親に子守をお願いすることにした。たった一晩だけだ。それなのに……ひどい話ではないか。ふたりとも優しい心遣いをしたはずだったのに。ところが、翌朝シャーロットを迎えにいくと、アナの母親がドアを開けた瞬間、わたしは何かおかしいとわかった。赤ん坊を預かっているあいだはお酒を飲まないと約束してくれていたにもかかわらず、アナもわたしも、彼女の息がアルコール臭いのに気づいた。何も言わなかったが、アナの母親は今まで泣いていたような顔をしていた。アナは母親を押しのけて家の中に駆け込んだ。わたしもすぐあとに続いた。ベビーベッドはそのままの場所にあり、シャーロットはまだその中にいた。娘の顔を見たとき、安堵《あんど》がこみあげてきたのを覚えている。アナが抱きあげてはじめて、わたしたちのかわいい娘は死んでいるとわかった。

無条件の愛というものは存在しない。一方、アナの母親のことは責められなかった。酒臭かったといっても、夜中にシャーロットが息をしていないことに気づいたあとから飲みはじめたにすぎない。パニックを起こしたのだ。どういうわけか、アナの母親は救急車を呼ばなかった。きっとすでに死んでいるとわかっていたからだろう。検死官は乳幼児突然死症候群だと結論づけた。いつでもどこでも起きる事故だと。だが、わたしは自分を責めた。アナもわたしを責めた。尽きることのない涙を通して、何度も何度も無言の叫びをわたしにぶつけてきた。

娘のことはアナと同じくらい愛していたが、悲しみに浸《ひた》ることを許されているのはアナだけのように感じられた。あれから二年経つが、いつも崖っぷちでぐらぐら揺れているような感覚だ。今にも倒れそうなドミノが近くにいる者も道連れにしようとしているみたいな感覚。あれから長いこと、何事もリアルには感じられず、意味のない日々が続いた。ロンドンを離れてここへ戻ってきたのもそれが理由だ。自分に残されたもので、ある種の家族を築こうとした。妹と姪《めい》とで。それに、アナが必要だと言っていたひとりの時間も与えてやりたかった。

シャーロットの亡骸《なきがら》はブラックダウンに埋葬した。アナは当時、とても判断できる状態ではなかったから、わたしが勝手に決めたのだ。それもあって、余計に嫌われているのだと思う。

プリヤが住む地域からわたしの家までは、真っ暗な歩道と人気《ひとけ》のない田舎道を歩いて三十分だが、歩くしか方法はなかった。タクシーは走っていない。ブラックダウンではこの時間、人や生き物のいる気配はまったくなかった。そう思ったそばから、目のまえを黒猫がさっと横切って、自分でも驚いた。元妻なら不吉に感じるところだが、わたしはばかげた迷信の類《たぐい》は一切信じていない。それに、不運にならもう充分に見舞われていた。

ひどく寒かった。長い時間じっとしているとこたえるような寒さだ。そこで、両手をポケットに突っ込み、たばこを吸うかわりにしばらく入れたままにした。不思議なことに、今はたばこを吸いたいとも思わなかった。じっとパソコンを見ているのではなく、別の人間と話をして夜を過ごしたせいだろうか。

レイチェルとわたしはあまり話をしなかった。ぶしつけなセックスを伴った礼儀正しい会話だけだ。お互いに話すことがあるようには感じなかった。少なくともどちらかが聞きたいと思うような話はなかった。さっきから、彼女の爪に書かれていた文字が頭に浮かんでしょうがない――偽善者。そういえば、アナともシャーロットが生まれるまえはよく話をしていた。しかし、そのあとわたしはすっかり話し方を忘れてしまったらしい。今夜プリヤと過ごして、生身の人間に戻った気分だった。

彼女にメールを送ろうと決め、内ポケットに手を入れた。

ところが、かわりに出てきたのはレイチェルの携帯で、未読のメッセージが一件届いていた。

〝ジャック、おまえもまっすぐ家に帰ればいいものを〟

わたしは足を止め、数秒文字を見つめた。そして、三百六十度あたりを見まわし、暗闇に目を凝《こ》らして、だれかにつけられていないか探そうとした。明らかにつけられている。気のせいではないはずだ。携帯をポケットに戻して早足で歩き出した。

自宅のある通りに入ると、自分の家が完全なる闇に包まれているのがわかった。それはいつものことだ。もう遅い時間だし、妹が起きてわたしの帰宅を待っているわけはない。普段からお互いの様子を確認し合う兄妹ではなかった。きっとゾーイは安いワインを何杯か飲んで寝ているのだろう。毎晩のようにそうしているのだから。

門をくぐるなり鍵を探しはじめたが、暗がりでなかなか見つからなかった。庭の小道を半分ほど進む頃に玄関灯がつき、鍵が入っているはずの上着のポケットの中を照らしてくれた。しかし、ここにはないようだ。

とはいえ、中へ入れてもらうためだけにふたりを起こすのは気が引けた——姪を寝かしつけ直すのは大変だ——が、玄関の階段を上がると、そんな必要はないとわかった。ドアがすでに開いていた。

これから何かひどく悪いことが起きるとわかる瞬間というのはだれにでもあるだろう。鼓動一拍分の瞬間でそう気づくと同時に、今さらどうしようもないとわかるのだ。それは一秒もからない時間であり、それでいて一生続く瞬間でもある。われわれはその時空に凍りつき、しぶしぶまえを向くが、振り返るにはもう遅すぎるとわかっている。これはそういう瞬間だ。今まで生きてきた中でわたしも何回かしか経験したことがない。

一気に酔いがさめた。

刑事としてのわたしは、頭の中でだれか呼ぶべきだと言っていたが、わたしはそうしなかった。残された家族がこの中にいるのだ。応援など待っていられるものか。急いで中に入り、一階の部屋の電気を全部つけた。どの部屋も前回見たときと同様、だれもいなかった。ほかのドアと窓はすべてしまって鍵がかかっている。防犯装置を確認したが、だれかがスイッチを切った形跡があった。暗証番号を知らないと、それはできない。

不法侵入の気配も、争ったような跡もなかった。それどころか、家全体が今朝仕事に出かけたときと比べて整理整頓され、きれいになっているように見えた。子供は部屋を散らかす天才だが、最近ではわたしももう慣れた。その見慣れた散乱物が片づけられ、もとの場所に置かれている。何もかもがおかしい。長年の経験から、こういうのは自分の勘を信じるべきだとわかった。

気づいたのはそのときだ。

カウンターの包丁立てから小さめのナイフが一本なくなっていた。今朝もなかったのは覚えている。そのまえの朝も。家の鍵はここにあった。今夜プリヤの家に行くまえは、確かにポケットの中にあったはずなのに。もしかしたら、ここに置いたままだったのかもしれない。ここ数日は睡眠不足で記憶がはっきりしなかった。そのとき、写真に気づいた。アナが車から盗まれたと言っていた写真だ。二十年前に自分で撮ったのを覚えていた。

五人の少女が一列に並び、カメラに向かって笑みを浮かべていた。レイチェル・ホプキンズ、ヘレン・ワン、アナ、ゾーイ、そして、どこかで見たような気がする、見た目の変な少女。名前は思い出せなかった。みんなそろって笑みを浮かべ、おそろいのミサンガをつけている。だが、それだけではなかった。五人のうち三人の顔に黒のバツ印が入っていた――レイチェルとヘレンと……ゾーイに。

わたしは写真を落とし――触るべきではなかったと気づいたが、もう手遅れだ――一段飛ばしで階段を駆けあがった。まず姪の部屋へ行き、勢いよくドアを開けて中に入る。オリビアは無事だった。ベッドで眠っている。部屋の中のあらゆるものと同じく、枕もユニコーン柄だ。あまりにすやすや眠っているので、何も問題ないと一瞬思いかけたが、そんなことはなかった。普段であれば、あんなに大きな音を立てていれば今頃起きていただろう。オリビアは息をしていたが、完全に意識を失っていた。

廊下を走って妹の部屋へ行ったが、ゾーイはそこにいなかった。すべての寝室のドアが半開きになっていて、どの部屋にもだれもいないとすぐにわかった。バスルームのドアだけが閉まっていた。取っ手を回そうとするも、開かない。

ここのドアは何年も鍵をかけたことがなかった。子供の頃に起きた事故のせいだ。鍵がどこにあるかもわからなかった。見た覚えもない。扉が閉まっていれば、入るなというのがわが家のルールだ。わたしはそっとノックし、小さな声で妹の名前を呼んだ。

「ゾーイ？」

あまりに静かなせいで、何をしても何を言っても反響して聞こえた。

鍵穴からのぞいてみたが、暗闇以外何も見えなかった。

「ゾーイ？」

今度はもう少し大きな声で呼んだ。木の板を拳で叩く。それでも沈黙しか返ってこなかった。一歩下がってドアを蹴った。ドアは大きく開き、痛みを訴えるかのように蝶番《ちょうつがい》が悲鳴をあげた。そのとき、見えた。

バスタブに寝そべったゾーイが。

片目が開いていた。壁に書かれた何かを凝視しているようだ。もう一方の目は閉じ、まぶたが縫いつけられていた。針と太い黒の糸がまだぶら下がっている。

水は赤く、水面のすぐ下から切った手首が見えた。

その目が何を意味するかは言われなくてもわかった——そのことにうんざりする。見て見ぬふりをするなという意味だ。

普通なら、バスタブに駆け寄って妹の体を抱きあげるところだが、わたしは動けなかった。ゾーイの頭は不穏な角度に傾いていた。髪の毛は、ぴくりとも動かない血の海と同じ色だ。脈を確認するまでもなく死んでいるとわかった。ドア口からでも、口が開いていて、舌にミサンガが巻きつけられているのが見えた。

ドアのまえから動けなかった。足が敷居をまたぐのを拒否しているみたいだ。苦い胆汁《たんじゅう》がこみあげてきたが、無理矢理飲み込んだ。警察に通報するべきだろうが、わたしはそうしなかった。助けを呼べる友人がだれかいないか考える——今必要なのはそれだろう。そういえば、わたしには友達はひとりもいないんだった。子供に死なれた夫婦と友達になりたいと思う者はいなかったのだ。

何を思ったか、わたしはプリヤに電話をかけていた。

酔っぱらい、ショックを受けている状態の今、わたしを気にかけてくれる人に一番近いのは彼女のような気がした。相手が出たときになんと言ったのかわからないが、どうにか意味は通じたらしい。すぐ行くと応じてくれた。タイルの壁に名前が途中まで書かれていた。死ぬまえに、妹が血をインクがわりにして指で書いたのだろう。その件はプリヤには伝えなかった。とても口に出せない。

わたしは床にへたり込んだ。待っているあいだ、時間の流れがうんざりするほどゆっくりになり、やがて止まった。蛇口から水がしたたり落ちる音でまた動き出す。もう何年もまえから水漏れはしていたが、気になったことは一度もなかった、今日までは。赤い水面にさざ波が広がる様子を眺めていると、否応なくゾーイに目が引きつけられた。これ以上ひどい顔を見るのは耐えられない。そう思い、視線をバスタブの上に書かれた血文字に移した。

そこには〝ＡＮＤＲＥＷＳ〟とあった。

彼女　水曜日　二十三時三十分

「アナ・アンドルーズがブラックダウンからお伝えしました」

この夜最後のニュースをカメラに収めたあと、報道局から解散していいとの連絡がくるのを待った。その連絡がくる頃には、スタッフはすでに荷物をまとめて帰る支度ができていた。指示がくれば、ただちにロンドンへ戻っていく。リチャードとわたしを森の中に残して。今日は過酷な一日だった。さっき数時間でもひとりになれてよかった。ゾーイとジャックの家に行きつくはめになったとしても。あの家を目にし、彼女が中にいるとわかったことで、しばらくのあいだわれを忘れてしまった。悪事の中にはどうしても正せないものがある。今日はほんとうに長い一日だった。

またリチャードの車に乗るのは気が進まなかった――説明しにくいが、彼は夕方からずっと様子がおかしい――が、ミニコンバーチブルがない今、選択肢はあまりなかった。体が震えるのを抑えることができず、彼に気づかれたときは寒さのせいにした。リチャードはいつもとどこかちがったが、ホテルまでは五分もかからないので、その違和感を振り払おうとした。ホテルまではふたりとも黙っていた。今夜はお互いにしゃべったり一緒に飲んだりする気分ではなさそうだ。こっちが何か気に障るようなことを言ったり何かしたりしただろうか。思い出そうとしたが、心当たりはなかった。だから、ふたりのあいだの紛れもない緊張は、お互いに疲れているせいだと思うことにした。熱いお風呂が恋しい。冷蔵庫のお酒とも早く再会したかった。

「予約が入ってないってどういうこと?」わたしがそう言うと、ホテルの受付係はぽかんとした顔でカウンターの向こうからこっちを見た。

受付係の女はすごく背が高かった。そのせいで、どうしてもわたしたちを見下ろす格好になってしまう。長い茶色の髪をきちんとした編み込みに結っていて、その先がしっぽみたいに、若くて細い肩にのっていた。もう少し背が低ければよかったのにと自分でも思っているのか、猫背気味になっている。太陽を長く拝みすぎた花みたいだ。

今日の午後、報道局が二部屋予約してくれたのは確かだった。確認のメールが届いていたはずだ。受付係にもう一度確認してくれと頼んだ。彼女の態度を見ていると、不安になってくる。うんざりするほど待たされた。わたしがこの子と同じくらいの年のときも、これほどまではやせていなかったと思う。ヘレンに薬をいやいや飲まされていた当時も。受付係の体はぺらぺらだった。パンパンに膨らんだわたしの堪忍袋《かんにんぶくろ》とは対照的だ。

「ごめんなさい。でもやっぱりBBCのお名前では今日の予約は入ってないみたいです」と受付係はモニターを見ながら言った。パソコンがいきなり話し出して自分に加勢してくれるのを期待しているかのようだった。

わたしは自分の財布を出してクレジットカードを置いた。

「いいわ。今二部屋分払ってあとで会社に請求するから」

受付係はまたパソコンを見て首を振り、編み込みの髪を揺らした。

「あいにく今夜は満室なんです。殺人事件があったじゃないですか。しかもふたつも。町はマスコミだらけなのに、ホテルはうちしかなくて」

「うそでしょ。もうこんなに遅いし、すごく疲れてるの。だれかが二部屋予約したのは確かなのよ。だから、もう一回チェックしてみてくれない?」

リチャードは黙っていた。

受付係はだるそうな顔をしている。自分の仕事をしてくれと頼まれるだけでそんなに疲れるのだろうか。

「予約番号はあります?」

そう言われ、とたんに希望が湧いてきた。だが、携帯を見つけた瞬間、その希望は一気にしぼんだ。電池の残量が危険なほど少なかった。残り五パーセントだ。しかも、充電器は盗まれたボストンバッグの中ときている。

「携帯の電池が切れそうだから、そっちのを見てくれない?」とわたしはリチャードに頼んだ。

彼はため息をつき、ポケットに手を入れた。その瞬間、表情が変わり、自分の体をあちこち叩き出した。かばんの中も調べている。

「くそっ。なんでない……」

「車の中に置き忘れたんじゃない?」とわたしは言い、自分の携帯の電池が完全に切れるまえにどうにかメールを探そうとした。

無事見つかり、すっかり勝ち誇った気分で受付係に画面を見せた。受付係は一本の指で途方もない時間をかけて予約番号をパソコンに打ち込んでいる。

「今日の午後、確かに予約は入ってますね。二部屋……」

「ああ、よかった」とわたしは言い、笑みを浮かべはじめた。

「……でも、今日の夕方にキャンセルされてます」

浮かべかけた笑みが一瞬で顔から消えた。

「えっ？　そんなはずない。いつ？　だれが取り消したの？」

「電話をかけてきたのがだれかは書いてないです。ただ、夕方の六時半にキャンセルされたとだけ」

リチャードはわたしのクレジットカードを取ってこっちに差し出した。

「もういいよ。満室だって言うなら、ここに立ってつべこべ言ってたってしょうがないだろ。もうばかみたいに遅いし、明日もかなり早い。泊まる場所なら当てはあるから」

水曜日　二十三時五十五分

彼

聞き慣れたパトカーのサイレンを聞いてもまだ、バスルームの外の同じ場所から動けなかった。警察が車を停めて一階の開いたドアから中に入ってくるあいだ、そこでずっと待っていた。プリヤがすべての指揮を執《と》っているようだ。驚くほど酔いがさめているのがわかる。さっきあんなに何本もビールを飲んだというのに。わたしは、警察が出入りする様子を眺めた。かつては自分の家だった犯罪現場を同僚たちが歩きまわっていた。一方のわたしは、立つことも考えることもできそうになかった。

姪《めい》のいる部屋から泣き声が聞こえてようやくわれに返った。どうやら母親の殺人事件を捜査する知らない人たちに起こされたようだ。もっとも、本人はそのことを知らない。知ってもすぐには理解できないだろう。今、姪の状態を医者が調べていた。薬を飲まされたと見ているようだ。わたしは壁を使って立ちあがろうとした。バスルームの中は見ないようにする。ゾーイの遺体はそのままだった。まだ血の海に横たわって壁の文字をじっと見ている。

「無理しないでください」プリヤが駆け寄ってきて、立ちあがるのを手伝ってくれた。「あとのことは任せてください。警部はここにいたらいけません。どこかほかに身を寄せられる場所はありませんか？」

ない。

オリビアが叫び声をあげていた。起きたことをどうやって二歳児に説明したらいいのだろう。自分でも何が起きたかわからないというのに。プリヤは話しつづけていたが、聞こえるのは、小さな女の子がもう二度と会えない母親を求めて泣く声だけだった。

「行政が立ち入ってくるのは警部も避けたいでしょうから、姪御さんの面倒をみてもいいという近所の方を探しておきました。どうやらその方はまえにも預かったことがあるようで。一枚書類にサインしてもらわないといけませんが、あとは担当の職員がいろいろやってくれます。それで大丈夫ですか？」

うなずいたような気がするが、ほんとうにそれで大丈夫かはわからなかった。わたしがついていてやるべきかもしれない。

「よかった。でも、警部はここにいちゃいけませんよ」わたしの心を読んだかのようにプリヤは言った。

「犯人を見つけないと」わたしは食い下がった。自分の声が変だ。

「お気持ちはわかります。でも、とりあえず明日からにしたらどうですか？　今日はだれかに運転してもらって、別の場所に泊まったほうがいいと思います」

「行く場所がどこにあるというんだ？　それに、ばかでもわかる質問をなんでまだしてこない？」

プリヤは、気詰まりでしかたがないときにしか見せない表情を浮かべた。

「警部、どういうこと――」

「プリヤ、人をばかにするのもいい加減にしろ。わたしが何を言いたいかはわかってるだろ。直感ではどう思う？　彼女が殺《や》ったと思うか？」

「彼女って？」

「アナだよ！　アナとゾーイはお互いにそりが合わなかった。じゃなかったとしたら、どうして元妻の名前が壁に書かれてるというんだ？　どの事件現場にもいつも最初に現れるのは彼女だった。きみも疑ってたのは知ってる。わたしも何か手を打っていたら、こんなことにはならずにすんだかもしれない」

プリヤは、同情と疑念が入り混じったような目でこっちを見た。おかげで目鼻立ちが余計に際立っていた。

「どうした？　思ってることがあるならなんでも言え」プリヤが話さないのでわたしは催促した。

「ええと、警部も自分でおっしゃってましたよね。着いたとき、バスルームは内側から鍵がかかってたと。それに……」

彼女の沈黙にはもう我慢ならなかった。

「ああ、言ったよ」わたしはきつい言い方をした。

「それに、鍵は中から見つかったので――」

「自殺だと言いたいのか？」わたしは口を挟んだ。プリヤはじっとわたしを見ている。待ったところで、気まずい沈黙しか返ってこなかった。「妹が自殺したんだとしたら、自分の手首を切るのに何を使ったというんだ？　ナイフかかみそりは見つかったのか？」

プリヤはうしろを振り返って現場を見た。彼女の視線をたどるのは耐えられなかった。だからわたしは、見たとおりのことを説明した。

「舌にミサンガが巻きつけられていた。ほかのふたりの被害者と同じようにな。それはマスコミにも市民にも明かしていない情報だ。先のふたりを殺したのがだれであれ、そいつがゾーイを殺したんだ。それともきみは、妹は自分で片目を縫ったとでも言いたいのか？」

「別にわたしは何も言いたいわけじゃありません。でも、妹さんはひょっとしたらだれかと組んでいて、それでうまくいかなくなった可能性もあるんじゃないかと。今は証拠を集めてる段階ですよね。警部もそう教えてくださったじゃないですか」

そのとき、プリヤの携帯が鳴った。邪魔が入って、かえってありがたいと思っているにちがいない。だがそれも、発信者を見るまでだった。

「副本部長です」と彼女は言った。

「出たほうがいい」

プリヤは電話に出た。副本部長の一方的な話をプリヤが聞いている。その様子をわたしは眺めた。永久に待たされるかと感じたが、実際のところ、電話はほんの二、三分だっただろう。

「警部に捜査を外れてほしいそうです。残念ですが、状況を考えると、わたしもそうしたほうがいいかと」

その短いことばには強烈なパンチ力があり、同時に説得力もあった。さっき飲んだお酒で自信がついたのかもしれない。もしくは、わたしの仕事を堂々と奪える瞬間のために今までリハーサルしていたか。

うしろでだれかが犯罪現場の写真を撮りはじめ、そっちに気を取られた。壊れたくたくたの心の中の何かがフラッシュで揺り動かされ、わたしは写真のことを思い出した。プリヤを押しのけて二階へ急ぐ。彼女もわたしについてキッチンへ入ってきた。最初、写真は消えたのかと思った。あれは幻覚だったのか。だがそのとき、証拠品が入った袋を持って歩き去る人の姿が見えた。

「待ってくれ」とわたしは言い、その人から袋を奪い取った。

「写真なら見ました。もしそれが警部の探してるものでしたら」とプリヤは言った。「袋に入れるよう、わたしが頼んだんです」彼女は今までに見たことがない表情をしていた。わたしは写真を見た。顔に黒のペンでバツ印がつけられた写真を。プリヤがどんなふうにこの状況を見ているか、だんだんわかってきた。思わず一歩下がる。頭の中の声がいっそううるさくなった。

「わたしがこの件となんのかかわりもないのは、きみもわかってるだろ?」ほんの数時間前にわたしに抱いていた尊敬の念などすっかり消えているらしい。「今日は昼も夜もずっと一緒にいたじゃないか」

「厳密に言うと、ずっとではないです。警部、さっきうちにいたとき、途中でわたしだけ外に出ましたよね? それに、警部がさっき電話してくるまで、わたしの家を出てからすでに一時間以上経ってました。助けを呼ぶのにどうしてそんなに時間がかかったんでしょう」

部屋がぐるぐる回りはじめた。不意を突かれ、今にも倒れそうだ。プリヤにはすぐ電話したはずなのに。だとしたら、思ったより時間がかかったのだろう。見たものにショックを受けていたせいにちがいない。

「勘弁してくれよ、プリヤ。わたしのことは知ってるだろ」

「いいえ、警部。わたしたちはただの同僚ですから。警部も自分でおっしゃってましたよね。それほどでもないです。わたしたちは、さっき外のごみ箱を探したところ、二十八・五センチのティンバーランドのブーツが出てきました。泥まみれの状態で。レイチェル・ホプキンズの遺体の横から見つかったものと同じです。あれは警部のですか?」

ウサギの穴に落ちてパラレルワールドへ迷い込んだ気分だ。どうしてプリヤがこんなふうに振る舞っているのかまったく理解できなかった。わたしは思った――ずっとヒーローのように扱ってくれていたじゃないか。今夜はキスまでしたじゃないか。それなのに、彼女ときたら、容疑者でも見るような目でこっちを見ている。妹の殺人事件の容疑者を見るような目。

「ナイフはどこにあるか知っていますか、ボス? 包丁立てから一本なくなってるようなのですが」

「ボスなんて呼ばないでくれ。なあ、だれかがわたしをはめようとしてるんだ。わたしが帰ってきたときにはすでに写真はここにあった」わたしは断言した。「だれかがここに置いたんだ。ゾーイを殺した犯人が置いたに決まってる。レイチェル・ホプキンズとヘレン・ワンとアナの写真を……妹の写真を」

「五人目の女の子はだれです？」とプリヤは言った。

「名前も覚えてない」

　プリヤがわたしを信じていないのは明らかだった。自分でもほんとうかどうかわからなくなる。とはいえ、プリヤをこっちの味方につけないといけない。背を向けられそうになり、わたしはパニックになった。

「待ってくれ。頼む。もうひとりの女の子はあまり人気がない子だった。正直、みんなが仲良くしてたことに驚いてる。この写真に写ってる五人のうち三人は死に、妹はアナの名前を血で書いていた。せめて彼女の行方を探すべきだと思わないか？」

「アナは探します。たぶんジャックとはちがう理由でですけど」

　やっぱり〝ボス〟のほうがましだ。

「それはどういう意味だ？」

「さっきおっしゃったとおり、五人のうち三人は亡くなっています。残りふたりのうち身元がわかってるのはひとりだけです。たぶんゾーイはアナの名前を書いたとき、警告しようとしたんじゃないでしょうか。警部のまえの奥さんが危ないと」

「何を言ってる？」質問したそばから答えはわかっていた。

「次の被害者はアナかもしれません」

昔から数字の三はわりと好きで、今回が最高傑作になればと思っていた。ゾーイが子供を寝かしつけに二階へ上がるのを待ってから、残していったワインの中に砕いた睡眠薬を入れた。何ヵ月もまえからその薬は医者に処方してもらっていたので、余るほどあった。去年のクリスマスは自分で大量に摂取することも考えた。彼女なしでクリスマスを過ごす痛みには耐えられなかったが、最後の最後で思い直した。

多くの人が年を取るが、みんながみんな成長するわけではない。ゾーイは大人の体に閉じ込められた子供だった。自分にも小さい娘がいるというのに。わたしなんかよりずっと何かにつけて親が必要で、親が死んだあとは完全に迷子になった。仕事もなく、パートナーもなく、野心もなく、希望もなかった。あったのは、自分では払えない、両親が残した家のローンと、愛し方を知らない娘だけ。その娘にとっても、長い目で見ればこのほうがよかったのだ。

薬を入れるまえにゾーイのワインをひと口飲んだ。それを注いだ女と同じくらい安くて嫌な味のするワインだった。だから、味が変わったとしても気づかないだろうと思った。実際そのとおりで、ゾーイはそのままグラスと飲み残しのボトルを二階へ持っていった。そして服を脱ぎ、バスタブに入ると、ワインを飲み干して目を閉じた。

また彼女の裸を目にするのは不思議な気分だった。胸の形、脊椎《せきつい》、むき出しの鎖骨。もちろんお互いにもっと若い頃は見たことがあったが、今はどんな皮をかぶっているか、どんな女に成長したか、それを見るのは妙に面白かった。それにしても、若い頃というのはだれしも実際より多くを知っていると思うものだ。年を取ると、あまり知らない気になってくる。わたしはその人の若い頃の姿を記憶しがちだ。ゾーイはこれからもわたしにとってはずっと女の子のまま。甘やかされて育った、わがままで邪悪な女の子。

お風呂に入ろうと決めてくれたのはもっけの幸いだった。そのほうが汚れずにすむ。動かなくなってからだいぶ経つまでわたしはじっと見ていた。死んだと確信するまで。けれども、実際にナイフを使って左手首を切ってみると――映画で見るようなやり方じゃなくちゃんとしたやり方でだ――ゾーイは目を開けた。わたしだとわかって驚いている様子だった。

彼女は少し抵抗し、手足をばたばたさせてバスタブから水をこぼした。残念だ。そんなことをする必要などないのに。でも、薬のおかげで力が尽きていたのは確かだ。またすぐ動かなくなった。右手首を切ったときは、さっきの芸当は見られなかった。が、わたしは手を洗おうと、あまりに早く背を向けすぎた。鏡を見ると、ゾーイが壁に何か書いているのが見えた。Sを書いている途中に息の根が止まったおかげで、汚い血の線がタイルからバスタブに流れていた。世の中には、生きているときと同じく、死ぬときもめちゃくちゃにしてくれる人間がいるものだ。

子供の頃、ゾーイがうっかりバスルームに閉じ込められてしまった事故のせいで、そのドアの鍵はふたつあった。彼女はそういう独創的な子供だったのだ。いつも何かになり切っているか、絵を描いているか、ものをつくっていた。わたしがちょっと独創性を発揮しようという気になったのも、もしかしたらそのせいかもしれない。

ゾーイの目はまだ開いていた。わたしは、人にじろじろ見られるのが好きではない。

彼女がインターネットで売っている醜いクッションカバーの山の横に裁縫箱を見つけ、ちょうどいい太めの黒い糸と針を選んだ。縫ったとき、まぶたから少し血が出たせいで、血の涙を流しているみたいに見えた。でも、そんなのは、彼女が罪なき犠牲者にしたことと比べれば大したことはない。あれは、わたししか知らないことだ。

バスルームの中に鍵をひとつ置いておき、もうひとつの鍵でドアを閉めた。そして、足音を忍ばせて一階へ行った。キッチンに五人の写真を置き、黒のペンでゾーイの顔にバツ印をつけたあと、家から出た。防犯装置のスイッチはあらかじめ切っていたので問題はなかった。森の中の近道を通って、向かう場所へ行くつもりだったが、庭の端にある古い物置が目に入った。わずかに開いたそのドアが風に吹かれてそっと閉まった。中を見ると、木の板についた引っかき疵《きず》がまだ残っていた。疵がついてからもう二十年経つ。あの物置にゾーイがあの子たちを閉じ込めたことは一生忘れないだろう。

ゾーイは、寒くてじめじめした暗闇の中にあの子たちを放置した。助けを求める叫び声も無視して。

怖くてたまらなかったにちがいない。

ゾーイはもっと早くに死んでおくべきだった。
わたしは物置のドアに鍵をかけ、その中で起きたことを忘れようとした。

木曜日　〇時十五分

彼　女

わたしたちは今、暗闇の中を車で走っている。と、リチャードがいきなりドアをロックした。

「どうしたの？」恐怖心が声に出ないよう注意しながら、わたしは訊いた。

「さあ。なんとなく？　夜中に森の中を走ってると、気味が悪くなってくるというか。ぞっとしない？」

それには答えず、わたしは話題を変えた。

「さっき、泊まる場所の当てがあるとか言ってたけど――」

「ああ。こんな時間から別のホテルを探すのは無理だと思ったんでね。ここからそう遠くない場所に妻の両親が昔使ってた家がある。十分もかからないかな。義理の両親は数年前に死んでるんだ。不動産業者なら〝大々的なリノベーションが必要ですね〟とか言いそうなおんぼろの家なんだけど、ベッドも清潔なシーツもあるから。合鍵なら持ってる。いちかばちか行ってみないか？」

選択肢はないように思えた。リチャードを実家に連れていくのも気が引けるし、今からロンドンまで戻ろうと言い出すのはいくらなんでも身勝手だ。着く頃にはもう引き返さなくてはいけない時間になっているだろう。

「いいけど」とわたしはそっけなく返した。疲れすぎていて、調子を合わせるのも億劫《おっくう》だった。リチャードはシートヒーターのスイッチを入れ、ラジオをつけた。どんなに頑張ってもまぶたが勝手に閉じてしまう。眠る場所とタイミングには注意が必要だ。そんなことは昔からわかっていたのに。

十六歳の誕生日パーティーのことで最後にはっきり覚えているのは、ジャックに写真を撮ってもらったことだ。そのあとの記憶は、ひいき目に見てもおぼろげだった。

ジャックが帰ってから、わたしたちはさらにお酒を飲んだ。そのことはぼんやり覚えている。そのあと、みんなでお互いの髪をセットしたりメイクしたりした。ゾーイはみんなで試着できるよう自宅のミシンで縫った新作の服をいくつか持ってきていた。露出度が高いワンピース、襟ぐりの深いトップス、短すぎて、腹巻と言ったほうがしっくりきそうなスカート。

レイチェルはキャサリン・ケリーの顔に取りかかった。取りかかったなどと言うと、美術か何かのプロジェクトみたいだが、まずファンデーションをたっぷり塗り、毛のない眉をペンシルで描いて、ブロンドの地毛の上から黒のつけまつげをつけていた。ゾーイはワンピースを貸してやり、ヘレンもキャサリンの髪を整えた。母がアイロンがけに使っていた霧吹きで水をかけ、カールした白っぽいブロンドの髪をドライヤーで乾かしてまっすぐにした。すべてのもつれをくしで梳《と》かす時間はなかったので、一部は切ったらしい。毛のかたまりがカーペットに散らばっていたのを覚えている。

変貌ぶりはめざましく、すべてが終わる頃には、キャサリンはほとんど別人になっていた。人生は電球のごとし──替えるのは、思うほどむずかしくない。生まれ変わったキャサリンはきれいで、本人もそれを自覚していた。ほかの子たちに鏡を見るよう勧められたとき、自分の姿に笑いかけていた。

「口は閉じて笑ってよ。そんなみっともない矯正器具、だれも見たくないから」とレイチェルは言った。キャサリンは言われたようにした。「ほら、小さくてかわいいお口。男の子たちもきっと気に入る」レイチェルはそう言って、ペットみたいにキャサリンの頭をなでた。

キャサリンの新しい笑みはぎこちなかった。

男の子たちとはだれのことだろう。わたしは不思議に思った。男の子と遊ぶことは普段からなかった。でも、わたしときたら、よっぽどうらやましそうな顔をしていたにちがいない。レイチェルに、爪を塗ってあげると言われた。彼女はわたしの手を取り、赤のマニキュアで爪に文字を書いた。片手に〝おりこう〟、もう一方の手に〝さん〟と。

すでに飲み慣れない量のお酒を飲んでいて、部屋がぐるぐる回りはじめていたが、レイチェルとヘレンとゾーイはもっとお酒がないか探しにキッチンへ行った。それで、リビングにはわたしとキャサリンのふたりきりになった。

「来てよかった？」とわたしは訊いた。

キャサリンはわたしを見て目をぱちぱちさせた。つけまつげのおかげでその動作が強調されていた。改めてすごい変身ぶりだと思った。キャサリンはそのとき、はじめて聞く話をしてくれた。この話は、わたしだけじゃなく、だれも知らなかったと思う。だれも訊かなかったから。キャサリンも明らかにお酒を飲みすぎていて、しゃべることばがしゃっくりで途切れ途切れになっていた。

「まえは姉がいて、こういうふうに一緒にメイクしたりしてた。もう死んじゃったけど。父が小さい船を持ってて、週末ときどき一緒に乗ってたの。ロープの結び方をいろいろ教えてくれたんだ。でもそのまえは、船に乗るのは楽しいイベントだった。そこで事故が起きて。でもそのまえは、たとえばね」彼女はそう言うと、いきなり妙に興奮した様子で自分のスニーカーから紐を引き抜いた。「これが本結び……これが8の字結び……」彼女の指の動きはものすごく速く、ひねったり輪っかをつくったり結んだりしては、そのたびにそれを持ちあげてみせてくれた。わたしは当惑しつつも見とれていた。「これは引き解け結び――さっきのミサンガと同じ結び方ね。で、これがもやい結び。自分で輪っかの大きさを調整できるから、わたしはこれが好き……ほらね？」

わたしは最後の結び方をじっと見た。

「なんで死んだの？　お姉さん」

あそこまで酔っぱらっていなかったら、わたしもあんなにぶしつけな訊き方はしなかったと思う。キャサリンは紐をほどき、また自分の靴に通しはじめた。

「船に乗ってたときだったから、きっと溺れたんだろうっていつも思われるんだけど、ほんとは喘息《ぜんそく》発作だったの。吸入器を持ってくるのを忘れてて。父は自分を責めたし、両親は、姉が死んでからずっと悲しみに暮れてた。心底悲しそうで。父は仕事を失って、船を売ったの。で、今は快適とは言えない家に住んでる。だから、だれもわたしに話しかけてこないし、誘ってもくれないんだろうね。アナがはじめてよ。ありがとう」

「気にしないで」わたしは小さな声で言った。

「抱っこしてもいい？」

わたしは膝の上で眠っていた灰色の子猫に視線を落とした。キットカットに。あまりに酔っていて、そこにいることを忘れていた。

「もちろん」とわたしは言い、キットカットを抱きあげてキャサリンに渡した。

彼女は子猫を腕に抱いて揺すった。まるで赤ん坊をあやすみたいに。

「さあ、行くよ」コートを着たレイチェルがドア口に現れた。

それははじめて見るコートで、毛皮でできていた。おそらくフェイクだろう。時計を見ると、もう十一時近かった。

「どこに行くの？」とわたしは訊いた。

レイチェルはわたしを指差して笑みを浮かべたかと思うと、いきなり歌を口ずさみはじめた。

「今夜森へ行ったら、大きな驚きが待ってる――」

「森になんか行きたくない。もう遅いし寒いし――」

レイチェルはわたしを無視し、歌の続きを歌いながら、今度はキャサリンを指差した。

「今夜森へ行くなら、ちゃんと変装しないとね！」

ゾーイとヘレンがレイチェルのうしろに現れ、三人で笑い出した。

日中の森は怖くなかったが、夜は何か別のものに姿を変えるように思えたものだ。悪いことが起きそうな暗くて危険な場所に。この日はわたしの誕生日パーティーだったはずなのに、わたしが何をしたくて、何をしたくないかなど、関係なくなっているのは明らかだった。レイチェルは、キッチンのドアのそばのフックから懐中電灯を取って先に歩きはじめた。実家には裏庭から森へつながる小道があり、その頃にはレイチェルもわたしと同じくその道を知っていた。みんなで落ち葉のじゅうたんを踏みしめた音を覚えている。

あの寒さを。

やがて、丸太でできたベンチに男が四人座っているのが見えた。わたしたちだけの秘密だと思っていた場所だった。真ん中で白い石に囲まれた小さなたき火が燃えていた。炎が揺らめき、薪《たきぎ》がパチパチいっていた。

わたしたちの姿を見ると、男たちは笑みを浮かべた。

みんな知らない人だった。あのあとでさえ、顔の特徴は一切思い出せなかった。あの夜の壊れた記憶の中で、彼らはみんな同じ顔をしていた。髪は茶色でやせていて、小さな黒い目が四組あり、その下に暗い影ができていた。だいぶ年上に見えた。二十代後半か三十代前半。みんなビールを飲んでいた。足元に潰れた空《あ》き缶がごろごろ転がっていた。

最初は怖かったが、レイチェルとは明らかに知り合いのようだった。ヘレンとゾーイもそのようだった。三人はまっすぐ男たちのもとへ行き、膝の上に座った。

「この子がアナ。転校生で、とうとうスウィート・シックスティーンを迎えたの。みんなもお祝いしてあげてくれない？」とレイチェルは言った。

「誕生日おめでとう、アナ」男たちは奇妙な笑みを浮かべて言った。

何かを面白がっている様子だった。

レイチェルが肩に手を回してきた拍子に、毛皮のコートがまた気になった。露出度の高いワンピースを着せられていて、すごく寒かったせいかもしれない。

「わたしの新しいコート、気に入った？」とレイチェルは言った。「ゾーイがつくってくれたの」

ゾーイはいつも友達のためにいろいろなものをつくっていた。ペンケースだったりクッションカバーだったり小さいワンピースだったり。変わった生地を店で見つけては、母親のミシンを借りて作品をつくっていたが、コートみたいな手の込んだものははじめてだった。本物の毛皮みたいに見えた。つい目がいってしまう。

「わたしたちの新しい友達にあいさつしたら、アナにも貸してあげる」とレイチェルは言った。

「みんな、アナに会うのを待ってたんだよ」

レイチェルはわたしの手を取り、一番近くにいた男のもとへ連れていった。そして、彼のとなりに座るよう言った。わたしは座りたくなかったが、失礼な態度を取るのも嫌だった。だから、結局知らない人のとなりに座った。体臭とビールのにおいがきつかった。体が震えはじめると、その男は温まるよと言いながら、大きくてごつごつした手でわたしのむき出しの脚をさすった。

キャサリン・ケリーもわたしのとなりに座った。わたしと同じくらい怯《おび》えた顔をしていた。

ウォッカを回し飲みし、変なにおいのたばこもみんなで吸った。たき火へさらに薪がくべられた。ダンス音楽がかかっているのにだれも踊っていなかったから、奇妙に思えたのを覚えている。男たちはレイチェルからお金を借りているらしかった。というのも、みんな自分の財布を出して紙幣をひと握り渡していたから。レイチェルがバッグから取り出した薬代かもしれないとも思ったが、実際のところ、男たちが払っているのはそれだけではなかった。

「飲んで」レイチェルはわたしとキャサリンのところへ来てそう言った。

彼女の手の中には白い粒がふたつあった。ミントのようにも見えたが、そんなものじゃないことくらいわたしにもわかった。

「うれしいけど、やめとく」とキャサリンは言った。わたしも首を横に振った。

「わたしたちのグループに入りたいんじゃなかったの、キャサリン？」とレイチェルは言った。

キャサリンはレイチェルを見上げた。そして、粒をひとつ取り、ウォッカをラッパ飲みして流し込んだ。

「アナも、仲間外れの次の標的にはされたくないよね？」

そう言われ、わたしも一粒取った。レイチェルは微笑み、みんなのまえでわたしにキスをした。口の中に舌を深く入れてきた。終わったあとで思ったが、あれはわたしが薬を飲み込んだことを確かめるためだったのかもしれない。男たちはそのあいだ、拍手喝采していた。

そのとき、レイチェルがわたしのスニーカーを脱がせた。

わたしはあまりに酔っぱらっていた。寒かった。ばかだった。だから、何をしているのか訊けなかった。

レイチェルは両方の靴の紐を結んで木の上に放り投げた。わたしの靴は枝からぶら下がり、手の届かないところへ行ってしまった。みんな笑い声をあげていた。こっちを見るみんなの目つきが気に入らなかった。

「これでわたしたちから逃げられなくなったね」レイチェルはわたしの耳元でそうささやいた。

彼女が踊りたがったので、わたしはそれに従った。が、くらくらして倒れてしまった。地面にじっと横たわっているときも、森がぐるぐる回っているように感じられた。土と落ち葉の上に寝転がりながら、どうにか目を閉じまいとした。急にひどい疲れを感じた。レイチェルがわたしのワンピースを引きおろし、裾をまくりあげた。使い捨てカメラの音が鳴っていたのを覚えている。

ギリギリカシャッ、ギリギリカシャッ、ギリギリカシャッ。

次に覚えているのは、みんなが見ているまえでレイチェルにキスされて体を触られたことだ。みんな笑みを浮かべてこっちを見ていた。キャサリン・ケリーでさえ。わたしも不意に妙な幸福感を感じはじめた。あまりに幸せで、もうどうでもよくなった。次に目を開けたときには、ヘレンが男のまえで膝をついているのが見えた。その男はヘレンの艶《つや》やかな黒髪をつかんでいた。別の男はゾーイのスカートの中に手を入れていた。ゾーイは上半身裸だった。キャサリンは地面に伸びているようで、ひとりの男が服を脱がせていた。

レイチェルはわたしの頰に手を当てて、自分のほうに顔を向けさせた。またキスしてきて、わたしの脚のあいだに指を滑り込ませた。すごく気持ちがよかったが、そのときレイチェルのかわりに別の手がわたしの体を触るのがわかった。荒々しい手だった。目を開けると、さっき横に座っていた男が片手でわたしの胸をつかみながらもう一方の手で自分をこすっていた。だれかが泣いている声が聞こえた。自分の声かと思いきや、キャサリンの姿が見えた。真っ裸になり、地面に顔を伏せたキャサリンの姿だった。男が上に乗っかっていた。もうひとりが順番を待っている。

「おいおい、じらすだけじらして清純派ぶるなよ。せめて舐《な》めるぐらいしろよな」わたしの体を触っていた男が言った。「こっちはけっこうな金を払って一緒に誕生日を祝ってやってるんだぜ。爪に書いてあるとおり、〝おりこうさん〟にしたらどうだ」

わたしは自分の爪を見下ろした。レイチェルに塗ってもらった爪を。

「どいて」わたしは小さな声で言った。

「わたしたちのグループに入りたかったんじゃないの。うちらがやってるのはこういうことよ」とレイチェルは言った。わたしの体を押さえつけようとしながら。「新しい服を買ってあげたり、髪にハイライトを入れてあげたりしたのはなんだと思ってたの？　アナ、大人になりなよ。ただのセックスじゃない。最初は痛いけど、すぐ平気になるから。約束する。リラックスして」

リラックスなんかしたくなかった。男が無理矢理わたしの脚を開こうとして、全身が一気に恐怖に包まれた。続いて怒りが湧いた。わたしは男の顔を平手打ちし、レイチェルを押しのけてどうにかこうにか立ちあがった。

「どいてって言ってるでしょ！」ふたりに怒鳴った。

「金を返せよ」と男がレイチェルに言っていた。

「もうひとりのほうを使って。値引きするから」レイチェルはキャサリンを見ながらそう言った。

男がキャサリンのほうへ歩いていって仲間に加わるのをわたしは眺めた。男たちはもはや列をつくって待っていなかった。

わかっている。そのとき男たちを引きはがそうとするべきだったのは。

わかっている。キャサリンが逃げられるよう助けるべきだったのは。そもそも彼女がそこにいるのも全部わたしのせいだった。わたしが招待したのだ。とはいえ、その場で起きていることが怖くてたまらなかった。

何人に順番が回ってきたのかわからない。わたしは恐ろしさのあまりただ見ているだけだった。自分の服を探しながら。そのあいだもレイチェルは、最中の写真をカメラに収めていた。

恥ずかしい話だが、わたしは何もしなかった。

裸体を隠せるものを見つけるなり、振り向きもせず、そのまま裸足《はだし》で家まで走って帰った。

「着いたよ」とリチャードが言った。

すごく疲れていた。眠っていたのか、ただ目を閉じていただけなのかわからない。リチャードはすでにエンジンを切っていた。窓の外に目を凝《こ》らすと、闇に包まれた木しか見えなかった。車の中は寒い。しばらくまえからここに停まっていたのだろうか。何時かもわからなかった。

「ここはどこ?」わたしはそう言って、バッグから携帯を取り出して時間を確認しようとした。けれども、電池が完全に切れていた。ここは人里離れた場所で、だれにも連絡を取る手段がないとわかってうろたえた。

リチャードはわたしの表情に気づいたらしい。

「妻の両親の家だよ。さっき言っただろ? 安心してくれ。きみを殺すために森の中に連れてきたわけじゃないから」

彼は自分の冗談に笑みを浮かべたが、わたしは笑えなかった。ここ数日取材している事件の内容を考えれば、まったく面白いとは思えない。

「ごめん。普段からユーモアのセンスがちょっとおかしいみたいなんだ。それにほら、きみと同じで今日はばかみたいに疲れてるだろ。車寄せはすぐそこだよ。見えるかな」

「外に停まってるのはだれの車?」わたしは彼のほうを向いて訊いた。

「妻のだけど」

「奥さんの? ここにいるって知ってたの?」

「いや、知るわけがないに決まってるだろ。昔浮気してた相手とわざわざ会わせたがると思うか? でも、もう遅いし、あと数時間したらまた中継が始まる。ここであいつが何をしてるのか知らないし、てっきりロンドンにいるものだと思ってたけど、どのみちもう寝てるんじゃないか。小さい子供がふたりいるって言っただろ？　きっと顔を合わせることもないよ」

「でも、なんでいるの？」

「さあ。そろそろ両親の遺品を整理したいなんてよく話してたけどね。いつこのあばら家を売ってもいいように。ここ数日ブラックダウンがニュースをにぎわせてたから、ようやくその気になったのかも」

「なんとなく気まずいんだけど」

「もうこんな時間だ。ふたりのあいだに起きたことはばれてないし、さっきも言ったとおり、もう二階に上がって寝てると思う。ほら、電気もついてないだろ？」

リチャードはドアを開けようと手を伸ばしたが、わたしはまだ動かなかった。動けなかった。危険な気がする。

「リチャード、ごめん。もう何年もまえのことで、そっちからしたらいつの話だって感じかもしれないけど、奥さんと顔を合わせるって考えるとやっぱり気が引けて」

「何言ってるんだ？　妻にならもう会ってるじゃないか」

残すはあとひとりだ。

彼女をここへ、森の中にあるこの古い家へ連れてくる手だてを見つけるのは最初、厄介な仕事になりそうだと思ったが、最終的には電話一本ですんだ。むずかしい問題の解決法は驚くほど簡単なことが多い。

確かに今は疲れていた。だが昔、母が言っていたように、何かをやるなら、きちんとやったほうがいい。この仕事は最後までやり抜くつもりだ。みんな、死んで当然の人間だから。

レイチェル・ホプキンズは、ほしいものを手に入れるためにセックスを使っていた。それで飽き足らなくなると、今度は他人を利用しはじめた。まず、学校の友達を調教して半裸の写真を撮り、その写真を地元のパブで男たちに売ることから始まった。売った写真には顔は一切写っていなかった。顔が写っているものは、恐喝という副業のために取ってあった。彼女は両方の事業でいい稼ぎをするとともに悪名を手に入れた。そして、それは別のことへつながった。男たちがひとりの女の子に飽きるや自分も興味を失い、関心と愛着を別のターゲットへ移したのだ。

レイチェルの写真はさらに創意工夫に富み、大胆なものになっていった。十代の女の子たちにアルコールと薬を飲ませ、全裸で写真を撮られてもいいという気にさせた。目は半分閉じているが、脚は全開の写真を。わたしが見つけた写真にはどれも男の顔は写っていなかったが、手が見えるものもあった。薄汚い指が彼女たちを触り、つかみ、引っかき、つまみ、入るべきじゃないものの中に入っていた。

レイチェルはそういう写真をクローゼットの靴箱にしまっていた。

わたしはそこでそれを見つけ、自分の見たものを嫌悪した。

わたしだって、今まで生きてきた中でひどいことも何度か目にしてきた。それは理解してもらわないといけない。人間というのは、口にするのも嫌な苦痛を自分にも他人にも与えることができる生き物だ。目に映った記憶を消せたらいいのにと思ったこともたくさんある。警察官と報道記者は、毎日のように非人道的な行為を見たり聞いたりしているが、そういう恐ろしい事件は別に秘密でもなんでもない。そういったニュースは、全世界が真実を知って正義が果たされるよう日々報道されている。ただ、あの頃ブラックダウンで起きたことについては、全世界が知る必要はない。もっとも、それを招いた張本人は罰を受けなければならないが。ほかの女たちはレイチェルほどあくどかったわけではない。レイチェルが彼女たちの最悪の面を引き出したのだ。とはいえ、そうさせたのは本人たちだ。ノーと言うこともできたわけだから。

その選択肢というものはつねにある。選択がまずかっただけのことだ。

木曜日　〇時三十分

彼

わたしは勘ちがいしていたのかもしれない。

アルコールのせいか、疲れのせいか、はたまた純然たる恐怖のせいか。

アナの身が危ないとプリヤに言われてすぐ、もしかしたらそうかもしれないと思った。アナを探さなければ。でも、どこにいるかも、どうやって探したらいいのかもわからなかった。それに、みんながわたしを見ていた。

わたしの家だった場所を出たり入ったりしながら、同僚たちが一様にこっちをちらちら見ているのがわかった。改めて、彼らの立場から自分を見てみると、確かにあまりいい状況ではない。不法侵入の形跡はないうえ、キッチンからナイフが一本なくなっていた。それに、わたしには被害者全員とつながりがあった。おまけに、顔にバツ印の入った写真が――わたしの指紋まみれの写真が――家から見つかっている。

ただ、レイチェル・ホプキンズとの関係と、彼女が死んだ夜、一緒に森にいたという事実については、まだだれにも話していなかった。知っているのはゾーイだけだと思っていたが、どうやらヘレン・ワンも知っていたらしい。そのふたりが死んだ。どこからどう見てもいい状況ではないだろう。わたし自身でさえ自分のことが疑わしくなってくる。子供の頃は想像上の友達がいた。何か悪いことをすると、いつもその友達のせいにしていた。とはいえ、子供というのはだいたいそういうものだ。自分は悪くないと言いたいわけではない。

わたしは妹を殺していない。

両親が死んだとき、その記憶を長いこと封印していた。今でもたまにそうしている。けれども、ゾーイがバスタブの中で血の海に横たわっていた光景は頭に焼きついて離れなかった。手首を切られ、片目を縫われたあの姿。彼女が何をしたにしろ、何をしなかったにしろ、あんな死に方をして当然の人間などいない。妹にこんなことをしたやつは怪物だ。その犯人を見つけ出し、わたしなりのやり方で決着をつけるつもりだ。だがまずは、アナが無事か確かめなくては。

十回電話をかけたものの、すぐ留守電に切り替わった。電池が切れているか、電源そのものが切られているのだろう。アナとは十年間結婚生活を送ったが、携帯の電源を切るというのは彼女のやることではなかった。

行方を探さないといけない。だが、車はプリヤの家だ。そのとき、玄関の皿にのったゾーイの鍵の束が目に入った。そこで、玄関へまっすぐ向かった。

「どこかへ行かれるんですか？」プリヤがどこからともなく現れた。

「ちょっと空気を吸いに外へ出てくる」

「わかりました」彼女はうなずいて、わたしを通すため脇へよけた。「あまり遠くへは行かないでくださいね」

彼女でさえ今はわたしのことを疑っているようだ。

表の庭に出て、ひんやりした夜の空気を思い切り吸い込み、残っているビールの酔いをさまそうとした。たばこに火をつけていると、窓の向こうからプリヤがこっちを見ているのがわかった。適当に手を振ってやると、ようやく窓から離れてカーテンが閉まった。彼女がいなくなるや、わたしはゾーイの車に乗り込み、できるだけすばやくバックで車寄せから車を出した。

最初に立ち寄ったのはホテルだ。ガラス戸をノックしたが、受付係は眠っていて気づかなかった。フロントに両腕をのせて寝ているのが見えた。長い茶色の編み込みがロープみたいだ。もう少し大きな音を立ててドアを叩くと、今度はわたしをにらみつけたあとに体を起こし、気取った足取りでこっちへやってきた。骨ばった小さな手に大きな鍵の束を持っているが、それを使う気はなさそうだ。

「もう閉まってますけど。満室ですよ」

受付係はガラスのドア越しにゆっくり一語一語そう言った。英語は得意ではないのだろうか。それとも、そうしないとこっちが理解できないと思っているか。バッジを見せたところ、ようやく中に入れてくれた。

「宿泊客のひとりと話したいんだが。警察にかかわる緊急の案件で」

そうほのめかしただけで、相手は怯《おび》えた顔をした。

「でも、こんな夜中にお客様を起こしてもいいんですかね？」と受付係は言った。額に醜いしわを何本も寄せている。

「たぶんよくはないんだろうが、わたしにはその権限がある。客の名前はアナ・アンドルーズだ」

「その人ならさっきここにいましたよ！」

受付係はさもうれしそうに笑みを浮かべた。クイズ番組で正解でも当てたかのように。

「それはよかった。どの部屋だ？」

「部屋にはいません。満室なので」

わたしはベストの状態のときでも辛抱強さをそれほど持ち合わせているほうではない。怒鳴るつもりはなかったが、つい声が大きくなってしまった。

「どういうことだ。さっきここにいたと言ったじゃないか」

「いましたよ。一時間くらいまえですかね。本人は予約してるつもりでしたけど、だれかがキャンセルしたみたいで。だから、ふたりとも帰っていきました」

「ふたりとも？」

「男の人と。どこかほかに行く当てがあるみたいでしたけど」

あの怪しいカメラマンか。まちがいない。やっぱりどこか胡散《うさん》臭いところがあると思っていたのだ。

「ありがとう。すごく助かった」

不格好な青の取材車の気配がないか探しながら、車で町を二周した。おそらくあのステーションワゴンに乗ってふたりは移動しているだろう。アナはまだ自分の車を返してもらっていない。最初の赤信号はわたしも止まったが、二度目は無視した。そして、ほかにどこも当てがなくなったところで、アナの実家へ行った。実家へ帰るのがアナにとってどれほど気が進まないことかはわかっているが、ホテルが満室なら、一晩だけ泊まることに決めたとしてもおかしくない。

玄関のドアをノックし、正面の寝室に明かりがともるのを待った。アナの母親もだいぶ耄碌《もうろく》してはいるが、耳はまだ衰えていなかった。ところが、なんの反応もなく、人がいる気配もなかった。そこで、植木鉢の下を調べた。鍵がなくなっている。幸い、数週間前に合鍵をつくっていた――万が一必要になったときのために鍵を集める妙な癖が昔からあるのだ。それに、義理の母親だった女の記憶力があれほど速いペースで低下していれば、そうする責任もあるというものだ。何本か試した挙句《あげく》に正しい鍵を探し当てると、鍵穴に挿し込んで中に入った。

明かりをつけて驚いた。そこかしこに箱が積みあげられている。

〝わたしをこの家から出させるとしたら棺桶に入れるしかないわね〟というのはアナの母親の常套句だった。そろそろ引っ越したほうがいいのではないかとだれかに言われるたびにそう答えていた。感傷的な理由から――おそらく夫との思い出があるから――この古い家に執着しているのだろうと思っていたが、アナに言わせると、どうやらそうではないらしい。夫婦の関係は破綻《はたん》したようなのだ。父親はふたりを残して家を出たあと、二度と戻ってこなかった。アナも彼女の母親も彼の話は一切しないし、写真もなかった。すごく昔のことだから、町ですれちがったとしても自分の父親だとわかる自信はないとアナは言っていた。

電気のスイッチを入れたものの、電球が切れていた。そこで、携帯のライトを使って散らかった部屋を進み、家の裏手へ向かった。自分が何を探しているのかわからないまま、キッチンで足を止めた。あまりの汚さにショックを禁じえない。汚れたカップと皿がそこらじゅうに置かれていた。部屋は暗かったが、勝手口の場所はわかり、そのまえにガラスが散らばっているのが見えた。だれかが割って中に入ったらしい。

階段を駆けあがり、アナの母親の部屋に通じるドアを開けた。が、だれもいなかった。ベッドはきちんと整えられている。寝た形跡もなかった。来たときのままにしておきたくてドアを閉めた。続いて、昔アナが使っていた部屋へ行った。しかし、そこにもだれもいなかった。

帰ろうとしたとき、階下《した》で割れたガラスを踏むような音がした。部屋のドアのうしろに隠れてじっと待った。キッチンのほうからダイニングルームを通ってゆっくり階段を上がってくる音に耳を澄ます。暗闇に目を凝《こ》らしながら、ポケットの中に何かないか探したが、身を守れそうなものは何もなかった。

最初の部屋のドアが開く音が聞こえた――抗議のきしみだ。何者かが忍び足で廊下を進んでくる。その人物がわたしのいる部屋に足を踏み入れた瞬間、わたしはドアを相手の顔に叩きつけた。その勢いで相手を壁に押しつける。どう見ても背の高いわたしのほうに分《ぶ》があった。相手は激しく床に倒れた。電気をつけた瞬間、見えた顔に仰天する。まさか知っている人だとは思わなかった。

彼女　木曜日　〇時五十五分

「奥さんとはもう会ってるってどういうこと？」とわたしは訊いた。

「本気で言ってるのか？」リチャードは嘘だろと言いたげな顔だ。

「死ぬほど本気だけど」言ったそばから、ことばの選択を後悔した。

リチャードは首を振って笑い出した。

「びっくりだな。どうしたらそんなに他人の生活について無知でいられるんだ？　それほど自分にしか興味がないのか？　きみとはもう知り合って何年にもなるし、一緒に寝た仲でもあるのに、おれのことをひとつも知らないってどういうことだよ」

「多少は知ってると思うけど。ひっきりなしに子供の話をして、延々とその写真を見せてくる人でしょ。で、奥さんはだれなの？」

「キャットだよ」

「キャットって？」

「キャット・ジョーンズに決まってるだろ。ちょっとまえのきみと同じ〈ワンオクロック・ニュース〉のキャスターだ。育休が明けて復帰したばかりのあのキャットだよ。苗字も同じにしてるじゃないか。まあ、ありがたいことに、ありふれた名前ではあるけど。おれみたいなもんさ」

「あのキャット・ジョーンズとあなたが？」

「高嶺《たかね》の花だと言いたいのはわかるが、何もそんな言い方しなくても」

「なんで言ってくれなかったの？」

「なんでって……知ってるのかと思ってたよ。だって局内じゃ周知の事実じゃないか。秘密でもなんでもない」

報道局の半分が同僚と寝ているか結婚している。わたし自身、社内のゴシップには疎《うと》いほうだが、これは耳を疑う話だった。もとはといえば、わたしが今ここにいるのもキャットのせいではなかったか。わたしの仕事を奪っただけでなく、この事件を取材するようみんなのまえで提案したのは彼女なのだから。

記憶が正しければ、確か彼女は、わたしがブラックダウンへ戻りたくないのを承知であえて行くべきだと主張していた。とはいえ、この土地とつながりがあることを知っていたはずはない。だれも知らないのだから。職場の人間とは私生活の話は一切していなかった。わたしが同僚のことをろくに知らないのもそのせいだろう。

「おれとあいつのことは知ってても全然不思議じゃないぞ」リチャードは首を振りながら言った。「だってストーカー被害に遭ってただろ、あいつ。上の子が生まれてすぐの頃、裏庭に男がいるのをおれが見つけた事件があったじゃないか。てっきり局じゅうが知ってるのかと思ってたけど。その男はうちの敷地に侵入して、授乳中のキャットの写真を撮ろうとしたんだ。それで、何発か拳で殴ったら、傷害罪で逮捕だと。信じられるか？」

ほんとうに信じていいのだろうか。もう何をどう考えていいのかもわからなかった。今わかるのは、この家には入りたくないということだけだ。

「携帯を借りてちょっと電話してもいい？」とわたしは訊いた。

なんだか突然、妙にジャックと話したくなった。

「ホテルで言っただろ。どこにあるかわからないって。妻も、ここへ来ることは事前に連絡してきたんじゃないか。まあ、メッセージは見てないけど。どうやらほんとに失くしちまったか、だれかに盗まれたらしい。どっちにしろ、充電器はあるから、中に入ったら使うといいよ」

リチャードはそう言うなり車を降り、助手席側に歩いてきてドアを開けた。

「来るのか？　それともこの中で寝る？」

わたしは黙っていた。しかたなく、彼のあとについて建物へ向かった。

暗闇の中でどこへ行くのか、道が見えづらかった。いい加減な仕事しかしていない三日月の照らす道を、わたしたちは落ち葉や木の枝をざくざく踏みしめながら進んでいった。人が通る道を見分けるのは困難だ。もう何年もまえからだれも庭を掃いたり手入れしたりしていないように見えた。長いあいだ使われていなかったのかもしれない。

「おかしいな」と急にリチャードが言った。

「何が？」

「もう一台車が停まってる」

それらしきスポーツカーが見えたが、わたしは何も言わなかった。それを言うなら何もかもがおかしい。

道を進むうちにだんだん家が見えてきた。ホラー映画のセットみたいだ。ツタで覆われた木造の古い建物から目の形をした窓がちらりとのぞいている。窓の向こうは真っ暗だった。といっても、真夜中だから当然かもしれない。

リチャードが玄関のドアを開け、一緒に中へ入った。電気のスイッチを入れると、明かりがともってほっとした。リチャードは自分のかばんのファスナーを開けて、充電器をこっちに差し出した。

「はいよ。ちょっと上階《うえ》に行ってキャットの様子を見てくる。音に気づいて起きてないといいけど。まあ、くつろいでくれ。こんなあばら家だとそうはいかないかもしれないが、すぐ下りてくる。冷凍庫に何か食べられるものが入ってるんじゃないかな。飲み物ならあるよ。義理の父もＤＩＹはやらない人だったけど、ワインセラーの管理は得意だったから。すぐ戻る」

どうやら温かく迎えようとしてくれているらしい。ホテルの部屋がキャンセルされていたのは彼のせいではなかった。それなのに、わたしときたら態度が悪すぎた。謝らないといけない。

「ごめんなさい。すごく疲れてて――」

「いいよ。今日は働きバチみたいに忙しかったもんな」

その言い方のどこかがわたしをぞっとさせた。

「でも、働きバチっていうのは、わたしたちが思ってるほど忙しくないのよ。一日に最大八時間花の中で眠ることもあるんだから。二匹でペアになって、お互いの足を絡ませて丸まって眠るの」わたしはこの場の雰囲気を明るくしようとして言った。

「だれがそう言ったんだ？」

「母だけど」

母のことを考えた瞬間、悲しい気持ちになった。

「そうだったな。お母さんはミツバチを飼ってるんだっけ」と言ったあと、リチャードは古い木の階段をのぼっていった。

変だ――とわたしは思った――そんな話をした覚えはないのに。でも、何年かのつきあいのうちに酔っぱらった勢いでしゃべったのかもしれない。そうに決まっている。

しばらくわたしは廊下に突っ立っていた。何をしていいかも、どこへ行けばいいかもわからないまま。壁からはがれかけたコンセントがあり、感電死する危険を冒して携帯をつないでみた。まもなく充電が始まった。少し気が軽くなる。

目に入った最初のドアへ向かい、古ぼけたほこりっぽいリビングに足を踏み入れた。七〇年代以降、インテリアも変わっておらず、掃除もしていないように見える。ゴシック様式の暖炉があり、最近使われた形跡があった。くすぶっている薪《まき》がまだ何本か暖炉の中で光っていた。暖を取ろうと近づいたとき、マントルピースの上にある銀のフレームに入った写真に気づいた。

案の定、リチャードとキャットの家族写真だった。つやつやした赤い髪をかみそりで切ったようなシャープなボブにカットしたキャット。厚化粧のきれいな顔に目が奪われた。大きな目と白い歯を見せた完璧な笑みに。彼女は夫の横でポーズを取り、小さな娘ふたりをしっかり抱いていた。改めて見てみると、このまえ報道局に連れてきたのと同じ子供たちだった。リチャードの携帯で見たのと同じ顔。最初から気づいてもよかったのに。

娘ふたりの写真がほとんどだったが、中には、わたしの知らない年配夫婦の写真もあった。たぶん、ここに住んでいたというキャットの両親だろう。そのとき、見覚えのある十代の女の子に気づいた。写真に写った、白っぽいブロンドの長くてカールしたぼさぼさの髪をじっくり眺める。青白い肌、やたらと目立つ耳、まばらな眉毛、不格好な歯の矯正器具。

十五歳のキャサリン・ケリーがこっちを見返していた。

その写真と色っぽいキャット・ジョーンズの写真を見比べた。同一人物だ。そうわかって吐きそうになった。

まるっきりちがう顔だった。耳を目立たなくさせる以外にもなんらかの処置を施《ほどこ》しているのは明らかだ。だが、昔知り合いだったあの子はまちがいなく、今知り合いのあの女性に成長していた。こっちを見返してくる二組の目は完全に一致していた。

森の中のあの夜以降、キャサリンは二度とセント・ヒラリーズ女学院に戻ってこなかった。彼女の身に起きたことを知っているのはわたしたち四人だけだったが、校内ではあらゆるうわさが立っていた。自殺したというのもそのひとつだったが、だれもそれ以降、彼女の姿は見ていない。わたしも含めて。

少なくともわたしはそう思っていた。

報道局ではじめて会ったとき、キャットのほうは、わたしの正体がわかっていたにちがいない。わたしは彼女とちがって名前も変えていないし、外見も学校時代とあまり変わっていなかった。

冷静さを失ってはいけない。そう思ったものの、ただの偶然では片づけられなかった。そもそもわたしは偶然というものを信じていない。圧倒的な胸騒ぎが襲ってきて体じゅうに広がり、動くことも息をすることもできなくなった。

ここから逃げないといけない。

ジャックに電話しないと。

震える手でバッグの中の携帯を探したが、見つからなかった。廊下で充電していることを思い出して、急いで取りに戻る。しかし、そこにもなかった。持ち去られている。暗がりでだれかが待ちかまえているような気がして、くるりとうしろを向いた。だが、だれもいないようだ。今のところは。

いざというときの友人がわたしにはあまりいなかった。頼ろうと思っても、わたしのセーフティネットは穴だらけだ。必要な友達をつくるのは昔から得意ではなかった。というわけで、こういう状況で電話する相手は元夫以外に思いつかなかった。携帯はなくても、ジャックの番号は暗記していた。確かさっき、子供の頃うちにあったようなダイヤル式の電話をリビングで見たような気がする。急いで戻ってそれを見つけると、受話器についたほこりも無視して、無我夢中でダイヤルを回した。が、受話器を耳に当てた瞬間、回線がつながっていないとわかった。

そのとき、二階から足音が聞こえた。

きしむ床板の上をだれかが歩いている。その人物はわたしの真上で足を止めた。

彼女だ。

向こうにはわたしが見えているにちがいない。

いや、彼か。リチャードもぐるなのかもしれない。

ここから出なければ——わたしはそう思った——自分が今どこにいるのかもわからないが、道をたどれば大きな道路に出るはずだ。急いで部屋を出て玄関に向かった。が、そこへたどりつくまえに、今までに聞いたことがないような恐ろしい悲鳴が聞こえた。

他人の反応を予想するのは、ときに驚くほど簡単だ。簡単すぎる。

きっとみんな同じせいだろう。

わたしたちを結びつけているエネルギーがある。そのエネルギーは、わたしたちの中を電気のように流れている。人間はみんなただの電球だ。ほかの人より明るく輝く人もいれば、道に迷ったときに進むべき方向を教えてくれる人もいる。中には、少しばかりぼんやりしすぎていて、なんの役にも立たず、なんの面白味もない人も。

燃え尽きてしまう人もいる。

わたしたちは似ているけれどちがう。暗闇の中で光ろうとしているが、お互いをつなぐ光が弱すぎて見えないこともある。

ちかちかしはじめたらいつも思う。消えるまえに行動を起こすのが一番だと。

暗闇の中に取り残されるのが好きな人はいない。

木曜日　一時

彼

電気をつけてもまだ信じられなかった。元妻が子供の頃住んでいた家の床に倒れているのがこの人だとは。

ドアで顔を打ったせいで、プリヤの鼻から血が出ていた。壁にもたれかかっておろおろしている。それを見ても、同情よりむしろ疑念がこみあげてきた。

「ここで何をしてるんだ?」

「妹さんの家から離れないでくださいと言ったじゃないですか。ご自分が捜査してる殺人事件の容疑者になったんですよ、警部は。そのことをまだ理解されてないみたいですね」

「理解ならしてるさ。だからこそ、だれがわたしをはめようとしてるのか、自分で探さなきゃいけないんだろ。まだ質問に答えてもらってなかったな。どうしてここにいる?」

「警部のあとをつけてきたんです」

人につけられているときくらいわたしにもわかる。ここへ来るまでの道中には自分以外だれもいなかった。プリヤは嘘をついている。ここ数日のことを一気に振り返った。車に仕込まれた証拠、レイチェルの携帯に届いたメール、つねにだれかに見られているような感覚。そして、妹に思いをはせた。血の海に横たわっていた妹。なくなった家の鍵は確かに上着のポケットに入っていたはずだ。プリヤが凝《こ》ったコートラックにかけた上着のポケットに。

抜き取ったのかもしれない、ケチャップを買いに出るまえに。

「きみがここにいることはだれか知ってるのか？」そう訊くと、プリヤは首を振った。「だれにも行き先を告げずに来たのか？　わたしが手を引くはめになった今、捜査の指揮を執《と》る立場なのに？」

「警部のことが心配だったんです。どうしていいかわからなくて。警部のことは信じてます。でも、あんなふうに妹さんの車に飛び乗って現場を離れられると……ほんとに印象が悪いというか。みんなあれこれ言いはじめてます。警部を見つけて連れ帰ることができたらと思って――」

「それでもまだ、わたしの居場所がわかった理由の説明にはなっていないが」

わたしはそう言って、プリヤと顔が向かい合わせになるようその場にしゃがんだ。

「何をするんです？」プリヤは目を見開き、小さな声で言った。

「落ち着け。鼻が折れてるかどうか確かめるだけだ。じっとしてろ」

右の鼻の穴から新しい血がたらりと流れた。プリヤはいきなり頭を振った。その勢いで謝罪が口から飛び出す。

「ごめんなさい、警部。わたし、へまをしてばかりで」

そう言うなり泣きはじめたその姿を見て、わたしは自分自身にぞっとした。プリヤは怯《おび》えた少女のようだ。こんなふうにしたのはわたしだ。怖がられるのは本意ではない。彼女の涙がきっかけで別の見え方がしてきた――もしかしたら、彼女のことが怪しいと思ったのは、ただのわたしの勘ちがいだったのかもしれない。疑心暗鬼に陥ったくそじじいの気分だ。ポケットに手を伸ばすと、プリヤは身をすくませたが、清潔なハンカチを見て、どうにか笑みを浮かべてくれた。

「わたしはこの事件には一切かかわってない。それはわかってるよな？　妹を傷つけるわけがないじゃないか。だれも傷つけるはずがない」とわたしは言った。プリヤは自分の鼻を触ると、痛みに顔をしかめた。彼女の無言の言い分をくみ取って、わたしは続けた。「だれが階段をのぼってきてるのかわからなかったんだ。すまない。きみをわざと傷つけることは絶対にない。犯人が今度はアナを狙ってるかもしれないと思ったんだ。彼女を探してここへ来たんだが、家の中にはだれもいなかった。一階のドアの窓ガラスが何者かによって割られていた。もしかしたら自分の身に危険が迫ってることに気づいたアナが、母親を安全な場所に避難させたのかもしれない」

「ということは、もう電話はかけてみたんでしょうか？」とプリヤは言った。

「何度もかけた」とわたしは言い、彼女に手を貸して立ちあがらせた。

携帯を取り出してもう一度アナにかけてみたが、さっきまでと同じく、すぐ留守電に切り替わった。電源を切っているか、だれかに切られたのだろう。

「警部にお伝えしなければいけないことがあるんです」そう言われ、ぎくっとした。頭の中で小さな爆弾が爆発したような気分だ。驚きが顔に出ないよう注意した。「実は、私服警官のひとりが、警部のご自宅で見つけた写真に写ってた謎の女の子を知ってたんです。子供の頃の知り合いとかで。当時はキャサリン・ケリーと呼ばれてたそうです。その名前に心当たりはないですか?」

「いや」

ない。とはいえ、もともと人の名前を覚えるのは得意ではなかった。

「その女の子が今、結婚してるということはわかってます。今はロンドンに住んでるそうで。でも、まだ現住所がわからないんです。ここに住んでたときは、森の中にある建物に両親と暮らしてたそうなんですが。もともとそこは、百年前の猟場管理人の家だったとかで。最近は空《あ》き家になってるみたいです。両親が死んで、それ以来だれも住んでいないらしくて」

「試しに行ってみる価値はありそうか?」

「そう思います。でも、警部がおっしゃってたとおり、これはもうわたしの事件なので。行くなら一緒に行くべきだと思います」

ひとりでやらなくてすむのは、かえって好都合かもしれない。

「わかったよ、ボス」わたしがそう言うと、ふたりとも自分の考えをまとめ直しているようだった。

わたしたちは黙って階段を下りた。彼女は笑みを浮かべた。

一番下の段に差しかかったとき、物音が聞こえた。

この家にはキッチンにもうひとつドアがあり、家の横に建てられた小さな小屋へ続いていた。アナの母親は昔——まだ車を運転していた頃の話だ——そこを車庫がわりにしていた。しかし今は、どちらかというと物置になっている。自宅で栽培したオーガニックの野菜が置いてあった。そこの中を今、何者かが歩く音が聞こえた。プリヤの耳にも届いているらしい。

わたしのうしろに回るようプリヤに指示し、つま先立ちでドアまで行った。勢いよくドアを開けて電気をつけると、驚いた目がこっちを見返していた。大きなキツネがニンジンの袋と見られるものをもうひと口かじったかと思うと、壁に空いた小さな穴から逃げていった。

プリヤは笑い声をあげ、わたしもつられて笑った——わたしたちには緊張をほぐすものが必要だ。

「これは?」とプリヤが訊いた。

アナの母親がまだ掃除の仕事をしていた頃に乗っていた古い白のバンを見て、わたしは笑みを浮かべた。アナの母親は人に説得されて数年前に引退したばかりだが、これはもうエンジンもかからないのではないだろうか。車体にミツバチの絵と〝プロの清掃サービス〈働きバチ〉〟のロゴが入っていた。

「義理の母は昔、この町の家の半分を掃除してたんだ」とわたしは言った。

「信じられないですね」プリヤは家の中に引き返しながら言った。散らかったごみや箱を見ている。

「最近は具合が悪くてね」とわたしは説明した。認知症のことだ。

「キッチンにあった癌《がん》の治療薬には気づきました。母が飲んでたのと同じ薬なので。うちの場合はろくに効きませんでしたけど」わたしは何も言わなかった。けれども、プリヤは表情で気づいたらしく、こう続けた。「ごめんなさい。知ってるのかと思ってました」

知らなかった。

「ぐずぐずしてる場合じゃないですね」とプリヤは言う。そのとおりだ。

わたしたちは車へ向かった。人気《ひとけ》のない通りは完全なる闇に包まれていた。アナは自分の母親のことを知っているのだろうか。そう思ってすぐ、ふたりが今どこにいるのか心配になってきた。カメラマンと彼の犯罪歴のことが思い出される。リチャードの番号は携帯に登録していた。あの男のことは徹底的に調べあげたので知らないことはもうあまりない。BBCの別のキャスターと結婚していて、彼らにはふたりの子供がいるが、そんなことはどうでもよかった。あの男はまだアナと一緒かもしれない。あるいは、そうでなくても彼女の居場所を知っている可能性がある。そのわずかな希望に賭け、わたしは電話をかけた。

電話の鳴る音が聞こえた。

ただしそれは、電話の向こうからではなく真横からだった。あの男が庭にいる——もう少しでそう思いそうになった。

暗すぎて何も見えなかった。そこで、電話を切り、手探りで携帯のライトをつけた。明かりがついてはっきりする。プリヤが自分のものではない携帯を握っていた。

彼女

木曜日　一時十分

さっきの悲鳴はまちがいなく、女性のものでも子供のものでもなかった。あれはリチャードの声だ。

わたしの頭の中でも叫び声が聞こえた。それはわたし自身の声で、早くこの家から出ていけと言っていた。玄関のノブに触れようとした。でも、このまま逃げるわけにはいかない。もしリチャードがけがをしていたら？　もしまだ助けられる状態だったら？　ジャックの言うとおりだ――わたしはいつも自分の問題から逃げている。その癖をそろそろやめなければ。これはホラー映画なんかじゃないと自分に言い聞かせ、踵《きびす》を返して階段に向かった。

一段目にのぼって手すりをつかんだ。こうでもしないと落っこちてしまいそうな気がする。だが、恐怖に立ち向かったところで、怖いという思いは消えなかった。かび臭いにおいが、何か得体の知れないにおいと混ざり合っている。吐き気がこみあげてきたが、無理矢理まえへ進んだ。

「リチャード？」

呼びかけたものの、返事はなかった。

二階へ着くと、クモの巣に覆われた長い廊下の端に立っている自分に気づいた。両側のドアはどれも閉まっている。突き当たりのドアひとつを除いて。そのドアだけは、少し開いていて、暗い廊下に一筋の光を投げていた。廊下のスイッチを入れたが、何も起きなかった。

「リチャード?」もう一度呼んだが、何も聞こえない。

しかたなく一歩進むと、年季の入った床板がきしんだ。

こんなところで幼少期を過ごすなど想像もできなかった。まるで移動式遊園地のお化け屋敷だ。といっても、こっちは本物なわけだが。キャサリン・ケリーが子供の頃住んでいた家がこれだとしたら、学校で少し変わっていたのもうなずけるような気がした。

体の重みで床がきしみつづけていた。歩きながら、キャサリン・ケリーはキャット・ジョーンズなのだと自分に言い聞かせる。なんだかしっくりこない。頭の中の声がまた叫んでいた。引き返してここから逃げろと。

でも、わたしはそうしなかった。

前進しつづけた。ためらう足取りは重いが、それでもだんだん突き当たりのドアに近づいてくる。ドアのまえに着くと、足を止めた。数秒かけて勇気を奮い起こし、ドアを押し開ける。その瞬間、わたしは動けなくなった。

キャット・ジョーンズが天井の梁《はり》からぶら下がっていた。セント・ヒラリーズ女学院のネクタイを首つり縄にして。

昼のニュースに出ていたときの白いワンピース姿だった。目は閉じている。だれかに靴を脱がされたみたいに、むき出しの足が下に突き出ていた。おかしなことに、片足はまだ壁の横に置かれた椅子の上でバランスを取っているように見えた。赤と白のミサンガのほつれた先がほんの少し開いた口から飛び出している。

キャサリンとはまるきり別人だったが、その表面のすぐ下にかつての少女が隠れているのがわかった。自分が何を探しているかはっきりしているときのほうが、なんでも見つかりやすい。一歩近づいたところで、床にあるものにつまずきそうになった。

リチャードだ。

うつ伏せに倒れていて、頭の周りに小さな血の海が広がっていた。強く殴られたせいで後頭部にくぼみができている。背中のあちこちに刺し傷もあった。

わたしは凍りついた。

触るのが怖かった。手の震えを抑えられない。しゃがんで脈を確認した。脈があるとわかって、言いようのない安堵《あんど》を覚えた。まだ生きている。救急車を呼ばなくては。とはいえ、携帯は持ち去られてしまった。しかも、持ち去った当の人物はきっとまだここにいるはずだ。この二階のどこかにいるにちがいない。

リチャードが悲鳴をあげてから、まだだれも出てきていなかった。

もし出てきていたら、すれちがっていたはずだ。そうとわかって、総毛立った。姿は見えなくても、音くらい聞こえそうなものなのに。ところが、家の中は不気味なほど静かだった。まるで自分の恐怖がすべての音をかき消してしまったみたいだ。聞こえるのは、天井の梁からぶら下がったものの音だけだった。キャットの体だけは、ゆったり揺れる振り子のようにきしんでいた。その音を止められたらいいのに。

パズルのピースがはまりはじめたのはそのときだ。いくつか抜けはあるものの、全体像が浮かびあがる。キャット・ジョーンズがリチャードを襲ったあとに自殺したにちがいない。今見ているものを説明できる状況はそれ以外に思いつかなかった。と、化粧台に置かれたわたしの携帯が目に入った。ナイフのようなものの横に置かれている。

「助けを呼ぶから。すぐ呼ぶ。踏ん張って」とわたしはリチャードの耳元で言った。

リチャードは目を開けなかったが、唇が動いた。

「生きてる」かすかな声で彼はそう言った。

「それはわかってる。すぐ戻るから」

リチャードはほかにも何か言おうとしていた。上唇と下唇を離すのに苦労している。よくわからないことばが、そのあいだからもれた。とはいえ、急がなければ。時間がない。

わたしは立ちあがり、キャットのすぐうしろのテーブルに置かれた自分の携帯を見た。それを取るには彼女の横を通るしかない。

息絶えた彼女の体はまだゆっくりと揺れていた。その音はその光景よりさらにひどかった。

ギーミシミシ、ギーミシミシ、ギーミシミシ。

彼女の顔から自分の携帯に視線を移しながら、わたしは一歩踏み出した。

リチャードがうめき声をあげている。とてつもない痛みに襲われているにちがいない。

もう一歩進んだ。もう少しで携帯に手が届きそうだ。首に巻かれたネクタイはやっぱりセント・ヒラリーズ女学院でつけていたのと同じものだった。

ギーミシミシ、ギーミシミシ、ギーミシミシ。

リチャードがまたうめいた。

「逃げ……ろ」

リチャードの声は小さかったが、はっきり聞こえた。なぜなら揺れる音がやんでいたからだ。顔を上げると、キャットの血走った目が大きく見開かれていた。足で椅子を自分のほうに寄せ、爪先で立ってバランスを取っている。と、今度はネクタイの首つり縄を緩めようとしはじめた。学校時代の記憶が一気によみがえる。靴紐を使ってロープの結び方をていねいに説明してくれた記憶。頭を働かせ、目に映ったものを理解しようとした。その結果、ある結論に達する。これは何もかも趣味の悪いいたずらなのだ。でなければ、どうして首を吊ったふりなどする必要がある？　どうして自分の夫を襲ったりする？

わたしたちの不倫がばれていれば話は別だが。

恐怖に凍りついたようにその場から一歩も動けなくなった。一方のキャットは、引き続き縄を緩めようとしていた。ずっとわたしのほうを見ながら。その目は、純然たる憎しみの色を浮かべていた。

彼　　　　木曜日　一時十五分

　プリヤは、手に持った携帯を見たあと、わたしのほうを向いた。

「どうしてきみがあのカメラマンの携帯を持ってるんだ?」わたしはそう訊きながら、彼女が答えを持ち合わせていますようにと祈った。その答えが信じられる理由でありますように。

「あのカメラマンのだとは知りませんでした。割れた窓ガラスの近く、勝手口の外に落ちてたんです」

　ということは、答えは持ち合わせていたわけだ。でも、到底信じられなかった。彼女のことはもう。

　プリヤはまた怯《おび》えた顔をした。わたしのほうも不信感が顔に出ていないだろうか。とはいえ、プリヤがもしなんらかの形でこの事件にかかわっているとすれば、今打てる一番賢い手は、話を合わせることだろう。うまくすれば、アナのところまで導いてくれるかもしれない。

「リチャードはここにいたんだ」とわたしは言った。「何者かが勝手口の窓ガラスを割ってここに侵入した。彼がなんらかの形でかかわってるにちがいない。そう考えなければ説明がつかない。あいつがろくな人間じゃないのは知っていたが、わたしも自分の直感を信じれば――」

「まだ何もわかっていません」

プリヤはめずらしくわたしの話に口を挟んだ。

「ほかに彼の携帯が落ちてた理由をどう説明する?」

「ここはお互いに冷静になって、結論に飛びつくのをやめたほうがよくないですか、ジャック」

また〝ジャック〟だ。〝警部〟でも〝ボス〟でもなく。しかし、そのとき別の考えが浮かび、それどころではなくなった。さっきプリヤが言っていたことが気になった。

「写真に写っていた五番目の女の子だが、確か今は結婚してると言ってたよな。相手はだれだ?」

プリヤはリチャードの携帯をポケットにしまい、かわりにメモ帳を取り出してページをめくった。

「カメラマンの苗字は何でしたっけ?」ページをめくりながらプリヤは訊いた。

忘れたはずはない。彼女は一度聞いたら忘れない女だ。

「ジョーンズだ。リチャード・ジョーンズ」わたしは声に不信感がにじみ出ないよう注意しながら言った。

プリヤはページをめくるのをやめ、そこに書かれた文字を見た。

「うそでしょ」と小声でつぶやく。次のことばに、彼女に抱いていた疑念が一気にあの男へ移った。

「彼です。五番目の女の子はアナのカメラマンと結婚しています。リチャード・ジョーンズと」

彼女

木曜日　一時二十分

キャット・ジョーンズは、緩めた首つり縄を頭から抜いて床に落とした。そのあいだもずっとわたしから目を離さない。怒っているように見える首の赤い痕を片手でさすり、もう一方の手で、舌に巻きつけられたミサンガをゆっくり取っていた。それをじっと見たあと、またわたしに視線を戻した。わたしは化粧台からすばやく携帯を取ると、ドアのほうへあとずさりはじめた。白いワンピースを着ているおかげで、生き返った幽霊を見ているようだ。

生存本能がようやく恐怖に勝《まさ》ると、わたしは駆け出した。

振り返ることなく部屋を飛び出し、きしむ床と階段を走った。一階にたどりつくまえに足を踏みはずして足首をひねってしまい、派手に転んだ。手の中の死んだ携帯を見る。電源を入れると、ちゃんと生き返った。希望がこみあげてくる――これだけ電池が残っていれば、電話をかけられそうだ。しかし、電波が届いていなかった。

「アナ」

キャットがわたしを呼ぶ声がした。潰れた喉から発せられる恐ろしい声。まるで獣だ。

起きあがり、足を引きずりながら玄関へたどりついたものの、手が震えすぎていてドアを開けられなかった。うしろで人の気配がした。見たくなかったが、どうしても我慢できずに振り返った。すると、階段の上にキャットが立っているのが見えた。頭が妙な角度に傾いている。首の骨が折れてしまったのだろうか。と、彼女は階段を下りはじめた。ゆっくりではあるが、しっかりした足取りで。一切まばたきしない目がずっとこっちを見ていた。

わたしは玄関に向きなおってノブを引っぱった。ドアが開いた瞬間、仰向けにひっくり返りそうになる。体勢を立て直し、全速力で走り出した。家から飛び出し、森の中へ。骨ばった手の形をした枝が顔と体をかきむしってくる。地面に転がった枝もしきりにわたしの足をすくおうとした。道はでこぼこしているうえにぬかるんでいた。足首の痛みを忘れようとしたが、またすぐ転んでしまった。勢い余って古い木の切り株に激突する。その衝撃に息ができなくなり、携帯を落とした。

キャサリン・ケリーが学校に来なくなったとき、自殺したといううわさが広まった。もちろん、そのうわさを立てたのはレイチェルだ。わたし自身についてもあれこれうわさがあった。ほんとうは何があったか、だれかにもらされたら困るとレイチェルは思っていたのだろう。わたしはだれかに打ち明けたかった。が、そのチャンスが訪れるまえに、レイチェルはわたしの裸の写真を警告としてロッカーに入れてきた。筆跡に見覚えがあった。写真の裏には、それが撮られた日付――わたしの十六歳の誕生日だ――とともに黒のフェルトペンでメッセージが書かれていた。

〝この写真をお母さんも含めて町じゅうの人に見られたくなかったら、黙っといたほうがいいよ〟

わたしはそのとおりにした。

しかし、それだけでは足りなかった。

ある日家に帰ると、母がサンルームで泣いていた。キットカットが帰ってこないと言って。もともとはわたしのために飼うことにした猫だったが、母も同じくらいかわいがっていた。あんなに動揺した母は見たことがなかった。父がいなくなったときもこれほどではなかった。わたしたちは、ブラックダウンで猫が行方不明になったときにほかの人がしているあらゆることをした。この町で猫がいなくなるのは日常茶飯事で、大通りの電柱には年がら年じゅう手作りのポスターが貼られていた。それまでは気にも留めなかったが、人生における多くのことと同じで、自分の身に起きたときは話が別だった。

母とふたりで町や森の中を探し、キットカットの姿を見かけなかったか、近所の人に聞いてまわったうえで、〝猫を探しています〟のポスターを町じゅうのいたるところに貼り出した。

するとある日、わたし宛ての小包が届いた。

開けると、灰色のファー飾りのついた黒いフェルト帽が出てきた。

ゾーイがつくったのだとわかった。雑な縫い目に見覚えがあったから。ファーにも。

なんとか吐くまえにトイレにたどりつけた。

ありがたいことに、母は気づいていなかった。具合が悪そうだということで、その日は学校を休ませてくれた。母が家を出てすぐ、わたしは着替え、森の中の近道を通ってゾーイの家に行った。チャイムを鳴らしても応答がなかったので裏手に回ったが、家の中にはだれもいなかった。無理矢理入ろうかとばかな考えも起こしたが、やり方がわからなかった。そのとき、庭の端にある古い物置が目に入り、何か使えそうな道具があるかもしれないと思った。

近づいたときに聞こえた猫の鳴き声は一生忘れない。

物置のドアには南京錠がついていて、石で叩き壊すしかなかった。ドアが開いて最初に気づいたのは、ドアの内側が引っかき疵《きず》だらけだということだった。

十匹ほどいたにちがいない。みんなやせこけていて飢死寸前だった。ゾーイがレイチェルのためにつくった毛皮のコートはフェイクなんかではなかったのだ。そのことを知り、気分が悪くなって足元がふらついた。と同時に、町に点在している〝猫を探しています〟のポスターで見かけた猫が何匹かいるのがわかった。突然、ゆがんだパズルのピースがはまり、恐ろしい全体像が見えてきた。ゾーイは他人のペットを盗み、飼い主が謝礼金を払うと申し出ていればペットを返し、そうでなければ裁縫事業のためにペットを取っておいたのだ。そんなおぞましいことはなかなか考えつかないものだが、自分の読みが正しいのはわかった。

猫たちはみんな逃げていった。隅にいる一匹――キットカット――を除いて。

キットカットはげっそりして怯えており、しっぽがあった場所には血だらけの傷が残っていた。

抱きあげて家に連れて帰った。道すがらずっと涙を流しながら。家に着くと、キャリーケースに入れた。ここなら母が帰ってくるまで安全だ。そのあと、二階の自分の部屋へ上がり、置き手紙を書いた。

キャサリン・ケリーの身に起きたことを後悔しない日はなかった。全部わたしのせいだと思っていた。あの夜誘ったのはわたしだから。自殺したといううわさがほんとうかどうかはわからなかったが、もし死んで当然の人間がいるとすれば、このわたしだと思った。すべてを手紙にしたためた。起きたことすべてを。そうすれば、わたしを見つけても母は自分を責めずにすむ。制服のネクタイを使ってすべてを終わらせようとしたが、最後までやり通せなかった。そこで、手紙を破り、自分の部屋の暖炉に投げた。

その後数ヵ月は勉強しかしなかった。義務教育修了試験《GCSE》ではオールAの成績を取り、遠方にある全寮制の学校の奨学金をもらえることになった。母は悲しんだが、名門校だったので娘を止めようとはしなかった。町を出たいと思ったほんとうの理由は話していない。

暗がりで落とした携帯を指が必死で探していた。森の地面の落ち葉や泥を探る。見つけた拍子に画面の明かりがつき、電波が一本立っているのがわかった。連絡先をタップし、ジャックに電話をかける。

「出て、出て、出て」わたしは小声でつぶやいた。

相手が出たとき、驚きと喜びのあまりなんと言っていいかわからなかった。一瞬の沈黙を経て、ことばが一気に飛び出す。

「ジャック、わたしよ。大変なことになってて助けが必要なの。犯人がわかった。写真に写ってた五人目の女の子で、今はキャット・ジョーンズっていう名前で通ってる。ＢＢＣのキャスターよ。同じ学校に通ってて、当時ひどいことがあったの。二十年前のわたしの誕生日に。たぶんそれが発端だと思う。一軒家があって、場所はわからないけど、森の中よ。彼女が彼を殺したんだと思う。ほかのみんなも。今追われてるの。お願いだから急いで」

「ミズ・アンドルーズ、パテル巡査部長です。ジャックは今運転中なので」と電話の向こうの声が言った。

腹立たしいほど冷静な声だった。今わたしが言ったことは聞いていなかったのだろうか。

「ジャックとかわって。今すぐ」

もうわたしは、叫ぶと同時に泣いていた。そのとき、背後のどこかで木の枝が折れる音がして振り返った。しかし見えるのは、不気味な暗闇と幽霊の形をした枯れ木だけだった。

「落ち着いてください」と電話の声が言った。「今向かってますから。でも、具体的な場所を知る必要があるんです。今どこにいるか、ほかにわかることはありませんか？　何が見えます？」

わたしはまばたきして涙をこらえ、もう一度闇に目を凝《こ》らした。が、森以外何も見えなかった。正確な現在地など言えるわけがない。知らないのだから。上着の袖で顔を拭いて振り返った。すると、別のものが見えた。

すぐうしろに立った白い服の女だった。

彼　木曜日　一時三十分

「切れました」とプリヤが言った。

「なんだって？　どこにいた？　なんと言ってた？」勇気の許すかぎりスピードを出して真夜中の暗い田舎道を駆け抜けながら、わたしは訊いた。

車はゾーイのを使っていた。自分でハンドルを握っていたほうが落ち着く。プリヤのことはまだ信用していなかった。電話が鳴り出すとすぐ、彼女はわたしの携帯をつかんだ。プリヤのことは取らせまいとするかのようだった。もっとも、わたしが出しているスピードのせいかもしれない。プリヤは何度か自分のシートベルトを確認していた。

「森にいると言ってました」とプリヤは答えた。ドアのアームレストを握っている。ちょうどまた猛スピードでカーブを曲がったところだった。

「すばらしい。木に囲まれたこの町で大助かりの情報じゃないか」わたしは嫌味な言い方をした。

「わたしは彼女の話を繰り返しただけです」

「アナだったのはまちがいないか？」

「はい」

「技術チームに電話しろ。すぐに携帯の電波を逆探知させるんだ。そのあとでもう一度アナに電話してくれ」

プリヤは言われたとおりにしたが、わたしには本部の人間との一方通行の会話しか聞こえなかった。電話が終わりに近づくにつれ、彼女の声音《こわね》が変わるのがわかった。

「どうした？　何があった？」プリヤが電話を切ってすぐ訊いたが、返事はなかった。

そこで、一瞬道路から目を離して彼女を見た。視線を戻すと、雄ジカが目のまえに立っていた。ヘッドライトに光るふたつの目。破壊力のありそうな巨大な角が見えた。シカは動かない。わたしはとっさにブレーキを踏み、なんとかぎりぎりでハンドルを切って衝突を免《まぬか》れた。が、数秒後、古いオークの木に激突していた。

一瞬死んだと思った。

「ああ、びっくりした」プリヤはそう言いながら、首が痛むのか、うしろに手をやっている。

「すまない」わたしはそう言って、自分にもけががないか探ったが、無傷だった。

とはいえ胸が痛い。ハンドルを握ったままの手の関節が皮膚を突き破りそうだ。気がつくと、シカは消えていた。

「大丈夫です。どうにか無事みたいで。警部は大丈夫ですか？」

「たぶん」

プリヤは座席のまえにかがみ込んだ。一瞬吐くのかと思ったが、自分の携帯を取ると、アナに電話しはじめた。信用できないと思ったのは、どうやらわたしの早とちりだったらしい。現に、こうして力を貸そうとしてくれているじゃないか。ふたりとも死にかけたというのに。

「すぐ留守電に切り替わってしまいます」と彼女は言った。「電池が切れたか、電波が届かないところに行ったか――」

「あるいは、だれかに電源を切られたか」わたしは彼女のかわりに続きを言った。

「でも朗報です。グーグルマップによると、キャサリン・ケリーの実家がもう徒歩五分のところにあるみたいですよ」

プリヤはシートベルトをはずし、また首のうしろを触った。

「歩けそうか？」とわたしは訊く。

「とにかく行ってみましょう」

わたしたちはその場に車を乗り捨てた。ボンネットがへこみ、ダッシュボードの警告灯が光っていることを考えれば、そうするのが賢明だろう。キーも挿したままで、ドアすら閉めなかった。ぐずぐずしてはいられない。プリヤの動きは驚くほど速かった。古木の黒い枝のあいだを道案内してくれた。ここにはまえにも来たことがあって、道を知っているのだろうか――そう思えるくらいの勢いでまえを走っている。息を吸い込むたびに胸が痛んだ。木にぶつかったときハンドルに胸を打ちつけたが、もしかしたら肋骨にひびが入っているのかもしれない。歩くごとに、ぜいぜいという息の音が大きくなっているような気がした。

プリヤはわたしのまえでぴたりと足を止めた。

「今の聞こえました？」小声で訊いてくる。

「なんの音だ？」

「反対方向に走っていくような音でしたけど」

そう言うなり、プリヤは背筋を伸ばした。ぴくりとも動かず、その場に立っている。数分前の驚いたシカのようだ。とはいえ、彼女の頭はむしろフクロウを思わせた。茶色の大きな目をしばたたいて暗闇を見つめながら、ゆっくり頭を左右に動かしている。わたしの耳には何も聞こえなかった。夜の森で聞こえる通常の音以外は。もっとも、プリヤは都会っ子だ。

「気にするな」わたしは彼女を安心させようとした。「動物でもいたんだろう。行くぞ」

プリヤはジャケットに手を入れたかと思うと、いきなり銃を抜き、安全装置をはずした。

「おいおい！」そう言って、わたしは一歩うしろへ下がった。同僚の中には、イギリスでも警察官全員が銃を携行するべきだと考える者もいるが、個人的には、そうでなくてよかったと思っている。特殊部隊に所属していたことは一度もなかった。それはプリヤも同じはずだ。「どうしてどんなものを？」

「護身用です」プリヤはわたしのうしろを見ながら言った。

振り返ると――彼女の手元の銃からは絶対に目を離さないようにしながら振り返ると、闇に溶け込んだ古い木造の家がぼんやり見えた。松の木がそれを取り囲んでいる。招かれざる客から建物を守ろうとする木の番人のようだ。中に明かりがついているのが見えた。ドアと窓の形が顔を連想させる。黄色の目を光らせた顔。

近づくと、リチャードの取材車が見えた。続いて、外に停められたレイチェルのアウディT

Tも。

「レイチェル・ホプキンズの消えた車じゃないですか？」とプリヤがつぶやいた。

「そうかもしれない」とわたしは答えた。確実にそうだとわかっていたが。

建物のまえに着いた。プリヤは古びた玄関のドアをじっと見ている。ようやく彼女も恐怖を感じはじめたのだろうか。そう思った直後、彼女は銃を下げ、自分のポニーテールに手を伸ばした。いつもつけている昔ながらのピンを一本抜き取ったかと思うと、鍵穴に挿し込んだ。

「冗談だろ？」

「警部は裏に回ってみてもらえませんか？」プリヤは顔も上げずに言った。

そのドアが開くより、石に花でも咲くほうがよっぽど確率が高いんじゃないか——ついそんなことを思った。が、ぐずぐずしてはいられない。わたしは言われたとおり、家の裏手へ向かった。そっちは運よく開いていますようにと祈りながら。カーテンはほとんど閉まっていたが、明かりはまちがいなくついている。見かけた窓を手当たり次第試してみたが、どれも鍵がかかっていた。気づくと結局、もといた玄関に戻っていた。しかし、プリヤの姿がなかった。

あたりの暗闇に目を凝《こ》らし、彼女の気配がないか探したが、どこにもなかった。そのとき、玄関のドアがきしみながらゆっくり開く音がした。ぱっと振り返ったが、最初はよく見えなかった。やがて、プリヤだとわかって安堵《あんど》すると、ぎこちない笑みがこぼれた。一方の彼女は、奇妙な笑みを浮かべている。

「ほんとか？　ピンなんて古臭い手口で入れたのか？」

「古臭いドアには古臭い手口です」重いドアをほんの少し開けてわたしを中へ通しながら、彼女は答えた。

驚いた。もう青のラテックス手袋をはめているとは。とはいえ、彼女は時間を無駄にするような人間ではないんだった。

キッチンのドアの窓ガラスを割って中に入らなければならなかったのは運が悪かった。散らかすのは好きではない。鍵を持つのを忘れていたのだ。いつもなら玄関の植木鉢の下にひとつ置いてあるのだが、それもなかったので、そうするしかなかった。今まで訪れた家や車や公共の建物に侵入するときはもっと注意していたのに。そういうときは、必ず手袋をはめ、終わったあときれいに片づけるようにしていた。わたしがそこにいたことをだれにも悟られないように。それを証明するなど土台無理だ。

わたしたちは、本を分類するのと同じように人も分類しがちだ。ジャンルに当てはまらなかったら、どう解釈していいのかわからない。わたしは昔からどこにも溶け込みにくい人間だったが、年を重ねるにつれ、そんなこともどうでもよくなった。個人的には、みんなと同じであることが評価されすぎているように思う。

ポケットに手を入れると、最後のミサンガに指が触れた。巻きつけるのが好きで、ときどき指輪みたいにはめている。手放すと寂しくなりそうだ。

わたしたちはみんなカーテンのうしろに隠れている。唯一ちがうのは、だれがそれを開けるかだ。自分で開けられる人もいれば、ほんとうの自分を明かすのに、だれか別の人に手伝ってもらう必要がある人もいる。彼女たちはいい友達ではなかった。みんな黙らされて当然の人間だ。

永遠に黙らされて。

レイチェル・ホプキンズは〝偽善者〟の尻軽だった。外見は美しかったかもしれないが、内面は醜く腐っていた。慈善団体から金を盗み、世の妻たちから男を盗んでいた、虚栄心の強いわがままなバービー人形だ。あの女を取り除いてやって世の中に役立つことをしたと思っている。

ヘレン・ワンは嘘つきだった。別人のふりをして一生を終えることになった。ほんとうは麻薬中毒で、自分の成績や教育を称賛されることにしか興味がなかったというのに。結果がどうであれ、いつも一番でないと気がすまない女で、あんな人間に女学院の校長を務める資格などなかったのだ。

ゾーイは怪物だった。子供のときから。自分の思いどおりにいかないことがあると、服を全部脱いで裸で走りまわり、床にひっくり返って大声で暴れていた。これが七歳まで続いた。やっていたのは家の中だけではない。ブラックダウンの住人であれば、少なくとも一度は彼女の癇癪《かんしゃく》を目にしたことがあるだろう。もともと恐ろしい子供だったが、やがて卑劣な女へと成長した。あの動物への仕打ちは、罰を免《まぬか》れさせるわけにはいかない。悪いことが起きると、いつも見て見ぬふりをする女だった。

そして、最後のひとり。みんな自業自得だが、わたしに言わせれば彼女も同罪だ。何をして、何をしなかったかは、この際問題ではない。森にいたあの夜から長い年月が経ったものの――
実際には二十年だ――あの場にいたのだから。

彼女

木曜日　一時三十分

目のまえに立った女を見て時が止まった。

恐怖が安堵《あんど》に変わり、その安堵はすぐ戸惑いへと姿を変えた。女は刺繡《ししゅう》飾りのミツバチがついた白い綿のパジャマを着ていた。足元は同じくミツバチ形の古いスリッパだ。そんな姿で森の真ん中に立っている。こんな真夜中に。夢にちがいないと思ったが、どうやら目のまえの人間は本物のようで、わたしと同じくらい怯《おび》えていた。

「お母さん？　こんなところで何してるの？」

わからないとでも言うかのように母は首を振った。とても小さく年老いて見える。顔と腕に引っかき傷とあざがあるのがわかった。転びでもしたのだろうか。母はうしろをちらりと振り返った。まるでだれかに声を聞かれていないか怖がっているみたいに。かと思うと、突然泣き出した。

「だれかがキッチンの窓ガラスを割って中に入ってきたの。すごく怖かった。どうしたらいいかわからなくて。だから隠れたの。そのあと森の中に逃げた。でも、絶対ついてきてる」と母はか細い声で言った。

震えていた。今まで見たどんな母より壊れやすそうに見えた。わたしは立ちあがろうとしたが、足首に力が入らなかった。

「だれがついてきてるの？　家の中に入ってきたのはだれ？」

「ポニーテールの女の人。園芸用の小屋に隠れてたけど、姿が見えたの」

なんと言ったらいいのだろう。母の話がほんとうかどうかも、認知症の症状の一種なのかもわからなかった。パジャマ姿で町を徘徊《はいかい》しているところが見つかったとジャックは言っていた。スーパーの店員もそんな話をしていたが、わたしは信じなかった。人間はときに信じたくないものは信じないことにする。わたしはいつもそうしているけれど。心の奥にある箱の中に後悔を隠し、自分がした悪いことを忘れるのだ。母が教えてくれたとおりそうしている。

だが、真実を否定したところで事実は変わらない。

レイチェル・ホプキンズが死んだ夜、わたしはここにいた。

森の中に。

彼女が電車を降りたあと、プラットホームを歩くのをこの目で見た。電車が立てていた音を覚えている。どういうわけか、それはレイチェルのカメラを思い出させた。

ギリギリカシャッ、ギリギリカシャッ、ギリギリカシャッ。

仕事を降ろされたとき、わたしは家に帰り、お酒に手をつけた。が、すぐにやめた。ミニコンバーチブルに乗り込み、アルコール検知器に息を吹きかけた。確か黄色になったはずだ。まだぎりぎり運転しても大丈夫だと思ったのを覚えている。そこで、ブラックダウンへ行った。その日は、わたしの誕生日であると同時に記念日でもあったから。彼女に会いたかった。

娘にだ。レイチェルではなく。

赤ちゃんだった娘が死んでから九二年の日だった。娘のそばにいたかった。ブラックダウンに埋葬しようと決めたのはジャックで、いまだにそのことは恨んでいるが、そこは美しい景色が見晴らせるすてきな墓地だった。教会は丘の上にあり、駐車場は駅にしかなかった。娘の墓に行くためには森の中を通るほかなく、森を抜けたあと、そこで数時間過ごした。暗闇の中に座り、生きていれば聞かせていた物語を全部話した。レイチェルに声をかけなかったのはいまだに悪かったと思っている。レイチェルがあの夜、わたしの車の横を通って自分の車に乗り込んだときに。もし何か言っていれば、死ぬことはなかったかもしれない。

遠くで音がした。どんな物思いに浸《ひた》っていたのであれ、わたしはそこから目を覚ます。キャサリン・ケリーがまだ追いかけてきているのかはわからないが、ここでじっと待ってそれを確かめるつもりはなかった。わたし自身を、そして母を、森から離れた安全な場所へ避難させなくては。

「ほら、お母さん。行かないと。ここは寒いし……危険だから」

「うちに帰るの、アナ?」

希望に満ちた、さもうれしそうな顔で母は訊いてきた。

「そうよ、お母さん」

「そうなの。よかった。うちならここから十分もかからないわ。ほんとよ。帰ったら、やかんを火にかけて、ハチミツ入りの紅茶を淹《い》れるわね。ずっと好きだったでしょ」

「十分で着くの?」とわたしは訊いた。

母は自信たっぷりに木々を指差した。わたしには全部同じように見えたけれど——夜なのでとくに。それでも、母の言うことを信じることにした。母も、物忘れはひどくなったかもしれないが、この森については自分のことよりよく知っている。わたしは母の手を取った。自分の手の中に収まるその手の小ささに驚いたものの、できるだけ早足で歩いた。聞こえるのは、葉がかさかさ鳴る音と小枝の折れる音だけだったが、どうしてもしきりにうしろを振り返ってしまう。もしそこにだれかがいて、わたしたちを追いかけてきていたとしても、暗すぎて何も見えなかった。

「あの人、知ってると思う」と母がいきなり言った。明らかにまだ混乱しているようだ。

「できるだけ静かにしていよう。家に着くまでの辛抱だから」とわたしはひそひそ声で言った。

「バッジをつけてたから、家に入れるしかなかったの」

「だれのこと?」

「あの女の人。知ってるみたい。どうしたらいいのかしら」

何か音がしたのか、母はうしろを振り返った。そのせいで、余計に神経が昂《たかぶ》った。わたしたちは黙ってもう少し歩いた。そのあいだも、母のことばを再生せずにはいられなかった。〝ポニーテール〟と〝バッジ〟というふたつの単語が出てきた。ジャックと一緒に働いていた刑事が頭に浮かぶ。彼の電話に出た刑事。

「その人が何を知ってると思うの、お母さん?」

「わたしがお父さんを殺したこと」

だれかが追いかけてきているのは充分わかっていたが、足が止まって動けなくなった。

「学校から帰ってきたあの日を覚えてる？　クリスマスツリーの下にわたしが倒れてた日のこと」と母は言った。わたしが黙っていると、母は続けた。「あの日、お父さんは出張から早く帰ってきたの。酔っぱらってて、なんの理由もないのに殴ってきた。わたしが何年もそうさせてきたからというだけの理由で。あなたが生まれたあとに始まったんだけど、アナとお金のためには一緒にいなきゃいけないと思ってたの。自分のお金なんて当時はなかったし、まともな仕事に就けるような資格もなかったから。あなたが学校を卒業する年になるまでなら耐えられるって自分に言い聞かせてた。でも、あの日はあまりにひどい殴り方で死ぬかもしれないと思った。しかも、アナにも手を出すなんて言い出して。そう言われたとき、何かがわたしの中でぷつんと切れた。はじめて殴り返したわ。結局、それが最後にもなった。死んだから」

母のことばが理解できなかった。文字の数が多すぎるようだ。ことばが頭の中でごちゃ混ぜになっていた。意味のある文章にまっすぐ並べ替えることができない。人は愛する人の中に見たいものを見がちだ。頭の中でつくり替え、本来の姿ではなく、自分がこうあってほしいと思う形に姿をねじ曲げる。とはいえ、これは現実ではないはずだ。現実なわけがない。母は人殺しなんかじゃない。認知症という病気か、その薬がこれをしゃべらせているだけだ。一方、キャット・ジョーンズがキャサリン・ケリーだというのは現実で、彼女は今この瞬間も紛れもなく森の中にいてわたしを探している。

わたしは母の手をふたつとも取り、引っぱって歩かせようとした。けれども、母は意外に力が強く、ミツバチの形をしたスリッパを地面に食い込ませていた。

「お母さんはお父さんを殺してない。殺してたら、わたしも死体を見たはずでしょ。お母さんは混乱してるだけよ」とわたしは言ったが、母はこっちを見るばかりでぴくりとも動かなかった。

「鉄のクリスマスツリースタンドで顔面を殴ったの。死ぬまでそうした。わたしにしたみたいに、あの人があなたを傷つけたりできないように。そのあと庭に埋めたわ。野菜畑に埋めて、春がきたら、その上からニンジンとジャガイモを植えた。引っ越しをしなければ大丈夫だと思ったの。だれにも見つからないって。でも、あの女の人は知ってるんだと思う。もしアナが真実を知ることになるなら、わたしの口から聞いてほしくて」

頭の中で感情と感情がぶつかり、それが大きくなって別の形になった。水銀同士がくっつくように。母の話は信じたくなかったが、もしかしたらすでに信じているのかもしれない。だが、大昔に母が何をしていようとしていまいと、ここから逃げないといけないという事実は変わらない。

「お母さん、ここは安全じゃないよ。家に帰らないと」

「もしあの人が待ってたら?」

「だれが?」

「あの女の人」

周りの木々が曲がって融け、ぼんやりしてきた。くらくらして気分が悪い。

「お母さん、家に来た女の人はバッジをつけてたって言ってたよね。なんて書いてあったか覚えてる？　ちょっと思い出してみて」

母は子供みたいにぎゅっと目を閉じて思い出そうとした。頭から消えてばかりいるように思える過去の記憶を。そのとき、母の目が開き、口からかすかな声がもれた。

「プリヤ」

彼

木曜日　一時三十五分

「プリヤ、どこでピッキングなんて覚えたんだ？」とわたしは訊いた。

プリヤは肩をすくめた。銃はまだ握ったままだ。家の中に入ったあと、頑丈な木のドアを閉めるまえにそれには気づいた。

「オンライン動画です。別にむずかしくはないですよ」

「わかってるのか？　厳密に言えば、今きみがしたことは犯罪なんだぞ？」

「アナを探したいんですか、それともちがうんですか、警部？」

わたしは答えなかった。今足を踏み入れたばかりの家を観察するのに忙しくてそれどころではなかった。ホラー映画のセットみたいな家だ。ゴシック様式の家具、古めかしい壁紙、きしむ床板、廊下の真ん中に鎮座する仰々しい階段。そのすべてが、舞台の小道具みたいなほこりとクモの巣に覆われていた。わたしも怖がりなほうではないが、これは気味が悪い。

廊下を進むプリヤについていった。ふたりともできるかぎり足音を消しながら、整然とした広いリビングに入った。ウィンザー城から借りてきたみたいな調度品が並び、壁についた昔風の照明器具の光がちらちら揺れていた。マントルピースの上に置かれた写真を一瞥《いちべつ》したが、どの顔にも見覚えはなかった。そのとき、暖炉用の道具立てにつまずいてしまった。しかし、中の道具ががちゃがちゃ音を立てて石の床に倒れるまえに、なんとか手で支えることができた。

「ふた手に分かれましょうか？」とプリヤは言った。「警部は二階を見てきてもらえませんか？　わたしは一階を確認するので」

「そうしよう。これを持っていったほうがいいな」とわたしは言い、金属の火かき棒を手に取った。

注意して階段をのぼった――〝注意して〟というのは控えめな表現だ。ゾーイとほかの女たちを殺した犯人がもしここにいるとすれば、わたしたちが来たことには気づかれたくない。家の中は静まり返っていた。自分の慌ただしく苦しい呼吸の音以外は。ハンドルに打ちつけたところがまだ痛かったものの、気がかりはそれだけではなかった。長年かけて勘というものを信じられるようになってきたが、何もかもしっくりこない。

凝《こ》った赤いじゅうたんの廊下を見渡した。二階のドアはどれも閉まっているようだ。突き当たりの部屋ひとつを除いて。部屋をひとつずつ調べた。何を目にすることになるかわからず、ドアを開けるたびに心臓が早鐘《はやがね》を打った。ほとんどの部屋は完全に空《から》っぽだった――ほこりと汚れとクモの巣を別にすれば。だが、一部屋だけちりひとつなくきれいな部屋があり、そこで思いがけないものが見つかった。横並びになった小さなベッドがふたつあり、かわいいピンクのシーツがかけられていた。プロジェクターライトが天井と壁に満天の星を映し出している。枕元のぬいぐるみと、小さなテーブルに置かれた、水の入ったふたつのグラスに気づいた。『赤ずきん』の本もある。ここには今夜子供がいたのだ。しかし今はいない。

自分の娘のことは考えないようにしながら廊下に戻り、突き当たりの最後のドアのほうを向いた。一歩進むごとに床板の音が大きくなるように感じられた。近づくなと警告されているみたいだ。喜ばしいことに、この国ではだれでもかれでも銃を携帯しているわけではないが、火かき棒が今の自分を守る適切な武器になるとは思えなかった。ドアのまえに着いた。一瞬ためらったあと、予想外の驚きに出くわすのが嫌で、一気に蹴破った。が、予想外の驚きは確かにあった。カメラマンが死んでいる。頭をひどく殴られ、自分の血の海に倒れていた。

彼をじっと見下ろした。そうしないのは無理だ。と同時に、すぐ部屋の中を確認した。暗がりにだれも潜んでいないと確信できるまで。

「武器を置いてください、警部」

くるりとうしろを向くと、プリヤがドア口に立っていた。

完全なる静寂に反して床はやかましい音を立てていたにもかかわらず、彼女が近づいてくる音は一切聞こえなかった。彼女の姿を見て、一瞬安堵《あんど》を覚えた。が、すぐ手元の銃に気づいた。本人曰《いわ》く護身用の銃に。その銃がこっちを向いている。

「プリヤ？　何をしてるんだ？」彼女は死んだカメラマンを見下ろしたあと、わたしが持っている火かき棒に視線を移した。「おいおい、ちょっと待ってくれ――」

「武器を置いてくださいと言ったんです。置いたら、これをつけてください」

プリヤはわたしから視線をはずさないまま、空《あ》いた手をポケットに入れ、手錠を取り出した。

「プリヤ、どう思ってるのか知らないが――」

「最後のチャンスです」彼女はわたしのことばを遮《さえぎ》って言った。「次はお願いでは終わりませんよ」

彼女

木曜日　一時四十分

母にはもうわたしの声が聞こえないみたいだ。だから、もう一度訊いた。

「その警察の女の人はいつ家に来たの？　何が目的で？」

「何度も来たわ。いろいろ訊かれた」

「何を訊かれたの？」

母はわたしの手をぎゅっと握り、わたしを見上げた。

「アナのことよ」

「わたしのこと？」

それはまちがいだと言えば、人は耳を覆ってしまう。逆に、そのとおりだと言えば、一日じゅうでも話を聞いてくれる。

「大丈夫よ、お母さん。お母さんの言うことはそのとおりよね。でも、今は家に帰らなきゃ」

母がうなずくと、わたしたちはまた歩き出した。母の手を引っぱりながら、障害物だらけの森の道を思い切って進んだ。巨大な木の根や倒木は暗闇では命取りになりかねない。しかし、それを言えばキャット・ジョーンズも同じだ。彼女は今もまだこの森のどこかにいて、わたしたちを追いかけてきているだろう。

数歩進むごとに携帯を見て電波が入っていないか確かめた。ジャックに電話したい。でも——とわたしは思った——よく考えてみると、プリヤ・パテルが一緒なんだった。もうだれを信じたらいいのかわからない。

彼　　　　　　　　　　　　木曜日　一時四十分

「プリヤ、確かにこの状況だと、だれを信じたらいいか見分けるのはむずかしいと思うが――」

「本気で言ってるんです、警部。武器を置いてください」

プリヤはまた床に転がったリチャード・ジョーンズの死体を見て、そのあとわたしの手元の火かき棒に視線を戻した。彼女の目から見た状況が、徐々にわたしの目にも見えはじめる。思わずここから逃げ出したくなった。

「わたしじゃない！」

「武器を置いてください」

「プリヤ、これは――」

「おしまいです、警部。アナの携帯を逆探知するよう技術チームに頼んだとき、昨日レイチェル・ホプキンズの携帯へ出した逆探知の指示を止めた人がいると言われました。それは警部だと。しかも、彼女の死体のそばに残ってた足跡と一致するブーツが警部の家のごみ箱から見つかってますよね。すべての被害者とつながってるんです。それに、ヘレン・ワンが殺された夜、警部の車とよく似た車が学校のまえに停まってるのを見たという目撃情報もあります」

「これがどう見えるかはよくわかるが――」

「偶然なんてものはない――そう勤務初日に教えてくれたのは警部ですよね」

「だれかがわたしをはめようとしてるん――」

「だれがですか？」

「そんなの知るもんか！」

プリヤは携帯を取り出した。

「もうすぐ応援が来ます。技術チームは今、ふたりの携帯の逆探知を試みています。レイチェルの携帯の電源がまた入ったようで。今電話してみましょうか？」

プリヤが携帯をタップすると、数秒後、わたしのポケットの中から電話が鳴り出した。わたしは着信音に負けないよう声を張った。

「ああ、彼女の携帯はわたしが持ってるよ。だれかがわたしの車に置いていたんだ。それ以来ずっと意味不明なメッセージを送りつけられてる。考えてみろよ、プリヤ。キャサリン・ケリーが写真の五番目の女の子だったんだぞ。その女の子は、アナの同僚でもあるキャスターのキャット・ジョーンズだと判明した。その女と結婚してた男は今、床で死んでる。しかも、キャット・ジョーンズはこのくそ気味の悪い屋敷の持ち主ときてる。きみの言うとおりじゃないか。偶然なんてものはない。ということは、キャット・ジョーンズは今どこにいるんだ？」

プリヤはためらっていた。けれども、すぐに顔をゆがませて言った。

「武器を置いてください、ボス」

この期に及んで〝ボス〟とは。これほど深刻な状況でなければ、わたしも笑い出していただろう。とはいえ、殺人犯が今も野放しになっているのはわかっている。アナの身が危険だ。しかし、突破口が見えなかった。そのとき、何かがわたしの目をとらえた。暗闇の中に浮かぶ明るい何か。まちがいない。外でだれかが動いた。窓に近づこうとしたが、プリヤに遮《さえぎ》られた。

「ジャック・ハーパー、殺人容疑であなたを逮捕します。何も言わなくてもかまいませんが、黙秘した場合、のちの裁判で不利に働くことがあります。発言はすべて証拠として――」

「外にだれかいる。木のあいだから見えたんだ」

「たぶん応援じゃないかと――」

「こんなに早く着くわけがないだろ。これがどういうふうに見えるかはわたしもわかってるが、犯人はまだそこにいると言ってるんだ。アナの身が危ない。彼女を助けないと。撃ちたければ撃てばいいが、もしそうじゃないなら、犯人を捕まえるのを手伝ってくれないか」

プリヤは首を振った。心底悲しそうな顔をしている。

「警部のことは信じたいんです。でも、もう無理な気がします。きっとご自分のしたことがわかってないんでしょうね。けど、だからといって、警部の仕業《しわざ》じゃないということにはならないんですよ」

「わたしのことは知ってるだろ、プリヤ。心の奥底ではわたしが真実を話してるとわかってるはずだ」

プリヤは銃を下げなかった。それでも、目に涙を溜めているのはわかる。わたしは、ドアに向かって一歩踏み出した。どっちに転ぶかわからないまま。今考えられるのはアナのことだけだ。一度は彼女を失望させた。二度と同じ失敗を繰り返すわけにはいかない。

横を通りすぎようとしたとき、プリヤが身をすくませた。銃を顔に向けられたときの訓練なら受けていた。何をすればいいかはわかっている。ほんとうはこんなことやらずにすめばよかったのだが。わたしは彼女の手首をつかんだ。そのスピードの速さに、プリヤは反応する暇がなかった。が、それでも引き金は引き、壁に穴をつくった。わたしはそこへ彼女を叩きつける。うしろに下がると、プリヤは床にへたり込んだ。目をつむっている。頭を打ったのだろう。とはいえ、命に別状はないはずだ。すぐ応援が来るし、彼らが手当てしてくれる。待っている時間はなかった。

「すまない」わたしはそうつぶやき、建物を出て森へ向かった。

一年のこの時期の森が好きだ。

音、におい、叫び声。

暗い夜はとくに。

世界がうるさくなりすぎたとき、逃げる場所というのはだれにでもある。わたしの逃げ場はここだった。

落ち葉を踏みしめ、ひんやりとした田舎の空気を吸い込み、自分は今、人生のひとつの瞬間から別の瞬間への旅の途中だと知ることほど心が満たされるものはない。自分がどこへ向かっているかは、どこかへ向かっているという事実と比べると、まったく重要ではないと思うことがある。われわれは、移動を楽しめるようにならないといけない。目的地だけでなく。

〝成し遂げる〟というのはどういうことか、人々のあいだでよく話題になる。しかし、目指す場所にたどりつくより、そこへ向かう道にいるほうがはるかにいいと思う。あまりに早い時期に成功したり早く到着したりしすぎると、ほかに行く場所がなくなるではないか。成功は愛みたいなものだ——みんながみんなありがたいと思うわけではない。実際に手にしたときもそれは同じだ。人生の目的は、まえに進みつづけること。決して振り返ってはいけない。そんなことをすれば、途方に暮れるだけだ。

わたしは今、まさにそんな気分だ。なぜなら、彼女を探す時間はもうあまり残されていないから。

これまでのところ、ほとんど計画どおりに進んだ。数日前にレイチェルの車をここに乗り捨てた。運転するのは楽しかったし、ここは隠すのに絶好の場所に思えた。スポーツカーを運転するのははじめてだった。それがきっかけで、今までに経験したことのないいろいろなことを思い出した。一部の人にとっては、どれもあたりまえにしてきたことかもしれない。一方、わたしの子供時代は経済的に厳しかった。今手にしているものはすべて働いて稼いだものだ。大変だったが、そのおかげで強くなれたと思う。

さあ、始めたことを終わらせなくては。ほかの人が見つけるまえに彼女を見つけなくてはならない。あの女もほんとうは今頃死んでいるはずだったのに。

人を探すのは、やり方さえ知っていれば、驚くほど簡単だ。見つけられたくないと思っている人が相手の場合でも、それは変わらない。警察官と報道記者はよく同じ手を使って人の足取りを追う。だれかを見つけるだけでなく、その人のすべてを知るのがいかにたやすいか知れば、みんなびっくりするだろう。だれにも知られたくないと思っているそのすべてが知られてしまうのだ。

職業柄、それはあっけない仕事だった。

人はわたしのような人間を信用する。

だが、ほんとうのわたしはだれも知らない。わたしが何をしてきたか。どんなことができるか。

この旅の最初にわたしは言った。皆殺しにすると。そのことばに嘘はない。

木曜日　一時四十五分

彼　女

「きっと大丈夫だから、お母さん」とわたしは言った。自分でもその嘘を何ひとつ信じられないまま。

すると、遠くで銃声らしき音がした。

目に浮かんだ表情から、母にもそれが聞こえたとわかる。

「急がなきゃ。ほんとに家はこっちで合ってる？」わたしは母を歩かせながら訊いた。

「たぶん」母はかすかな声で答えた。ようやく危険が迫っていると理解したらしい。

やっと数歩進んだとき、うしろでだれかが走る音がした。あまりに静かな夜で、枝が折れる音が木々のあいだを通って伝わってきた。距離がどれほどあるかわからないうえ、暗闇で何も見えなかったが、こっちへ近づいてきているのだけはわかった。次に起きることが頭の中で早送りで再生される。ろくな展開ではなかった。

逃げるのは無理だ。

こうなったら隠れるしかない。

わたしはその場にかがみ込み、母も地面に伏せさせた。

「ごめんね、お母さん。でも、何もしゃべらずじっとしてて。いい？」わたしはひそひそ声で言った。

母は理解したようにうなずいた。だれかの走る足音が近いところで止まった。わたしは息を潜め、相手が引き返すか別の方向へ走っていってくれるよう祈った。が、その願いは叶わなかった。さらに近づいてくる。なんとか自分と母を守る方法はないだろうか。せめて石か棒でも……と思い、地面を手探りで探したが、役に立ちそうなものは何もなかった。あきらめたくはないが、もはやこれまでかもしれない。

そのとき、懐中電灯の明かりが見えた。木々のあいだから光っている。まもなくその光はわたしたちを見つけた。最初は目がくらみ、だれが立っているのかわからなかった。

「アナ？」闇の中の声が言った。

目を覆い、潤《うる》む目をパチパチさせると、少し離れたところに人の姿が見えた。元夫を見て、これほどうれしいと思ったことはない。

「アナ？　きみなのか？」彼はもう一度わたしの名前を呼んだ。

「そうよ！　ジャック、来てくれたのね！」

ジャックは笑みを浮かべながら木々のあいだを縫ってこっちへ歩いてきた。助かった。言いようのない安堵《あんど》に包まれた。ジャックならここから連れ出してくれるだろう。もうこれで大丈夫だ。

そのとき、彼のうしろにぼんやりした人影が現れた。

彼は振り返って、わたしが見ているものを見たが、もう遅かった。

森の中に銃声が響きわたる。ジャックは地面に倒れた。

一瞬、すべてがしんと静まり返った。一秒か二秒、あるいは三秒。まるで人生そのものが足を止めて、次に起きることを見届けようとしているみたいだった。そのとき、ある種の生存本能が働いた。わたしは母を立ちあがらせ、自分の語彙《ごい》に残っている唯一のことばを発した。

「逃げて」

母は逃げ、わたしもそうした。正しい方向に向かっているかどうかもわからないまま。母は年齢のわりに驚くほど足が速かった。足首をひねっているのもあり、わたしのほうがだいぶのろかった。そこにいるのがだれであれ、その人物はどんどんわたしたちへ迫ってきていた。さほど遠くないうしろから足音が聞こえた。森の中を駆け抜けるわたしの顔を枝や葉が叩いてくる。ところどころ葉の隙間から月明かりが差し込んでいたが、地面はほとんど闇に覆われていた。わたしは転ばないよう必死だった。しきりに母の位置を確認しながらついていったが、すぐに距離が離れてしまった。恐怖は人を逃走させる。

もう母の姿が見えないとわかると、わたしは足を止めた。怖すぎて母に呼びかけることもできなかった。むやみに注意を引きたくない。その場でくるりと回った。完全に方向がわからなくなってしまった。迷子だ。そのとき、声がした。本能は別の方向へ逃げるよう急《せ》かしていたが、わたしは声のほうへ走った。母と別の女がお互いに叫び合っている声のほうへ。甲高い声のやりとりは聞き取るのが困難で、同時に叫んでいるため、認識できることばも打ち消し合っていた。ふたりのもとへたどりつくと、ちょうど母が地面に倒れるところだった。キャット・

ジョーンズが血のついたナイフを持って横に立っている。彼女はあの大きな目でこっちを見たかと思うと、首を振って泣き出した。

「よくも人生を台無しにしてくれたわね」キャットはこっちに向かってヒステリックな声で言った。

一歩近づいてくる。ナイフは持ったままだ。口が利けなかった。動けない。傷を負ったわたしはただ、地面に倒れた母を見ていた。

「よくも友達のふりをしてくれたわね」キャットは喉を詰まらせた声で泣きじゃくりながら言った。さらに近づいてくる。「おかげで最悪の子供時代だったわ。あんたはロンドンまでついてきた。わたしのことを知らないふりして。だからこっちも知らないふりをしてやったわよ。それなのに、今度はわたしの仕事を奪おうとしてきた。夫まで。そして今度は――」

うしろでまた銃声がした。だれかがこっちに向かって撃っている。ところが、振り返ると、暗闇しか見えなかった。また向きなおったところ、キャットは消えていた。わたしは母に駆け寄った。まだ生きている。そうわかって、安堵の涙を流した。

「わたしは大丈夫」母はそうささやいたが、パジャマと手に血がついていた。

腋の下に頭を入れて母の体を起こし、ぎこちない足取りでその場を離れた。うしろから聞こえる枝の折れる音からできるだけ早く遠ざかる。よろめきながら偶然道路にたどりついて車が見えたとき、幻覚にちがいないと思った。運転席のドアが開いていて、キーがイグニションに挿さったままになっていた。だれかが今降りて、わたしたちが乗れるよう置いていってくれたみたいに。そのとき、オークの古木が見えた。どうやらそこにぶつかったらしい。

助手席に母をそっと乗せ、シートベルトをつけたあと、運転席に乗り込んだ。母は血を止めようとおなかの傷を押さえていたが、さっきより出血量がだいぶ増えていた。

「動きそう？」と母に訊かれた。

「やってみる」

どうにかこうにかキーを回すと、エンジンがかかり、希望が湧いてきた。シフトレバーをリバースに入れる。その瞬間、車は木から離れてゆっくりうしろへ動き出した。ギアを入れ替え、ここから走り去る準備をする。と、遠くからサイレンの音が聞こえた。横を見ると、母にも聞こえているのがわかった。

「すぐ助けがきそう。待ったほうがいい？」とわたしは訊いた。

希望に満ちた母の顔が恐怖の表情に変わる。母は悲鳴をあげた。

視線をたどると、その理由がわかった。

キャット・ジョーンズが目のまえに立っていた。ヘッドライトに照らされた姿は悪霊そのものだ。

白いワンピースに血がついていて、手にはナイフが見えた。顔は正気を失っている。

すべては一瞬のできごとだった。

考えている暇はなかった。

ここから逃げたい一心で、わたしはペダルを踏み込んだ。ギアがリバースではなくドライブに入っているのも忘れて。車体がキャットにぶつかると、鈍く重い音がした。キャットは木のほうに倒れ、バンパーとのあいだに挟まれた。

「うそでしょ」とわたしはつぶやいた。「わたし、何したの」

過ぎ去った年月が剝《は》がれ落ちていく。見えるのは、二十年前のあの夜、森の中にいたキャサリン・ケリーだけになった。わたしたちのことが憎くてしかたなかったせいで、こんな復讐を企《くわだ》てたにちがいない。起きたことすべての責任を感じずにはいられなかった。そして、ドアを開けた。

「降りちゃだめ」と母は言ったが、わたしは無視した。

キャットの目は閉じていた。口の端から血が垂れている。とはいえ、まだ助けられるかもしれない。傷ついた彼女の体に向かって歩き出し、脈があるか確認しようと手を伸ばした。

キャットの目が開いた。彼女は片手でわたしの手首をつかむと同時に、もう一方の手でナイフを振りあげた。逃げようとするも、爪が皮膚に食い込んでいて引っぱられた。ナイフがスローモーションで顔に飛んでくるような気がして、目を閉じた。そのとき、またもや銃声が響いた。振り返る。プリヤ・パテルが車のうしろに立ち、こっちに銃を向けていた。もう一度キャットのほうを見ると、白いワンピースに赤黒い染みが広がっていた。目はまだ開いていたが、死んでいるとわかった。

金曜日　十四時三十分

彼女

目を開けると、病院のベッドの横にジャックが立っていた。

「面会時間は過ぎてるらしいが、あいさつをするくらいならと言ってもらえてね」と彼は小さな声で言った。

「無事だったのね」とわたしは返した。

「当然だ。肩に一発食らうくらいなんてことはない」

病院は嫌いだ。足首の捻挫《ねんざ》といくつもの引っかき傷を除けば、別にどこも悪いところはなかった。わたしなんかよりもっとベッドを必要としている人はいるだろう。それなのに医者ときたら、二十四時間入院しろの一点張りだった。ジャックに手を取られ、ふたりで無言の会話をした。ことばは必要ないときがある。相手が何を言うか、はっきりわかるくらいその人のことを知っている場合はなおさらだ。

「母は――」

「大丈夫だ。安心しろ。ちゃんと傷を縫ってもらって、別の病棟に入院してる。わりかし元気にしてるよ」ジャックはそう言うと、ことばを切った。「伝えなければいけないことがあるんだ。どう言ったらいいものか……もしかしたら、きみはもう知ってるのかもしれない。わたしは知らなかったが。実は、搬送されたとき、お母さんの医療記録からあることが判明したんだ」

「認知症のことなら知ってるわよ。以前よりずっと悪くなってるって――」

「それのことじゃないんだ。なんとも言いづらいんだが、どうやら癌《がん》らしい。数ヵ月前に見つかったんだと。どうしてわたしに、いや、わたしたちに言ってくれなかったのかはわからないけど。たぶん自分でもよくわかってないんじゃないかな。ここの医者ともふたりと話した。進行が速いタイプだと言われたよ。残念だ」

なんと言っていいのかわからない。十代のときから母との関係はぎすぎすしていたが、それでも釈然としなかった。母はどうしてこんなことをわたしに隠していたのだろう。

「心配させたくなかったんだよ、きっと。それか、単純に忘れてたか――どれくらい頭がこんがらがってきてるかは、きみも見ただろ」わたしの心を読んだかのようにジャックは言った。

森の中で父について聞かされたことは忘れていない。

少し時間ができたので考えてみたのだが、確かに、あの頃母が父を殺したというのはほんとうかもしれない。父は日頃から暴力をふるう人だった。もし母が実際に殺したのだとすれば、それは自分を守るのと同じくわたしを守るためでもあったのだろう。隠しごとが得意なのは何も母にかぎったことではなかった。わたしだって同じだ。わたしには、だれにも一生話すことのない秘密がある。ジャックにも話すつもりはない。

「なんでプリヤはあんなことをしたの？」

「彼女は自分がすべきことをしたまでだ」

「あなたを撃ったのよ、ジャック」

「わかってるよ。それを証明する穴なら肩に残ってる。でも、立場が逆なら、わたしだって同じことをしたかもしれない。きみとお母さんを救ったのも彼女なんだぞ」

「そういえば……プリヤが家に来たって母が言ってたの。いろいろ訊かれたって」

「もしそうなら、それも自分の仕事をしただけだろう。キャット・ジョーンズは痕跡を隠して他人がやったように見せかけるのがものすごくうまかったが、それぞれの事件と結びつく証拠が自宅から見つかってる——子供の頃の日記とかね。きみたち全員のことがどれほど嫌いだったか、ありありと書いてあったよ。とくにきみのことは憎くてたまらなかったらしい。友達のふりをされて裏切られたと思っていたようだ。彼女がきみのお母さんに襲いかかるところはプリヤも見てる。きみに手を出すまえにプリヤがもう一度駆けつけてくれたのはラッキーだったよ。犯行に使われたナイフはまだ見つかっていないけどね。奇妙としか言いようがない。きみたち三人とも、キャットがそれを持ってるのを見たというのに。まあ、現場の森を隅々まで捜索してるから、すぐ出てくるだろう。四件すべての事件で同じ凶器が使われたと、科学捜査班は見てる。わたしも彼女の単独犯だと確信してるよ」

そのことについて、わたしは考えるのをやめられなかった。

キャサリン・ケリーが成長してキャット・ジョーンズになったことと、学校時代に自分をいじめていた同級生たちにぞっとするような復讐を企《くわだ》てたというのはまったく別の話だった。どちらも信じがたい話だとわたしは思うが、どうやらみんな信じているらしい。ジャックの視線を感じ、わたしはわれに返った。

「ゾーイのことはつらかったでしょ」とわたしは言った。

ジャックは目をそらした。一瞬、今にも泣き出しそうな顔になる。

「なんで知ってるんだ？　まだマスコミにも公表されてない……」

「医者と看護師って、記者と同じくらい噂話が好きみたいね。小耳に挟んだの」

彼はうなずいた。

「母親が死んだことをどうやって姪《めい》に伝えたらいいのかわからないよ」

「ジャックはいいお父さんだったもの。伯父さんとしてもきっと立派にやってきたはず。人生にあなたがいてくれて、オリビアは運がよかったと思うわ。大変だろうけど、きっと乗り越えられる」

ジャックはわたしの目を見ようとしなかった。お互いに自分の娘のことを考えているのがわかる。

「よく考えたんだが、ロンドンに戻ろうと思ってる」と彼は言った。「ここにはいたくないんだ。両親の家を売って、ロンドン警視庁に戻るつもりだ。けど、パートタイムの仕事を任せてもらおうと思ってる。オリビアのそばにいて、面倒をみてやれるようにね。まだはっきり決まったわけじゃないが……」

「ジャックらしいね」

「まあ、あの子がわたしに残された唯一の家族だから」

彼の思いを聞いて、わたしも自分が考えていたことを思い出した。

「母のことはジャックの言うとおりだった――やっぱり助けが必要だと思う。あの具合の悪さからすると。ごめんなさい。もっと早くに耳を貸せばよかった」

「びっくりだな。今の録音してもいいか？」そのことばに、わたしは精いっぱい笑みを浮かべようとした。

ほったらかしのスープみたいに少し冷めた謝罪だったが、それでも彼はのんでくれた。場合によっては、ほんの小さなひと口でも足りるものなのだ。愛する人からの赦《ゆる》しにあまりにも飢えていると。

「紹介してくれた高齢者施設を当たってみるつもり。費用はわたしが出そうと思ってる。そうすれば、母も家を売らなくてすむし。いつもそればかり気にしてたでしょ」

「庭とミツバチが恋しくなるから？」

わたしはほんの一瞬、ためらった。

「そう」

ジャックはわたしの手を取った。握ってもらうとすごく心地よかった。そんな小さなことで泣けてくる。悲しい涙じゃない。希望の涙だ。

「お互いに助け合えるかもな」と彼は言った。

「そうしたい」

「なあ、ずっと――」

「わかってる」

ずっとわたしを愛してくれていたのはわかっている。わたしも同じ気持ちだ。

金曜日　十四時四十五分

彼

手をつながせてくれたかと思うと、アナは突然泣き出した。

病院のベッドにいる彼女を見ていると、娘が生まれたときのことを思い出す。過ぎ去った年月と傷と痛みが徐々に剝《は》がれ落ちていく感覚だ。またもとに戻ったような気がした。出発点にではなく、ふたりの関係が壊れるまえの地点に。

実のところ、わたしには計画があるように聞こえたかもしれないが、これからどうなるかははっきりしなかった。だが、そんなことはわからなくていいのかもしれない。人生にはすでにわたしたち全員の計画があるのだ。恐怖や痛みや悲しみから逃げ腰になったときは、単に道に迷っているだけのこと。シャーロットの死はわたしたちを壊した。それはまちがいない。しかし、壊れたところで直るものも多いものだ。ただ時間と忍耐が必要なだけだろう。

わたしはアナの手を離した。これはなんなのだろうとついうろたえてしまう。彼女は自分の手を見ていた。わたしが強く握りすぎたせいで痛いとでも言わんばかりに。もしかしたらいつも力を入れすぎていたかもしれない。もう何日も眠っていなかった。これ以上事態を悪化させたくない――だれに対しても。何かまちがったことを言ったりしたりするのは嫌だった。

「そろそろ行かないと」そう言うと、アナはきょとんとした顔をした。「ほら、時間が。もう面会時間を過ぎてるだろ」

彼女はうなずいたが、わたしのことは見抜いているはずだ。いつもそうだから。アナは目を合わせようとしなかった。目を見れば何かわかってしまうと怖がっているのか。そして、最後の質問をしてきた。素朴だが、わたしたちふたりにとっては多分に意味のある質問を。

「また来る？」

「もちろん」

どこまでも優しいキスを額にしたあと、わたしは振り返ることなく病室を去った。考えなくても答えは出てきたが、だからといってそれがほんとうだとはかぎらない。

彼女

金曜日　十五時

ジャックを見送ったあと、顔を拭いて、ベッドの横にある赤いボタンを押した。数分も経たないうちに中年の看護師が様子を見にくる。よかった。ぐずぐずしている暇はない。看護師の髪はベリーショートで、緑色の目は大きく、それを強調するようにリキッドタイプのアイライナーがたっぷり塗られていて、少しにじんでいた。バッジの写真より十歳は年を取っていそうだ。

「大丈夫ですか？」と看護師は言った。

「退院したいんです」

看護師の顔が固まった。頭が必死でわたしの言ったことを理解しようとしている。

「それはちょっとまずいわね」

その偉そうな言い方に、さっきよりこの人のことが嫌いになった。

「まずいのはそうかもしれないけど、わたしはそうするつもりなので。いろいろしていただいて感謝してます。だけど、今すぐ行かないといけないの。書類をもらえればサインしますから。自らの意思で退院しますとかなんとか、そういうことが書かれた書類があるんじゃないですか？」

こんなことをするのははじめてではなかった。手順なら知っている。病院にいるのは耐えられなかった——死と絶望のにおいには。しかも、わたしには今すぐやらなければいけないことがある。

「ちょっと待ってて。主治医の先生を呼んでくるから」と看護師は言った。

ベッドの上に仰向けになって待った。医者はまちがいなくわたしに留まるよう説得するだろう。だが、そんなことをしても無駄だ。いったんわたしの心が決まれば、だれもそれを変えられない。たとえわたし自身でも。

それに、お酒も飲みたかった。

看護師の姿が見えなくなると、ベッド脇のロッカーに手を伸ばしてバッグを出した。アルコールがひとつも残っていないのはわかっていた。わたしが探しているものはそれではない。よかった。まだあった。全員を殺したナイフは。

自分を被害者のように見せることが大事だった。みんなにわたしの話を信じてもらうために。とはいえ、事実はおのずから語る。レイチェルが死んだ夜、わたしは森にいた。ヘレンが殺されたとき、わたしは学校にいた。ゾーイのとき、わたしはあの家にいた。リチャードが殴り殺されたとき、わたしはそこにいた。キャット・ジョーンズが車と木のあいだに挟まれた挙句《あげく》に撃たれるというのは、もともとの計画にはなかったが、それで事足りた。偶然などというものは存在しないが、みんなわたしを信じてくれた。

病院でした話にはすごく説得力があった。自分でも信じそうになったくらいだ。

いつだって自分自身につく嘘が一番危険だ。でも、それは本能だと思う。自己防衛はわたしたちのDNAに組み込まれている。わたしたちは嘘をつく生き物で、わざとまちがった順序で点を結び、自分が見ているものを理解しているふりをする。自分の身に起きた話を誇張して理想の物語に仕立てあげ、周りにいる人に本来より美しい姿を見せる。正直な話はいつも型破りな嘘に負ける。そもそも真実が評価されすぎているのだ。あるもので間に合わせるより話をでっちあげるほうがずっといい。

空想の世界は何も子供たちだけのものではない。靴と同じように、わたしたちが語る自分自身の物語は、年齢とともに大きくなる。成長して合わなくなったら、別のをつくればいい。

わたしは、やらなければならないことをした。

六ヵ月後

正直に言うと、ひとりで幼児の世話をするのは思っていたよりはるかに大変だった。しかし、今のところよく対処していると思う。まあ、なんとかだが。最初の数週間は、隣人や見知らぬ人の善意にかなり頼っていた。わたしなんかよりずっと姪《めい》のことをわかっている人たちがいた。保育園や、妹がよく連れていっていたさまざまな教室を通した人たちだ。彼らにはずいぶん助けてもらったが、それでも手こずった。ようやくこつがわかって、新しい日常がしっくりくるようになってきたところだ。

ゾーイの葬儀を終えてまずしたのは両親の家を売ることだった。それは一筋縄ではいかなかった。買い手は、バスタブで人が殺された田舎の一軒家の購入にあまり意欲を示さなかった。それでも、結局は売れた――時価よりずっと低い価格で。買ったのは開発会社だ。まちがいなく取り壊されるだろう。が、それでもかまわない。一からやり直すほかないときもある。

職場の対応は実に思いやりがあった。休暇をもらい、そのあとはロンドンでパートタイムの役職に志願させてくれた。新設された職で、昔の上司がわたしのためだけに用意してくれたのだと思う。人間というのは、身近な人が災難に見舞われると、どこまでも親身になれるものだ。友人や家族に思いも寄らないことが起きたとき、そういうことは自分の身に起きてもおかしくないと思い知らされるせいかもしれない。ブラックダウンから離れなければいけないのはわかっていた。もう二度と帰るつもりはない。重大犯罪班のリーダーの後任にすばらしい人材を選んでもらえて満足している。プリヤはいい仕事をするだろう。当然の昇進だ。

ただ、いいことずくめではなかった。

わたしにも苦しいときはそれなりにある。目に焼きついた光景には死ぬまでさいなまれつづけるだろう。

失ったものについては考えないようにしようと思う。

今できるのは、その日その日を精いっぱい過ごし、今残っているものを手放さないようにすることだ。

多くを失ってみないと、気づかないものだ——自分がどれほど恵まれていたか。

彼　女

「今日入った主なニュースを振り返ります。アメリカの前大統領が、離職後はじめて公《おおやけ》の場に姿を現しました。ミツバチが十年以内に絶滅の危機に瀕《ひん》すると、科学者たちは警鐘を鳴らしています。最後に、今朝エジンバラ動物園で生まれた赤ちゃんパンダの映像をお届けしたいと思います。BBCニュースチャンネルでは、このあとも引き続きニュースをお伝えしますが、〈ワンオクロック・ニュース〉はここまでです。それでは、失礼します」

わたしはカメラに微笑みかけながら、原稿を机に叩きつけてそろえ、小さな赤の光が消えるのを待った。放送が終わるとすぐ反省会に立ち寄り、チームが今日の放送についてあれこれ話すのを礼儀正しく聞いた。自分の居場所に戻ってこられてすごく幸せだ。お昼の番組のキャスターに復帰できて。その人が昔どんな人間だったかはだれも気にしない。重要なのは、今どういう人間かだけだ。昨日のニュースのように、その人の古いバージョンは簡単に忘れ去られる。ここにいる人たちはわたしの疑似家族だ。そう考えていて思い出したが、あれこれあったあと、わたしには本物の家族もできたのだった。

反省会が終わるなり――今日は金曜日だから、帰りたくてしょうがないのはわたしだけではない――バッグをつかんで外に出た。時間を節約するためにタクシーに乗る。自宅は以前とちがう場所にあり、もう歩いて帰ることはできなかった。最近思うのだが、家が遠いか近いかは、場所より気持ちの問題かもしれない。橋がないからといって、絶望する必要はなく、まえもって行き方を計画して、地下のトンネルを通ったり、必要であれば泳ぎ方を覚えたりすることもできる。やろうと思えば、立場を変える方法はいくらだってあるのだ。

ウォータールーの近くのアパートは売り、かわりにノース・ロンドンにある小さな一軒家を買っていた。テムズ川の南ではなく北に住むのは変な気分だとときどき感じるが、心機一転、再出発する必要があるような気がしたのだ。庭もほしかった。それと、SUVの新車用の車寄せも。ミニコンバーチブルは処分した。

タクシーの運転手に料金を払い、玄関に向かった。一瞬たりとも時間を無駄にしないよう、手にはもう鍵を握ってある。中に入ってドアを閉めたが、その場に凍りついた。うしろから足音がする。

だれかがいる。

でも、それは問題なかった。いてあたりまえだから。

「アナ、アナ、ミツバチが生きてる。見にきて！」

姪《めい》はわたしの手を取り、キッチンの窓のほうへ引っぱっていった。小さな庭に目をやると、姪が指差している白い木箱が見えた。母の巣箱は唯一、実家から持ってきたものだった。これを見ると、母を思い出す。

ブラックダウンからロンドンへミツバチを引っ越しさせるには専門家を雇わなければならな

かった。眠っているあいだに動かせるから、冬は引っ越しに最適だと業者は言っていた。けれども、その冬でさえ、かなりの費用がかかるにもかかわらず、ミツバチが生き延びられる保証はなかった。

しかし、今は春だ。六ヵ月が経ち、木々はサクラの花を咲かせ、家には小さな女の子がいる。案の定、巣箱の活動も始まっているようだ。群れというには程遠かったが、ひと握りでは収まらない数の黒いかたまりが、ブンブンいいながら木の箱を出たり入ったりしていた。ミツバチは人生を左右する旅を切り抜けた。厳しく危険な旅だったが、生き延びた。そして今、新しい家で一からやり直している。わたしたちみたいに。

ジャックがスーツケースを抱えてキッチンに入ってきた。

「おかえり!」と彼は言い、わたしの頬にキスをした。

わたしたちの生活はまだ始まったばかりだ。ジャックとオリビアはほんの数週間前に引っ越してきた。ジャックはロンドンで新しい仕事が決まった。まえと同じく警察の仕事だったが、パートタイムで署内の仕事がメインだ。あまりに多くの時間を一緒に過ごしていたので、次のステップとして一緒に暮らすのが当然のように思えたのだった。ジャックとわたしはまたお互いを家族のように感じている。娘のかわりになれる人などいないが、オリビアはかわいらしかった。その子育てに一役買えて誇らしく思う。

「渋滞を避けたいならそろそろ出発しないと」

「そうね。わたしも自分の荷物を取ってくる」

ドア口で足を止め、振り返ってふたりを見た。ガラスの向こうのミツバチを指差しているふたりを。わたしたちはこのロンドンにささやかな安らぎの場所をつくった。過去に何が起きたかはもう関係ない。わたしは、やらなければならないことをしたのだ。

忘れることを選ぶのは、覚えていることを選ぶよりはるかに痛みが少ないのかもしれない。

彼

今日ブラックダウンへ戻るのは、わたしが決めたことではなかった。あそこへ帰ると考えると、ものすごく気が重くなる。しかし、アナにとっては大事なことだとわかっているし、それほど時間もかからないだろう。ドーセットと海岸へ行く途中でちょっと寄って、二、三確認するだけだ。何もかもから離れた一週間を過ごす予定だった。アナとわたしと、日ごと自分の娘のように思えてくる姪《めい》の三人で。オリビアは海辺が大好きだ。

よりを戻すのは、ずっとわたしが望んでいたことだった。

ひどいことが起きると、人はときにばらばらになってしまう。それは、わたしたちも一度経験しているが、今回はひとつにまとまったようだ。

車内で横に座ったアナを見ると、ただひとり本気で愛した女の顔が見えた。かつては彼女の期待を裏切ったが、もう二度とそんなことはしない。わたしたちはすべてを手に入れた。大胆にも夢見たそのほとんどを。いや、それ以上だ。彼女を幸せにするためならなんでもする。彼女を守るためなら。

なんでも。

ブラックダウンに入り、アナの実家の外に車を停めた。顔は不安でいっぱいなのに、アナはどうしてもひとりで入りたいと言った。〝賃貸用〟の看板がもうすでに立ててあった。明日から内見が始まる予定だ。今日は、すべてがあるべき状態になっているか確認するだけだろう。そして、自分の家だった場所に別れを告げるつもりにちがいない。

この数週間、アナは週末にひとりでここへ来ていた。母親の荷物をまとめたり、中を改装したりするので忙しそうだった。数ヵ月前には裏庭も片づけたので、ミツバチも植木鉢もごちゃごちゃした家庭菜園ももうなかった。そこに新しいテラスをつくり、母親の野菜畑だった場所を完全に覆っている。アナが全部ひとりでした。業者に頼めばすむことなのに、どうしてそうしなかったのかはいまだに謎だ。

十分待ったあと、少し急《せ》かそうと思ってわたしも中に入ってみることにした。

家の中はまだ塗りたてのペンキのにおいがした。キッチンは真新しく、以前とは似ても似つかない家になっていた。アナは奥にいた。母親のお気に入りだった椅子に座り、新しい庭を眺めている。濃い灰色のレンガが並べられた円形のテラスで、真ん中に丸いレンガがひとつ置かれていた。ミツバチの絵が刻まれたレンガだった。耐寒性のある植物の植木鉢がモノトーンの庭にほんのり色を添えている。新しく張った芝生は少し離れた森へつながっていた。

「なかなかの見栄えだね」外に出たあとでそっとキッチンのドアを閉めながら、わたしは言った。

アナは肩をすくめた。涙を拭ったのがわかったが、それには気づかないふりをした。

「賃貸に出すにはこっちのほうがいいと思って。手のかからない庭だと、借りるほうも手入れしやすいでしょ」と彼女は言った。

「そうだな。ほんとによく頑張ったよ」

「なんかもう自分の家じゃないみたい」

「それが大事なんじゃないか。そうでなくちゃ困るだろ。ここには別の家族が住むことになるんだから。まあ、きみにとっては永遠に特別な場所だ。それは変わらない。売らずにすんだのは、きみのお母さんにとっては大きな意味があることだったと思うぞ」

「そうよね。ばかなこと言っちゃった。なんか、どこを見てもレンガばかりで」

「大丈夫だ。わたしが保証する」とわたしは言い、彼女の額にキスをした。「それに、今は新しい家があるじゃないか。わたしとオリビアと三人の家が」

彼女

母があの家から出るのを見る日がくるとは思わなかった。

あの古い家を出るくらいなら死んだほうがましだとよく言っていたが、そう話していたほんとうの理由がはっきりした時点で、わたしは自分が何をすべきかわかった。父を殺したという話をほんとうに信じているのかどうか、自分でもよくわからなかった。しかしそれも、実際に野菜畑を掘り返して骨が出てくるまでの話だ。これでもう埋めてはならないものが庭から見つかることはなくなった。少なくともわたしが生きているうちは。過去はすべて新しいテラスで覆い隠されている。永久に見えない場所へ埋められた。

それについては後悔していない。

父は当然の報いを受けたまでで、母は自分だけでなくわたしのためになることをしただけだ。愛する者のためにわたしたちがすることといったら際限がない。

ジャックが手配してくれた高齢者施設はどこまでも美しかった。かなりの金額がかかったものの、ウォータールーのアパートを売ったお金が少し余ったおかげで、部屋を確保することができた。それに、住人がまもなく引っ越してくれれば、実家の家賃収入も入る。それで毎月の費用はだいたい賄《まかな》えるだろう。そのうえ、母の癌《がん》は進行が速いタイプだ。記憶にある母の姿と比べると、今はいろいろな意味で具合がよさそうだし、まちがいなく幸せそうに見えたが、医者が言うにはもう長くはないそうだ。

「すごーい！」オリビアが後部座席から声をあげた。

最近お気に入りのことばのひとつだ。長い私道を進みながら思うが、確かにそうかもしれない。

見事な施設だった。共同庭園は一分の隙もなく整えられ、小さな噴水が並び、カラーコーディネートされたかわいい花壇にさりげない照明が設置されていた。フロントは五つ星ホテルのようで、敷地内にはレストランが数軒と図書館、プール、温浴施設までついている。母の部屋は一階にあり、本人にとっては何より大事な専用の庭付きだ。谷の反対側からではあるが、そこからブラックダウン・ウッズが見渡せる。

「お母さん、元気？」わたしは母を抱きしめ、懐かしい香水の香りを吸い込んだ。

母は元気そうだった。少し体重も増えたようだ。髪はカットしたらしい。服も昔みたいに清潔でアイロンがかけられていた。今はほかの人に掃除をしてもらっている。それには慣れないことだろう。ずっと他人の家に入り、人が嫌がる仕事をしてきたのだから。家主が外で別のことをしているあいだにそういうことをしてきた人だった。実家を片づけていたとき、鍵でいっぱいの引き出しが母の部屋から見つかった。町のほとんどの鍵が手元にあったにちがいない。

今は日に二回、別のスタッフが部屋に立ち寄り、母に薬を飲ませてくれている。といっても、いつもちゃんと飲んでいるわけではないと思うが。すべての部屋に非常用ボタンがあり、気分が悪くなったり何か必要になったりすれば、すぐに助けがきてくれることになっていた。食事はレストランで取ることも、新鮮なオーガニック食品と一緒に、自分で調理するためのレシピを書いたカードを持ってきてもらうこともできる。こうなるまでには説得が必要だった。ずっと大事にしてきた野菜畑を母が恋しがっているのはわかるが、それでも新しい生活にはよく順応していると思う。ゆっくりではあるものの。

部屋のインテリアは淡色でまとめられ、置かれているものも最低限だったが、実家から持ってきた懐かしいものもいくつかあった。十五歳のときのわたしの写真がその代表だ。とはいえ、もっと最近の写真——わたしとジャックとオリビアの写真——も額に入れて飾られていた。それを見るとうれしくなる。十代の頃の娘にはもうしがみついていないようだ。母には現在のわたしが見えている。大人になった今のわたしでも愛してくれているらしい。親は若いときに自分の子供を理解しようとし、子供は大人になってから自分の親を理解しようとする。

母は、紅茶を淹《い》れると言って聞かなかった。キッチンへ消えたあと、食器棚と引き出しを開ける音が聞こえてきた。カップが皿に置かれ、金属のスプーンが陶器に当たる音がする。懐かしい。わたしは昔ながらのやかんのお湯が沸くのを待った。やかんが悲鳴をあげると、思わず身震いした。

しばらくすると、母がぎこちない足取りで戻ってきた。震える手で持ったきれいな銀色のトレーがカタカタ音を立てている。プラスティック容器に入ったオーガニックのハチミツが見えた。ミルクと砂糖と一緒にトレーにのっている。最近買ったもののようだ。つい笑みを浮かべてしまった。元気にしていても、やっぱり頭はしっかりしているわけではなさそうだ。「ミツバチが生きてるの！」オリビアがハチミツを見て甲高い声をあげた。最近『クマのプーさん』を読んでやっているせいで、そのことしか頭にないらしい。「ロンドンの家にいるんだよ、アンドルーズおばあちゃん。今日、巣箱から出てきたの！」オリビアは満面に笑みを浮かべて母を見た。

「引っ越しは大丈夫だったの？」母はわたしを見て訊いた。

「そうなのよ、お母さん」

「巣箱のナイフはあの人たちに見つかった？」

退院したあと、わたしはナイフをそこに隠していた。どうすればいいのかわからなかったから。母が気づくのは最初からわかっていたことなのに——巣箱に手を入れるなんてばかな真似をするのは母しかいなかった。幸い、みんな認知症のせいだと思ってくれるだろう。

わたしは笑みを浮かべた。テーブルに置かれた、手土産《みやげ》のケーキ用のナイフを取る。

「何言ってるの、お母さん。ナイフならここにあるでしょ？　ミツバチはハチミツを広げるのにナイフなんて使わないの。何もかも自分たちでやれるんだから。さあ、チョコレートケーキを食べたい人は？」わたしは、ケーキ屋でもらった大きな白い箱を開けながら言った。

「はーい！」オリビアが叫ぶ。

母も少しだけ切ってくれと言った。ほんとうはあまり食べたくないのだろう。こんなことなら、箱から取り出して、自分で焼いたふりをすればよかった。そうすれば、有害な添加物だらけの市販のケーキだとばれずにすんだのに。

「ポニーテールの女の人がまた会いにきたの」母はフォークを置きながらそう言った。わたしのフォークが宙で止まる。わたしは心配を顔に出さないようにした。

「プリヤのこと？　あの刑事さん？」

「そう。わたしに質問するのが好きみたい」

「なんでまだ母のところに来てるの？」そうジャックに訊くと、彼は肩をすくめた。わたしの不安には気づいていない。

「あいつは気遣いのできる人間だから。様子を見にきてるだけじゃないか。いろいろあったあとで元気にしてるか、気になってるんだろう」

「それだけよ」わたしも同意して、母を安心させようとした。

母は信じていないようだ。わたし自身、信じているかどうかわからなかった。

母は微笑み、ひと口も手をつけていないケーキを置いた。かわりに、自分で淹れた紅茶を飲み、ハチミツをまた加えている。

「わたしのことは心配しなくていいのに。自分の面倒は自分でみられるわ」

当事者にはいつだってそれぞれ言い分がある。あなたの言い分、わたしの言い分。われわれの言い分、彼らの言い分。彼の言い分、彼女の言い分。

わたしはいつだって自分のが好きだ。

とはいえ、何があったか、ほんとうのことはだれにも知られないほうがいいかもしれない。どちらにしろ、わたしの話を信じてもらえるかどうか。認知症のか弱きおばあさんが人殺しだとはだれも思わないにちがいない。

実のところ、わたしの記憶力にはなんの問題もなかった。昔のことを忘れているとすれば、それは自分でそうすることを選んだからだ。だが、癌《がん》と診断されたのは事実だ。つまり、いずれにせよ、あの家は出ていたということ。そして、だれかが引っ越してきて、庭に埋められたわたしの過去の過ちを知ることになっていた。

夫にしたことをみんなに知られると考えると、やりきれない気持ちになる。悪い話というのは、ハチミツのようにくっついて離れないものだ。そういうふうに人に記憶されたくはない。わたしは生まれてこの方、善人として生きてきた。善《よ》きことをする人として。夫は日頃から暴力をふるう人だった。あんなことをしたのも、殺人ではなく正当防衛だったと思っている。もちろん、別の結果になっていればと思わないわけではないが、後悔は謝罪と同じではない。そもそも、自分のしたことを悪いとは思っていなかった。ただ、ほかの人には絶対に知られたくないだけだ。

野菜畑に夫の死体を埋めるのは、この上なくいい考えに思えた。あそこは、だれも見ようとは思わない場所だ。ある日わたしは、ジャガイモを掘り出しているときに、夫の結婚指輪を見つけた。あの家を出たくないと思っていたほんとうの理由は夫だが、あとのことはアナがどうにかしてくれるだろう。

アナが十六歳で家を出たのは、わたしが父親を殺したと、心のどこかでわかっているせいだとずっと思っていた。夫を殺した日の午後、アナは血と庭の泥にまみれたわたしの姿を見ている。翌年に学校を卒業すると、娘はすぐブラックダウンを離れることにし、それ以来めったに帰ってこなかった。それは自分のせいだとずっと思っていた。父親を永遠に奪ったわたしが憎いのだと。

わたしは、ひとり娘の昔の写真を見ることでどうにか自分を満足させていた。そして数年経つと、その手段がテレビ——娘が出演するニュース番組——に置きかわった。わたしがいなくても、アナは幸せで健康そうだった。だから、たまにしか顔を見せなくても、電話を寄越さなくても、しかたないとあきらめた。連絡をくれるだけありがたいと思った。

あの夜、シャーロットの面倒をみることになったのはジャックのアイデアだ。誕生日に妻をデートに連れ出す作戦だった。孫娘とはほとんど会っていなかったので、アナがその提案に賛成したときはわたしもうれしかった。これがきっかけで距離が近くなればと思った。自分にも娘ができたアナが、母親の気持ちを理解してくれたらと。だが、シャーロットは死んだ。わたしのせいではないが、娘には責められているように感じた。

飲酒がまた始まったのはそのあとだ。お酒を飲むと、痛みを紛らわすことができた。お酒で酔っぱらっているのを、町の人に認知症だと勘ちがいされたとき、まんまとそれに乗っかった。おかげでジャックはわたしの人生に戻ってきてくれた。ついでに娘も哀れに思って戻ってきてくれたらと思った。ちょっと忘れっぽいふりをして、パジャマ姿で夜中に何度か町を徘徊《はいかい》するだけでよかった。ジャックは医者に診《み》てもらうべきだと言った。それがきっかけで癌だとわかったのだ。もっとも、そのことはジャックにもほかのだれにも言っていない。

部屋の片づけを始めたときも、アナの部屋は最後まで取っておいた。その部屋は娘がまだそこに住んでいたときのままにしていた。ようやく手をつけると、暖炉にすすが残っているのに気づいた。娘が家を出てからもう何年も使っていないのに、おかしいと感じたのを覚えている。

わたしは掃除用具を出し、煙突の中に手を入れてこびりついた汚れを取った。少し焦げて汚れた紙切れが落ちてきたのはそのときだ。わたしはしばらくそれを見たあと、見覚えのあるアナの筆跡で詰め尽くされたその紙切れを集めた。燃やそうとしたようだが、燃えずに煙道に吸いあげられてしまったらしい。わたしは娘の部屋の床に膝をつき、パズルのように紙切れを合わせた。

それは遺書だった。

何度読んだかわからない。が、窓の外は昼から夜に変わり、わたしの頭の中の考えも外と同じくらい暗くなっていた。

そこには、アナの十六歳の誕生日の夜に起きたひどいできごとが書き綴《つづ》られていた。嫌悪感で胸が悪くなると同時に、怒りではらわたが煮えくり返った。ヘレン・ワンから飲まされたという薬について読んだ。レイチェル・ホプキンズが娘とセックスさせようとした男たちについても。ゾーイ・ハーパーがだれにも言うなという警告の意味でうちの猫のしっぽを切ったことについても。

昔のことだったが、あの夜のことは覚えていた。

わたしたちの家はめったに客を呼ばなかったが、その夜は、アナとセント・ヒラリーズ女学院の同級生たちだけで過ごすことに、親のわたしは同意した。友達だから問題ないだろうと思って。アナがあまりに楽しみにしていたので、だめとは言えなかった。一週間前から毎晩、みんなのためにミサンガを編むところも見ていた。裁縫箱からわざわざ赤と白の糸まで出してやったのだ。

その夜みんなで撮った写真はまだ持っていた。誕生日パーティーから数週間後、レイチェルがくれたものだった。彼女の母親に頼まれて家を掃除していたとき、アナに渡してほしいと言われた。どういうわけかふたりの仲がこじれているのは知っていた――それまで片時も離れることはなかったのに、まったく会わなくなっていたから。それでも一応写真は娘に渡した。が、翌朝ごみ箱に捨てられているのを見つけた。わたしは昔からものが捨てられないたちだ。誕生日カードとか、日記とか、写真とか。あのとき取っておいてよかったと思った。

その写真を見た瞬間、だれがだれだかわかった。

全員がどこに住んでいるかも。ひとり残らず自宅を掃除したことがあった。

当時はもう仕事は引退していたかもしれないが、鍵はまだ持っていた。自宅の鍵を取り替える人はめったにいない。わたしはようやく知った。わたしのアナがブラックダウンを離れたほんとうの理由を。あの子たちのせいだった。わたしのせいではなく。

彼女たちは報いを受けなければならない。

が、報いを受けなければならない人はほかにもいた。

孫娘が死んだとき、ジャックはアナのもとを去った。そのせいで彼が憎かった。駅から出てきたレイチェル・ホプキンズのあとをつけて、ふたりが彼の車の中でセックスしているのを見たとき、その憎しみはいっそう強くなった。わたしはその場で決めた。あれこれ親切にしてくれたかもしれないが、わたしのかわいい娘をひとりにし、あの売女《ばいた》と寝ている罰を彼に与えなければと。

その後、すべての罪をすっかりジャックになすりつけるつもりだった。ティンバーランドのブーツも拝借し、それを履いて森へ行った。もちろん大きすぎたが、爪先に脱脂綿を入れれば調整できないものはない。しかも、おかげで自分の靴は汚れずにすんだ。彼の車と自宅に証拠を隠し、行ける場所はどこへでもついていった。普通、近道は成功につながらないものだが、森のことは自分の庭のように知っていたので、町のある場所から別の場所へ移動するのは簡単だった。しかも、相手に気づかれることなく大急ぎで移動することができた。

だがその後、ふたりが――ジャックとアナが――一緒にいるところを見た。ふたりのあいだにまだ何か残っているのは明らかだった。ほんの少し背中を押してやれば、よりを戻せるような状態だった。

アナが泊まっているホテルの部屋へ忍び込んだとき――そこの部屋も何年も掃除していた――ベッドに眠り込んだ娘が子供のように見えた。あんなにお酒を飲んでいるのを見て悲しくなったが、理由は理解できた。わたしが選ぶ薬もいつもアルコールだった。昔していたように娘に布団をかけてやり、ごみを片づけ、ベッド脇に水を置いておいた。娘の世話をするのはすごく気分がよかった。たとえわたしがそこにいることは知られていなくても。アナは翼の折れた鳥みたいだった。その折れた翼を治してやりたかった。わたしの計画がうまくいけば、アナの私生活だけでなくキャリアにとっても好ましい結果になる。それはわかっていた。

キャサリン・ケリーは四人の中で唯一町を出た女だった。今どこにいるか、何か手がかりはないかと、森の中にある彼女の実家に忍び込んだとき、知った顔のキャスターが家族写真に写っていてショックを受けた。アナの仕事を奪ったキャスターだった。

レイチェルを殺したら、娘はわたしのもとに戻ってきてくれた。

ヘレンとゾーイを殺したら、娘はわたしの近くにいつづけてくれた。

キャット・ジョーンズを殺したら、娘は〈ワンオクロック・ニュース〉の仕事を取り戻すことができる。これでまた、毎日お昼にかわいい娘の顔がテレビで見られるのだ。

今年の誕生日、アナは涙に暮れながら電話をかけてきた。キャスターの仕事を降ろされたと言って。わたしはほとんどしゃべらなかったので、話を理解していないと思われたかもしれない。だが、ほんとうはちゃんと理解していた。そして、娘が電話をかけた相手が自分で、すごくうれしかった。数年ぶりに母親のわたしを頼ってくれたのだ。二度とがっかりさせるわけにはいかない。そのときだ。過去に娘を傷つけた人間を罰すれば、娘に明るい未来を与えてやれると理解したのは。皆殺しにしないといけない。あれは娘のためにやったことだった。

ブラックダウンへ来るよう言うと、キャット・ジョーンズはすぐやってきた。当然のことながら、わたしが送ったメールを夫からのだと勘ちがいした。リチャードとアナが森で撮影していたとき、ロックされていない車から彼の携帯を盗んだのだ。そして、その電話を使って彼の妻に連絡した。メッセージはごく簡単なものだった。

〝二十年前、森の中で男たちとしたことは知っている。写真を見た。BBCの連中もすぐ目にすることになるだろう。結婚を台無しにしたくないなら、子供を連れて今夜きみの実家に来い。そこで話し合おう〟

彼女は必死でメールや電話や留守電を寄越してきたが、わたしはすべて無視した。案の定、数時間後、森の中の古い家に現れた。きれいな顔に不安げな表情を浮かべて。横にはかわいい娘がふたりいた。

あとは簡単だった。キャットが子供たちをベッドに寝かしつけると、わたしはその子たちをこっそり奪い去った。もちろん痛い思いはさせなかったが、彼女にはそんなこと、知る由《よし》もない。ふたりの姿がないとわかると、キャットは家じゅうをひっくり返して探しはじめた。物音が聞こえた。そのあいだじゅうずっと夫の名前を叫んでいた。夫が誘拐したと言わんばかりに。ようやく静かになったのは、主寝室に着いたときだ。わたしはそこに古い写真とメモを置いていた。

〝リチャードは来ない。子供たちは預かった。二十年前にあったことについて夫は知らないし、知る必要もない。それはほかの人たちも同じだ。ただし、おまえが正しいことをすればだ。そうすれば、ベッドの写真は破棄し、子供たちは夫の元へ返す。おまえがやらなければならないのは、学校のネクタイを使って天井の梁《はり》で首を吊ることだ。警察を呼んだりだれかに電話したりすれば、子供たちは手遅れになるまで帰ってこない。時間がかかればかかるほど子供たちは危険にさらされる。どうなろうと、おまえが子供たちに会うことは二度とないが、自殺すれば、子供たちの命だけは助けると約束する〟

彼女は自分の携帯を取り出したが、使うのは無理だった。あの家があるあたりはどこも電波が届かない。彼女が自分の娘を置いて逃げることがないのもわかっていた。しばらくその場を行ったり来たりする音が聞こえたあと、彼女はまた子供たちを探しはじめた。見つかりっこないとようやくあきらめたところで、階下《した》の暖炉でメモとレイチェルの写真を燃やし、また寝室に戻ってきた。ほんとうにやるかどうか、わたしにも確信がなかったが、母親というものは元来、娘のためならなんでもやるものだ。わたしだってそうだった。

キャットには自殺してほしかった。そうすれば、すべて彼女がやったことだとみんな思ってくれるから。あの女たちにされたことを考えれば、一番動機があるのは彼女だ。わたしはベッドの下に隠れて待った。万が一必要になったときのために手にナイフを握っていた。すべての動きが聞こえた。椅子を置く音。靴を脱いで上がる音。すすり泣く声。が、姿は見えなかった。首にネクタイをかけるのにひどく時間がかかっていたが、結び方を変えていることに気づいたのはあとになってからだ。どうやら船に乗っていたときに父親から教わったらしい。

そのとき知っていたかぎりでは、すべてが計画どおりに進んでいた。椅子を蹴る音も聞こえた。ぶら下がった天井の梁がきしむ音も。だがそのとき、思いがけずキャットの夫が姿を現した。あの薄汚いカメラマンだ。だから、彼も殺さなければならなくなった。天井からぶら下がる妻を見て、彼は少女みたいな悲鳴をあげた。なので、振り返って姿を見られるまえに刺した。そのあと、化粧台にあった鉄の文鎮《ぶんちん》で頭を殴った。そこにいてはいけない人物だった。アナがいるのも想定外だった。娘が二階に上がってくると、わたしはまた身を隠した。ホテルの予約を取り消したのは、単に、そうすれば家に帰ってきてくれると思ったからにすぎない。それだけがわたしの望みだった。娘が家に帰ってきてくれることだけが。

男を殺したあと、キャットを見上げた。ネクタイはまだ首に巻きついていて、目も閉じていた。まちがいなく死んでいると思った。けれども、あの女は名女優だったらしい。自分の子供を助けるためならどんなことでもする女。わたしと同じだ。知らないあいだに顔を見られていたようだ。あとで会ったとき、気づかれたから。

森の中で彼女に出くわしたとき、正直に言うと、怖かった。キャットはわたしがしたことをアナと警察に話したかもしれない。が、彼女は頭がおかしくなった女みたいにいきなり叫びはじめ、子供たちはどこだと訊いてきた。わたしが答えないでいると、わたしのナイフでわたしを刺してきた。もちろん、子供たちは無事だ。少し薬を飲ませて小屋で寝かせていただけだ。すぐに警察が見つけてくれた。わたしは子供を傷つけたりしない。そんな怪物ではない。

ときどき思う。アナはわたしが父親と同じくあの女たちも殺したと知っているのではないかと。でないと、キャサリンが森で落としたナイフをどうして自分のバッグに隠したのか、その説明がつかない。あのナイフだと気づいたのだと思う。あれは、ジャックの家から拝借したナイフだった。結婚祝いとしてふたりに贈った包丁セットに入っていたものだった。

「なにつくってるの？」

オリビアが寝室に入ってきた。そこではじめて空想にふけっていたことに気づく。わたしもぼんやりしたいときにはぼんやりするが、それは認知症のせいではなく、単に加齢のせいだ。医者が出している薬は飲んでいなかった。土に埋めている。種みたいに。お迎えがくれば潔《いさぎよ》く逝くつもりだが、そのまえに死ぬつもりはなかった。プリヤ・パテルがあれこれ質問しにきているのは、親切心とはなんの関係もない。偶然でもない。そんなものは存在しない。ほころびた糸は絶対にそのままにしておいてはいけない。放っておけば、めちゃくちゃなことになってしまう。

オリビアが歩いてきてわたしの膝によじのぼった。さっきまでわたしがつくっていたミサンガをじっと見ている。

完成間近のミサンガを。

赤と白の糸で編んだものを手で包んで見えないようにした。紙のようにがさがさした自分の肌と染みにはいつも驚かされる。昔アナが使っていた古い木の宝石箱にミサンガをしまった。オリビアに見られている。子供というものは、わたしたち大人が思ったり望んだりするよりはるかに多くを見ているものだ。

「かわいかった」と彼女は言う。

「あらそう?」

「あたしのプレゼント?」オリビアは生意気そうな笑みを浮かべた。

「ううん、ちがうの。今度来たときにあげたい人がいてね」

オリビアは悲しそうな顔をした。

「心配しないで。別のプレゼントがあるから」

クローゼットからミツバチの衣装を取り出すと、オリビアは歓声をあげた。アナとジャックもうれしそうだ。オリビアは寝室から飛び出した。リビングを駆け抜け、庭で円を描いて走りまわっている。ここで開かれている裁縫教室でつくったものだった。針と糸の扱いはわりに得意だ。

「働きバチたちが恋しいわ」わたしはドアロからオリビアを見て言った。

オリビアは笑い声をあげながら踊り、同じフレーズを繰り返していた。

「あたしは働きバチ！　あたしは働きバチ！　あたしは働きバチ！」

そのことばは、わたしの頭の中でまるっきり別のことばに変換される。

幸せな家族。幸せな家族。幸せな家族。

わたしはみんなに微笑みかけた。ずっとほしかったものがようやく手に入ったから。

謝辞

本は著者にとってわが子のようなもので、ほんとうはお気に入りなどつくってはいけないのだが、かなりこの作品は好きだ。以下のすばらしい方々がいなければ、本作を書きあげることはできなかっただろう。

エージェントのジョニー・ゲラーには感謝してもし切れない。いちかばちかわたしを使ってみてくれて、いつも何を言えばいいかわかっていてくれてありがとう。エージェントというのは面白い仕事で、想像以上に複雑だ。ひとりで何役もこなさなければならない。ときに読者となり、編集者となり、マネージャーとなり、セラピストとなり、親のかわりとなり、上司となり、友達となり。どれにかけてもすごく上手なジョニーにはほんとうに感謝している。

腕のいいエージェントにはめったにめぐり会えないものだ。そんな人がふたり以上いるわたしは信じられないくらい幸運だという気がする。もし仮にメリー・ポピンズが作家のエージェントになることに決めたとしたら、ICMのカリ・スチュアートがそれだろう。何をやってもほぼ完璧どころか、完璧でしかないカリには大いに感謝している。世界じゅうでわたしの本を売ってくれたケイト・クーパーとナディア・モクダドにもお礼を申しあげたい。この才気あふれるふたりの女性のおかげで、わたしのささやかな仕事部屋で書きあげた物語が二十以上の言語に翻訳されたのだ。そんなのは魔法としか言いようがなく、ありがたいことこの上ない。また、ロンドン随一のエージェンシー、カーティス・ブラウン社のみなさまにも感謝を述べたい。シアラ・フィナンには厚くお礼を申しあげる。

ジョージー・フリードマンとルーク・スピードは、想像するのもはばかられる夢を叶えてくれた。ふたりのおかげで、登場人物たちの生きた姿をテレビ画面で見られることになった。デビュー作を信じてくれたサラ・ミシェル・ゲラー、エレン・デジェネレス、ロビン・スウィコードには感謝を申しあげる。ジェットコースターに乗ったような目まぐるしい体験だった。

出版業者は千差万別だが、その中でも最上級のプロたちと働けて大いにありがたく感じている。非凡な編集者のマンプリート・グレワルには心から感謝を伝えたい。編集者は本の編集だけしていればいいわけではなく、あらゆる仕事をする。マンプリートはスーパーウーマンだ。これからもわたしたちがいるところには、アルミホイルとアリの群がったアイスが絶えないだろう。ハーパーコリンズのリサ・ミルトン、ジャネット・アスペイ、リリー・ケープウェル、ルーシー・リチャードソンほかHQチームにもお礼を申しあげたい。同じくらい優秀なアメリカのフラティロン・ブックスのチームにも感謝している。中でもクリスティン・コプラッシュ(木にのぼって二冊同時に読んでいた姿は忘れないから。一冊じゃ足りないのよね!)には特別の感謝を。エイミー・アインホルン、コナー・ミンツァー、ボブ・ミラー、ナンシー・トリパック、マリーナ・ビットナーにも深謝する。わたしの作品を大切に扱ってくれている世界じゅうの出版社にもこの機会にお礼を申しあげたい。

書店の方々のほか、わたしの本を読者のもとに届けてくれているみなさまには感謝してもし切れない。中でもロンドンの〈ハッチャーズ〉にはとくにお礼を申しあげたい。想像もできないような売り出し方をしてくれたことは、ずっと忘れないだろう。ニューヨークの〈ミステリアス・ブックショップ〉は、アメリカで著作をはじめて目にする体験を、夢のようなひとときにしてくれた。普段はほとんど犬とノートパソコンと一緒に仕事部屋にこもっているので、自分の物語が世界に飛び出すのを見るのはいつだって格別だ。

作家は読者なしには存在しない。いつもわたしの作品について温かいコメントをくれるブロガー、インスタグラマー（いつも楽しく写真を拝見しています）、図書館員、書評家、記者のみなさんにはありがたい気持ちでいっぱいだ。これからもわたしの物語を楽しんでくれるとうれしく思う。あなたがたの支援には感謝してもしきれない。カメラの魔術師、ブライアン・グラントにも特別の感謝を。イギリスの警察の捜査に関してアドバイスをくれたリー・ファブリーにもお礼を申しあげる。まちがいがあるとすれば、すべてわたしの責任だ。

友達のみんなも、いつも家族のように接してくれてありがとう。この一年はつらく、さまざまな悲しみが重くのしかかり、立ちあがることが困難に感じられるときもあった。引っぱりあげてくれた人たちには感謝している。本人は自分のことだとわかってくれているはずだ。

最後になったが、ダニエルにも感謝を伝えたい。わたしの作品を最初に読んでくれて、わたしの一番の親友でいてくれて、すべてにおいて一番でいてくれてほんとうにありがとう。

解説

三橋　暁

アリス・フィーニーの小説には、大人の女性が自分らしく生きることの辛さ、難しさが滲《にじ》み出ていると思う。デビュー作の『ときどき私は嘘をつく』が、まさにそうだった。

三十五歳、既婚女性のアンバーが、運び込まれた病院で、昏睡《こんすい》状態から意識だけを取り戻すところから始まる。身動きするどころか目も開かず、口もきけない状態の彼女は、いきなり音と気配だけの世界に放り込まれてしまう。そして、あろうことか何者かに命を狙われていることに気づくのだ。

この作品が世界的なベストセラーとなった最大の理由は、視覚と言葉を失ったヒロインの窮地というサスペンス・ミステリとしての設定の巧みさにあった。しかし、職場の空気になじめず、夫とのぎくしゃくした関係に悩む主人公が、つらい体験を通して生きる術《すべ》を見出していく姿が、多くの読者の共感を呼んだことは間違いない。

そんなヒロインが、ここにもう一人いる。アナ・アンドルーズ、離婚経験のある三十六歳だ。イギリスのＢＢＣで活躍する女性だが、ある朝彼女は絶望的な状況に立たされる。というのももともと記者だった彼女は、番組開始直前に破水し、そのまま出産、子育てに入ったキャスターの代わりを二年近くも務めてきており、そろそろ契約更新かと思っていたのだが、育児休暇が明けた前任者キャットがいきなり復帰したのだ。

再び記者に逆戻りとなったショックを愚痴《ぐち》ることができる相手は、忘れっぽく、話も支離滅裂になってきている故郷の老いた母親だけだった。その晩、行き場のない気持ちを紛《まぎ》らわすためワインをひとり自宅であけながら、殺人事件の取材に行くことを承諾したばかりのさびれた町のことを考えていた。現場のブラックダウンは、偶然にも彼女の生まれ故郷だった。しかし、実は二度と戻りたくないと思ってきた場所でもあった。

アリス・フィーニーの『彼と彼女の衝撃の瞬間』は、こうして幕をあげる。

デビュー作そして本作と、作者はなぜこうも悩める三十代女性の姿を、ヒロインとしてありのままに描けるのか。その理由として考えられるのは、作者が主人公ら作中人物と同じ世代のさ中にあり、自身が今感じ、体験していることを作品でリアルタイムに表現しているからではないかと思う。

実は作者もまたアナと同様に、二十一歳の時からBBCの報道局で記者やプロデューサー(やはりワンオクロック・ニュースを担当)の仕事に携わってきた。三十歳という節目に、S・J・ワトソン(『わたしが眠りにつく前に』)やルネ・ナイト(『夏の沈黙』)らを輩出した〈フェイバー・アカデミー〉の小説家育成コースで創作を学び始めると、三十代も半ばを過ぎて、十五年のキャリアを築いた放送業界に潔《いさぎよ》く別れを告げる。デビュー作をニューヨークの出版社から上梓《じょうし》するのは、それから間もなくのことである。

三十代といえば、仕事や結婚など、男女を問わずライフサイクルでもっとも忙しい年代にあたり、出産という一大イベントを経験する女性も少なくない。さらには目前に迫った中年期への不安や、いつまでも元気なわけではない親のことが心配になり始めるなど、来《こ》し方とこの先を見据え、自分の生き方を問い直さざるをえない時期にさしかかる。そのさ中にあってフィーニーは、自分はこう生きるという答えを作家デビューという形で見出し、見事にそれを実現させたのである。


フルタイムの作家となったフィーニーは、現在、ロンドン近郊のサリー州の田園地帯で、夫や愛犬のラブラドールとともに暮らしている。この三作目となる『彼と彼女の衝撃の瞬間』は、その地元の名所ブラックダウンを舞台として執筆した作品で、原題を *His & Hers* という。原題は男女の三人称所有代名詞だけというシンプルなものだが、邦題どおりまさにスリル満点の展開が読者を待ち受ける。

自分は嘘つきだというヒロインの独白を、いきなり読者に突きつけてみせるデビュー作の摑《つか》みの大胆不敵さは、天才的とも悪魔的ともいえるものだった。そんな読者を幻惑する掟破《おきて》りの手法のマジックは、本作でまたも効果的に使われている。

〝視点はふたつ、真実はひとつ。あなたはどちらを信じるのか？〟という意味深な冒頭の問いかけにある通り、物語は複数の視点から語られていく。先に紹介したアナ・アンドルーズはそ

班は、州全体を管轄している。
官としては優秀で、ロンドン警視庁に籍を置いたこともある。彼がリーダーを務める重大犯罪
ク・ハーパーという地元警察の警部の視点である。現在はサリー州奥地の警察にいるが、捜査
の一人で、彼女のパートは原題でいう Hers にあたる。一方、His にあたるパートは、ジャッ

結婚歴はあるものの家族には恵まれず、二十年近く働いてきた勤め先でも報われないアナに対し、ジャックも今まさに中年の危機の真っ只中にあり、惑わずの時を迎えるどころか迷ってばかりいる。心の隅には元妻の記憶が居座り、美女との不適切な関係に溺《おぼ》れるだけでは足りず、密かに思いを寄せてくる部下の女性の積極的な態度にもたじたじとなる始末なのである。

火曜日の早朝、事件発生を知らせる携帯の振動で警部は目を覚ます。感傷的な美しさに包まれたナショナル・トラスト保有のブラックダウンの森林に向かうと、現場にはBBCのレポーター、アナも駆けつけていた。そこで見つかった女性の死体の爪には、赤のマニキュアで〝偽善者〟と書かれており、やがて殺されたのは慈善団体を率いる女性だったことが明らかになる。

彼《ジャック》と彼女《アナ》は、それぞれの事情から警察官とジャーナリストという立場以上にこの事件に関わっていくことになるが、実は交互に入れ替わる二人の語り手に割り込むように、殺人犯のものと思《おぼ》しきモノローグが不気味に差し挟まれていく。皆殺しを連呼し、連続殺人をほのめかす凶々《まがまが》しいその独白は、一体誰のものなのか？　読者の意識は、いやでも冒頭の二行へと引き戻されていくだろう。

ところでもう一つ、この物語を読みすすめる読者が、しばしば立ち止まっては振り返るであ

ろう一節が物語の序盤にある。よりによって誕生日にニュース・キャスターの座を失い、失意の底で自虐的《じぎやく》に自分を省《かえり》みるアナの、心の中に浮かぶ科白《せりふ》だ。すなわち、〝ときどき思う。わたしは自分の人生の信頼できない語り手だと〟である。

この〝信頼できない語り手〟(unreliable narrator) とは、ご存じの方も多いと思うが、小説や映画などの物語の中で、著しく信頼性を欠く語り手のことだ。語り手が幼かったり、記憶に問題があるなど、読者や観客が誤導される原因はさまざまだが、ミステリの世界では、そんな人間の騙《だま》され易さを突くように、企《たくら》みのある一人称の小説や主人公視点の映画が多数生み出されてきた。

アナの独白は、本人の自信のなさの表われであり、彼女のアイデンティティーの揺らぐ様子を作者はそう表現しただけのことなのかもしれない。だが、あえて信頼できない語り手という言葉を使ったところに、ミステリ作家としての機知と閃《ひらめ》きを感じる。そして、最後の最後でそれが鮮やかな幕切れに繋がり、大きく実を結ぶのだ。

この『彼と彼女の衝撃の瞬間』を三つの形容詞で説明するなら、暗くて (dark)、捻《ひね》りのきいた (twisty)、予測不能 (unpredictable) の物語だと作者は語っている。確かに、そのどれもが本作を正確に言い当てているが、そこに、続きが気になる (cliff-hanging) を付け加えてもいいのではないかと思う。

すでに報じられているように、『ときどき私は嘘をつく』に続き、本作もTVドラマ化に向けての動きがあって、映像化がどうなされるか気になるが、そもそもの本作の連続ドラマを意識したような作りからして興味をそそられるところだ。大きな物語の流れから小さな場面転換まで、様々な劇的展開を挟んでのクリフハンガー（話の続きを期待させる章の終わり方）の手法をこれでもかと駆使し、終盤では、その釣瓶《つるべ》撃ちまで披露するのである。

読者によそ見を許さないこのテクニックは、エンタテインメントの番組にも関わっていたというBBC時代に身についたものかもしれない。しかし、流行の連続ドラマをライバルと見なし、小説と取り組んできた中で磨かれてきたものだと考えると実に頼もしい。クリフハンガーをページターナーに繫げるこの小説作法は、今後、作者の強力な武器になっていくことだろう。

犯人のモノローグに導かれるように、事件はやがて連続殺人へと発展し、物語中盤からは、消えては現われる一枚の集合写真をめぐり、過去への扉が開かれていく。古い写真の中では、アナを始めとする五人の女子生徒たちがポーズをとり、それぞれに笑顔を浮かべていた。

十代の思い出は、必ずしも甘く、光り輝くもので満たされているわけではない。心穏やかに過去を振り返ることが出来ない者もいるし、時を経ても当時の記憶に苛《さいな》まれる者もいるだろう。デビュー作でも女子の歪《いびつ》な友情関係をリアルに描いてみせたアリス・フィーニーは、この『彼と彼女の衝撃の瞬間』で写真の五人の二十年後の物語を通して、それでも前に進むしかなかった彼女たちのその後の人生を、愛情をこめ、しかし容赦なく描いてみせるのである。

アリス・フィーニー・作品リスト

Sometimes I Lie（2018）『ときどき私は嘘をつく』（講談社文庫）

I Know Who You Are（2019）

His & Hers（2020）＊本作

Rock Paper Scissors（2021）

訳者紹介 東京外国語大学卒。英米文学翻訳家。訳書にブランドン『書店猫ハムレットの跳躍』、アレグザンダー『ビール職人の醸造《じょうぞう》と推理』、エルヴァとストレンジャーの共著『7200秒からの解放』、ブルーム『モリーズ・ゲーム』などがある。

検印
廃止

彼と彼女の衝撃の瞬間

2021年8月31日　初版

著者　アリス・フィーニー

訳者　越《お》智《ち》　睦《むつみ》

発行所　(株) 東京創元社
代表者　渋谷健太郎

162-0814/東京都新宿区新小川町1-5
電話　03・3268・8231-営業部
03・3268・8204-編集部
URL　http://www.tsogen.co.jp
DTP　キャップス
暁印刷・本間製本

ISBN978-4-488-17907-6　C0197